荆楚全書·第一輯

鄖溪集

（宋）鄭獬 著
謝葵 點校

長江出版傳媒
湖北人民出版社

圖書在版編目(CIP)數據

鄖溪集 / (宋) 鄭獬著 ; 謝葵點校. — 武漢 : 湖北人民出版社,
2023.12

ISBN 978-7-216-10600-9

Ⅰ. ①鄖… Ⅱ. ①鄭… ②謝… Ⅲ. ①古典詩歌 – 詩集 – 中
國 – 宋代②古典散文 – 散文集 – 中國 – 宋代 Ⅳ. ①I214.42

中國國家版本館CIP數據核字（2023）第012043號

責任編輯：朱小丹
封面設計：劉舒揚
責任校對：范承勇
責任印製：肖迎軍

出版發行：湖北人民出版社	**地址**：武漢市雄楚大道268號
印刷：武漢郵科印務有限公司	**郵編**：430070
開本：787毫米 × 1092毫米 1/16	**印張**：27.75
字數：464千字	**插頁**：1
版次：2023年12月第1版	**印次**：2023年12月第1次印刷
書號：ISBN 978-7-216-10600-9	**定價**：96.00元

本社網址：http://www.hbpp.com.cn
本社旗艦店：http://hbrmcbs.tmall.com
讀者服務部電話：027-87679656
投訴舉報電話：027-87679757
（圖書如出現印裝質量問題，由本社負責調換）

校點説明

鄭獬（1022—1072），字毅夫，一作義夫，號雲谷。北宋安州安陸（今湖北安陸）人。宋仁宗癸巳（皇祐五年，1053）科狀元。中狀元後，通判陳州（今河南淮陽），入直集賢院，度支判官，修起居注，享正三品，知制誥。英宗即位，按真宗乾興年制度，治永昭山陵，規模宏大，勞民傷財。鄭獬上疏，請求體恤民情，從儉營造。又上疏呼籲廣開言路，薦選賢良。治平二年至四年（1065—1067），出知荆南（今湖北荆州）。神宗熙寧元年（1068），拜翰林學士，權知開封府。當時宋神宗以王安石爲相，推行新法，鄭獬對新法多有指責，於熙寧二年（1069）貶知杭州。次年，徙青州（今屬山東）。因反對青苗法，遂告病賦閑，提舉鴻慶宫。宋熙寧五年（1072），病逝於安州。因家貧子弱，無錢安葬，棺柩停於廟中十餘年，後好友滕甫任職安州，始入土爲安。

鄭獬善詩文，《宋史》稱其“詞章豪偉峭整，流輩莫敢望”。所著《鄖溪集》五十卷，原本久佚，四庫館臣自《永樂大典》輯出。《四庫全書總目》卷一五三《集部·别集類六》云：“《宋志》載《鄖溪集》五十卷，淳熙十三年秦焴嘗序而刊之。今已久佚，惟從《永樂大典》内裒輯編次，又從《宋文鑒》《兩宋名賢小集》諸書所載分類補入，勒爲三十卷。”

今按：《四庫全書總目》等稱所輯爲三十卷，而從《永樂大典》輯出者實止二十八卷（翰林院二十八卷鈔本，今藏國家圖書館），《四庫全書》所録亦二十八卷。1919 年，蒲圻（今湖北赤壁）張國淦（1876—1959）據京師圖書館所鈔四庫文津閣本，并校以他本，刊之於無倦齋。張氏刊本除本集二十八卷外，另附有《補遺》一卷（詩二首），《續補遺》一卷（文二篇、詩一首），最後爲校勘記。沔陽盧氏（盧弼、盧靖）

慎始基齋即據張氏無倦齋本影印收入《湖北先正遺書》中。

今所見《鄖溪集》多爲四庫本和湖北先正遺書本，而最初翰林院二十八卷鈔本世所罕見。

張氏無倦齋本以文津閣本爲底本，以方功惠鈔本、楊肖麓所藏夏氏、夏潤之所藏潘氏（失考）鈔本爲參校本。潘本、夏本等版本來源已不可考。方功惠（1829—1897），字慶齡，號柳橋，湖南巴陵（今岳陽）人。

張氏刊本在跋中提及左笏卿、楊肖麓、夏潤之、甘鵬雲、周貞亮、王葆心諸人。左笏卿（1847—1928），名紹佐，字笏卿，湖北應山（今廣水）人。光緒六年（1880）進士。楊肖麓（1866—1939），名會康，字仲頤，號筱籠，又作肖麓，湖北沔陽（今仙桃）人。夏潤之（1856—1941），名孫桐，字閏枝，又作潤之，江蘇江陰人，光緒十八年（1892）進士。周貞亮（1876—1933），名之楨，又字子幹，別號退舟，湖北漢陽（今蔡甸）人。光緒三十一年（1905）進士。甘鵬雲（1861—1940），字藥樵，號翼父，別號耐公、耐翁，晚號息園居士，湖北潛江人。王葆心（1869—1944），字季薌，號晦堂，湖北羅田人。均爲晚清至民國時期著名學者、藏書家。

本次點校以張氏刊本影印的湖北先正遺書本《鄖溪集》爲底本，以四庫文淵閣本爲主要參校本。沿襲張氏體例，正文衍、脱、誤、倒之處一律不加改動，而在校記内説明。校勘記原置於書末，獨立成篇，今改爲脚注，置於當頁，以便於參看，冠以“張注”。校記時加“謝案”，説明本人看法。但遇到義可兩存，或是難以確定者，爲慎重計，衹列校文。以保存底本原貌，避免妄改之失。

經考，卷二十七有《奉詔赴瓊林苑燕餞太尉潞國文公出鎮西都》，此詩又見王珪《華陽集》卷三，因文彦博出鎮洛陽在元豐五年（1082），而鄭獬早於熙寧五年（1072）去世，故非鄭所作；《送程公闢給事出守會稽兼集賢殿修撰》見於王珪《華陽集》卷四；《寄程公闢》見王珪《華陽集》卷四，又見於王安石詩集中，李壁《王荆公詩注》卷三十七注云："此詩恐非公作。"另外，卷二十七有《送公闢給事自青州致政歸吴中》見於王珪《華陽集》卷二、秦觀《淮海集》；卷二十八《雪晴》見王安石詩集中，《謝賜飛白書表》作者亦存疑。又據中山大學陳小輝考證，卷二十七《雨夜懷唐安》爲陸游詩、《夜懷》爲楊億詩，卷二十八《雪晴》爲王安石詩、《采江》爲釋紹嵩詩、《遣興勉友人》爲張咏詩、《再賦如山》爲姜特立詩、《赤壁》詩作者存疑。(《湖南工業大學學報》第二十二卷第四期《〈全宋詩〉之王珪、鄭獬、王安國詩重出考辨》)

目　録

《四庫全書提要》《鄖溪集》三十卷

《鄖溪集》三十卷，[①] 宋鄭獬撰。獬字毅夫，安陸人。皇祐五年進士第一。通判陳州。入直集賢院，知制誥。英宗即位，數上疏論事，出知荆南，還判三班院。神宗初，召拜翰林學士，權開封府。以不肯行新法忤王安石，出知杭州。徙青州，又力言青苗之害，引疾提舉鴻慶宫，卒。事迹具《宋史》本傳。初，獬以進士較試於廷，舍人劉敞得獬卷，曰："此文似皇甫湜。"獬嘗與敞書，亦言"韓退之時用文章雄立一世者，獨李翱、皇甫湜、張籍耳。然翱之文尚質而少工；湜之文務實而不肆；張籍歌行乃勝於詩，至於他文不少見，計亦在歌詩下。使之質而工，奇而肆，則退之作也"云云。觀其所言，知文章宗旨實源出韓門矣。《宋志》載《鄖溪集》五十卷，淳熙十三年秦熺嘗序而刊之，今已久佚。惟從《永樂大典》内裒輯編次，又以《宋文鑑》《兩宋名賢小集》諸書所載分類補入，勒爲二十八卷。王得臣《麈史》稱："鄭内翰久游場屋，詞藻振時。唱名之日，同試進士皆嘆曰：'好狀元！'仁宗爲慰悦。"本傳亦稱其文章豪偉峭整，議論剴切，精練民事。今以所存諸作核之，殆非虚美。秦熺序稱："於《論綏州》見其計深慮遠，於《論毁譽》見其居寵思危，《辨楊繪救祖無擇》則特立不詭隨。"今其文雖不盡傳，然大概亦可想見矣。

---

① 【張注】勒爲三十卷，《提要》標目三十卷，夏本作二十八卷，今按實衹二十八卷，當從夏本。

原　序

本朝鄭獬，爲人俊邁不群。舉進士第，授將作監丞，通判陳州。召試直集賢院，修起居注。遂以右司諫知制誥。京師大雨水，詔求直言，獬上疏曰：“臣竊觀陛下發德音，下明詔以求忠言，然臣愚，未知陛下將欲實用之邪？抑欲因灾異舉應故事以文之邪？苟欲文之，則固無可議，必欲實用之，則於此時，四方交章爨疏繁叢委至，而陛下以一日萬幾之餘未能周覽。亦不過如平時章疏，關機密者則留中不出，繫政體者則下中書，屬兵機者則下樞密院、兩府覆奏。又以下群有司及郡邑，卒無所施，行而後止。如是則有求諫之名而無求諫之實，所爲應故事者等耳。以臣所見，請宜選官置屬，令專掌群臣。所上章疏，日許兩府及近臣番休更直便殿，坐與之從容條講，其可者則熟究而行之，不可則罷之。有疑焉，則廣詢而後决之，使群言得而衆事舉，此應天之實也。”出知荆南府。神宗即位，除翰林學士，知開封府。王安石參知政事，不悦獬，宰相富弼在告，遂除獬翰林侍讀學士，知杭州府。徙青州，以疾提舉鴻慶宫，卒。

右内相鄭公毅夫《鄖溪集》五十卷，[①] 公之才行出處俱見志銘。焴假守安陸，得公集，讀之，其氣節高邁，議論精確，可考不誣。於《論綏州》見其計深慮遠，於《論毀譽》見其據寵思危。若夫《辨楊繪救祖無擇》則特立不詭隨，蓋曉然矣。[②] 昔孔文舉謂“盛孝章要是天下有名

① 【張注】右内相，潘校謂“右”疑“有”之謞，夏本正作“有”，甘校謂自“右”以下與上文不相聯屬，疑本非一篇，輯者誤連之，既云“公之才行出處俱見志銘”，則前半所詳之仕履决非秦焴原文。

② 【張注】蓋曉然矣，潘校謂“蓋”疑作“益”。

人”，[1] 如公之聲名赫然於世，固不在孝章下，而臨事實用復表表如是者，使天假之年，究其施設當如何哉！安陸，公鄉里，而公之文集不傳，爲郡者得無恧乎！乃嗇公帑之用，刊而置諸校官，將俾此邦人士知鄉之先達所立如此，因以勸慕興起，其於風教抑有補云。

淳熙丙午秋七月，郡守建康秦焴書。

① 【謝案】文淵閣本在《〈鄖溪集〉原序》後有考證，對此句注有“原序第二頁前六行，‘盛孝章’，‘盛’原本作‘成’，案:《孔融集》有《薦盛孝章書》，‘成’字誤，今據改正”。

《宋史》本傳

鄭獬字毅夫，安州安陸人，少負俊材，詞章豪偉峭整，流輩莫敢望。進士第一。通判陳州，入直集賢院，度支判官，修起居注，知制誥。

英宗即位，治永昭山陵，悉用乾興制度。獬言："今國用空乏，近者賞軍，已見橫斂，富室嗟怨，流聞京師。先帝節儉愛民，蓋出天性，凡服用器玩，極於樸陋，此天下所共知也。而山陵制度，乃欲效乾興最盛之時，獨不傷儉德乎？願飭有司，損其名數。"又言："天子初即位，郡國馳表稱賀，例官其人，此出五代餘習，因仍未改。今庶官猥衆，充濫銓曹。[①]況前日群臣進官，已布維新之澤，不須復行此恩，以開僥倖。"皆不報。

又上疏言："陛下初臨御，恭默不言，所與共政者七八大臣而已，焉能盡天下之聰明哉？願申詔中外，許令盡言，有可采録，召與之對。至於臣下進見，訪以得失，虚心求之，必能有益治道。"帝嘉納之。時詔諸郡敦遣遺逸之士，至則試之秘閣，命以官。頗有謬舉者，衆論喧譁，旋即廢罷。獬言："古之薦士，以謂拔十得五，猶得其半；況今所失未至十五，而遽以浮言廢之，可乎？願復此科，使豪俊無遺滯之嘆。"未及行，出知荆南。

治平中，大水求言，獬上疏曰："陛下側身思咎，念有以消復之，不知求忠言者，將欲用之邪，抑但舉故事邪？觀前世之君，因變異以求諫者甚衆，及考其實，則能用其言而載於行事者，蓋亦鮮矣。今詔發天

① 【謝案】濫，《宋史》作"溢"。

下忠義之士，必有極其所藴，以薦諸朝，一日萬機，勢未能盡覽，不過如平時下之中書、密院，至於無所行而後止。如是則與前世之爲空言者等爾。謂宜選官置屬，掌所上章，與兩府近臣從容講貫，可則行之，否則罷之，有疑焉，則廣詢而決之。群臣得而衆事舉，此應天之實也。天下之進言也甚難，而上之受言也常忽。願陛下采群臣之章疏，容而聽之，史册大書，以爲某年大水，詔求直言，用某人之辭而求某事，以出夫前世之爲空言者，無令徒挂牆壁爲虚文而已。”還，判三班院。

神宗初，召獬夕對内東門，命草吴奎知青州及張方平、趙抃参政事三制，賜雙燭送歸舍人院，外廷無知者。遂拜翰林學士。朝廷議納横山，獬曰："兵禍必起於此。”已而种諤取綏州，獬言："臣竊見手詔，深戒邊臣無得生事。今乃特尊用變詐之士，務爲掩襲，如戰國暴君之所尚，豈帝王大略哉！諤擅興，當誅。”又請因諒祚告哀，遣使立其嗣子，識者韙之。

權發遣開封府。民喻興與妻謀殺一婦人，獬不肯用按問新法，爲王安石所惡，出爲侍讀學士、知杭州。御史中丞吕誨乞還之，不聽。未幾，徙青州。方散青苗錢，獬言："但見其害，不忍民無罪而陷憲網。”引疾祈閑，提舉鴻慶宫，卒，年五十一。家貧子弱，其柩藁殯僧屋十餘年，滕甫爲安州，乃克葬。

卷　一

制

觀文殿大學士富弼除依前尚書左僕射兼門下侍郎同中書門下平章事昭文館大學士兼譯經潤文使鄭國公制

門下：秉籙膺圖，將繼配天之大業；銓時論道，必資名世之元臣。以言乎體貌，則舊德之英；以言乎望實，則群材之表。爰立作相，宜莫如公。丕昭寵數之殊，孚告治朝之聽。具官富弼，智資大雅，德懋碩膚。學足以造聖人之微，幾足以通天下之變。繇賢科之得雋，攄遠業以奏功。在仁祖時，則首冠廟堂，有弼諧九德之美；在英考世，則再登樞府，有折衝萬里之謀。庶績已熙，太平將洽。屬留侯之多病，容裴度以爲藩。愷悌所宜，神明自復。方王家之不造，固賢者之有爲。昔居畎畝而志猶在於愛君，今處朝廷而義豈忘於憂國！是用召從方守，進拜元台。仍左揆之舊班，兼東臺之茂秩。爰田衍賦，盟府易勛。茲實異恩，庸昭注意。於戲！上理乎天工，則日月星辰以之順；下遂乎物宜，則山川草木以之蕃。近則諸夏仰德以承流，遠則四夷傾風以待命。凡予欲治，惟爾責成。勉盡嘉猷，用光丕訓。可。

皇子和州防禦使樂安郡公仲糾可觀察使封國公仍賜名顒制

朕既即位，賜封諸子。下國偏陋，厥名不稱，非所以安强王室而厚吾仁愛之意也。皇子某，生而穎秀，敏行日聞；出就外傅，不煩師訓。是宜推擇名都，以建爾於北方而進之以廉車之任，俾長侯國。嗚呼！維善人乃可以爲藩，維宗子乃可以爲城。爾惟寵至益戒，毋作棐德，則庶乎爲藩之固而城之不壞矣。仍易之美名，并示優異。可。

皇子博州防禦使大寧郡公仲格可觀察使封國公仍賜名顥制

具官某：昔周文王之子孫，蓋爲之宗者，皆百世而不絶。朕維吾子之孝悌，幼而有美志，思所以蕃大本枝之屬，乃詔丞相考圖按籍，以定厥封。崇之以連師之任，①進之以上公之爵，可爲優渥矣。爾維敏於學，慎於習，毋好佚豫，毋侮老成，惟時戒哉，勿貽後羞。仍賜令名，庸示我休嘉之命。可。

三司使工部尚書可邊鎮節度使制

門下：金鼓作乎昏明，雷霆類乎威罰。撫師以處，則大國勢以銷未萌；伏鉞而行，②則耀天誅而征不譓。屬之統帥，我有能賢。俾盡護於邊屯，用交修於戎警。輟吾司會，往奠要藩。咨爾群工，明聽嘉命。具官某，天資俊偉，國所倚毗。隤然文武之兼才，展矣朝廷之重器。純忠自立，華髮不渝。頃由起部之崇，專莅大農之政。萬貨畢入，九賦咸均。金錢演於泉流，紅粟腐於露積。蔚有美績，暴於衆聞。將大任於賢

---

① 【張注】連師，夏本、潘本“師”作“帥”，案：“帥”字是。

② 【張注】伏鉞，夏本“伏”作“仗”，案：“仗”字是。

謀，宜專司於將閫。是用前諏嘉日，誕布徽章，建六纛以啓行，擁萬兵而開府。兹爲異數，并示優恩。於戲！授以中權，蓋重腹心之寄；控其遠馭，無圖首級之功。勉盡壯猷，遲聞殊效。可。

龍圖閣直學士知諫院趙抃可右諫議大夫參知政事制

鄭國之政，創始於裨諶，定論於世叔，成文於子産。舉而錯諸民，故無悔事。况夫履四海之籍圖，回萬變以佐予，丞相之治者，宜有通方亮直之臣，爲之參貳。具官某純明不雜，金玉自昭。至行足以美俗，雅材足以經世。建旆坤維，有愷悌之化，蜀民歌之。伏蒲中禁，嘉言諤諤，以時而入告。朕識其公器，可屬大事，不謀於左右，升之諫輔，[①] 俾佐廟堂，以與夫二三舊德坐而環議。或善謀以先之，或能斷以後之，質於古而不謬，行於今而不跆，相須而成，施之天下，遂無悔事。豈惟鄭國之陪臣與之争烈哉！可。

户部尚書張方平可參知政事制

參議大政，雖下丞相一等，至於坐斷廟堂之論，上則斡元化以調四時，下則𢌿至仁以澤萬類，近則群元仰首以承德，遠則殊俗交臂以待命，蓋與丞相之職業均焉。具官某德性沖深，撓之不濁，高風秀氣，灑落乎塵外。在仁祖時，發明大册，竦動天下。結紳禁闥，擁節藩垣，出入三朝，最爲先進。游談之助，不至於前，斷自朕心，擢陪宰席。《書》曰："寧王遺我大寶龜，紹天明即命。"夫龜以兆吉凶，猶足以爲寶，况仁祖遺予以雋老哉！往踐厥位，汝其勿辭。可。

① 【張注】諫輔，夏本"輔"作"議"，案："議"字是。

樞密直學士邵亢可樞密副使制

昔大禹受命，伯益、皋陶皆帝舜舊臣，故禹有天下，拱手而無捄弊之政。今予不敏，猥承大器，二三論議之臣，皆先皇帝所以遺予，藉之成太平之業者也。具官某高文奥學，竦聞當世，風力勁邁，足以經乎萬務，佐予春坊。忠論亹亹，屬厭於上聽，俾尹王府，豪右屏迹。予之求舊，宜擢樞庭。諫垣進拜，可無訓言？維高宗之命説曰："股肱惟人，良臣惟聖。"此上勉下之辭也。維説之復王曰："木從繩則正，后從諫則聖。"此下諷上之辭也。上下相飭，至於大治，爾其伏念高宗之訓，而予亦不忘傳説之言，庶乎合謀同力，拱揖乎穆清之上，豈不休哉！可。

三司使吏部侍郎韓絳可樞密副使制

先皇帝付予以大器，四海内外，至於蠻貊昆蟲之類，莫不仰首傾耳，以需朕之號令德澤。其可懼哉！其可畏哉！維是一二夾輔之臣，謀謨左右，共濟太平，則庶夫有以副先皇帝之遺志耳。具官某高材敏識，善斷而不回，試之劇要，風采益峻，大農之政，飫乎衆聞，固足以入贊樞庭，以成萬幾之務。夫爲君難，爲臣不易。予以先皇帝付之大器，而又擇爾以共持之，其不爲難且不易哉！爾其以仁恕公忠佐天下，俾予無疵政，則孰能間爾之功哉！可。

工部郎中知制誥王安石可翰林學士制

文王有四友。孔子曰："自吾得回，門人益親。"亦有四友焉。維予之翰林先生，文章議論以輔不逮者，蓋爲先後左右之臣矣。具官某學爲世師，行爲人表，廉於自進，優處於東藩。兹有僉言，宜還中禁，俾夫左右先後，以道義輔於予，豈特專文墨視草而已哉！可。

知制誥可翰林學士制

昔漢武帝尊儒學，問《子虛》而嘆息，於是嚴助、徐樂之徒，攝袂而起。我仁考皇帝，以文章取將相，故英傑豪偉之士，釋芒履、[①]解短褐，而摩肩乎玉堂之上。今爾某乃吾仁考用文章選中甲科，既亦試吏，風績蔚然。及在掖垣，代予號令，訓辭深厚，有西漢之風格。宜置之金鑾，以備謨訓。爾其以古之賢人君子事業以開道予於治，豈特爲嚴助、徐樂文章諷議而已哉！[②]可。

翰林學士給事中王珪可承旨制

唐學士六人，而年德最茂者遷爲承旨，深謀秘論，率得預聞。當時諸公由此以攝大炳者，踵相躡也。具官某風華秀整，處謙履順，文章雄駛，如群馬之四馳。更直玉堂，已逾一紀，比之數子，乃謂舊德進承密詔，僉曰：然哉！朕方以乾剛斷天下，又得爾老筆輔之，風飛霆擊，以令四方。其孰有不從哉！可。

知制誥制

號令所以鼓舞萬民，一言爲慶賞，則天下莫不砥名勵節，矯然思所以爲善也；一言爲刑戮，則天下莫不刳心剔慮，懔然思所以去惡也。天何言哉！惟予左右之臣，實代予言。某官某績文毓德，爲世望人，珥筆螭陛之下，以書言動，蓋亦勤矣。乃召試於政事堂，訓辭深厚，可用爲余代言之任。揚子曰："《商書》灝灝爾，《周書》噩噩爾。"俾予之誥命灝灝而且夷大也，噩噩而且明察也。兼商周之美而成之書，[③]屬汝而後備焉。可。

---

① 【張注】芒履，夏本、潘本"履"作"屩"。案：屩，《説文》段注引《史記》注徐廣曰："蹻，草履也。"《釋名》以"蹻"釋"屩"，當以夏本、潘本爲是。

② 【張注】諷譏，各本"譏"作"議"，案："議"字是。

③ 【張注】成之書，夏本"書"作"者"，案："者"字是。

侍讀制二首

入而聞正言，出則行正道，此古聖王所以閶切約束，自致於善也。况朕之涉道未深，思得宏博通敏之士爲之講解。以爾禁林舊老，學有師法，宜入侍帷幄，發明大義，俾朕究知古聖王塞亂致治之源。庶幾聞正言，行正道，由爾之勸講成之也。可。

朕嘗觀古史。自聖帝明王、暴亂之君，莫不具載，燦然如觀星火。然多聞闕疑，孰從而質問？宜有博碩之師，明具大義。以爾儒林之老，通於古學，久直禁闥，朕所倚重，其入侍金華，以誦古史，爲朕講明前世聖帝所以致治之源，而暴君所以傾亂之繇，以昔鑒今日之得失，可不勉與？可。

太子家令率更令制

家令治刑獄、穀貨，率更令治殿門、刻漏，皆屬詹事府，以備司存。以爾謹善，老於儒學，并次新秩進之。然則晁錯嘗居此官，以政術顯，是不獨專於沉務而已。[①]可。

秘書丞制

魏置秘書令及丞，以待文學博通之士，故前世謂之天下清官，今者亦自蘭臺著作之局，乃得領職。猶足以異乎常選者矣。惟爾材業明茂，嘗以治邑有聲，使者言狀，遂掌史氏，三載奏課，復授以清官，其不爲榮寵乎！可。

① 【張注】沉務，潘校謂“沉”疑作“宂”，案：“宂”字是。

太子賓客制

朕既擇其師傅，皆鼎鉉調元之臣，乃朕碩德之老。然而位尊德重，燕見有時。至於游衍相講習，則宜得端士，爲之賓從。具官某道德深醇，有不肅之訓，嘗侍禁闥，老而彌謹。其令與吾子游，以備四客調護之義。可。

太子司議郎制

進善有旌，誹謗有木，記過有史，徹膳有宰，則尚何職於司儀哉！蓋道太子之善者，欲其起居左右前後，無不得其正也。具官某致忠於國，守節不傾，屢更朝綴，人稱其能。今以爲司議，用典箴誡。昔馬周恨不居此官，今爾之被選，可以無太息矣。可。

東宫官制

士之生，未有不須友以成之者。今吾子幼而向學，方有立志。[①]以爾諄諄耆艾，行方而學醇，可謂有師友之法矣。俾夫與吾兒游，言而聞正道，動而行正事。少而習焉，長有成德，非爾之功誰邪！可。

雜學士制

濯濯之麟，儀儀之鳳，集我靈囿，以爲王者之嘉瑞。惟朕之有，文章議論之臣，有在予左右者，[②]若某道業精深，通於治國之體；某祖德師經，明於古人之變。并處禁垣，蚤夜不懈，寖成挾維之功，朕甚嘉之。其遷某以某官，遷某以某官，以德詔爵，孰謂不然？方朕之憂得賢

① 【張注】方有立志，潘校謂“有”字疑“爲”字之譌。

② 【張注】有在予，潘校謂“有”疑作“其”，案：“其”字是。

者，[①] 以爲嘉瑞，詎比夫濯濯之麟，儀儀之鳳而已哉！可。

學士出鎮制

爾以文章諷議，出入王堂之署，[②] 燕見紬繹，詭辭密對，飫聞於朕德。而厭直承明之廬，拜章懇懇，願以試郡自效。惟東平之區，南負梁山，北并鉅野，土衍而民淳，足以卧治，乃易金華之美號而往莅焉。昔嚴助請守會稽，數年不聞問，武帝以璽書讓之，以爾之才，固足以辦一郡，勉樹休績，朕當以璽書褒之，以詘夫漢之侍從之臣，有不能者矣。可。

起居舍人制

前世謂，左右史正用第一流，[③] 其選大精於尚書郎，蓋執筆天子庭下，以記言動，較之古人，則史佚、董狐之職業也。今爾某文詞清奥，得雋甲科，入直西掖，以王言鼓動天下。揆其才美，宜以右史處之，與夫前世之論第一流者，吾無所愧耳。可。

潁王府翊善守太常少卿直昭文館齊恢、可守尚書左司郎中、依前直昭文館兼太子左諭德、諸王府記室參軍、尚書司封員外郎、直集賢院陳薦可工部郎中、依前直集賢院太子右諭德制

唐制，左右諭德掌諭太子以道德，其内外庶政，有司爲規諷者，隨事而贊諭焉。則處其官者，其選可以不重哉？以爾恢清謹廉，正不失其

---

① 【張注】憂得賢者，潘校謂“憂”當作“樂”，案：“樂”字是。

② 【張注】王堂，各本“王”作“玉”，案：“玉”字是。

③ 【張注】左右史正用，潘校謂“正”疑作“止”，案：“正”亦未合。據《宋史・職官志》凡稱“左右史”處，下亦無“正”字。

常；以爾薦，質直和厚，可任以事。而或入道經訓，或贊爲書記，使王有聞，緊爾能力。屬儲闈之肇啓，擇郎曹而并進。夫語道者非序而安取？論德者惟行之爲艱。毋或易言，以墜予訓。可。

龍圖閣直學士知河南府韓贄知鄭州祖無擇應奉山陵加恩制

英考皇帝馭飛龍以昇真，藏衣冠於橋山，萬國攬涕，竭蹶以趨事，而一二藩輔之臣，實奮厥績。予嘉爾勞，兹有優數。維汝贄敏於行實，濟之以夙給，而司洛都之管籥；維汝無擇老於辭學，將之以仁厚，而擁圃田之麾節。各率所部，協力以赴功。米鹽精密，無所漏遺。廟祔已安，宜疇慶典，增國舊封，衍之真食。以庸制禄，兹非懋賞之公乎？可。

給事中可禮部侍郎制

朕即政之初，思欲考禮之文與其古今損益之數，著爲大典，副於有司，其孰能順予之事而爲小宗伯者哉？丞相以爾某性寬而莊重，居簡而有廉隅，老成之德，可以爲世師。鄉以序擢，入拜青瑣，而間燕賜封，數有嘉論，據經引義，皆究本元。宜可以奉明詔，司大禮，爲少宗伯。朕曰：俞哉！夫禮失久矣，三代之純懿，朕不得揖讓乎其間。爾其摘去訛俗，附以古文，俾不詭於時議，[①] 朕將執之以從事焉。可。

給事中可工部侍郎制

《皋陶之謨》九德曰："日宣三德，夙夜浚明有家。"謂能行三德，則可任卿大夫。以爾純忠勁節，剛強而有立，合皋陶之慮，是可以爲卿

① 【謝案】議，文淵閣本作"義"，"議"字是。

大夫矣。起部副郎亦古之卿職也。歲次序遷，往踐爾位，無忘浚明之誠焉。[①]可。

右正言知制誥滕甫可右諫議大夫擢御史中丞制

漢武不冠不見汲黯，以萬乘之威而猶尊禮之，況淮南之叛王乎？然朕竊怪漢武不任黯以御史大夫，止於主爵都尉而已。豈直道之難行，獨見遺於盛世邪？具官某閎才勁氣，獨立無朋，演訓西垣，兼資諫列，引議慷慨，動中事機，俾朕聰明，徹乎萬里。宜進秩於東臺以長憲府。夫猛獸在山，藜藿爲之不采，爾其奮勵骨鯁，横身朝廷，助猛斷之大權，[②]闢衆正之夷路，思報殊恩，無憚後害，[③]如是，則朕豈遺嘆於汲黯哉！可。

中書舍人除御史中丞制

昔貢禹爲御史大夫，忠言謇謇，書數十上，時稱其質直。傅宣爲御史中丞，明法繩下，朝廷震肅，人服其有威。朕嘗重此二人，以爲真稱其職矣。以爾某學純行修，騫然介立，[④]不爲利訹，[⑤]不爲勢懾，有古君子之操。向處西掖，典治誥命，俾朕之言，雷行而風動，取信於四方者，惟爾之能。今擢之執憲，以長乎烏府，僉曰："俞哉！"夫雖舜之聖，猶上下相戒飭，爾其拂邪納忠於内如貢禹焉；夫雖堯之明，猶賢不肖雜處，爾其摧擊奸豪於外，如傅宣焉。俾朕不爲授印之羞，[⑥]豈不休哉！可。

---

① 【謝案】誠，文淵閣本作"誠"，"誠"字是。
② 【張注】猛斷，夏本、潘本"猛"作"獨"，案："獨"字是。
③ 【張注】後害，夏本"害"作"患"，案："患"字是。
④ 【張注】騫然介立，夏本、潘本作"介然獨立"。
⑤ 【張注】利訹，夏本"訹"作"誘"。
⑥ 【謝案】授，文淵閣本作"受"，"授"字是。

諫官制五首

拾遺品雖微而任莫重焉。朝廷之得失，天下之利病，皆得以抗言而論。夫舉朝廷天下之事以責之，非爲任重者邪？才能勝其責，則其施設於當然者猶有餘力，不則官雖在七品，[①]猶爲高位矣。以爾忠直介立，侃然不回，宜可以任其責，其以某爲右正言。可。

某嘗以直言極諫對策於大廷下，忠論亹亹，陳指世政，直言諸生之右，[②]朕嘗志之。今諫列有缺，擇之於衆，豈可先它人而後汝邪？[③]既以直言極諫充其科，又以正言踐其職，可謂有名實矣。爾其發憤吐懣，披露得失，毋忝爾科，毋隳爾職，以稱朕之夙志焉。可。

朕嘗怪武帝以汲黯之質直而不用爲諫大夫，俾之出入禁闥，補過拾遺，以副黯之所願，乃出爲淮陽守，朕甚少之。以爾性寬而莊重，居簡而有廉隅，入直西掖，發其辭令，數有駁議，今兹遷次，又以諫大夫處之。既授以紫垣之秩，而兼以議論之職，庶乎朕於帷幄之臣可謂無遺嘆矣。可。

舜爲漆器，禹雕其俎，諫者十餘人。漆器雕俎小過也，何其諫者之相屬也？然不若是不足以爲舜禹。後世之過，有甚雕俎者，然其折檻引裾，蓋亦曠世而一有焉。况朕之不明不敏，猥承大器，豈自必於無過哉！此朕之所以早夜而懼恐者也。[④]以爾俊茂修潔，濟之以經術，命以司諫，以補不逮，朕之過失有如雕俎者，爾其引義極言，無有所諱。夫以舜禹之心事於君，其有不爲忠臣者耶？可。

---

① 【張注】不則官雖在七品，夏本、潘本“不”作“否”，案：《易象上傳》“否，不也”。“不”“否”古字通。

② 【張注】直言諸生，各本“言”作“出”，案：“出”字是。

③ 【謝案】它，文淵閣本作“他”，“他”字是。

④ 【謝案】早，文淵閣本作“蚤”，“早”“蚤”古字通。

古之聖王，懼其不逮，必求骨鯁之士，俾之盡言。於是有引裾折檻，叩頭丹墀之士，以致其直。某官某，深於儒學，明悟强正，可以處諫列，以司朕過，無爲默默以取愧於古人也。可。

侍御史制

朕以某方正有經術，能處大事，乃任以爲御史中丞，朝廷以直爲宜。① 今中丞言爾介立無朋，不畏强禦，可中侍御史，② 朝廷亦以爲宜。夫以朕之知某，遂爲稱職中丞，繇中丞之言從而任卿，某亦爲稱職御史邪？③ 可。

御史制

侍御史國之司直，督視不法，以肅朝廷，以爾骨鯁盡節，心不外顧，可以執白簡以任御史之職。昔侯文爲東部督郵，④ 京兆尹劾之，以爲鷹隼始擊，當取奸惡，以成嚴霜之威，况爲朕之司直者邪？秋氣至矣，御史亦可以擊矣。勉哉！毋爲東部督郵之羞。可。

御史知雜制⑤

御史冠法冠，以察不法，蓋已爲雄重矣。而知雜事獨據南床，衆御史下之，不得抗席，則其風采之震薄，尤可憚已。某褆身檢行，折而不

---

① 【張注】以直爲宜，潘校謂“直”疑衍，案：疑衍是。

② 【張注】可中，潘校謂“中”字疑衍，或脱“殿”字，案：“中”非衍，亦非脱“殿”字。所謂“中”者，如漢人言“中秘書”“中古文”之例。

③ 【張注】某亦爲，各本“某”作“其”，案：“其”字是。

④ 【張注】東部，夏本、潘本“部”作“都”，案：“都”字是，下同。

⑤ 【張注】案：“雜”下疑脱“事”字。

撓，向在言職，引義慷慨，諤諤有争臣之風，[1]今擢處憲府，總其雜事，可謂有素節矣。爾其據正彈畫，肅清京師，以稱御史之職焉。可。

① 【謝案】諤，文淵閣本作“愕”。愕，古同“諤”。

卷　二

制

皇伯章德軍節度使濮國公宗樸可檢校左僕射、同中書門下平章事、充彰德軍節度使濮國公制[①]

門下：朕膺符赤伏之靈，繼序炎精之烈，圖本支之盤固，倚形勢之扶維。[②]示天下以强，則周世饗懷柔之治；教天下以睦，則堯民陶於變之風。緊我宗藩，推尊帝室，雖楙師旄之寵，[③]未參公衮之華，孚告大庭，踐揚顯命。具官某，器含廉静，德履端純。聳俊望以高騫，奮雅才而獨秀。[④]玉符傳瑞，拜於上將之壇；金輅啓封，胙以先生之國。[⑤]肆予纘武，霈灑湛恩。豈於懿戚之賢，獨被褒章之晚！是用載涓剛日，特峻彝儀。秩兼揆路之榮，位躡宰庭之貴。衍疏真食，增焕隆名。於戲！盟載册書，尚推同姓之長；賜均寶玉，况如伯父之尊。立愛自親，承流及遠。協成美化，勉著休聲。可。

---

① 【張注】章德軍，夏本、潘本“章”作“彰”，案：作“彰”是。
② 【謝案】扶，文淵閣本作“挾”。
③ 【謝案】師，文淵閣本作“帥”，作“帥”是。
④ 【謝案】雅，文淵閣本作“雄”。
⑤ 【張注】先生，夏本、潘本“生”作“王”，案：作“王”是。

皇兄宿州觀察使宗懿可封濟國公制[①]

朕惟聖祖神宗之子孫，頎然而在列者，咸得以分茅胙土，以世相及，所以明親親褒進有德，以示宗寶之蕃盛。[②]皇兄具官某，神宗之後而安懿王之長子，友愛之德，稱於其家。乃以東方之社，建爾於歷陽，用繼先王之餘烈。爾其悉心務德，乃惠乃順，以作藩輔，無隳我之休命。可。

皇伯集慶軍節度使、檢校尚書左僕射兼御史大夫上柱國虢國公宗諤南郊加食邑功臣制

門下：圜陛薦嘉，禮接三神之奥；端闈孚號，澤涵一氣之和。下漸乎跂行喙息之微，遠暨乎卉服穹居之長。矧予懿屬，爲世顯侯，宜焕發於宸章，用鋪昭於靈祉。皇伯具官某，惠心孚物，雋德兼人。嶷如屏翰之强，鬱然宗室之望。方欽柴而展寀，嘗委佩以相儀。雝雝來止之容，翼翼盡恭之意。輔成鉅典，宜茂沈恩。[③]既有嘉册，以啓金輅之封；豈無顯號，以賁龍旗之績。[④]兼倍增於書社，并敷告於治庭。[⑤]於戲！上帝之嚴，維烈祖是侑；上天之貺，維伯父是膺。不獨講明惠之文，又以著展親之義。勉思率履，以光寵名。可。

---

① 【張注】濟國公，夏本、潘本“濟”作“齊”。

② 【張注】宗寶，各本“寶”作“室”，案：“室”字是。

③ 【張注】沈恩，各本“沈”作“湛”，案：“湛”字是。

④ 【謝案】旗，文淵閣本作“旂”。旂，同“旗”，餘不出校。

⑤ 【張注】治庭，各本“庭”作“廷”，於義“庭”爲宫中，“廷”爲朝中，古書雖亦有二字通用者，然在文字中究不相宜，故此書凡“廷”訓作“庭”處，皆宜改正。集中凡“廷”字舊均作“庭”，乃於此後不再及。

皇弟左武衛大將軍建州刺史克鬬贈觀察使右監門衛大將軍克貴贈防禦使并封侯制

朕惟兄弟飲酒之飫，升堂而相樂，所以明恩義之厚。况夫奄忽長謝，得不爲之慘怛出涕，而又思有以褒其遺美而賁之幽壤，庶乎以極哀榮之致焉。皇弟某，生于予家，信厚而自立，靖恭以特位，[①]足享耆耋，而忽先朝露，與物而代去，朕甚悼之。其以廉車禦侮之優秩，并開侯社，用申襚典之重。九原可作，汝其歆授。[②]可。

皇侄克温可贈洺州防禦使追封廣平侯制

敕：王者惇睦九族，以致萬國之和。朕惟本支之隆，驩然接存之愛，[③]靡不篤也；惻然哀往之禮，靡不厚也。所以廣親親之道而率之天下也。具官某，承世德之楙，參時哲良。[④]威儀穆於内朝，行義推於宗屏。謂享遐福，以榮天枝；忽聞訃音，用震黼扆。加兵防之贈襚，啓侯社之追封。緬惟幽途，歆我愍典。可。

皇侄世儀可贈郢州防禦使追封富水侯制[⑤]

敕：王者推親親之道，所以厚天下之風也。予傷本支憑世系之慶，列宗藩之英。務學自篤，休有文雅之問；樂善亡厭，[⑥]居遠華靡之習。

---

① 【張注】靖恭，潘本“恭”作“共”，案：《詩》“靖共樂位”正作“共”，當從潘本。特位，各本“特”作“持”，案：“持”字是。

② 【張注】歆授，各本“授”作“受”，案：“受”字是。

③ 【張注】接存，潘本謂“接”當作“撫”。

④ 【張注】參時哲良，潘本、方本“哲”下有“之”字，案：增“之”字是。

⑤ 【張注】富水侯，案：“水”《宋史·世系表》作“永”。

⑥ 【張注】亡厭，潘本“亡”作“忘”，案：《詩·假樂》“不愆不忘”，《説苑》建本引作“不亡”，《禮記·檀弓》“以爲極亡”，《釋文》王本“亡”作“忘”，古書此二字多通用。

茫虖孰宰，[1] 命至奄謝。禭以兵防之秩，苴以侯社之封。泉途可榮，尚克歆命。可。

皇侄宗魯可贈徐州觀察使追封彭城侯制

敕：王者立愛自親始，所以教天下之睦。朕於骨肉之義粲而不殊，故寵有以厚存，而哀有以飾終也。故具官某，表儀宗藩，肅雍朝禁，遽兹奄忽，良用畫傷。禭以廉車之制，徹兹侯社之封。營魂有知，歆予追惻。可。

皇兄左衛將軍開州刺史仲行贈虔州觀察使南康侯制

《詩》有之："死喪之威，兄弟孔懷。"而予之伯氏，奄先朝露，乘代而逝，豈有不懷者哉！具官某，信厚自修，動而不逾禮。方期耆齒，以藩王室，天報不腆，遽聞傾殞。臨朝撫几，爲之哀愴。秩以廉車之雄，爵以通侯之貴，并爲優數，以禭其歿。親親之厚，兹予所以懷之也。可。

景靈宫使、昭德軍節度使、開府儀同三司、檢校太尉兼侍中上柱國、金鄉郡開國公曹佾南郊加食邑制

門下：朕撫皇器之初，攬紫庭之議。在漢則即位而見祖，於唐則逾年而命郊。欽維真廟之紹休，亦建泰壇而肇祀。肆余昧德，敢廢彝經？載探越綈之文，恭敕射牲之典，維天錫羡，與爾共縻。具官某，體醇茂之姿，涵夷雅之量。燕山紀伐，廟藏纍世之勛；沙麓儲靈，家擅外姻之貴。適黄鍾之萌氣，飭蒼輅以報天。陽燎升而精意孚，俎豆徹而美祥

① 【謝案】虖，文淵閣本作"乎"。虖，古通"乎"，餘不出校。

兆。溢爲嘉澤，燦若褒章。有懿號以茂功，有豐租以陪邑。於戲！寶鼎神策，靈符方賜於漢庭；乘馬路車，顯命宜褒於申伯。兹實上穹之况，[1]匪曰沖人之私。元舅勿辭，往踐寵數。可。

皇弟泰寧鎮海等軍節度使、檢校太尉、中書門下平章事、岐王顥、南郊加食邑制

門下：辰臨測景之圭，躬即禮神之囿。積燎乎高丘，而事君之義顯；薦鬯乎太室，而事親之教行。既歆予以絜誠，又錫予以嘉福。函蒙四海，發育萬靈。顧肸蠁之來成，[2]敢積重而專有？具官某，德隅嚴峙，仁範渾深。誰誰雁序之和，韡韡棣華之秀。屬初禋之受紱，陪朝踐以奠觴。維天地所以享一德之誠，維祖宗所以懷大孝之美。實資顯相，遂底嘉成。豈無展玉之恩，固有錫牖之澤。增茂功於盟府，衍多賦於爰田。光我邦家，莫如兄弟。於戲！白麟游畤，已膺元狩之符；丹鳳鳴山，更進岐陽之律。震靈光而下浹，揚孚號以肆行。勉圖磐石之勛，共起安瀾之治。可。

皇伯祖鳳翔雄武等軍節度、開府儀同三司、守太保兼中書令判大宗正事、東平郡王久弼起復制

門下：居喪不可凌節，雖重於親憂；於義有以斷恩，亦先於王事。維内朝之雋老，冠王室之英藩。將圖磐石之勛，宜講墨縗之制。載班顯册，特涣豐恩。皇伯祖具官某，信厚褆身，静專毓德，蓋出神明之裔，最爲戚屬之尊。樂善不厭，服東平之茂矩；事親稱孝，資高密之純誠。保有令名，藹聞衆聽。屬兹鉅痛，纍爾戚容。甫周卒哭之期，盍舉從權之禮。進登帥閫，兼衛周廬，凡在寵名，悉其舊次。於戲！漢廷作鎮，

① 【張注】上穹之况，夏本“况”作“貺”，潘本謂“况”通“貺”，然以“貺”爲正。
② 【謝案】肸，文淵閣本作“肹”。肹，古同“肸”。

方推劉氏之宗；魯國奪喪，何必徐戎之急！蓋展親於天族，庶修睦於民彝。服我褒華，永資夾輔。可。

太原府兵馬鈐轄制

大鹵之西北與羌夷接，其俗勁悍，聞桴鼓之警則攝弓而起，惟恐其後，羌騎憚之，不敢南向而馳。故朕常擢土人之豪傑爲之將領，以禦侮佚。具官某，忠義奮發，習於武事，嘗用才氣，雄於邊鄙，經略使某，奏課來上，茂績著焉。不有甄擢，何以勸後？乃以左帑之使，俾轄戎事，修爾戈矛，以同王之所仇焉。可。

帥臣制

立秋而鷹隼擊，秋分而微霜降。遣師命將，仗鉞而行，所以順肅殺之氣而成暴亂之誅也。具官某，策勛王府，忠勇無前，更踐會藩，兵政咸肅，惟鬼輿之分涇水上游，西控朔方，以捍羌衆，乃進以團結之任，爲朕藩屏。若闐然鼓之，使赴敵之士爭死先馳，[①]不見白刃之險者，此其素習也。秋風至矣，暴揚我威武，以謹察夫爲暴慢者焉。可。

夏竦制

朕夙設右府，以制武師。考諸典刑，蓋六卿司馬之任；本之輔相，爲三事大夫之崇。眷遇惟勤，尊顯兼極。具官夏竦，學貫文武，識通天人。明足以斷大疑，知足以任大事。被遇先聖，首中異科。慷慨名卿之言，雍容近輔之秀。逮朕紹服，歷踐柄司。材謀遠出於諸臣，論議有補於當世。進退一節，勤勞百爲。略平函夏之交，則裔夷執玉；綏靖大河

① 【謝案】馳，文淵閣本作“驅”。

之北，則邊堠戢戈。威名儋聞，民譽允洽。是用斷自朕志，召登機衡。遏流議於風波，定成契於金石。仍中軍之旄鉞，兼上宰之印章。褒進寵名，加陪賦邑。寵光渥縟，恩意敦隆。於戲！爲君之難，知臣匪易。任惟勿貳，初必有終。圖用舊人，朕既稽於前憲；肇謀王體，爾當究於治功。俞往欽哉！祇服休命。①

罷夏竦制

若時名器之重，惟兼將相之隆。雖中外之勢殊，而股肱之體合。以爾耆德，挺揚大廷。②具官夏竦，學通古今，材憲文武。造形之識，符蓍策以前知；決慮之精，若利兵之必斷。早經謀於二府，嘗宣績於四方。事勞實多，夷險同致。比付樞機之務，載勤夙夜之心。顧備罄於猷爲，抑久煩於志力。宜從休佚，③庸厚老成。往分留鑰之都，進視帥垣之秩。褒功衍食，并峻等威。於戲！進而屬之鈞衡，以爾才且舊；退則極於寵禄，俾爾壽而昌。遇臣之恩，在予無愧。④

夏竦樞密使制

出殿藩垣，是謀長帥；入經王務，實賴近臣。矧夫帷幄之嚴，蓋均衡弼之選。宜孚廷告，庸對朝僉。具官夏竦，業茂經綸，學通精祲。早事聖考，嘗更要途。肆朕纂承，愈益親近。向分推轂之寄，且著撫邊之

① 【張注】休命，潘校謂“命”下脱“可”字，案：宜有“可”字。【謝案】命，文淵閣本下有“可”字，當從之。祇，文淵閣本作“秖”。

② 【張注】挺揚，案：“挺”字疑“誕”字之譌。

③ 【謝案】佚，文淵閣本作“秩”。

④ 【張注】無愧，潘校謂“愧”下脱“可”字，案：宜有“可”字。

勤。偃息便藩，倏忽彌歲。[①]眷言右府，思任舊人，庶資經國之謀，以務戢兵之要。地官還秩，井賦敦封。賜號褒功，并推異數。於戲！勞師用武，未免於邊虞；務德懷戎，日恢於廟略。勉圖忠藎，庸答恩華。[②]

除韓琦制

惟幾成務，聖人所以體至神；以爵舉賢，群士所以濟大業。矧夫樞筦之任，均於廊廟之謀，心詢僉言，[③]審用材傑。迺揚顯號，以示至公。具官韓琦，器謀精深，[④]機神爽邁。早繇俊造之選，擢升高妙之科。列於争臣，置諸禁掖。不汲汲於榮寵，能謇謇於誠心。嚮以羌人弗賓，西疆謀帥，往護諸將，以寧一方，入經帷幄之猷，出領翰垣之寄。歲月薦易，[⑤]事勞居多，宜輟司於計文，且來遵於密命。優其視秩，崇以褒功，加地益封，并隆彝數。於戲！萬幾論政，[⑥]實圖朝夕之咨；右府本兵，尤重安危之計。毗予治者，維爾力之。[⑦]

樞密承旨左監門衛將軍任承睿可樞密都承旨制

朕舉天下之機事，統之西府，而諸曹就列，必有屬長以奉乎旨命。以汝持身莅職，稱爲廉敏，殆歷三朝，至於耆艾。閲其勞舊，宜有以序遷。褒寵之澤，爾其衹服無怠。可。

---

① 【張注】彌歲，各本“彌”作“冞”，案：“彌”，《説文》訓“久”，長義；《尚書今文》作“冞”，音義皆通。又《詩·殷武》傳“冞”訓“深”。《廣雅·釋詁三》“彌”，亦訓“深”，亦可作二字通用之證。

② 【張注】恩華，潘校謂“華”下脱“可”字，案：宜有“可”字。

③ 【謝案】心詢，文淵閣本作“必詢”，當從之。

④ 【張注】器謀，夏本“謀”作“識”。

⑤ 【謝案】薦，文淵閣本作“洊”，“洊”，古同“薦”。

⑥ 【謝案】幾，文淵閣本作“機”，“幾”“機”通。

⑦ 【張注】力之，潘校謂“之”下脱“可”字，案：宜有“可”字。

瓊州監押李文仲酬獎可内殿承制[①]

本道使者言汝護兵於瓊管，海夷錯居，安而不擾，秩滿地課，[②]請如甲令加賜。夫惟信賞必罰，確若金石，朕方執此以礪世焉，其勿從可乎？可。

大理寺丞蘇軾可殿中丞制

汝以高文大册，伏對於大庭，忠言俊氣，直出諸生之右。宜擢之不次，絶群而進，尚可歲月之纍耶？夫奏言試功，大舜之所以治也。凡汝所言者，朕既得之，而其所試者，今又載於有司，稍遷以通籍。勉爾志業，以需不次之澤。可。

大理寺丞致仕朱臨可殿中丞制

爾以文中科，不顧斗粟之禄，去而歸故里。從容乎湖山之樂，不亦高乎！屬兹均澤，進秩一等，此赦令也。而爾之齒甚壯，尚不欲攖之以吏職者，亦將遂爾之雅操焉。[③]

三司使制

某官某：朕嘗以爲翰林之職，高文大册，爲當世宗工；嘗任以開封

① 【張注】方本“承”下有“旨”字，夏本“承”作“丞”，潘校亦以爲“丞”字之譌。案：《宋史·職官志》卷百二十一“合班制”中作“内殿承制”、百二十二“叙遷制”中亦同。是宋制官稱本如此。增“旨”字與改“丞”字均非，但制下脱一“制”字應增入。【謝案】承，文淵閣本作“丞”，當從之。

② 【謝案】地，文淵閣本作“第”，當從之。

③ 【張注】雅操焉，潘校謂“焉”下脱“可”字，案：宜有“可”字。

尹，桴鼓稀聞，[①]爲三輔第一。更履内外，可謂有成績矣。今三司使既已進輔大政，當擇能者以爲代，考之以群臣，[②]無以易卿者。方朝廷功役衆興，常賦蹶而不能給，天下之利則必有遺落而不收者矣。[③]爾其專思熟計，發明大册，撥其利源而更濬之，使夫金錢紅粟流衍乎路衢而積滿乎府庫，以足縣官之費，可不爲大功也邪？勉哉！其恭承朕之明命。可。

兵部尚書可三司使制

古者諸侯各食其賦，故司會之職爲簡而易舉。由漢而來，天下斗粟尺帛之出納，[④]一歸於大司農，則非夫聰明强力、深通夫儒術者居之，則百利之源或幾乎涸矣。具官某，雅德淑問，溢於當時，大事能斷，先帝器之。向以大司馬之任總治七兵，而戎容武節，赫然四馳，今大司農缺，遴選於衆，毋易於汝者。方朕之踐阼，賜予之廣，陵寢之役，大費并出。爾其通有無之數，均發斂之期，上以實吾國，下以裕吾民。俾夫萬貨之多，其出如泉源，其積如丘山，糞壤之間，皆有餘弊，[⑤]則朕憑几以觀天下富，[⑥]非汝之力邪？可。

三司判官制五首

朕嘗考郡臣之能，[⑦]籍其高第者志之，以備臺省。乃得某，明智自

① 【張注】稀聞，潘本“稀”作“希”，案：“希”與“稀”古字通，見《文選》曹子建《朔風》詩“朱華未希”注。
② 【張注】考之以群臣，潘校謂“以”疑衍，案：衍“以”字是。
③ 【謝案】則，文淵閣本作“其”。
④ 【謝案】帛，文淵閣本作“布”。
⑤ 【張注】餘弊，潘校謂“弊”疑作“利”，案：疑當作“幣”。
⑥ 【謝案】文淵閣本“非”上有“庸”字。
⑦ 【張注】郡臣，夏本“郡”作“群”。【謝案】當從夏本。

將，深於應務，其忠樸不阿，長於持正，此皆朕之高第者也。今司會缺員，釋此而不取，更欲外求耶！爾其往佐度支鹽鐵之職，謹守財賦，無虛朕之命籍焉。可。

荀子有言，儒術行而天下富，然後昆蟲萬物生其間，可以相食養者，不可勝數也。今舉四海之積，藏之於公府，僅能當歲計，或不足，則斂之於民，豈操其術者非邪！以汝明白有知數，深於古今治亂，乃用咨擇，任爲大司農之屬官。調其度量，演其籌筴，以深思致天下之富焉。可。

食出於田，貨出於山澤，財用之源也。暴徵之則下竭，薄取之則上不給。量其出入之度，以操其術者，在吾司會之府焉。以汝才數周敏，過絶於人，將漕淮右，京師之積有羨。今用以佐吾司會，必能演籌筴，調其盈虚，上積於公府，下溢於民室，以副吾之選擇焉。可。

舊制三司屬官缺，大司農得以擇其能者而次補之。今三司使某言爾之才，明白强力，長於治劇，可用爲屬官。夫大司農，朕之所舉也，所舉惟其賢，則賢者必能推其類而進之，安可不聽大司農之言哉！可。

朕嘗用某官爲三司使，思得才能强濟之士以佐其治，迺下丞相府，俾擇其人。丞相言爾通敏無滯，可用爲判官。惟朕既能選三司使而無廢職，今丞相又能擇其屬官，則天下之大計可以無憂矣。可。

四廂指揮使制二首

漢以中郎將掌三署郎，執戟宿衛於殿廬。今虎旅之都帥，猶漢之中郎將。爾嘗以忠謹佐騎兵，環徼道而侍，夙夜有勞，宜用次補，以副衛將軍之職。昔楊惲爲郎將，罷山郎移，薦舉高第，三署郎莫不自厲。爾其嚴法令，明白善惡，以率其不恪，庶乎朕期爾於楊中郎也。可。案，《漢書·楊惲傳》："郎官故事，令郎官出錢市財用，給文書，乃得出，名曰'山郎移'。"惲爲中郎將，罷山郎移。此本脱"移"字，今據增入。

今之提虎旅以直嚴更之署者，猶漢之左右羽林之制，武服之臣最爲要官，某沉毅而斷，通於兵制，攝弓撫劍，以障河隴之戍，蓋有能名。俾升刺部，入掌羽衛，擁虎戟以護建章。勉圖忠效，富貴之漸，行來逼人矣。可。

功臣後制三首

朕之烈祖，披戎衣以取天下，[①]其躡風雲而起者，皆豪傑不世之士，奇謀偉績，[②]鏤於丹書。嗚呼，古矣！朕不可得而見也。思見其子孫之賢者，將尊榮之，以繼其風烈。某沈毅忠密，出入禁闥，逮事先皇帝，功效明白，而滯於使列既已久矣。其增以部刺史之秩，以旌其能。爾其修慎勉力，以纂其祖功，如召虎之於召伯也，不亦美乎！可。

王公大臣之後，竟零落而不聞者，朕甚憫焉。故於郊祀赦書，俾求其嫡系，且將推禄以及之。如聞爾等修潔，皆爲佳公子，此真朕之所欲得也。無以一命爲薄，爾其勉圖忠力，高爵厚禄，朕所不敢私吝也。可。

粤十一月甲子，朕躬執籩豆，以見烈祖神宗於太廟，伏思創業之際，二三佐命元老，其後世廢絶，亡一人在禄籍者，朕蓋傷之。是用申命，俾求其後，乃得爾等，并以一命，俾之登仕。昔楚王思子文之功，

① 【張注】披戎衣，潘本、夏本"披"作"被"。披，段注"被"之義引伸爲"光被四表"之"被"。故古書"衣""被"字亦可作"披"。《楚辭·大司命》"靈衣兮披披"可證。

② 【謝案】績，文淵閣本作"跡"。

曰：“子文無後，何以勸善？”朕亦將勸臣下之爲善者也。可。

祁州防禦使知代州劉永年可鄜延路副總管制

高奴之屯，帶甲百金之士十餘萬，[①]以捍西羌。屬之才武，兼護一道，折衝制勝，以贊夫元帥而左右之。以爾具官某，忠厚有謀，事至而能斷，析符代北，風聲懾乎外境。屬茲易帥，宜用進褒。夫厚而不能使，愛而不能令，譬如驕子不可以用，此正今日之通患也。爾其屬之以勇，[②]肅之以威，進退死生，在我而已，豈非善耶！可。

① 【張注】百金，潘本、夏本作“執戈”。
② 【謝案】屬，文淵閣本作“勵”。

卷　三

制

郎官制

某官某，精明能斷，而人服其才；某官某，通博有文，而世稱其孝。各以風績，列於郎署，有司奏課，謂宜賜秩。惟職方氏掌九州之圖，惟中都佐司隸以察不法，并爲前世之要官，亦足以爲寵數矣。可。

户部郎中天章閣待制劉元瑜可左司郎中制

爵賞之公，自貴者始。今夫文章諷議迭居乎内外者，皆爲士大夫之望，閲歲寖久，濡滯而未遷，則何以勸於下哉！具官某風力開濟，動必解其理，踐服衆職，雅爲先進。計其功狀，蓋有藩輔宣化之勞。俾升都公，[1]以貳左轄，庶乎朕之爵賞，仁於貴者。以示於下，其亦有勸者乎！可。

發運使可兵部郎中制

劉晏典漕事，常曰："一粒不運，願負米以先趨。"其自任如此。

① 【張注】都公，潘校謂"公"疑作"官"，案：作"官"是。

今京師之餉，畢出於東南，故擇爾領使，粟行數千里而無膠舟之害，京師充實，可謂有勞矣。歲滿遷秩，其以七兵郎處之。勉思職業，自任之重如劉晏，朕何患無宿飽之師哉！可。

屯田郎中祝諮作坊酬獎可都官郎中制

甲不堅密，與袒裼同；射不中遠，與亡矢同。汝以才敏，總治衆巧，齊金鍛革，莫不精利，畜之武庫，足以待國事而威四方。古者治不去兵，安不忘戰，兹朕所以進爾以美秩也。可。

三司度支判官兵部員外郎秘閣校理李大臨可工部郎中制

爾以文辭中第，遂更事任，佐吾大司農之職，取贏化滯，本用强而不屈。有司稽其最，於法當遷。起部清曹，事膺寵命，[①]凡汝之强學力行，將致其所有於人者，已嘗志之矣。尚煩朕之爲訓邪！可。

禮部員外郎御史知雜事龔鼎臣可吏部郎中制

先帝以爾敦敏有經術，不爲豪勢所屈，擢居御史府以知雜事。持重守義，務通大體，時有所發，則中外莫不憚服。豈惟先帝爲知人哉！雖朕亦以汝爲識所任矣。夫仕至尚書郎，皆爲顯官，而多不得居首曹。今汝以御史之重，兼首曹之選，以庸制禄，[②]可謂充其德矣。可。

---

① 【張注】事膺，潘校謂“事”疑作“是”，或作“時”。

② 【謝案】庸，文淵閣本作“榮”，“庸”字是。

近侍加吏部郎中制

晋文帝嘗求吏部郎，或以裴楷、王戎進，然而獨用楷。則戎者猶以爲少耶？今吏部郎雖不領職，以其冠左曹之首，非道德侍從之臣不得參焉。以某淹通有雅識，出入禁林，高文大册，爲朝廷光。歲次宜遷，乃以吏部郎處之。使之在晋文之朝，亦必置戎而授矣。可。

吏部郎中制

尚書郎皆爲妙選，然多不得居首曹。惟才哲之美，委於事任者乃得居之，以爾明勁不撓，屢更器使，付以淮右，百城震慴，嶄然益見其風力。今齎課來上，乃用吏曹郎處之，可謂才與職稱矣。可。

度支郎中致仕李宗易可司封郎中制

壽祺之老，[①]以年引去，超然自遂乎逍遥之境者，雖寵辱之不能及。逮予之履位，可無汎澤以嘉其素尚乎？具官某，履夷處順，風塵不雜，解紱而歸，嘯歌乎樽酒之樂。適兹大賚，進秩名曹，寵命儻來，尚不爲鄉里之榮乎！可。

水部郎中劉緬四人改官制

尚書郎更直建禮門，奉常博士出導乘輿，是皆古之美官，廉俊喬雅之士多居之。[②]今爾等宿道修方，見於治狀，以時次補，宜選之美官。既已加賜，又需汝之奏功焉。某可。[③]

---

① 【張注】壽祺，夏本“祺”作“耆”。【謝案】當從夏本。

② 【張注】喬雅，潘校謂“喬”當作“高”，案：作“高”是。

③ 【張注】某可，各本“某”作“其”，甘校謂疑衍。【謝案】某，文淵閣本作“耳”，則“耳”應屬上句。

職方員外郎周革可屯田郎制

先帝遷玉座於壽陵，群司犇走，以率厥職。暴露草次，夙夜之勞，兹亦久矣。以汝愨心奮力，敏以趨事，復土告成，相府上其功。予惟汝嘉，賜秩田曹。祗復優數，以昭我大孝之烈。可。

司門員外郎分司李徵之可庫部員外郎制

爾有嘉材敏識，服次郎省，年髮未衰，屏處乎廬阜之下，可尚也哉！朕之即政，澤漸乎動植，况兹留務易退之臣，得無增秩之賜乎！介爾壽祺，以永我之榮命。可。

都官員外郎謝鴻知瓊州可職方員外郎制

瓊管距中土萬里，環以大海，孤居於風濤絶險之間。朝廷嘗飭使者，擇本道能吏以爲之守。及其罷歸，則又第其功狀而加秩一等，今汝任職三歲，爲治有條次，馴伏黎蠻，遠人蘇息。顧汝之勞，應詔條可遷，且明吾賞罰之功，[①]不遺乎萬里之外矣。可。

屯田員外郎任逸可都官員外郎制

《尚書》謂之“文昌天府”，漢選孝廉之能文者以爲郎，隋始置外郎，或釐其曹事。今考次而升者，蓋異乎古法，而特以歲遷爾。然爾之敦實清修，治官有善狀，課在有司，亦不可以掩。程能授職，是猶不爲高選者哉！可。

---

① 【張注】賞罰之功，夏本、潘本“功”作“公”，案：作“公”是。

比部員外郎知濰州蕭渤可駕部員外郎制

汝以精明達乎爲政，[①]遂佩左符以長乎北海，阡陌静安，無桴鼓之警。有司較年，遷以司駕，漢世二千石有殊績者咸被褒異。勉爾職業，增秩賜金，行復至矣。可。

太常博士秘閣校理雍子方可祠部員外郎制

豪雋之士，群居於册府，講究藝文，養其美德，兹所以備天下之器使也。以爾資性端敏，秀於西州，以文中科，遂游東觀。尚書典詞，今爲名曹，比纍日之遷也。[②]如其器使，則朕將爲爾圖之。可。

知西山保州董允仲可檢校户部尚書制

朕之初踐阼，德澤浸於無垠，東漸乎日域，西浹乎月窟，罔有不及，而况蜀土之徼縻我爵號，歲奉琛贐而來庭者哉！具官某，以才武之雄，授節西土，綏撫族類，不渝不震，胥附而面内，適兹大賚，思被寵光，將誇美於有衆，朕甚嘉之。夫賞籯金而賜龜綬，蓋倣古焉。宜用進秩，以榮我之休命。可。

綿州録事参軍杜鎬加檢校水部員外郎制

先帝躬執豆籩，以饗上帝，斂時福禧，用錫於天下。汝惟服寀，爲郡紀綱掾，請如詔書，俾均優澤。水曹視秩，往其祗踐毋怠。可。

---

① 【謝案】乎，文淵閣本作“于”。

② 【張注】比纍日，潘校謂“比”當作“此”。

少府監劉允中可司農卿制

舜之命稷，曰："黎民阻饑，播時百穀。"司農之任也。蓋自舜時已在二十有二人之列，今雖失其職，而挈名在籍，[①]猶居三品，可不謂之尊顯哉！以汝服勞王采，治行有聞，剖符西土，吏民服其教，予維汝嘉，遷汝農正。勉思祇服，以永來譽。可。

大理少卿制

舜爲君，皋陶爲士，其用刑可謂明矣，猶曰："欽哉！欽哉！"况朕之眇末，敢不盡心！故常擇通恕之君子，爲之讞議。大理卿言爾明允詳刑，[②]罔不協中，既已試功，宜用遷陟。爾其體朕之訓言，終厥績焉。可。

荆湖南路轉運使衛尉少卿杜植可光禄少卿制

汝出於名家，以才能自奮，數更事任，美績發聞。惟湖湘之南，薄於蠻徼，蟠亘數千里，汝爲部刺史，相府上其課，宜有遷次。光禄古官，維司少列。凡南道之利害，汝蓋以精心懇力講求之矣。於朕之訓辭可略焉。[③]可。

宗正寺丞制

先皇帝初即位時，宗屬之在玉牒者纔百人。本支蕃衍，結佩而仕朝者，今餘八百員矣。親疏之序，隆殺之節，有丞有卿以統之。以爾器質端

---

① 【張注】挈名，潘校謂"挈"疑作"策"。
② 【張注】詳刑，甘校謂"詳"當作"祥"。
③ 【張注】可略，潘校謂"可"當作"勿"。【謝案】當從潘，作"勿"是。

雅，通於文理，可用典治，以序九族。祇率明訓，以副朕之甄擢焉。可。

蘄州廣濟縣令張安雅等二人可著作佐郎制

仲由宰蒲三年，孔子入其境而善之。今汝爲朕治邑亦三年矣，而部刺史交薦其能。夫吾民之所仰法者，刺史縣令而已。朕方將進循吏以懷吾民，其可不爲之增秩耶！可。

華州下邽縣令李元瑜等可著作佐郎制

《詩》有之："芃芃棫樸，薪之槱之。"言賢者多而國家得以采用之也。夫萬官之列於下，猶山木之蕃茂，廉按牧守之臣，歲得以擢其高第者進補於朝。惟爾等履忠樂職，皆以高第聞，宜疏優澤，俾佐秘省，所以申《棫樸》之咏，而爲國家之用也。可。

西頭供奉官常用之可右清道率府率致仕右侍禁李襄可率府副率致仕[①]

古之仕者量其可任則受，至於不能而止，所以遠殆辱也。朕嘉斯人之徒，故於謝事而歸者，必增秩以遣之，往欽茂恩，以安末路。可。

内殿常班永寧寨都監石炳可内殿承旨制

爾奮身於絶塞之地，以乘一障，圖忠報國，真壯士也。訓兵秩馬，[②]戎備以修，考之成績，宜用疇賞，勉厲武節，以遲爾之來效也。可。

① 【張注】案："仕"下脱"制"字。

② 【張注】秩馬，夏本、潘校"秩"俱作"秣"，案："秣"字是。

内殿崇班梁從政可内殿承旨制

某以强敏見稱，通於戎務，久次内朝，厥有的效，稽之官簿，宜在升秩。往承詔旨，汝惟欽哉！可。

兵部員外郎天章閣侍講知諫院傅卞可寶文閣待制制

惟予之仁祖皇帝，以人文陶一世，雲章炳炳，下燭乎萬物，藏之内閣，以與夫伏羲、堯、舜氏之遺書并傳乎無窮。宜得閎雅敦敏之士，以需詔命。具官某，禔身檢行，不愆於義，勸講金華，授學有師法，與於諫列，數進忠言，蓋有夙夜挾維之勞。首被兹選，孰不爲宜？惟其執經便坐，發明聖人之義者，則不易汝職。可。

劍南節度推官張士澄等可大理寺丞制

萬官之才，豈朕一耳一目之可盡之哉！然而卒所以能盡之者，寄朕之耳目於岳牧、連帥，推而進之耳。維汝修方宿業，以廉治日顯，[①]薦牘交上，可勿聽乎？宜寵以廷尉丞，以示我擇材之公。可。

陝州司理參軍柳説等二人可大理寺丞制

本道使者曹元舉等言爾廉謹治官，有善狀。章下有司，有司亦以爲績效明白，如章所言，可用進秩，乃升爾以廷尉丞。爾其祇踐，以稱我懋功之意。可。

---

① 【張注】日顯，《宋文鑑》"日"作"自"。

高麗國進奉使可大理寺丞制

朕聞太蒙之人仁，太蒙，東方之國也。爾等奉其國琛，逾不測之海，以集於此，其忠孝之心，[①]其得於太蒙之仁者耶！朕嘉乃誠，俾有真命。丞於廷尉，仍賜腰章，歸而佩之，足以誇榮於遠人矣。可。

延陵縣令監原州折博務王頤可大理寺丞制

爾以幹敏被薦，掌貨於邊，積幣通發，歲用登衍，第其成課，法應賞次。丞佐卿曹，是爲優渥。往踐乃服，益圖報塞。可。

國子監直講可大理寺丞制

太學，育材之地，必有英豪卓異之士群處焉。講之以《詩》《書》，勸之以道德，聳之以名譽，至於成人而後已，此國子先生之所職也。某修經明行，爲時儒師，朝夕訓導，厥功茂焉。其選大理之屬丞，以厲夫教育之勤。可。

常州司法參軍監汾州永利鹽監柳真公可大理寺丞制[②]

煮水爲鹽，徵而積之，以佐元元之賦，其可廢哉！爾以幹潔，謹司鹽筴，美利增衍，溢於萬鍾。歲滿賫課，薦者又言其能，進秩廷尉，庸非醻勞之功乎！[③]可。

---

① 【張注】其忠孝，潘校謂"其"當作"具"。

② 【張注】夏本"真"作"直"。

③ 【張注】醻勞之功，甘校謂"功"疑作"公"。【謝案】文淵閣本作"公"。

河東節度推官胡朝宗可大理寺丞制

才能之士落於郡縣，猶遺金之在通衢，俯而取之，其有不顧者耶？如汝之學通行周，動而敏於事，[①]自帥臣而下，薦書交屬，乃用廷尉丞，以勸其功。朕之此授，可謂得士矣。可。

永寧軍判官鈕華國可大理寺丞制

荀子稱賢能者不待次而舉，以汝之才，實暴炙於群士間，[②]奚須曠日月而後進耶！蓋甲令所著，必其考言試功，乃得以遷秩焉。然而士之絶蹤而遠到者，莫不由此而進，則汝之奮翼騰上，蓋亦自今日始焉。可。

刑部法直官夏侯圭可大理寺丞制

刑部以汝持議明恕，罹文法者皆稱其平，已閲再歲，請賜以優秩。此故事也，宜升之廷尉丞。夫于公爲郡法曹，陰德乃逮於子孫，況其寵禄之及身者，庸可辭耶！可。

合州巴川縣令張仲容等二人可大理寺丞制

有地方百里以行仁政，此仲由、冉有之事。而汝等皆爲百里長，廉達信愛，其民宜之。賫其閥閲，以上有司，謂當遷秩，顧朕何所愛哉！將以勸夫善爲政者爾。[③]可。

---

① 【張注】動而，潘校謂“動”當作“勤”。【謝案】作“勤”字是。
② 【張注】暴炙，夏本“炙”作“著”，潘校謂疑誤，或作“見”。
③ 【謝案】爾，文淵閣本作“耳”。

山南西道節度推官孫亞夫可大理寺丞制

真宗皇帝時嘗較天下士，以汝祖暨爲第一。及仁宗臨試，汝又中甲科，何其不相遠耶！然汝父暨早世以歿，未能究其功烈。今汝方發其軔而馳，未見其止也，則汝祖之志儻可以伸乎！可。

虔州信豐縣令鄭晋獲盗可大理評事制

群盗剽奪，伏於林谷間，汝親帥使士[①]，以搗其巢穴，績效明著，合於甲令。其遷廷尉六百石，用疇其勞，朕之賜賞，可謂當功矣。可。

太常博士龐元英將屯田員外郎回授弟元直光禄寺丞制

朕以汝父先帝之大臣，既已淪謝，乃均其遺澤，以及諸子。而汝兄篤於友愛，願上一官，易以授汝，朕何有不從哉！將以成汝兄之美志爾。可。

大理評事朱初平可光禄寺丞制

汝以文得雋，擢次科甲。[②]主畫幕府，蔚有成績；進見庭下，稍遷京寺。丞佐司宰，厥維茂恩。勉爾清修，以需光顯。可。

① 【張注】使士，方校謂"使"疑"死"字之譌，潘校謂疑作"吏"。【謝案】使，文淵閣本作"吏"，當從之。

② 【張注】科甲，甘校謂當作"甲科"。

秘書監可左散騎常侍制

天子之乘輿，出則以散騎陪乘，處則以散騎侍左右，故屬車之間，便殿之燕，未嘗不與散騎游也。所以聞正言、見正道，將成乎聖德。朕之初御天下，思得賢者與之游，其不爲慎柬耶！①具官某，潔白高雅，飾之以儒術，至於華髮，玉節不渝。向處秘府，典治圖籍，有考合校讎之勞，朕甚器之。其以左貂金蟬隸於門下，以侍宸極。昔文王有四友，孔子曰："自吾得回，門人益親。"則朕之命爾，亦將爲左右先後也。可。

追官人孫亢等二人可文學制

爾忽於官箴，自底於罰，已更赦令，與之自新。稍遷散秩，以觀其後。可。

靈臺郎制

荀子曰："天行有常，不爲堯存，不爲桀亡。"然則日月之經會，天星之隱見，至於虹蜺冠珥，凌蝕之變，不可不察也。具官某，考步天路，窮其精蘊，占測祥侵，②咸有經驗。稽其歲勞，可用遷次，靈臺之正，俾之專領。可。

原州司户陳汝玉可司天監丞制

裨竈言鄭火，子産以爲人道邇，則朕奚取於占天者哉！誠不欲廢薦者之論，俾之奏伎，聊觀其所學爾。因能授職，莅於太史，必先正名，

① 【張注】慎柬，潘校謂"柬"當作"重"，案：疑是"揀"字。

② 【張注】祥侵，案："侵"當作"祲"。【謝案】文淵閣本作"祲"。

茲非爲政之要乎！可。

曹詧、曹煜并可太常寺奉禮郎制

朕舉天下以養皇太后，猶歉然懼不足稱，而況外家之親，以時加澤，其可獨靳哉！屬朕誕辰，萬國蒙慶，其以皇太后近屬二人升秩京寺，以表朕烝烝大孝之道焉。可。

太子太師致仕張昪奏醫人張舜民可國子四門助教制

朕之舊德之臣，言爾習於黄帝俞跗之術，丐以一命，將旌其能，可不聽哉！國庠試職，爾維祇踐，庸示我之優恩焉。可。

晋州醫博士武泰等二人可國子四門助教制

日者下書，以搜能醫，守藩之臣，以爾治術頗精，疑可以應詔。既以名聞，何愛一命，不爲之甄采耶！可。

殿中丞張太寧可太常博士制

博士爲秦官，常擇通古今者處之。今雖以次升，然非詞學中科，則猶不得與焉。有司比課，言汝以文取勝，藴藉有雅才，閲其治實，應法可遷。夫爵禄公器，惟能者得之。勉爾職業，豈特爲博士而已哉！可。

翰林醫官少府監宋永昌可殿中省尚藥奉御制

汝以醫名家，而精於金匱玉版之術，久籍禁林。稽其治驗，蓋一二之失者，鮮矣。以事制禄，其遷以殿省六尚之局。益修汝職，用祇服我寵命。可。

職方郎中馮沆致仕一子可試校書郎制

爾之父以忠潔自修，白首不懈，引章抗言，請佚其餘年。詔音財及，[①]而奄已淪謝。加賜一子，庸示朕之茂恩。可。

敦遣人韓盈可試校書郎知縣制

敕：吏言爾行義甚高，鄉里師之。善積於家而賞行於朝，古之道也。其以某試蘭臺校書。爾其勉敕不懈，以師其民，[②]俾至於爲善而後已，則於時豈小補也哉！可。

---

① 【張注】財及，夏本“財”作“才”，案：古字“才”與“財”“哉”同，見《論語·公冶長》，《集解》引鄭注“材”又與“財”同，見《荀子·富國》楊倞注，故此四字多通用。

② 【張注】以師，潘本“師”作“帥”。

卷　四

制

三司鹽鐵副使衛尉少卿陳述古可光禄卿充河北都轉運使制

大河之北，蟠亘數千里，北與匈奴接。雖無事時，束其弓甲而藏之，然官吏有治否，糧餽有虛實，概於一道，可無督視廉按者哉！具官某，名家之隽，高材勁邁，事無劇易，沛然而有餘，遂用佐吾大農，以蕃衆貨，海王之國，厥賦出焉。按籍疇庸，[①]俾升於大僚，維是北道，皆以屬汝。攬轡而行，朕何爲而顧哉！[②]可。

天章閣待制可都轉運使制

漢之麒麟、天禄以藏圖籍於内禁。今實中秘之書，悉貯於天章閣，博求道德經術之士，以待制命，玆實儒林之佳選。以爾辭學中科，治行明茂，嘗任諫列，數進忠言，有仲山甫補衮之美，遂用佐吾大司農，以計國用，財貨流衍，厥政用乂。疇庸有典，乃升爾以圖籍之選。夫關隴

① 【張注】疇庸，夏本“疇”作“酬”，甘校謂當作“醻”。案：“酬”乃“醻”之或體，《一切經音義》謂“酬”古文“醻”，自可通用。至“疇”於義爲已耕治之田。作“疇”非是，當從夏本。集中凡“酬”多譌作“疇”，此處校正後不再出。

② 【張注】而顧哉，方本“而顧”作“西顧臧”，夏本、潘本作“而顧憂”，案：當從方本。

之右，宿兵數十萬，拱手以待哺，爾其爲朕將漕，以飽吾師。仗節而西，吾何爲而西憂哉！可。

逐便人高師説可檢校水部員外郎深州團練使制

朕既即位，解其衆故，思與天下更新，於其敗纍而失職者，皆得叙進於有司而加之秩命。則於汝之久斥，其可獨遺耶！可。

莊宅使康州刺史折繼祖可本州團練使制

折氏世爲守臣，以障西夷，忠孝顯著，編在令甲，乃祖乃父，咸被褒寵。今爾繼祖，開爽有計數，控服部族，偃旗而息。先皇帝時既有俞命，而使者剡章又列其治效，請賜爵秩服。維先皇帝之俞命，敢不恭承哉！夫不規近利，以存遠略，此正汝之所務而朕之所取也。勉終來譽，以嗣汝之先烈。可。

秦鳳路鈐轄左騏驥使向寶可皇城使再任制①

魏侯廟廷之饗，上功席前行，次功席中行，無功者處後。秦人奪氣不敢窺西河者，以賞罰素具也。幕府言爾提兵絶塞，明習事機，芟旗斬馘，數履行陣，更書甫及，宜有以褒擢。朕甚嘉之，增秩留任，并示疇庸。爾其率勵壯猷，行取銘鼎之勛，奚特饗於前行而已哉！可。

京苑使王易可皇城使制

朕列師屯於坤維，擇爾爲之偏帥。其行也，進律一等，以爲戎列

① 【張注】左騏驥，方本、夏本、潘本“左”作“右”。

之雄。維爾之明果，夙建武節，屢擁麾符，咸以治績聞。今付以蜀郡之兵，兼護西道，蓋亦重矣。夫威克厥愛，乃能濟務，董齊士衆，爾其勉之。可。

内藏庫使曹佺可皇城使制

朕聞曹冀王用兵破數大國而不妄殺一人，[①] 故其子孫蕃大，佩紱而朝者，比諸將之家爲尤盛，非陰德之然耶？惟爾忠謹自修，莅官稱治，重以母后之近屬，纍日計勞，遂冠乎使列。然則大勛之後，自以材能，不獨以外家私恩進秩也。可。

皇城副使石守正可儀鸞使制

群司之置使，所以宅才武之臣，序遷次而明升黜，與夫尚書諸曹郎相等。用課最而至此者，亦已爲通顯矣。以爾祗靖愿慤，赴功以敏，比課於有司，法當增秩。躐等而進，庸示我之嘉寵。可。

皇城副使知安肅軍兼權兵馬鈐轄張德志可儀鸞使仍落權字制

易水之南，敵之往來道，[②] 設障屯師，以塞其衝。汝用才武被選，俾守其軍壁，畜馬訓士，邊烽不作，蓋勤已久矣。朕方圖汝功，而引章自言。按籍增秩，庸正使列，勉力殊績，以取不次之賞。可。

---

① 【張注】冀王，潘校謂當作“濟陽王”，案:《宋史·曹彬傳》太傅稱“追封濟陽郡王”，故潘説如此。

② 【張注】往來道，潘校謂“來”下疑脱“孔”字。

宫苑副使兼閤門通事舍人鄭餘懿可西上閤門副使制

朕日御法宫，以朝大丞相及百執事，而閤門諸使，列侍於紫庭之下，以贊其進退拜跽陟降之數，濟濟翼翼，其有儀也哉！具官某，出於名胄，蔚有才美，久服禁省，習慣乎朝廷之儀。朕圖爾勞，俾介諸使列，而四方之侯伯及蠻夷荒忽之君，[①]時而來享，亦將以觀禮矣。爾其慎哉！思稱厥職。可。

开贇責授崇儀副使制[②]

連兵拒敵，遂能搴旗而勝者，[③]非郡帥之合謀共力而成耶？而汝早以忠勤勇奮，收功於蠻徼，已嘗經吏議，廢官之久，方且結綬而復進，又以不協聞，豈其未思耶？昔之引車以避怨者，蓋先國事而後私仇爾，其遠鑒古人之烈以自圖焉。可。

崇儀副使荆湖北路駐泊王知和可六宅副使制

荆楚之間，剽疾而易擾，今雖弭伏無事，而於湖之北常屯勁兵，以壓其未萌。乃以汝風力開壯，往護其師。既已就職，士氣增倍，鈎考功狀，宜有以進秩，勉圖忠績，朕豈久滯汝於遠方哉！可。

勒停人賈師雄可如京使制

日者付汝以邕管，抗辭不行，於時獠奴窺邊，方責任於守臣，遂挂

---

① 【張注】荒忽，夏本、潘校“忽”作“服”。

② 【張注】潘校謂“开”誤字，或作“弁”。“弁”通“卞”，均姓。又按畢氏《關中金石記·孔子廟制詞》更正記云：“以亓官爲并官。”與《漢韓敕碑》、《宋封鄆國夫人詔》、鄧名世《姓氏書辨正》諸書合是。姓“开”之字亦有作“并”者。【謝案】开，文淵閣本作“亓”，當從之。

③ 【謝案】旗，文淵閣本作“旂”。“旗”“旂”通。

吏議。已更癸酉赦令，言者又稱其材，不宜久擯於田隴間，朕亦惜之。其還汝舊服，將究其用。夫國有騏驥之馬，以一蹶而遂弗乘者，非知馬者也。今取而乘之矣，奮轡疾馳，亦惟汝之致力焉。可。

左藏庫使張承衍可文思使制

某出於公侯之後，不溺於流俗，恭以持位，敏以赴功，大河之衝，往護師衆。今有司會課，於歲當遷，升之使名，用伸寵擢。勉爾壯猷，用明我之嘉惠。可。

左藏庫副使三陵都監馮易簡可文思副使制

諸陵園寢皆有令長，而都護之職，按行守衛，以督不恪。汝掌其治，今已歲成，松檟茂遂，藩垣完葺，亦能舉其職矣。躐等以遷，用酬爾之嘉績。可。

西京左藏庫副使梁寔可文思副使制

存則竭其能，没則撫其後，此古之褒元功、繼絶世，以爲内恕之至也。維爾之父，著籍中省，歷踐有勞。今其淪亡，遺章徹聽，請澤加於爾。我有茂恩，逝者不昧，亦知朕不忘其家世也。可。

西京左藏庫副使冀德可文思使制

敕：自闢新疆，戰多屢上，護輸效級，復應優科。躐進使聯，時惟厚賞。盍圖報稱，更懋功名。可。

西京左藏庫副使劉宜孫服除可舊官制

士大夫當擾攘時，捐家徇國，故以墨衰從事。今四海内外無鳴弦之警，則金革之士有親喪者，皆得釋位而去，取以重風化之本，而伸孝子之志。而爾以才武在列，護兵於常山，遭罹内憂，銜恤三年，亦可以復籍矣。還爾舊次，勉奮忠力，以圖其報焉。可。

文思副使柴貽忠可左藏庫副使制

揚子雲稱真僞實則政核，然則考績者，所以實其真僞者也。爾忠謹自顯，服於武事，蓋有明效，載在閥閱，苟無褒進，則何以示吾考績之公哉！可。

文思副使青州駐泊于莘可左藏庫副使制

列使之有介，視命居次，乃如文昌外郎，纍閥閲而至此者，豈非美官哉！爾廉能顯幹，通習戎政，駐兵藩府，士卒豫附，樞庭言其歲次可遷。左帑增秩，往拜嘉命，虞氏陟明之典於是乎在。可。

秦鳳路鈐轄康慶可供備庫使制

朔騎之不踐吾境，鷙擊之士無所暴其材，則外閫之屬帥，能以畏愛循治之，亦足以有功矣。閲歲已久，計兹閥閲之最，宜用遷秩。爾其修斥候，明約束，無恃彼之不來，得非善師者乎？可。

内殿承制渭州都監趙元、張濟可供備庫副使制

齊莊公設勇爵以褒驍雄先鳴之士，今朕之名使列，亦所以待材武

之臣。維爾忠力致果，有志於事功，數護戎律，訓濟有方，[①] 比其歲功，宜有褒進。勉圖報塞，以明我勇爵之得人。可。

内殿承制鎮戎軍巡檢趙元可供備庫副使制

爾以忠愿沉壯，護兵於近塞，以爲支軍之帥。於其無事時，能簡練約束，俾麾下之士，常若大敵之至，固可以書最矣。夫履平則見功難，要險則爲效速，奚必屬韃躍馬，推白刃而蹈之，然後議遷乎？可。

右衛大將軍致仕李繼忠男守仁可供備庫副使制

耆艾之臣，引年而家居，豈無優澤以成夫去位之美者哉！爾父某，既以解紱，得遂乎安佚，露章來上，請加賜其子，可無從乎？列使維介，躐次以遷。爾惟佩服忠教，無忘延賞之慶。可。

客省使制

由閤門使而上至客省使，結綬而列大庭者，謂之横行，[②] 非若群司有使，可計級而至也。以爾端敏開濟，治兵有文理，久委戎節，暴見功烈，今又登最，可用以掌客之秩，恩優爵厚，汝惟務稱其報。可。

中書舍人可宣州觀察使制

漢以丞相史出刺郡國，後爲部刺史，以六條察二千石之不法者，則

① 【張注】訓濟，潘校謂"濟"疑作"齊"。

② 【張注】横行，周校謂"行"當作"引"，案：《宋史·職官志》卷百六十九武階"自太尉至右武大夫謂之横行十三階"，又叙遷制中有轉横班之例云"客省使至閤門使謂之横班"。

今之觀察使蓋亦源於此乎？淮海之域，古丹陽之地，長山大湖，挾維左右，必得文章侍從之老以爲之師帥。誰其尸之？無以易汝。某官某，純德奥學，擢之西掖典治，辭命之行，風飛雷厲，俾朕號令能信於天下者，惟爾之能。宛陵易帥，乃以魚符犀節，俾奠南土。昔吾丘壽王爲東郡都尉，年歲不熟，多盜賊，璽書讓之，以爲不稱在上前時。以汝廉明慈惠，必能綏服江表，朕將以璽書褒美之，以詘夫漢武侍從之臣，出守而有不能者焉。可。

觀察使可節度觀察留後制

古者擇諸侯之賢者以爲方伯，故屬有長，連有帥，卒有正，皆所以考察諸侯而爲之黜陟，則今之觀察使蓋源於此乎？某官某，長材大略，勇而有義，提兵捍邊，士卒豫附，歷補雄藩，尤著風績。朕將究其才用，以遂功業，披圖列地，莫如宛陵。其以龍節麟符，往帥西土。欽哉！按部一道，無忘方伯之職焉。可。

駙馬都尉可越州觀察留後制[①]

先皇帝以汝敦敏質重，雖出於鼎門而有古寒士之操，重以章懿之旁屬，遂屬以愛女，肆朕之初，德澤漸於四海，况其藩戚者哉！廉車舊節，改奠淮康，而御史堯俞，以爲賜薄，宜如本朝故事。章下丞相，亦以爲宜如御史章。豈惟丞相、御史之爲言，蓋朕所慊然者亦久矣。其以會稽之節，俾爲留務。上以副先皇帝念親之意，下以慰言者之職，朕亦釋然無慊矣。可。

① 【張注】潘本“察”下有“使”字。

東上閤門使果州團練使李定可遥郡防禦使制

防禦使主治兵師，以折衝乎四方，雖不賜旄鉞，蓋亦古之連帥之職焉。以爾忠勇有謀，臨事而斷，屬兹遴選，俾總戎於關南。就部之初，吏士增氣，今樞府又言其功狀，計歲校能，① 宜居此美秩。夫邊防之機，忽如脱兔，謹之持之，思稱我褒嘉之意焉。可。

如京副使閤門通事舍人石宗尹可南作坊副使制 ②

大昕而朝，臚傳乎紫庭之下，俾予之列，辟進退拜立翼而有儀者，維爾之能。樞府會其課，閲歲宜遷。維使介於武爵差高，仍職上閤，俾宿業焉。可。

兩府制四首

門下：太一躡階，天柱乃三公之象；端門左掖，東蕃居四輔之星。維皇極之建官，憲乾文而列耀。若時雋老，久緝庶工，雖高鼎席之勛，未冠槐庭之拜，揭兹魁柄，屬我宗臣。具官某，德表碩膚，智資大雅，茂山甫將明之業，遵平陽畫一之謀。自踐凝丞，③ 再罹艱棘，截然獨立，倚以爲平。議不旋踵而王室安，計不移晷而天下定。億載之期彌紹，太平之望將符。顧虚位於冢司，尚屈尊於次輔。褒章爲晚，群聽以疑。舍舊德以弗圖，殆元勛之無勸。宜焕大庭之號，載升秘殿之嚴，俾正上台，永綏帝載。於戲！文武是憲，久資申伯之謨；堯舜其心，更祝阿衡之志。弼成大化，以格休期。可。

---

① 【張注】校能，各本“校”作“較”，案：《説文》段氏注云“‘較’可辜榷尊卑，故引伸爲計較之‘較’，亦作‘校’，俗作‘挍’”。

② 【張注】夏本“尹”作“伊”。

③ 【張注】凝丞，各本“凝”作“疑”，案：“疑”字是。

門下：帝尊六相，大封爲司馬之官；周建三公，吕望乃太師之職。惟天兵之密議，兼相府之開榮。我有耆朋，實膺異數，① 籌講帝文之化，暴揚神武之威，宜誕綸言，進登衮路。具官某，沈機善照，偉度絶鄰，② 提刀無大軏之難，③ 決策若建瓴之易。在昔烈祖，已擢冢司，掃聚螘之妖氛，格安瀾之嘉治。再魁宥密，旋復難虞。④ 大雪凋年，識寒松之獨茂；疾風搏海，知勁草之不傾。載録懿勛，特揚褒册。進上公之衮服，開大國之苴茅。功號加隆，食封增衍。於戲！上將上相，天官所以面朝；宜民宜人，君子於焉受禄。兼寵名之至渥，優哲輔以能膺，對掌國鈞，永綏王室。可。

門下：古者講仁義以訓師，尊《詩》《書》而謀帥。濯征淮浦，則召公由是燀其威；薄伐昆夷，則南仲於以奮其武。豈貴乎扛鼎抃牛之絶力？必資乎輕裘緩帶之深謀。祭遵所以雅歌臨戎，安石所以奕棋制勝。⑤ 雖有雋老，⑥ 夙藴壯猷，載築齋壇，俾專將閫。具官某，傑才絶出，賢業素優，試之以疑而愈明，擾之以繁而益辦。老於器使，爛著能名。勁節自完，足以當漢庭之大事；沈謀不再，⑦ 足以破朔騎之先聲。眷秦谷之价藩，控西羌之右地，戎車千乘，鐵馬萬群，無如老成，付以方面。賜許田之帥節，護隴北之師屯。於戲！後有纛旄，前有鈇鉞，恭於命則有明賞，慢於令則有顯誅。用此勵於三軍，遂可圖於百勝。無隳兵律，以暢皇靈。可。

門下：仗鉞專征，外則重齋壇之拜；秉鈞熙載，内則專宰府之司。

---

① 【謝案】膺，文淵閣本作“孚”。
② 【張注】絶鄰，潘校謂“鄰”疑作“倫”。
③ 【張注】提刀，夏本作“投力”。
④ 【張注】難虞，潘校謂“難”當作“艱”。
⑤ 【謝案】奕，文淵閣本作“弈”，“奕”“弈”通。
⑥ 【張注】雖有雋老，潘校謂“雖”疑作“維”。
⑦ 【張注】沈謀不再，夏本、潘本“再”作“撓”。

蓋文武之至權，并勛賢之兼處。咨余耆哲，倚在藩維，將震疊於皇靈，宜褒華於異數。具官某，高才俊烈，偉度沈雄，計數燭乎蓍龜，忠勁動乎金石。夙專戎律，嘗冠軍鋒，草木服其威名，龍虎秘其遠略。𠐿緣謀帥，首副僉言，敞玉帳以建牙，擁繡旂而行部。獨居方面，盡護屯師。自將萬兵，舉得伐謀之算；不破一甲，坐收静勝之功。邊燧絶煙，塞馬遁迹，[①] 宜甄茂賞，以報膚公，俾聯公鼎之榮，仍領帥旄之寄。於戲！宰相國之柱石，示鎮安於四方；將軍王之爪牙，庶折衝於萬里。寵名兩極，嘉命并新，副我疇咨，勉圖忠報。可。

知開封府制二首

開封典治京師，其浩穰爲天下之極，故其選任，亦宜有才能之傑者乃勝其任焉。某精敏廉白，屢更蕃府，奏刀游刃肯綮之間，愈利而不鈍，宜可以尹吾開封矣。昔趙廣漢、張敞輩爲京兆尹，[②] 顯名漢世，其後寥寥，莫有能及者。非夫浩穰之劇，尤難其才者邪？爾其奮勵方略，無俾前人之迹，由此而遂絶焉。可。

漢析長安以東爲京兆，以西爲右扶風，以北爲左馮翊，然俱治長安中。雖號爲繁劇，其地分而治狹，則亦易於爲力矣。今開封環京師千里之畿，歸於大尹，較之前世，蓋亦難矣。以爾廉明通敏，所至有方略，課爲諸郡最，乃以延閣之清選，往司内史。昔趙廣漢嘗欲得三輔而兼治之，以快究其能。[③] 今爾兼治之矣。其究明方略，以攄廣漢之宿憤焉。可。

① 【張注】塞馬，各本作“敵人”。【謝案】文淵閣本作“胡馬”。
② 【張注】張敞輩，夏本無“輩”字。
③ 【張注】快究，潘校謂“快”疑作“博”，或疑作“决”。

翰林侍讀學士右正言馮京改翰林學士知制誥權知開封府制

敕：學士職親地顯，而開封典治京師，非夫忠厚仁恕而有文學政事之能，孰可以任此？具官某，造行直方，受材博敏。踐更中外，休顯有稱。論思禁林，尹正畿甸。詢謀惟允，其往懋哉！可。

知成都府制

真宗皇帝嘗用張咏守蜀，有異政。其設施方略，後世莫能更其法。凡言蜀治，必以咏爲首。由咏而來，高才傑德之臣不少矣，而卒莫能繼。朕將圖之，乃考群臣之次，以爾某嘗守江陵，囂訟屏息，元元便安。再守金陵，厥治如江陵。觀其成績，必能爲朕守蜀。若夫西控戎落，東凑中國，其防兵杜漸之術，[①]咏已得之矣。至於漸摩風俗，俾之醇篤，興行禮教，躋之於君子之塗者，爾其深思之，兹朕所以任卿之專也。可。

參知政事吴奎可資政殿學士知青州制

舜咨十有二牧，柔遠以安近，此則治外之臣也；九官濟濟，共熙帝載，此則治内之臣也。在舜之世，都俞俾乂，疇賢德而進之，[②]豈重内而輕外哉！具官某，天資渾厚，善建嘉謀，游刃所投，衆理必解。初發策於大廷，遂摶風而遠列。薦登二府，國所倚毗。頃以親憂，執喪草次，以哀致毁，羸疾瘻然，尚何攖之以庶政，不遂其安養者乎？麟符虎節，升華秘殿，俾偃藩於青社，[③]以輔相天下之業。去而奠一方，顧不

① 【張注】防兵，潘校謂“兵”疑作“微”。
② 【張注】疇賢德，各本“疇”下有“咨”字。
③ 【張注】偃藩，潘校謂“偃”疑誤，或係“作”字。

易爲力哉！汲黯雖病，可以卧治，爾其專精神，近醫藥，補完靈氣，期於壽康，則朕之眷懷，豈忘汝於外？可。

龍圖閣直學士吏部郎中唐介可樞密直學士知瀛州制

入則更直諫垣，以嘉言鯁論闓切於上；出則獨專方面，以惠澤美政漸潤於下。我有能臣，履踐衆職，兹有内外之效焉。具官某，事上以忠，臨下以恕。撓之以繁而見其斷，試之以難而見其明。治行燦然，暴於衆聽。俾直樞府，往帥乎南關。夫北朝之事，汝皆纍黍而熟計之矣。然政事修完，常在閑暇時，今遼遠之人，没齒不聞鳴鏑之聲，可謂閑暇矣。均爾賦役，明爾法禁，厲兵畜馬，先事而預防之。夫如是，誰敢侮之哉！可。

朝奉大夫提舉杭州洞霄宫章衡可知滁州制

敕：某早以藝文，亟更華要，比疇勞久，登列禁嚴，[1]而弗圖其終，以墜厥服。浸更歲月，法應甄收。起於祠館之閑，錫以州符之重。往欽厥止，尚永無愆。可。

給事中集賢院學士吕溱可龍圖閣直學士知杭州制

宣王之命申伯之詩曰："我圖爾居，莫如南土。"古之擇國以授其臣，顧不厚哉！錢塘雄富甲天下，兹實朕之南土，汝嘗擁節而守之，再以命汝，得無宣王之意哉！具官某，材高行美，蔚然獨秀。富貴自致，不爲權利所訹；垂翅既久，將有漸陸之進。乃以延閣之拜，俾往莅焉。錢塘之故老喜汝之來，壺漿相携，將争道以候汝矣。[2]若是者，朕何爲

① 【張注】禁嚴，各本作"嚴禁"。
② 【張注】候汝，夏本"候"作"俟"。

而憂東南哉！可。

溪洞永晤可襲知富州制

南荒之險，五姓所盤處，而向氏屬州，亦得世其爵。今永昭不幸淪謝，而群議以汝爲代，其可廢哉！惟忠以事上，惟惠以綏下，無驁無肆，以服我之休命。可。

知雄州制

朕之藝祖嘗任李允則守關南，匈奴息謀，不敢飲馬於長河。朝廷倚之，如伏百萬之兵，[①]何其得將臣之至此哉！故朕常思得如允則者，以爲關南守。以爾沈厚有謀，爲五虎臣，[②]授律提師，凛然有將帥之風，必能爲吾安邊守境，折衝方面之難，庶乎朕有以繼美於藝祖矣。仍進秩某官，以寵其行。可。

兵部郎中知潭州制

昔黄霸守潁川，詔令使民咸知上意。今長沙之域，土廣民稠，比歲穀不登，雖敕長吏賑給其重困，而德澤之政，或未盡發。以爾某，廉潔守節，明於治道，嘗在豫章，有異等之效，故擢以任兵郎，俾牧長沙。爾其寒者衣之，飢者哺之，道朕愛民之心於其下，令知朝廷德澤之厚，無有遠邇。則朕尚何憂乎長沙也哉！可。

---

① 【張注】如伏，夏本、周校"伏"作"仗"，案："伏"義引申有隱伏之稱，按之本文句義，亦可通"仗"，乃"仗"之俗體，句義亦通。

② 【張注】爲五，夏本、潘校謂"五"當作"吾"。

知洪州制

豫章據大江之西，爲一都會，陳蕃嘗爲之守，解榻以禮徐孺子，想其遺風餘烈，固足以爲二千石師矣。具官某，清心以勵俗，美行以表物。按節右蜀，課爲第一，入佐計府，霈然有餘。今豫章更守，屬在茂選，進爾右曹，以守鍾陵。爾其希慕先哲，裁爲善政，鍾陵賢士有如徐孺子者，其薦諸朝，朕將以束帛聘之，豈特解榻而已哉！可。

樞密副使陳升之可觀文殿學士知越州制

鄭武公爲司徒，《緇衣》頌其美，此自外以入輔也；申伯奠南國，《崧高》歌其功，此自内以出封也。予之宥密，碩德之老，解機軸以開藩，蓋有成周褒功之數，奚出入之爲異乎？具官某，器業精深，通於治國之體。贊道樞極，[①]先帝所以倚屏。逮予之初，謀不旋踵而天下之業已定。勛望益高，執德益下，衷言懇懇，請辭西府。維會稽之殿邦，[②]湖山挾維乎左右，壽親白髮，采蘭而爲養，是足以成其雅志，優游而致樂矣。文昌左轄，兼榮秘殿，出封加等，是以成周之法焉。[③]可。

登州防禦使向傳範可齊州防禦使知滄州制[④]

邊燧不作六十餘年，桑果之畦交植於南北，故於牧圉之臣，朕常擇其忠厚有謀者，付以折衝之任焉。景城缺帥，將圖其人，差籍較能，無易於汝。具官某，材高器閎，有將帥之略，設施經畫，動有美效，今易其使節，俾守兹土。夫景城，齊地也。東負大海而北與匈奴接，風俗渾厚，有魚鹽絲枲之饒，惟鎮静可以懷殊俗，惟明厲可以破奸黨。足食足

① 【張注】贊道，夏本“道”作“導”。
② 【謝案】殿，文淵閣本作“甸”。
③ 【張注】是以，潘校謂“以”當作“亦”。
④ 【張注】各本均作“齊州防禦使制”。

兵，且使知教，兹朕所以命汝之意也。可。

知廣州制

交廣之地，距京師幾萬里，其民俗與山獠雜居，固未嘗見天子旂旄之美、車輿之音。則其聲教之所偃薄、德澤之所漸漬，由上國而施四方，蓋亦有近者詳而遠者略矣。故朝廷常擇文武近臣爲之綏撫。乃以爾俊老碩德，智足以破群疑，才足以服不諟，休聲茂烈，著於衆聞，付以麾符，俾守南海。爾其宣布我惠澤，發明我威烈，俾萬里之民，涵仁泳義，如在朕京師，則朕何有南顧憂乎？可。

户部副使太常少卿燕度可右諫議大夫知潭州制

湖湘之南，溪蠻剽悍而易擾，陆而馴之，則亦弭伏，至其失御，遂出而嚙邊，其禍亦不細，得無肅乂廉治之師爲之良牧者哉！[①]以爾具官某，[②]醇明忠厚，通於世務，更踐要劇，[③]芒刃愈出，俾副大農，厥功茂焉。宜加賜諫議大夫，魚符犀節，往甸南服，内以惠斯民，外以柔殊俗。朕方端扆面朝，以遲爾之奏課矣。可。

棣州防禦使知鄭州王仁旭可博州防禦使知滄州制

朕惟真宗皇帝以長轡遠禦，[④]控服匈奴六十餘年，灌其烽燧而滅之，得善師不陣之術。今無棣東瀕於海，北與敵境相踵，可謂兵車四衝之地也。屬兹謀帥，考之群公，咸曰莫如某者，沈勇忠實，老於戎服，可屬

① 【張注】廉治之師，各本“師”作“帥”，案：“帥”字是。
② 【張注】具官某，《宋文鑑》“某”作“燕度”。
③ 【張注】更踐，《宋文鑑》“踐”作“薦”。
④ 【張注】遠禦，潘校謂“禦”疑作“御”。

以疆埸之事，朕其俞哉！夫安不忘戰，治不棄兵，爾其訓吏士、謹斥堠，無恃彼之不來而恃我有以待之，斯足以爲善守者矣。可。

慈州寧鄉縣令王良臣可河陽節度推官知洛州曲周縣制

汝以慈惠敏肅，爲朕墨綬，吏民皆宜之。既有成績，則當叙進。河陽，大府也。從事，屬官也。寵此新命，而尚俾之治邑者，蓋朕之美錦，不欲使未學者製之耳。可。

同谷令李敦復可節度推官知乾寧軍乾寧縣制

董生謂縣令民之師帥，是自古未有遺民而可爲治者也。爾以高第選爲邑長吏，奉詔宣化。薦者言其最，程功考實，稍遷以郡從事。而猶與之邑者，是不敢遺吾之民也。可。

郎官可赤縣令制

王渙爲洛陽令，摘發奸伏，京師疑其有神算。及渙之去，連詔三公選令，皆不稱職。蓋夫神州赤縣，浩穰之都，非神明之牧，則不能致治。以爾某清方以厲俗，明斷以肅物，更履事任而皆著美績，郎闈久次，衆惜其滯材。今特試以劇邑，批大郄，導大窾，非庖丁之刀不能解也。[①] 昔子産謂惟有德者可以寬服人，其次莫如猛爾。其勉修厥德，以務寬猛之中，庶乎奸黨震慄而善人伸矣。可。

---

① 【張注】庖丁之刀，夏本“刀”作“力”，案：似宜作“刃”，卷五《李壽朋制》同。

卷　五

制

開封府判官制

少尹缺，選之於朝，朕得二人焉。惟某辭學自奮，嘗擁節湖外，有澄清之效。惟某文中甲科，嘗請麾晋疆，有慈惠之稱。并爲遴柬，[①]孰謂不然？京兆之政，有成有不成，則亦惟吾二人之左右焉。可不欽哉！可。

孫長卿可開封府判官制[②]

敕某：都邑郡國之首，京府市獄之淵。雖緊尹正之明，[③]亦賴僚職之敏。協相以濟，[④]用祛其煩。以爾才通而明，行安且美。詳試藩政，其治愛人而不煩；糾虔邦刑，所察應條而輒舉。吏文無害，囚繫用稀。比奉更書，委居計局。睠言劇府，會缺佐員。用圖强濟之材，輒莅浩穰之地，足舒芒刃，且脱采鹽。[⑤]善承上官，勿誤庶獄。可。

---

① 【張注】遴柬，各本“柬”作“簡”。案：《荀子・修身》楊倞注“柬與簡同，言柬擇其事理所宜”，《漢書・功臣表》晋灼注亦云“柬，古簡字”，故義可通用。

② 【張注】方本、潘本“孫”作“張”。

③ 【張注】雖緊，潘校謂“緊”當作“繄”。

④ 【張注】協相，夏本作“相協”。

⑤ 【張注】采鹽，各本“采”作“米”，案：“米”字是。

度支郎中知都水鹽丞事孫琳可本官充開封府判官制[①]

京師浩穰，於天下爲劇，關治其府事，[②]必須材勝而力餘，乃可以稱之。具官某，明敏强濟，通於文理，丞屬水曹，以勤任職，厥功懋焉。今用以佐吾京師之政，爲官擇人，孰有不稱者哉！可。

開封府推官司封員外郎李壽朋可開封府判官制

京師雖號天下劇，非如漢世之京兆、洛陽，豪猾犯禁、都市殺人之爲暴。蓋吾民安於太平，涵毓德澤之深，能自引於網羅之外耳。故朕亦擇通敏不擾於文理者，使關治其政。[③]而汝閎雅俊厲，果於任繁，推於衆才，[④]佐京師有治功。夫庖丁之刀，愈久而芒刃不鈍，[⑤]兹朕所以因舊職而遷汝也。可。

滕甫服闋可依前太子中允集賢校理三司鹽鐵判官制

昔子夏既祥而御琴，油然而成聲，以謂聖人之制，不敢過也。仲尼是之，學者紀之。惟爾甫才氣豪邁，嘗中科等，已升朝綴而親闈棄養，解紱而去。霜露既易，哀疢有殺，亦可以紆紳而復仕矣。允正校讎，皆爾之舊，乃易以計庭之劇司，寵命惟新，其佩服無斁。可。

---

① 【張注】鹽丞，夏本、潘本“鹽”作“監”，案：作“監”是。

②③ 【張注】關治，各本“關”作“開”。

④ 【張注】推於衆才，各本“推”作“擢”。

⑤ 【張注】不鈍，夏本“鈍”作“頓”。

荆湖刺史制

荆江之南，比歲不登，旱土如赭，民流冗於道路，[①]朕甚哀之。乃下丞相府，擇良二千石以綏疲瘵。丞相以爾寬惠不苛，嘗守湘水，有善政，民於今稱之。是用進爾以七兵副即，[②]往奠南土，捐瘠之民，待爾而活，"召父杜母"之謡，毋久虚朕之傾聽。可。

侍從可刺史制

子謂：由也果，賜也達，求也藝。皆可使之從政。則朕之禁闥之臣，某之開敏而斷，某之深博而通，并以風力謀議，在朕左右，露章丐郡，其不可以從政也哉！淮西、天平，藩翰相維，厥田上上。樹桑蓺麻，足以爲衣矣；深耕力種，足以爲食矣。既富而教，仁義之政出焉。可不勉歟！可。

諸衛將軍可鄭州刺史制

圃田，朕之右内史也。當秦洛之交、蜀漢之衝，驅車秣馬，四馳而并出，安得通敏强力之臣爲朕守此乎？以爾某，高才俊偉，早厲武經，忠勇之節，動乎金石，嘗提虎旅，宿衛周廬，俾朕奠枕而安者，惟汝之力，可謂有夙夜之勞矣。其以麟符犀節朱幡之車，出奠乎滎澤。夫約己以廉，足以檢下；莅事以恭，足以有感；[③]御民以恕，足以得衆。兼此三者以治鄭，則庶乎子産之高躅，彼游於鄉校者，又何議焉。可。

① 【張注】流冗，夏本"冗"作"死"。
② 【張注】副即，潘校謂"即"宜作"郎"。【謝案】作"郎"是。
③ 【張注】有感，夏本"感"作"威"。

武臣可刺史制

甘陵之盗，汝嘗擐甲援旂，破其巢穴。圖其功次，擢處使列，功懋賞厚，可謂相值矣。容管之戍，據障海之南，[①]蠻獠含毒，時出爲盗。揆能授職，汝其爲朕捍禦而綏服之。甘陵之賞，行復至矣。可。

邊郡刺史制[②]

朕緬懷燕代之北，廉頗、李牧之爲將，其風烈凛然，雖千百歲而聳人耳，[③]如前日事。於是趙南距强晋，北却匈奴，幾霸天下。夫安得頗、牧爲朕將帥哉！昔文帝有一魏尚而不能盡其用，及迫於匈奴，乃拊髀而嘆息，馮唐激而譏之。今朕之用汝，可使後世無復遺恨矣。可。

遥郡刺史制

本朝原唐制以置使列，至於職效尤異，則又以部刺史之秩兼之，在於武選，號爲通顯。以爾秉忠勵操，明於方略，秉障於外，敵人絶警。考之功狀，宜有以酬之。南粤方州，寄之左魚，凌霄之漸，由斯而始也。可。

入内内侍省供奉官蘇利涉等可如京使遥郡刺史制

爾以銀璫左貂，出入禁闥，小心忠密，并司劇要，積其勞閥，纍擢使介。今兹遷外，可無增秩以嘉爾之夙夜乎？欽哉！往踐無怠予之寵命。可。

---

① 【張注】障海，夏本、潘本“障”作“瘴”，案：作“瘴”是。

② 【張注】潘校謂《宋史·職官志》有“遥郡刺史”無“邊郡刺吏”，疑誤，案：潘氏此引見《宋史·職官志》卷百六十六及百六十九。

③ 【張注】聳人耳，夏本、潘本“耳”下有“目”字。

刺史制

瀕海之地，積潦猥至，大田之稼，化爲腐壤，憂吾民之不粒食，且將離南畝而去矣。惟得良刺史，可用綏安勞來，俾之安堵如故。聞某官某，向守姑蘇，以愷悌之政得其民心，乃以祠曹副郎，俾領某郡符，可謂得人。瀕海之民，亦必相屬而喜，天子爲我擇良刺史，今其至矣。可。

閤門使可刺史制

飛黃之駿，秣之閑櫪，則奮鬣長鳴，其心固已馳乎流沙之西、燕山之北矣。惟吾之虓勇之臣，固嘗搴旂俘馘，明著功效，而久留京師，典治内閣，固不宜以閑櫪處之。大河之北，瓦橋之戍，實障匈奴，乃進爾以刺史之任，而往莅焉。飛黃之駿，其得以展其絶足矣。可。

太常丞集賢校理竇卞充開封推官制

强察所以督奸猾，刻者爲之，則立威以示名；寬裕所以厚懦弱，弛者爲之，則慢禁以養望。惟閎傳獨邁之君子，[1]有志於斯民者，乃合是二説而中取焉。京師獄市劇天下，而汝辭學高第，才美浸以顯發，請守於絳，遂以殊績聞，是必通於二説而優爲之。夫强察而不苛則民服，寬裕而不弛則民愛，兹朕所以遲汝之報。可。

太子中允郝戭可奉寧軍節度推官制

翰林公著言爾顔髮尚壯，解紱而亟去者，丐一命以及其親耳。夙懷不就，遽失榮養，銜血草次，捧土培墳，鄉閭士子悉師其行義。今以外

① 【謝案】傳，文淵閣本作“博”。

除，宜用甄擢。夫旌一善人而天下勸，兹正朕之所欲聞，[①]何愛一郡從事以褒善人乎？[②]需其課成，又將增秩以進之。夫如是，天下其有不勸者哉！可。

三司後行孫有慶可曹州司馬制

汝祇事計庭，頗爲幹敏，苦於疾恙，願解所職。今兹引去，得無一命以榮汝之歸耶？可。

皇兄仲銳等服闋可舊官制

創鉅者其日久，痛甚者其愈遲，縗衣苴杖，寢苫乎堊室，豈將放爲無窮之哀乎！文與情稱，再期而後釋，此人道之至隆也。爾公族之秀，執喪得禮，祥祭既徹，方委珮而登朝，宜申嘉詔，俾服舊次。勉圖令名，以盡顯親之美。可。

皇弟右監門衛大將軍克頎可遥郡刺史制

王者之於宗族，尚恩而不責義，所以睦其本根，廣天下以愛也。具官某，生於王家，有此爵號，向以微纍，久能自修。其賜以郡刺史之秩，往哉祇踐，永服我光寵。可。

皇侄右千牛衛將軍叔諏服除可舊官制

人子之於親，有三年之愛，故其亡也，蔬食飲水以致其哀，亦三年

① 【張注】欲聞，夏本、潘本“聞”下有“也”字。
② 【張注】從事，夏本、潘本“事”下有“不”字。

而後復。今汝執喪，與時爲變，於禮已得矣。既冠而佩，其可不還於舊次乎！可。

太子中舍張玘服除可舊官制

子夏既除喪，予之琴衎衎而成聲，蓋孝子之於親，雖有終身之戚，而霜露既還，不可不俯就之。具官某，修辭慎行，達於從政，適以内憂，解紱而去。今祥祭既徹，固可服於舊籍。春坊内舍，汝其祗踐。可。

將作監主簿劉士燮服除可舊官制

爾以外艱，釋位而去，既以禫除，宜復舊秩。服我明命，無忘厥修。可。

勒停人前秘書丞蘇畋可復舊官制

汝罹於深文，久而不得解，上書自訟，俾有司覆實，遂從末減，已更赦令，還汝朝紱。污衊湔去，可以伸眉於後矣。可。

左司郎中知制誥張瓌可左諫議大夫依前職制

漢之諫大夫，常選通才蹇正之士，故其忠言鯁論，以開悟世主之聰明，後世鮮及焉。今以汝明於古學，高簡而有廉隅，久次掖垣，修其詔令，數處駁議，抗而不撓，於歲當遷，乃進以爲諫議大夫，代王者之訓言，兼争臣之美秩。朕於帷幄之臣，可謂德懋懋賞矣。可。

太子中允集賢校理趙彦若可太常丞依前職制

金馬、石渠，是爲蓬山藏室，殫見洽聞之士，於此而登公相者，班班而出。以爾之博學强記，守之以醇固，沈酣乎書林，蓋已久矣。丞貳奉常，兹爲次補，摶風而翔，則在爾之所勉焉。可。

太常博士詹彦迪服除授舊官制

居親之喪，苴杖而倚廬，至痛極也。而聖人以期斷，故既祥而練冠，中月而後禫，周旋四時之變，蓋亦久矣。今汝之銜泣三年，於喪已除，固可以出而從政。奉常撰禮，維其舊次，履忠率職，往其欽哉！可。

東宫傅制二首

長於齊，不能不齊言；長於楚，不能不楚言，是習於齊楚之俗而能也。居而與正士游，則耳聞仁義之訓，目視詩書之文，行而中和鸞，處而覽諷誦，少而漸漬，長有成德，則雖有邪僻暴慢之游，不復能奪矣。具官某，德美膚敏，白髮不懈。在先皇帝時，以高文大册入直禁闥，喜謀大猷，①遂參國論。肆予沖人，信倚如一。今吾子出居春坊，而思得師保之賢以輔成其德，則耆艾明哲無如卿者，其爲吾以禮義道習之。夫周公爲傅，召公爲保，周召之事業，爾嘗讀其遺書而學之矣。宜用以爲法，則朕尚何有慮耶！可。

成王在襁褓，則以周召爲之保傅，况吾子年浸及冠，美質將就，其不爲之擢叙賢哲，以爲之輔道者哉！具官某，材茂行潔，爲時偉人。强學深博，足以謀王猷而斷國論；純忠明勁，足以勵群辟而鎮浮俗。屬在老成，以爲保傅。夫天下安危，繫於太子；太子之邪正，繫於保傅。然

① 【張注】喜謀，方本、潘本“喜”作“嘉”，案：疑是“嘉”字。

則天下之安危未成於太子，而其萌芽已形於保傅矣，可不勉歟？可。

絳州防禦判官潘旦可太子中舍致仕制

某壯而竭其能，今其齒衰矣，亦將以休息而佚吾之老者焉。乃命爾以春坊内舍之秩，俾榮歸於鄉里，几杖安養，不亦優裕乎？可。

録事参軍崔中立可太子中舍致仕制

年未至於耆耄而以疾引去，兹亦異夫行而不知止者焉。宜賜秩，俾休於家。綏爾眉壽，以服我之明命。可。

王中庸可國子監丞致仕制

强有力焉則仕，疾不能而辭去，奚汝之裕於進退哉！然朕憫汝之任職未久，遽聞其告歸，宜加優秩，[①]以遂其頤養。可。

西頭供奉官劉正顔可清道率府率致仕制

某以蔭補官，積其勤勞，遂列於近廷。今齒將逾七十而以老告歸，是亦有知足之義焉。春坊候率，用示優渥。汝其往哉！以佚其餘年。可。

右騏驥使麥知微可左驍衛將軍致仕制

汝以謹信，出入禁闥，銀鐺左貂，篋於諸使，亦已侵顯矣。[②]而年

① 【張注】優秩，夏本、周校謂“優”宜作“恩”。

② 【張注】侵顯，各本“侵”作“清”，周校謂宜作“浸”。【謝案】文淵閣本作“寖”，古同“浸”“侵”。

力未衰，乃以親老爲辭，致其君事而去，朕甚嘉之。其以衛將軍之秩，俾休於家，庸示朕之優於近臣也。可。

左監門衛大將軍鳳州團練使宋緒年八十特除致仕制

古之八十安養於家，一子不從政，况身服戎務，領緹騎以備環列者邪？朕誠憫其耆耄，以左衛之師解紱而去焉。往踐嘉命，退爲逸老，豈不優裕哉！可。

致仕制

爾結綬登仕三十餘年，今以黄髮告歸，朕尚得以吏職煩爾哉！然朕聞之：越山之下，蓋嘗有美遁先生處焉。既致吾政而去，亦將與之游乎？往矣。朕厚爾以秘省之秩，又除其一子官，庶幾天下知朕之優佚老也。可。

致仕制

古者大夫年至而請老，藏其車蓋，以傳之子孫，朝廷稱其賢，鄉里榮其禄。今爾以白髮耆德，拜章告歸，既然有古大夫之風節，[①] 朕甚嘉之。其賜以某官之秩，禄其一子，俾就養焉。其不爲朝廷之稱而鄉里之榮乎！可。

大臣致仕制

某守節秉義，白髮不懈，先皇帝屬以大任，遂長樞府，忠言嘉謨，

① 【張注】既然，案："既"似宜作"慨"。【謝案】既，文淵閣本作"慨"，作"慨"是。

著於事業，可謂王者之佐、天子之老矣。數引禮經，以年告歸，誠悃懇懇，至於三四，顧朕不可以少留耶！乃遂其美志，以成一世之高。其以春坊師保，用優其秩。敕有司上其子若孫若近親，朕將録焉。昔董生退居膠西，漢有大議，使使者就其家問之。今朝廷將有大疑不可斷之謀，亦用咨爾舊德矣。爾其近醫藥、善食飲，[①] 以輔爾之靈氣，不可遂忘吾朝廷之慮。可。

龍圖閣直學士右諫議大夫韓贄可給事中制

天子之視朝，給事中平尚書奏事，古之大儒抗節而不撓者多爲之。故劉向以博洽聞，而龔勝以質直顯，兹二者，可謂名卿矣。今以汝贄履道秉義，白首不倦，早司諫列，數有忠言，出領藩府，所居稱治。於其序擢，乃賜以給事中之秩，左右諷議，其不爲朕之名卿與！可。

父琇贈秘書少監特贈給事中制 [②]

出而策輕車，坐而纍華茵，鳴鐘而鼎食，此爵位之至美而時來而可爲也。啜菽飲水，三釜之粟以盡其歡，此孝養之至微，而親没而不可見也。雖然，禄養之與親常不相逮，則崇秩厚禮，以賁泉壤，猶足以伸霜露之感而追南陔之思也。某官某父某，修忠履信，隱德於下，積厚流長，載有令嗣，乃登司會，奮其功庸，高門之慶，非自爾而來耶？考其風烈，宜用褒進。青門夕拜，古之尊官，殁而有知，蓋亦榮耀於九泉矣。可。

① 【張注】食飲，夏本、潘本作“飲食”。

② 【張注】方本校“父”上疑脱字。

樞密直學士周沆父圭贈尚書右僕射制

論思宥密之臣，詭辭造膝，與予共濟大事者，非其先烈緒餘、義方之訓所致乎？推本燕翼，不爲褒賁，則勸善之典於此缺焉。具官某，執德不回，以道爲樂，豐報自天，慶鍾後嗣。迨予承統，澤漸幽隱，宜以文昌右揆以襚於九原，俾夫天下之爲父者以忠教子，亦將有勸乎？可。

觀文殿學士知杭州胡宿可贈太子太傅制

柳莊死，衛侯脱祭服而襚之，君子謂之親賢。況夫舊德之老，嘗輔先帝，彌綸萬機之業者乎？宜申顯命，以極褒榮之典。① 具官某，秉忠履潔，白首不逾，② 邃謀密議，亹亹而薦。至擢貳樞筦，膚公參乎帝載，而雅操素尚，蕭然自遠，懇解繁務，得請吴藩。庶乎湖山之樂，足以資靈氣而毓眉壽。如何不淑，遽委大化而去，朕甚痛之，得無褒賁以慰其已没！蜜章緺綬，春宫道德之傅，用以告第，不侈於柳莊之襚乎？可。

職方員外郎吕希道父翰林侍讀學士右司郎中公綽可贈尚書户部侍郎制

仁皇帝時，丞相之子孫能自奮於世，纍富貴而不傾者，惟吕氏比諸家爲最顯，何其積善之爲多耶！具官某，父具官某，丞相齊公之後，淹通雅正，深於文學。嘗侍先帝誦古史，有闓切諷諭之勞，未能究其用，先時以歿。今其子又以治行，方爲尚書郎，履其平而趣。吾見其進也，刓遂章密印，③ 將重纍以告其廟，詎止於此而已乎？可。

① 【張注】褒榮，夏本、潘本"褒"作"哀"。
② 【張注】不逾，潘校謂"逾"宜作"渝"，案：《許書》"逾"訓"越"，"渝"訓"變污"，二義有别，按文義以作"渝"爲合。
③ 【張注】刓遂，各本均作"則金"，案："則金"是。

三司使給事中蔡襄祖恭贈尚書工部員外郎制

物莫不本於天，而人莫不本於祖，故自天子至於適士皆有祖廟。天子則尊其所自出，推而配天，適士止於王考而時祭之。夫以適士之卑，其澤猶及於祖禰，則吾之大司農之世，而獨不蒙顯命，非所以進賢者、勸有功，以爲後嗣之勸。某官祖某，行誼甚高，鬱而不顯，畜其大源，遂昌於厥孫。肆朕之初，乃以夕郎，真拜大司農，迹其餘慶之來，宜用追賁。其以名曹起部外郎之秩，往告其第，超躐彝等，其不爲尊顯也哉！夫王侯之貴，其世或堙没而無聞，而名卿大臣多出於布衣之後，蓋其積善之效乃有以致之矣。可。

集賢校理裴煜父可贈尚書都官郎中制

椎牛而葬，不如鷄豚之爲養，蓋痛夫榮禄不逮乎其親也。朕既承先帝之業，灑其天澤，在庭之搢紳，得無禭服蚤章以榮其先烈者哉！[①] 具官某，父某，隱德於身，積而不發，及有令子，將大其門。疏恩纍秩，宜以中都郎告其第，[②] 雖不及鷄豚之樂，其猶足以慰曾子北向之悲乎？可。

樞密直學士兵部郎中秦州蔡杭贈禮部侍郎制

孔子哭舊館而哀，遂脱驂馬以賻之，蓋夫感深則哀至，哀至則賻厚。而予有雋艾之老，遠歿乎秦隴，[③] 如之何不撫几投餐，惻怛而零涕，優申禭典，以寄長懷者哉！具官某，高才經務，有匪躬之節。先帝初潜，傾屬已異，遂攀日月，矯翼而横飛。曩以上邽謀帥，仗鉞西行，號

① 【張注】得其禭服蚤章，案："其"字疑是"無"字之譌，"蚤"疑"密"譌。
② 【張注】中都，潘本作"都中"。
③ 【張注】歿乎，夏本"乎"作"于"。

令隱然，見漢將之風采。方資碩畫，共乂王家，維天不弔，奪之太速。夫先帝之所咨謀，可謂舊德矣；予聞其喪而傷之，可謂哀盡矣。特襚以小宗伯之秩，不爲賻之厚乎！然而孔子之志，予竊取之矣。可。

卷　六

制

登極覃恩轉官制

朕伏涕几下，勉受英考之遺訓，以御大器。顧兹庶尹百辟，共熙天綍，宜霈榮恩，顯示維新之命。其飭有司，具爲條次，按籍序遷，以應戊午赦令，稱朕意焉。可。

翰林書畫等待詔覃恩轉官制

天下之士能以一藝自名者，咸列乎翰苑，以需詔令。肆朕之初，厚澤霈然，漸乎四海，則於爾之服勤，可無寵秩以示我維新之命乎！可。

屯田員外郎王善長等可轉官制

爵禄，公器也，非朕所敢專，蓋在乎賢能者有之。維爾志潔行廉，盡瘁於所職，歷歲兹久，[①] 有司受其會，宜用褒進。懋官懋賞，兹非天下之公與！[②] 可。

---

① 【張注】兹久，潘本謂“兹”宜作“滋”。

② 【張注】公與，夏本“與”作“乎”。【謝案】與，文淵閣本作“歟”，“與”“歟”通。

南安軍大庾縣令程博文等可轉官制

爾等以銅章墨綬秩六百石，爲朕治邑，得仁恕篤誠，[①]吾民服其政。齎課吏部，在詔條宜遷。蘭臺佐著，寵命爲著。[②]周之法曰："以庸制禄則民興功。"勞而獲禄，固可以勸有功矣。可。

比部郎中孫周等可轉官制

司駕爲乘輿之職，而中都官掌督軍事，是皆古尚書俊乂之選。今汝等秉心方潔，出爲郡刺史，考其能最，又進以尚書之屬官。禹曰："明試以功，車服以庸。"朕之賜秩庶乎及有功者矣。可。

虞部員外郎章延之等四人轉官制

廉能者上，過纍而不任事者下，或遷焉，或斥焉，此有司比群吏之大法也。某等端靖祇肅，敏於爲治，有司言其廉能，應詔條可遷。差籍序次，并加優秩。可。

供備庫副使王繼遠等二人轉官制

邊人屈膝而面内，[③]中國無風塵之警。才武之臣，畜力懷勇，不得暴其所長，以取不次之賞，乃用歲月，歷級而叙進。雖然，朕亦嘉爾等通敏有壯志，不撓法以圖功，恂恂相與，垂紳於多士之列。則彼逢時不寧，攝弓而疾馳以求首級之效者，又何足貴哉！可。

---

① 【張注】得仁恕，潘校謂"得"疑衍。【謝案】當從潘校。

② 【張注】爲著，夏本"著"作"署"，潘校謂疑衍，案：作衍文未合。

③ 【張注】邊人，夏本、潘本作"夷狄"。

虞部員外郎陳世卿等六人轉官制

文昌之司計、員外、奉常，成均之博士，與夫殿省之屬丞皆著籍禁中，委佩而預朝謁者也。汝等咸奮嘉績，課在有司，歲月之勞，率用次補。勉圖忠力，以副我懋官之意。可。

都官員外郎翁彦升等五人轉官制

本朝之制，凡秩滿三歲，有司考其治狀而進之，加次一等焉。今有司言爾等砥節首公，以莅所職，第其年績，宜用彙升。朕惟祖宗之甲令，何敢有失哉！可。

比部員外郎孫慶祖等四人轉官制

有功者進則群臣勸，不能者退則庶工熙，三載黜陟，古今之常制也。爾等樂職秉義，治行有聞，兹惟奏課，咸用增秩。夫尚書六曹，其屬二十四司皆所以進有功者也。勉爾嘉績，無忘我寵命。可。

左藏庫副使知丹州王懷勛西京左藏庫副使充岢嵐軍使王懿并轉官制

控弦之不鳴，戰士偃旗而息鼓，無漸襟蹀血之勞。然而封疆之臣，於無事時，能撫循吾士大夫，明分部遠，斥候以待，彼之不來，亦可爲善守者矣。爾等才武自奮，通於兵略，乘障絶塞，當敵人之衝，[1]校以歲月，宜酬厥庸。夫惟竭忠致力以圖爾之厚報焉。可。

① 【張注】敵人，夏本、潘本作“夷狄”。

大藩通判轉官制

大鹵之鎮爲西北巨屏，嘗以道德元老爲之牧帥，則其關治大政別乘之任，亦宜有以稱之。具官某，文學深博，緣飾吏事，佐大府有勞，歲滿當遷，酬庸制爵，乃以中都副郎進之，以稱元老之副焉。可。

朝臣轉官制

匠石之林無軸解不材之木者，匠石擇之，則吾明庭之下，結紱而朝者，何嘗不考實而進之邪？維爾清約靖恭，顯幹庶職，比其歲課，功狀明白，則朕之所擇明庭之士皆可以爲嘉材矣。可。

集慶軍節度使張孜遺表男内殿崇班諷等轉官制

朕惟仁宗皇帝爲太子時，左右舊臣顧亡一人在者，惟汝父孜，以才自顯，在國有勞，壽考富貴，煒然獨見於後。今復淪謝，兹朕所以慨嘆之無已。故加賜其子若孫凡十人，遺澤之盛，殆與諸家異矣。然朕亦聞汝之兄弟忠謹有立，能守其業，則朕之兹授又不爲幸恩矣。可。

翰林醫官李居中等可轉官制

朕既授天下，[①]大賚于爾庶工，而禁林上醫，鍼盲起廢，并以其術顯宜，比其名數，以次加賜。爾惟欽哉！祗服我之休命。可。

職方員外郎萬及等五人轉官制

具官某等，咸以廉明祇於事事，舍君命而不渝者也。程能會課，按

① 【張注】既授，夏本、潘本"授"作"受"。

籍而遷，乃以中臺之司田郎中、[1]都虞曹之外郎與上庠之博士，差其秩以進之。夫有功不勸，謂之止善，朕何敢止群吏之爲善耶！某可。

殿中丞鄭才等三人轉官制

周變舜之法，三歲則大計群吏之治而誅賞之，今士大夫之進亦用三歲。爾等秉節在公，恂恂不懈，會其行事，宜用進律。夫無功不徒廢必罪之；有功不徒置必賞之。朕於廢置，可謂明白矣。某可。

梓州觀察推官陳安仁等轉京官制

小宰之正群吏以叙進其治，今吏部核其功狀而叙進於上，正小宰之職也。爾等廉方奉法，佐幕有成，吏部言其最，宜進秩京寺。懋官懋賞，兹非至公之論歟！某可。

太常博士徐師旦等三人轉官制

大舜之治，三載考功，三考而黜陟。至神宗迹其舊法，比群臣之功狀，閱三載而進秩焉。汝等皆以方潔服勤王家，[2]有司第其課而上之，宜加爵一等。朕惟大舜神宗之定論其敢少易哉！某可。

簽判轉官制

日者朕以將軍鈇鉞賜丞相某，俾鎮關中。爾以辟書，實參其軍事。丞相之政既成，則合謀同力以濟厥務，非爾而誰邪？可進秩殿省，以酬其左右之功。可。

---

① 【張注】司田，夏本、潘本“田”作“由”，案“由”字誤。

② 【謝案】汝，文淵閣本作“爾”。

比部員外郎孫勛等轉官制

今之郎官，雖不領職而尚書北斗之司，諸曹猶爾高選。[①] 爾等志潔行廉，以能任事，奏課來上，法當遷次。司駕、中都、虞衡之掌并爲懋官，勸功樂進，玆朕所以馭群吏之術也。可。

殿中丞致仕申陟等登極轉官制

古之禮高年，所以達孝悌於天下。今朕之膺駿命，凡辭榮而里居者，咸俾增秩，升於舊次，詎惟示恩榮以優吾老者哉！是亦將勸夫孝悌者焉。可。

登極覃恩致仕轉官制

華髮之老，致吾事而去，雖寵之不能及，而屬予之襲天禄，豐澤浸乎毫芒，宜增秩次，以嘉其素履。維爾沖尚，遺榮於時，我有褒章，猶不爲鄉里之榮乎！可。

英宗南郊今上即位加恩轉官制

先帝薦鬯於中壇，澤被方内，錫命未究而登真。迨朕之纂武，復用大賚，恩榮可謂隆矣。賜勛增秩，并示寵嘉，往維祗踐，以光於朝次。可。

立太子賜爲人後者勛一轉官制

漢之立元子，賜爲人後者爵一級，所以正大本。凡爲人後者，錫以勛官，蓋有古之成憲，是豈爲幸恩者哉！可。

---

① 【張注】猶爾，夏本“猶”作“獨”。

駕部員外郎顧元六人轉官制

《羔羊》之詩曰："羔羊之皮，素絲五紽。"謂大夫之在位者，羔裘以居，其節儉正直，皆如羔羊也。惟爾等并升朝序，履正奉公，不以私污義，有羔羊之德，朕豈不與其進也哉！次其功狀，賜秩有差，服我寵章，無爲古大夫之羞。可。

六宅副使葛宗晟等可轉官制

列使之有介，所以待才武之臣而爲等級之漸。某等并以忠力勉於事任，有司稽其閥閲，宜有叙進。圖乃勛效，以稱我陟明之典。可。

沿邊都監轉官制

訓貔虎之士，聞鼓聲而進，金聲而退，左右折衝而不可亂者，[①]其職在都護耳。爾以開敏强毅，御下有理，積歲纍功，樞府言其當遷。如有鳴弦之警者，當責爾之成功。可。

沿邊巡檢轉官制

爾奮身於絶塞之地，以乘一障，圖忠報國，真壯士也。暴露歲月，邊警不作，考之治功，宜進優秩。勉勵武節，以觀爾之後政。可。

邊將轉官制

古者得一首而賜金，得一級而隸五家，功與賞相值焉，然則朕豈樂爲哉！蓋吾封疆之臣牧圉於外，敵人之爲寇，不敢南向而馳，朕得以視

---

① 【張注】折衝，夏本、潘本"衝"作"旋"。

聽乎昭曠之外，兹非爾禦捍之力耶！宜其進爵加等，以明夫任德而勝，不責戰功之意也。可。

武臣轉官制三首

爾勛閥之後，以才武自奮，服於内朝，率職無廢，今復進之華叙，以介諸使。我之勸賞，蓋不爲濫寵矣。可。

爾通籍於禁闥，而護朝郙之兵，亦爲顯列矣。今之課最，[1]當用遷擢，俾列内朝，以奉制旨。夫奮身於戎馬之間，機變之生，間不容髮，宜思所憂，以永終譽。可。

朕宿兵於回中，擇爾爲之都護，訓勵以時，士樂而勇，鉤考功狀，宜進厥官。賜之内帑之秩，以介諸使，此歲遷之常也。宜思奇績，以取不次之賞。可。

郎官轉官制

《傳》曰："忠信重禄，所以勸士。"惟爾之端誠近義，可謂有忠信矣；文昌天府，升以郎次，可謂重禄矣。而盈庭企之而思進者，某亦有以爲勵乎！可。

---

① 【謝案】之，文淵閣本作"又"。

朝官轉官制

京房之議曰：日蝕久青，① 陰霧不清，② 此以毁譽取人而致也。③ 考課之法不明，遂干乎天地之變邪！然大舜嘗重之，朕何敢疑！某或以才選，或以言進，皆朕熙百工之臣也。各試其功，并著明效，宜進序朝次，以擬大舜之法焉。可。

天道之行，三歲一閏，於是四氣序而萬物成。則夫代天工而凝庶績者，亦用三載考其治否而升黜之，於是百職序而萬化平。汝等清方廉正，并攢於朝，夙夜之績，載於功狀，而當一閏之期，宜用增秩以序百職而平萬化焉。可。

登極致仕官可轉官制

先帝屬予以大器，思以澤浸周乎土域而序之。耆艾挂車而家處者，得無增秩以慰夫高年者耶！有司較籍，咸用加等，豈惟及人之老哉！亦將勸夫鄉閭孝悌之士以事其親者焉。可。

國子監直講轉官制

孟子稱樂得天下英才而教育之，王者不與焉。朕闢太學以待四方之英俊，而又擇明師爲之講解，則王者何嘗不與此樂哉！具官某，以經行聞於世，橫席喻學者，於兹再歲矣，宜有以酬其勤，以畢諸生之業。然則教育英才，其亦有孟子之樂乎？可。

---

① 【謝案】青，文淵閣本作“青”。
② 【謝案】清，文淵閣本作“精”。
③ 【張注】取人，夏本“人”作“士”。

殿前馬步軍諸班厢禁軍指揮使已下兩經恩加勛階制

仁宗皇帝躬饗於明堂，[①]天下蒙福，封拜未畢而屬朕纂承，復加大賚，於此將及歲矣。宜令有司，趣行褒命，懋勛優級，咸與均及，以稱朕之意焉。可。

諸班直厢禁軍指揮使已下一次經恩加勛階制

朕既受神器，德澤被天下，凡相臣將臣至於在庭之士，咸蒙寵秩。[②]王師内外，有屬有正，可無加賜以爲軍中之榮乎！可。

英宗南郊百官加勛制

繇上柱國而下至武騎尉，凡十有二轉，雖無所治職，而用以酬有功，是亦榮名存焉。爾先帝既親事於南郊，燔柴薦鬯，熙事備成，嘉與士大夫，共饗其福。慶賜未畢，倏駕升真，其趣有司，務行詔令，差次而授焉。可。

殿中丞分司南京馬淵可國子博士加勛落分司制

朕之初授神器，[③]推其德澤以及于士大夫，而汝以疾恙分務留都。今既已完壯，則亦欲引吾之德澤，復出以就職，其可不從乎？成均博士，與其勛品，皆爲新恩，以光舊服。可。

---

① 【謝案】於，文淵閣本作“乎”。

② 【謝案】秩，文淵閣本作“命”。

③ 【張注】初授，夏本、潘本“授”作“受”，案：作“受”是。

西平州進奉都部押石光陳等加保順郎將制[①]

朕方承天序，以臨萬國，汝奉其琛賮凌涉海嶠，而來稱慶乎闕下，豈無渥恩以嘉爾之勞乎！郎將古官，往惟祇踐，庸示我柔遠之義焉。可。

登極賜爲人後者勛一轉官制

朕之眇末，猥傳聖考之業，維吾之士大夫蓋有刻行立名，能顯其親者焉。故深詔有司，凡親在而爲之後者，以悉賜勛官。兹豈私恩哉！將以明子道，勉夫承家幹父之難耳。可。

登極賜爲人後者勛一轉官制

朕既受先帝之神器，亦思天下之爲子者，將以均澤焉。而汝勵節登朝，乃父在堂，安几而就養。既已爲人後，宜錫勛閥，以應赦令。往哉！欽予之嘉命。可。

德順軍副知客蕭德等進奉登極加恩制

先帝履位，爾嘗奉幣而來，涉道之遠，未有以嘉其勞。今其自言，宜用均澤，是亦先帝之著令耳。可。

客省承受謝應期等加恩制

朕既繼大統，灑澤乎天下，罔有不均。而汝等隸職於兹，以待四方蠻夷之會，蓋已勤矣。得無遷次，以示吾湛恩之及！可。

---

① 【張注】潘校謂“部”當作“監”。

諸州衙前押登極進奉加恩制

朕初繼大統，連帥岳牧之臣擇其屬校奉土貢，以慶於闕下，水陸間關，涉履之遠，玆亦勤矣。可無渥澤以慰其來乎？可。

中書主書吴溉等加恩制[①]

朕即政之初，大賚於四海，罔有不曁。玆惟衆史服勞相府，蓋已舊矣，宜較乃籍，以次遷授，庸示朕之茂恩。可。

英宗南郊致仕官可加恩制

先帝既見天神，汎澤於下，未及周洽，乘鼎龍而去。肆朕之纂承，不敢怠廢，其敕有司，趣行褒命，則引年耆俊之老其可後乎？宜增勛閥，以爲鄉閭之榮。可。

御前忠佐周德等加恩制

朕初踐阼，思沛其德澤，下浸乎萬物，况吾衆忠力之士，嘗提虎旅以備軍衛者哉！惟汝等趫武被選，有此勇爵，服勞宿夜，[②]至於白首，疏恩之及，豈宜遺汝之遲暮耶！可。

太樂局院官鄭永和授金城縣主簿制[③]

太常言汝祗服大祭祀，閱歲最久，無有咎罰，宜在序遷，以酬其

① 【張注】潘校謂宋職官中書省有主事，無主書，疑誤。

② 【張注】宿夜，夏本、潘校"宿"作"夙"。

③ 【張注】潘校謂"太"當作"大"，案：《宋史・職官志》百六十四有"大樂令"，其他稱"大樂"處甚多，作"大"是。

勞。視秩勾稽，其往無怠。可。

集賢院楷書成永泰可江陵府公安縣主簿制

汝以勤敏隸於册府者久矣，纍加歲月，訖無過咎，今出佐一邑，將觀其成，慎爾所守，以祗服我渥澤。可。

税户張政年一百歲可本州助教制

古之高年，咸得賜爵，以汝期頤之壽，安養田廬，霈澤之及，特升一命。告爾鄉人，庶知吾之老老焉。可。

賜出身制

將相之胄多陵遲于世，固非其世德之薄，蓋膏粱厚味不能自立，誠可惜哉！爾讀書業文，杕然獨秀，用其遺澤，俾試於禁林，辭律可采，遂升以造士之第，勉修道義，以繼乎先烈。可。

屯田郎中致仕王希男博古可試秘書省校書郎制

國之甲令，自尚書外郎引年而祈去者，咸得官其一子。今爾用是，試以芸閣之校讎，不爲優澤乎？爾其佩服深恩，思其肯構之難，無自怠焉。可。

廣西轉運使董詢遺表男基可試秘書省校書郎制

日者，爾父詢持使節出南粤，蒙犯乎海煙嶺霧之間，卒以不幸聞，朕甚憫之！故雖爾幼子，眇然在襁負者亦得以推恩焉。庶乎爾父之魂知朕不遺其家世也。可。

故户部侍郎致仕周沆親孫孜可試秘書省校書郎制

乃祖沆，請老而歸，顧其諸孫頎然，尚未有在仕者，即以孜徹聞，願賜之一命，芸閣試秩，吏選差高，往服明命，無忽貽謀之訓。可。

卷　七

制

治平寨楊奘川蕃部裕勒薩等獻土地可本族軍主制[1]

爾等相率款塞，挈地而來附，朕以四海爲疆埸，奚取乎尋尺之田哉？蓋嘉爾面内，誠信明白，宜申顯命，以主其軍事。爾其奮勵忠節，綏緝夷部，永爲我保塞之臣。可。

西南蕃附進蕃王龍以岳十九人推恩制

爾以豪武薦居南徼之外，發其珍幣，嚮風而來，獻忠孝之心，萬里洞見。宜被爵號，以誇勞於殊俗。可。

親進部轄龍以烈三十一人推恩制

汝等獻琛奉贄，絶不測之險，頫首交臂，并見於天子庭下，其誠心蓋有足嘉者。夫賞籯金而賜龜綬，古之制也。宜加寵命，以慰其來享之勤。可。

---

① 【張注】各本“裕勒薩”作“樂魯撒”。

押伴衙前陶偁二人推恩制

汝隸於遠服，與其蕃長奉土來庭，[1]凌絶險艱，道途之遼，蓋亦勤矣。俾膺渥澤，以獎其誠。可。

皇長女封延禧公主制

門下：在昔帝女之尊，高擬列侯之貴。服之以紫綬辟邪之玉佩，重之以青絡厭翟之軿車。蓋將端本於王風，豈特增華於禮采？其居則嚴奉公宫之訓，其行則懋成爾室之宜，載降寵名，用基美化。皇長女瑜華初秀，蘭茁浸芳。夙開右帨之祥，首兆塗椒之慶。教未行於保傅，性已見於柔嘉。方昭寶裔之蕃，宜霈徽恩之異。非顓私愛，具有故常。賜以列封，未啓蘭陵之大邑；冠之美號，將主同姓之諸公。於戲！踐王姬之上儀，席天孫之貴胄。甫當妙齒，特涣豐章。期秀質之夙成，與淑聲而永著。佩我明戒，保兹寵靈。可。

太子太傅梁適妻封兖國夫人制

仁祖之輔臣以老告歸，肆朕之初，既已加賜，則於其小君獨可闕乎？具官某，妻某氏，柔嘉有禮，淑聞藹然。出於高華，作配丞弼。魚軒象服，數被褒封。考之四履，盍以爲溢。[2]眷兹東魯，聖人之國，益爲脂澤，庸非優渥者哉！可。

---

① 【張注】蕃長，各本“長”作“酋”。

② 【謝案】溢，文淵閣本作“益”。

昭德軍節度使梁適曾祖母陳國太夫人鄒氏可追封楚國太夫人制

先皇帝既授朕以大器，沛然發澤，下漸乎萬物，雖至於神靈之幽遠，亦思有以綏安之，則襚章密印，所以下逮夫臣工矣。具官某，曾祖母鄒氏，幽閑静專，躬履四教，積其餘慶，再世而顯，推仁而上，蓋嘗有湯沐之賜。夫楚，大國也。江漢之域，紀於南方，裂爲新封，以告其第，兹不爲配廟之榮乎？可。

梁適祖母燕國太夫人衛氏可追封楚國太夫人制

致恭於祖者，所以致孝於父母而移忠於君。兹世之賢子孫，能奮耀於盛時而推其渥澤以榮乎先烈者，蓋亦有移忠之訓焉。具官某，祖母衛氏，柔嫕處正，以佐君子，畜德在原，愈久而愈發，有子有孫，咸以文章謀議，再世而俱顯。餘慶之及，可無信乎？宜用褒章，易以大國。神靈不昧，亦知夫積善之效歟！可。

皇伯祖東平郡王允弼母光國太夫人耿氏追封楚國太夫人制

《春秋》之義，母以子貴，所以重本反始，昭後嗣之觀。況余之尊屬，雄兼兩鎮，榮列王爵，位則据師保之隆，極内史之貴，而褒親之封，尚食小國，蓋失《春秋》聖人之法焉。具官某，母某氏，柔懿静專，有均一之愛。履懷既茂，生子必賢，處謙秉哲，爲宗室老。永懷大孝之美，請益以湯沐。眷兹南楚，軫翼上游，衍爲四履，不其盛歟！豈特爲禰廟祇配之榮，亦足以慰孝子北向之悲矣。可。

母沛國夫人段氏可追封衛國太夫人制[①]

名臣之後，能以才美自列於世，豈惟身享之？又將追顯於其親，則褒章告第，寧不爲榮耀者耶！具官某母段氏，柔明莊淑，承祀不失職，内治以成。奄忽蚤世，慈懿之訓，施及賢子。屬朕繼明，乃以衛之故封，衍爲湯沐。夫存則安其養，没則時其享，轉轂百乘，不如負粟之爲樂，兹雖不逮，猶有大國之賜，足以慰其孝思。可。

母越國太夫人閻氏可追封魯國太夫人制[②]

奮嘉謀以輔世者，人臣之大忠；施厚澤以顯親者，人子之至孝。士之逢時，以富貴震發而遂能兼忠孝之享者，亦以鮮矣。具官某母閻氏，恭以事其長，順以友其夫。既有淑德，生子必賢，起而登庸，佐予先皇帝以熙乎庶工。屢更大慶，褒章纍屬而下，今復有請，願易以東魯。永維慈訓，朕何有不從哉！可。

集慶軍節度使同中書門下平章事宗諤適母劉氏追封祁國太夫人制

位兼將相，爵爲國公，王族之貴，莫逾於此。而九原之賢，榮號未及，追賁之典，庸可闕乎？具官某母劉氏，幽閑成德，姆教醇備，佐餕於爾家，降齡不淑，先朝露而化。兹有令子，爲之請封，其以冀北之祁列爲湯沐。庶乎祗配禰廟，以時薦享，不爲世室之榮乎？可。

---

① 【張注】潘校謂"母"上有脱文，既云名臣之後則與上篇不相附屬。其姓名職官雖無考，似當加"某官某"三字。

② 【謝案】"母"上當有脱文。

繼母宋氏可追封崇國太夫人制[①]

孝治之君，不遺人之親，況朕之尊屬，兼丞弼之貴者，慈闈早世，榮禄不逮，其可獨遺之哉！具官某，繼母宋氏，出於鼎門，來嬪君子，婦德母訓，蔚有令譽。壽非金石，久已棄養，嗣子引章，請加封國。口澤雖存，宿草已秀，聲容曖然，[②]尚能欽我之休命。可。

皇后乳母賈氏可封遂寧郡君制

賈氏保育中宫，有夙夜顧復之勞。無德不酬，宜錫以榮號。郡田裂封，用備脂澤。優異之寵，惟其祗飭，以安爾之壽康。可。

屯田員外郎王廣淵弟太常博士臨亡母嘉興縣太君朱氏追封真定縣太君制

孝子之於親，既不逮於養，則雖欲報其覆育撫視之恩，[③]豈可得哉！此曾子所以對乘車而隕涕，痛其親之不克見也。惟汝之母氏，恭順匪懈，勤勞于汝家，[④]壽非金石，早世而没。獨有令子，乃爲之請襚，雖無以追三牲之養，其猶足以慰孝子欲報之心。可。

繼母福昌縣太君許氏進封永安縣太君制[⑤]

有子以仕於朝，[⑥]慈顔而白髮，就養乎高堂之上，私門之榮，莫逾

---

① 【張注】潘校謂“繼”上有脱文。
② 【張注】曖然，潘校謂“曖”疑作“僾”，案：“僾”字是。
③ 【張注】則雖，夏本“雖”下有“欲”字。
④ 【謝案】汝，文淵閣本作“而”。
⑤ 【張注】潘校謂“繼”上有缺文。
⑥ 【張注】以仕，甘校謂“以”疑“已”之誤。

於此。某官某母某氏，柔潔端莊，治内有法，二子既以才能顯於時，則脂澤之封，宜有以均及。昔仲由負米爲養，猶足以致樂，況夫以尚書郎太常屬官之禄以奉其親，則其爲樂不猶侈於爲仲由乎？可。

韓國公從約女封縣君制

朕之誕辰，内戚之諸女得以裂邑而賜之，蓋甲令也。今以汝四德之修，結褵於盛族，宜飭有司，按籍視封，擇以美號，以稱吾展親之義焉。可。

屯田員外郎王廣淵弟太常博士臨妻太和縣君盛氏進封天興縣君制①

某氏德成於閨門而仁及於宗族，蘋藻籩豆，不失時祀，俾其夫能專治於外而無私憂者，蓋其有助焉。及兹霈澤，宜錫以封君之美號，以榮養於其姑，以恭事於其先廟，則王氏之家，其亦浸盛矣。可。

宗室女封縣君制

朕之誕辰，而玉牒之尊屬，率有惠澤以及之。而其諸女柔嫕成性，姆教純備，長而從人，共成其家，宜有湯邑，表之嘉號。爾惟欽哉，毋失婦職，以隳我之休命。可。

千牛衛將軍世榮等妻可封縣君制

朕誕彌之日，海寓蒙福，顧予内宗之婦，未及加賜，甚非睦族之

① 【張注】潘校謂弟妻受封與夫兄無涉，非亡母可比。或承制亡母之制牽連書之，似可削去。

義。其令有司，考合故實，擇美邑以錫之。勉爾令淑，以承而家，以顯我之孚命。可。

集慶軍節度使宗謂所生母朱氏可追封永嘉郡太夫人制

生而襁負，三年免於懷，及其能冠，知所以反哺之報。慈闈已掩，不逮乎致養，銜悲茹嘆，遂爲終身之戚。具官某母朱氏，令淑有儀，勞於夙夜，積善之效，是生賢德，引言故事，願均追賁之恩。夫松檟已成列，萬鍾之粟乃至，將以慰爾孝思，則非褒章告第何以榮及幽壤哉！可。

贈父制

昔之負米百里，嘗嘆夫不足以爲養。至其賜粟萬鍾，列鼎而食，則親闈就掩而榮禄不逮，其爲感痛何如哉！故朕推其孝思，於訪政之初，悉用追賁，以顯教忠之訓。存而不能饗，没則褒命及之，餘慶之榮，猶足慰乎九原矣。可。

都虞候指揮使已下贈父制

以忠教其子，服力以衛上，頎然武弁，董正乎師徒，屬朕繼照，沈恩下浹，亦念夫天性之愛，以逮其親焉。宜申顯命，以次褒遷。夫榮禄及養，世之所共樂。今兹追賁，得無昔人過隙之感乎？可。

宗室贈官制

生而享榮禄，没而加厚贈，此親親之義也。具官某，恭慎恂恂，樂善而不倦，遽兹物化，朕甚悼之。其以環列之上將，并加公封，以爲襚典，庶幾申朕慘惻之懷也。可。

追贈宫人制

爾以良家入選，久侍内掖，幽閑静淑，不違女史之訓，逝水不留，遂與萬物而化去，兹可增嘆。其襚以象服闕翟之衣，以賁其泉壤。可。

仁壽郡太君李氏可追封嘉興郡太君制

《詩》有之："欲報之德，昊天罔極。"蓋痛夫顧復劬勞之恩已往而不可報也。雖然生不得椎牛列鼎，[①]以具其養；至於没也，則密章襚服，猶足以致孝子之思耳。具官某母李氏，黽勉婦事，成乎而家，有子才武顯發於後世，請錫榮號，以易舊封，庶乎欲報之心於此而有獲焉。可。

追封京兆郡李太君制

《蓼莪》，思親也。昔之感痛於此而涕洟，豈其罔極之恩無以爲報乎？則予之孚號天下，士大夫咸得褒命其親，詎惟旌徙鄰斷織之訓，亦以慰後嗣追養之心耳。具官某母某氏，藴德静專，治内有婦道，今其令子作我藎臣，推其孝思，宜有以追賁。維是秦雍之疆，古之王府，疏封告第，以示褒榮。庶幾《蓼莪》之感可以掩卷而輟泣矣。可。

追封樂安郡張太君制

本朝真拜三司使褒贈之澤，推其禰而上及於皇考，視大丞相之貴，

① 【謝案】椎，文淵閣本作"封"。

蓋下其一廟矣。至於它官，[①]雖登三品，猶或不得與焉。歷世尊顯，豈不爲大榮者耶？具官某，祖妣某氏，肅雍慈懿，以宜其家，盛德昭發，乃有令孫，爲朕之名卿，長於計府。參考故事，宜加䄌禮，乃以趙之樂安以爲湯沐邑。永惟幽壤，歆此異數。可。

安康郡太君盧氏進封太寧郡太君制

朕既已褒顯其先，正爲之惨惻而愴懷，知夫榮禄之不逮也。則又聞其壽親之在堂，慈顔白髮，以見其子之榮耀，乃復釋然以喜。疏封進律，其可闕乎？具官某，母某氏，柔明履正，治家有法，作嬪良族，是生令嗣，今爲吾大司農，益著風迹，是非由賢母之訓也哉！宜擇其名都以爲湯沐邑。昔毛義爲守令，得檄而喜，蓋欲其禄之及親也。今某之仕，固貴於守令，而其親又有郡封，歲時拜慶，佩魚擁笏，奉卮酒以稱壽，豈比於義而已哉，可謂榮於爲養矣！可。

治平登極覃恩百官叙封父制

夫生而處膝下，成童而就傅，既壯而從仕，此義方之訓，漸釁習貫而成就之。[②]故其居家則以孝悌稱，登朝則以忠實顯，駢然佩組，悉爲朕之能臣。屬兹履位，既已加賜，則流根之澤，獨可不至乎？美官豐秩，躐次而升，豈惟及人之老以成吾仁政而已哉！亦將勸夫善於教子者焉。可。

---

① 【謝案】它，文淵閣本作“他”。

② 【張注】習貫，甘校“貫”當作“慣”，案：“貫”本義爲“錢貝之母”，假借爲“習摜”之“摜”，今俗又書作“慣”，《爾雅·釋詁》《釋文》“慣”本作“貫”，又作“遦”。

南郊百官贈父制

英考郊見上帝，四海蒙福，頒慶未究，委裘而登仙。肆予纂服，敢忘繼志之美乎？具官某，父某，躬履吉德，善迹可師，以忠教子，能世其家，宜申䘏典，慰爾營魂，則予英考之遺澤，猶漸於九泉矣。可。

南郊百官贈父母制

仲由稱："從車百乘，纍茵而坐，願負米百里，其可得乎？"此言孝子之祿，痛夫不得逮乎其親也。故椎牛而葬，不若鷄豚之爲養，良可慨嘆。日者朕躬執圭瓚，以見於仁考，潸然以泣，恨慈顔之不復問安也。亦念夫吾之士大夫，其亦有霜露之感、風樹之嘆者乎！以爾之考妣，賢哲之後，有此令子，綴於朝列，宜推漏泉，賁於幽宅，雖不足迫仲由負米之樂，[1]亦庶乎慰康公下泉之感云耳。可。

贈母制

君子履霜露，則怵然而懷創，[2]以爲牲祭雖豐，不若釜粟之爲樂也。朕之繼大業，慶行於士大夫，亦念乎北堂之賢母，祿養不能及，乃飭有司，裂邑而封之。庶乎以時承祀，榮號在列，執籩進享，猶足以慰霜露之悲乎！可。

又叙封母制[3]

夫啜菽飲水，甘於東鄰之牲，蓋樂夫高堂之壽親，得以安於禮養。

---

① 【張注】不足迫，案："迫"似宜作"追"。
② 【張注】懷創，案：似宜作"悽愴"，《禮記》原文本如此。
③ 【謝案】又叙，文淵閣本無此二字。

方朕之授神器，大賚庶尹，亦欲褒命及其慈闈，則湯沐疏恩，足以表擇鄰之善。昔之得賜羹，猶以遺其母，今朕以邑土之封遺之，不亦榮乎？可。

封妻制

古之正家，所以正天下。朕已襲休命，恩章駢纍，榮及乎私門，則主饋於内，成爾室家者，可獨遺之哉？其飭有司，按圖考次，賜封脂澤，無失爾職，以儀我正家之美。可。

封妻制

某妻某氏，朕獲神之嘏，敷錫在廷，宜有恩章，逮於家室。往承新命，其亦榮哉！可。

叙封妻制

朕既加賜於庶位，推而上之，以及其親，則又將均澤於爾室家。詔函重纍而至第，顧不爲厚哉？蓋正位乎内，以柔德佐君子，不可以不及。豈惟湯沐之爲榮，以詫美於鄉閭，是將風天下而正夫婦，兹亦有《周南》之意乎？可。

卷　八

詔

登極訓飭諸臣詔

古者禹稷相稱，不爲朋黨；孔顏相譽，不爲比周。蓋夫聖賢之人，秉天下之公議，推仁恕以待物，故其樂道人之善。光華擬乎日月，機智通乎神明。措民治國，同迹乎伊尹、周公，不爲過言也，公議而已。今夫攬大權、處貴仕，其有所譽也，則皆諂言諛色，蒲伏逶迤，嘗卑役以事之矣。其有所爲也，則皆詭論怪行，以驚動流俗而嘗被寵矣。其有所毀也，皆其履道自高而不爲陰附者矣。向己者榮之，背己者辱之，朕何望乎公道之化行也？縉紳之士，相與議朝廷之政，幸而有賢者不次而進焉，則莫不囂然相訾，以謂不足以與進也。暴其瑕釁，顯於岳牧，諷動臺諫，以力圖排斥。至於沉溺而不用，則又相與嗟戚，私怪朝廷之不進也。蓋其進則與己之相軋，[①] 其不用則無纍於己。是非相貿，黑白相渝，洶如波濤，無有止息之期。言者不公，聽者不明，無切磋規戒之美，有翕訿讒構之謀，首公奉上之節廢，[②] 徇己死黨之義成。於是賢不肖相乘，更相陵奪，雖有師曠之聰，聽之安得不惑哉？朕初嗣位，涉道甚淺，當朝奏議，惟三數大臣而已。至於百執事之列才否邪？正昧然不知，故於朋比所宜深曉。《小毖》之詩曰："莫予荓蜂，自求辛螫。"謂成王初授

① 【張注】與己之相軋，甘校謂"之"疑衍。【謝案】當從甘校。
② 【張注】首公，夏本"首"作"守"。【謝案】當從夏本。

政，[①] 以戒夫懷諼而罔上，將置於法焉。咨爾具寮，深圖善道，無干朕之有司，故兹訓勵，體朕意焉。

訪逸書詔

朕惟先聖人之書不傳，則後世無以見其迹，故古之網羅遺逸，雖山巖屋壁之藏皆搜抉而出，上嚴之以金馬、[②] 石渠之署，延閣、秘室之深。自仲尼之所論著至於諸子雜説、天文地理、術數方伎、兵農之書，罔不畢集，又擇明博通辨文章之士，以群居講解，刊正其繆戾，朕甚慕焉。日者嘗飭有司，[③] 增葺儒林之舍，置校文之官，更爲善本，以充四部。而遺編墜簡，漫滅歲月，亡者不補，缺者不完，校其舊藏，十失四五。其令有司，具爲條例，購之束帛，訪於天下。庶乎淹中之逸禮、汲冢之遺史、金匱之奇經、名山之秘牒亦源源而來上矣。

戒諭郡國舉賢良詔

漢氏以灾異，詔策賢良，將以圖過失以答天譴。然則賢良者宜國家素具，諮訪講摩，消伏未萌，奚至乎天變地震、山壞川溢、驚動人耳目，然後懇懇詔諭以索其大對耶？朕甚不取。今朕初授政，涉道未深，萬事之源，未能洞徹，此正宜博攬豪傑之士，以新大政之時也。故謀預慮則不蹶，事預修則不撓，賢者素具，則禍亂弭而善祥來。朝廷已治、百姓已安，則雖有天地之異，孰爲神怪哉？其令郡國搜舉賢良，助朕不逮。至于蒿萊巖石之間，深藏而不市者，亦宜以厚禮聘之。且告朕之意曰：與其樂於畎畝，曷若推其澤於天下哉！豐禄厚爵，非汝而誰居乎？

---

① 【張注】授政，夏本“授”作“受”。【謝案】當從夏本。
② 【謝案】嚴，文淵閣本作“藏”。
③ 【謝案】嘗，文淵閣本作“常”，“嘗”“常”通。

下州縣勸農詔

朕憫夫四民之務，而農者之爲廑也。闢土而耕，暴於烈日，既溉既種，手足爲瘡。西成之日，吏賦民逋，曾不得充腹而食，囷窖益空，杼軸益廢，執耒之民由此而去南畝，游手於末業，遂使天下之疇化爲荼莠。此蓋刺史、縣令不務勸督之過也。夫五畝之桑，植之爲帛，可以無寒；一廛之田，耨之爲粟，可以無飢。元元免於寒飢，則仁義可行，故曰："既富矣，又何加焉？"曰："教之。"蓋王道之本也。方春時，其令郡縣躬之阡陌，以勸耕桑，用稱朕劭農之意焉。①

求直言詔

惟成王初即政，懼不能承父之業，乃訪群言於廟中。故其詩曰："訪予落止，率時昭考。"訪，謀也。落，始也。昭考，武王也。以成王之賢猶恐懼以謀於下，況朕之不敏，處乎深宮之中，未嘗試諸艱難，猥受神器之重，可不懼哉？今萬事之初，未能遍燭，其果有偏謬而悖理者耶！大則動天地，來災變以害元元；次則傷教化，戾仁義以萌禍亂。其令群工百辟，皆得上封事，刺朕過失，朕非惟用其言，固能以崇秩厚禄尊寵其人矣。夫成王懼其不能，此所以爲能也，則朕庶乎可以守先帝之業矣。《傳》曰："武王以諤諤昌，桀紂以默默亡。"則亦庶乎賴爾士大夫以昌也。宜告天下，俾識朕意。

戒勵求訪猛士詔

齊湣以技擊强，魏惠以武卒奮。以齊魏之褊陋，猶以勇士詘諸侯，況朕之兼有天下哉！今夫寇盜滅迹，行萬里而不持兵，荒忽之場，獸言

① 【張注】用稱朕，夏本、潘本無"用"字。

鳥舌，[①]蒲伏而請吏，可謂得不戰之術矣。然士不素練，不可應卒，雖甚盛德，不可去兵，故朕於預備之謀，豈敢忘哉！於内則羽林、佽飛交戟而倚侍，以宿衛乎京師；於外則材官、騎士屬鞬而乘邊，以折衝乎疆圉。[②]武衛之威，赫然震慴四夷。猶慮夫鷙强之士，伏而未出，顧必有抃牛扛鼎、超乘拔距之徒蹶弛於屠釣之間者，其令郡縣精加采獲，咸以實聞。國有勇爵，朕與爾縻之。凡百吏民，當體朕意。

戒論天下廣儲蓄詔[③]

古之豐年，皆有露積，以爲收入，故其詩曰：“曾孫之庾，如坻如京。”於是乎求千倉以處之，萬車以載之。乃厚賜農夫而休息之，故其詩曰：“黍稷稻粱，農夫之慶。”如此則雖有水旱，民不狼狽，以其有素備也。今夫剌地而耕者偏於阡隴，[④]歲或大收，則未嘗蓋畜，或糜而爲酒醪，委其餘以食犬彘。水旱之來，於是乎鳥驚獸駭，弱者委骨於溝壑而强者轉而爲盜賊，此由刺史、縣令不務教民以儲畜之過也。今秋實以登，[⑤]畝皆倍入，計其公上之賦與終歲之食及夫賓客、祭祀、送死、養生、弔慶之具外，皆聚之囷窖，無得妄費。其令郡縣常察其不率者，庶乎家給人足以强富，視天下西成之日，亦當有以勞賜爾之勤也。故兹詔示，當體朕懷。

求賢詔

昔高宗宅憂，三年不言，思求賢以共天禄。至誠感發，厥惟見夢，乃得傅説於巖險之間，舉而爲相，遂享大治。後世之君，思賢之心不

① 【張注】獸言鳥舌，各本作“回心革面”。
② 【張注】疆圉，各本作“夷狄”。
③ 【張注】各本“論”作“諭”。
④ 【張注】偏於阡隴，方本“偏”作“遍”，案：似宜作“遍”。
⑤ 【張注】秋實以登，夏本、甘校謂“以”當作“已”。

篤，不能通於潛伏，故寤寢之間莫能召致。[①]朕惟不敏，猥承大器，深慕高宗恭默之德，而蚤莫起居亦未嘗不以進賢爲念。隱顯之應，寥寥無聞，非天下無才傑之士，蓋朕致誠之未至耳。其令郡國務加搜訪，無以勢媒，無以虛譽，[②]擇其實德，朕將尊用之。庶幾乎胥靡之下，有以輟板築而至矣。[③]

安撫沿邊將士詔

王者居細旃之上，披繡黼之裘，則思夫民之有寒者焉；列九鼎之味，享大牢之珍，則思夫民之有飢者焉。况吾荷干戈之士，竭忠力以衛國，奔王命以乘邊，日月遷貿，客寄之久，朕憫夫去其里廬，捐其妻子，其有不念遠而懷歸者耶？[④]持兵以出，夙夜警衛，其不有勤勞之嘆者耶？冰雪之域，風沙暴露，野宿而草次，其不有飢渴而苦寒者耶？此朕之所以投殯輟寢而爲之動心者也。其詔將臣，務加優恤，時其番休而毋俾乎不均，厚其餉賜而毋俾乎不周。羸病疾苦，咸用省視。凉風晚矣，踐更有期，朕將歌《杕杜》之詩以遣汝之歸也。[⑤]秋凉，汝比安好否？遣書指不多及。

賜中書門下詔

敕中書門下：朕以爲欲致治於天下者，必富之而後可。今縣官之費不給，而民財大屈，雖焦勞昃食之間，其將何所施哉？故特詔輔臣，置司於内，用以革其大弊，而使美利之源通流而不竭，[⑥]則庶乎孔子適衛

① 【張注】寤寢，各本作“夢寐”。
② 【張注】虛譽，各本“虛”作“譁”。
③ 【張注】板築，夏本“板”作“版”。
④ 【張注】有不念遠，潘校、甘校均云當作“不有”，案：以下文，當作“不有”爲是。
⑤ 【張注】遣汝，夏本、潘本“遣”作“遲”，案：“遲”字是。
⑥ 【謝案】源，文淵閣本作“原”。

之言，朕有所冀焉。夫事專於所習，則能明乎失得之原，今將權天下之財利，蓋亦宜資之於有司，能習知其事者焉。則其所得必精、所言必通，聚而求之，固足以成吾富民之術。若夫苛刻之論，務欲朘削於下而歛怨於上者，斯亦朕之所不取。宜令三司判官、置制、[①]發運、諸路轉運使、副判官及提舉輦運、便糴市舶、榷場、提點鑄錢、制置解鹽等臣寮限定詔後兩月內，[②]各具所知本職財用利害事聞奏。仍令三司勘會逐官姓名，直牒催促，令依限聞奏。如違限不奏，即檢舉施行。故兹詔示，想宜知悉。

敕中書門下詔[③]

朕惟理財之臣失於因循，其法遂至於大壞，而天下之貨流積而不通，故特詔輔臣，俾之置司，以講求其利病，將救其宿弊而更張之，上以裨於國，下以足於民。而或者不察，以爲專務苛碎刻削，以趨公家之急，兹豈朕之意哉？然商天下之利者，必致天下之衆智而集成之，則理盡而不悖，事行而不跆，於是利源通而富庶之俗成矣。其令內外臣僚，有能知財用利害者，詳具事狀聞奏。其諸色人亦具事理，經置制三司條例司陳狀。在外者即經所屬州軍投狀，逐處繳申制置三司條例司。夫有言不酧，不足以申勸，事如可行，何吝於賞！如諸色人所言財利有可采録施用者，朕當量其事之大小而加甄賞之。故兹詔示，想宜知悉。

---

① 【張注】置制，案："置制"似誤倒，下《敕中書門下詔》同。

② 【謝案】定，文淵閣本作"受"。

③ 【張注】"案：'門下'下疑脱'詔'字"。【謝案】底本實有"詔"，疑徑補。

賜于闐國王詔

朕兼覆天下，至於日出月没海外之國，辮髮卉衣氈裘之長，[①] 莫不絶不測之險，奉琛獻幣，交臂乎魏闕之下，兹豈朕之能致哉！蓋上天之顧饗，祖宗之盛烈然耳。今于闐距京師萬餘里，在疏勒之西，而王以忠勇繼世，用惠愛以撫其國人，境内咸乂，以謂夫方貢之禮，久而不講，思所以覿中國之盛，以修舊職。故遣其酋豪，奉其實玉珠璣與夫奇畜駔駿之馬，連屬乎道塗，背葱嶺，越流沙，譯十數國，逾再歲而乃至，可謂勤矣。朕嘉王之誠款，不忘世見之儀，委摯而載來。[②] 朕亦思王之享中國之賜也，故於旋使，亦用寵答。治民之餘，王其善食飲以自輔養。

賜岐王顥辭免南郊亞獻行事不允詔

敕顥：省所札子，奏舉奉敕差充亞獻行事，欲乞寢罷事，具悉。朕尊配烈祖，祇見天神，畢四海以駿奔，會百靈而裒對。卿親惟介弟，位冠英藩，屬越綿以報功，[③] 宜重觴而薦絜，相成縟禮，均厚繁禧。毋用執辭，往欽嘉命。所乞宜不允。

賜皇弟高密郡王頵賀南郊禮畢答詔

敕頵：介弟之重，列藩之英，屬越紼以恭祠，迨徹籩而已事。遽形奏牘，來上公車，敘慶惟勤，嘆言於再。

---

① 【張注】辮髮卉衣氈裘，各本作“凡夫草衣卉服”。

② 【張注】委摯，夏本“摯”作“贄”，案：“贄”本亦作“摯”，通用“質”，義均訓至，故多通用。

③ 【謝案】綿，文淵閣本作“紼”。

賜楚國保寧安德夫人景氏等賀南郊禮畢答詔

敕景氏等：久服禁庭，率循內職，屬燔柴之成禮，遽飛牘以致恭。載閱誠辭，不忘嘉嘆。①

賜左右直御侍邢氏已下賀南郊禮畢答詔

敕邢氏已下：備數掖庭，參聯女御，款圜丘而甫畢，抗方牘以函來。載省忠勤，良深嘉尚。

賜西蕃邈川首領保順軍節度使檢校太傅董戩加恩敕詔

敕董戩：朕望柴泰壇，天地并貺，嘉與四海，均罔靈釐。卿忠勇兼資，珪符傳世，外圉不庭，實維屏翰。宜渙麗恩，用嘉而績，茂對寵靈，永綏西土。今賜卿加恩告敕。

賜皇弟岐王顥乞免行册命允詔

敕顥：省所上表，乞免所司備禮册命事，具悉。古之封侯王，皆選日會月朝，②臨軒賜册，所以嚴王命，褒有德。③今朕圖爾於政，宜襲故常，以榮異數。寵至益戒，避之弗處。且言方在哀疚，非金石奏庭之時。載挹來章，乃懷增惻，其勿奪王之志。所乞宜允。

① 【謝案】嘆，文淵閣本作“款”。
② 【謝案】月，文淵閣本無。
③ 【謝案】褒，文淵閣本作“哀”，誤。

賜新除守司徒檢校太師兼侍中判相州韓琦乞免册禮允詔

敕韓琦：省所上表，乞免所司備禮册命事，具悉。朕之丞相舉大軸而辭，乃以司徒公出鎮於鄴，方飭尚書郎奉璽綬，引拜庭下，疇功録德，顯示四方，亟聞衷言，復避優數。履謙獲吉，仲尼贊之，宜輟策授，以成吾丞相之美。所乞宜允。

賜樞密使文彦博乞免行册禮允詔①

敕彦博：省所上表，乞免所司備禮册命事，具悉。册拜三公，古禮也。雖世久缺而不講，方朕褒寵元臣，位以大司空，蒐綴漏文，一臨軒陛，以觀夫古禮之行。胡爲不察，抗書而力辭，竟不能爲朕引紱庭下，勉强而爲之耶？嗚呼，玆典何時而可復！雖從衷請，予亦憮然，所乞宜允。

賜護葬使錢公輔等茶藥并傳宣撫問詔

敕公輔：公族送終，王臣銜命，顧爾遵途之遠，諒多將事之勤，載示諭言，式昭至意。

賜絳州團練使羅榮進奉賀冬馬詔

敕羅榮：省所進奉賀冬馬一匹事，具悉。一陽協守，②萬國奉珍。嘉上駟之逸群，執右綏而來獻。載圖勤藎，彌切嘆嘉。

---

① 【謝案】允，文淵閣本無。

② 【張注】協守，夏本“守”作“宇”。

賜景靈宫使昭德軍節度使檢校太尉兼侍中曹佾生日詔

親惟元舅，位寘上台。星占大火之中，神降維嵩之秀。寵兹蕃錫，祝爾耆齡。豈特增戚里之榮，將以表助門之慶。

賜參知政事趙抃生日詔

元精維粹，碩輔載生。屬玉琯以生陽，表桑弧而襲慶。厥有頒式，以佑誕祥。膺予寵嘉，祝爾耆艾。今賜卿生日羊酒等，具如别録，至可領也。

賜樞密副使居諫議大夫邵亢生日詔

攀鱗横騖，竦翼絶群。月推三統之成，氣協四寅之貴。神靈來相，雋哲誕生。優君賜以載蕃，助天祥而彌熾，茂延耇齒，上輔琛圖。今賜卿生日羊酒等，具如别録，至可領也。

恩州賜大遼皇太后同天節大使茶藥詔①

敕：卿聘玉交馳，夙敦於鄰好；使騑言邁，適冒於春陽。顧將命之良勤，宜申頒而特厚。露芽靈劑，并示恩殊。

恩州賜大遼皇太后賀同天節副使茶藥詔

敕卿甫届誕辰，來修驩聘。篷車夙駕，方冒於夷塗；珍劑載頒，俾資於靈氣。即宜欽受，庸表眷懷。

---

① 【張注】潘本“后”下有“賀”字，當補。

恩州賜大遼皇太后同天節大使茶藥詔

敕：卿擁旜將命，屬誕月之開辰；結轍在途，適杪春之次律。念茲跋履，彌切眷懷。爰申命於珍頒，庶養和於沖氣。

恩州賜大遼皇帝賀同天節副使茶藥詔

敕：卿來修鄰睦，出貳使華。驛騎遵塗，念此遄征之永；寶函錫命，用頒珍品之殊。茲實優恩，庶伸嘉矚。

恩州賜大遼皇帝賀正旦大使茶藥詔

敕：卿通歡二國，講會三元。氣栗烈以乘寒，道逶遲而遄邁。載嘉勤勩，特示匪頒。今差入内侍，[①] 省西頭供奉官李輔堯賜卿茶藥，具如别録，至可領也。

恩州賜大遼皇帝賀正旦副使茶藥詔

敕：卿參會王正，薦修鄰聘，方墐扉於嚴氣，爰結轍於中塗。載示深衷，用申寵錫。

恩州賜大遼皇太后賀正旦大使茶藥詔

敕：卿拭圭講好，擁節遵行。方偃薄於寒威，宜輔綏於靈氣。爰申嘉惠，庸示豐恩。

---

① 【張注】入内，潘校謂“内”下脱“内”字。

恩州賜大遼皇太后賀正旦副使茶藥詔

敕：卿敦講鄰歡，輔承使指。顧折膠而增凜，適竦轡以遐征。爰命寵頒，庶將至意。

賜黔州觀察使涇原路副都總管盧政赴闕茶藥詔

敕盧政：卿夙擁師屯，久臨邊鎖，特促鋒車之召，還司蘭錡之嚴。凌此祁寒，駕言遠道，載加寵錫，以示勤歸。

賜宣徽南院使判延州郭逵朝見茶藥詔

敕郭逵：卿就更帥閫，甫涉王圻，抗大旆以前驅，奉介圭而來覲。儀刑方伫，寵賚爰頒。宜體眷懷，益隆注意。今差某官賜卿茶藥。

賜侍衛親軍馬軍副都指揮使賈逵茶藥詔

敕賈逵：卿顯被召音，[①]復歸環列，征驂涉遠，適冒餘寒。靈劑繼頒，庶均茂氣。膺兹優渥，并示至懷。今差某官賜卿茶藥。

賜觀文殿大學士尚書左僕射判河南富弼赴闕茶藥詔

敕富弼：恭趨召節，來覲嚴宸。載惟夙駕之勤，甫次中畿之會。爰加珍貺，用表至懷。今差某官賜卿茶藥。

---

① 【張注】召音，潘校謂“召”疑作“詔”。

賜西京并汝州路祔葬隨護世岳等茶藥詔

敕世岳等：遠日有期，長途方涉。言念送終之禮，固多如慕之懷。特示珍頒，用符深眷。

卷　九

詔　敕

賜觀文殿學士刑部尚書知亳州歐陽修乞致仕不允詔

敕歐陽修：省所上表并札子，乞致仕事，具悉。古之七十而還君事，不得謝則賜之几杖。卿儒學之師，歷事三朝，近辭國政之繁，聊從便藩之樂。乃復需奏，願歸乎田廬。夫老而引年，挂車故里，兹雖恬退之高致，而卿顔髮猶壯，未及傳家，遽以印綬來上，無乃太早計乎？年雖至也，朕猶且賜之几杖，以爲士大夫表儀，况其未至乎！所乞宜不允。

賜觀文殿學士刑部尚書知亳州歐陽修乞致仕不允詔

敕歐陽修：省所上札子奏乞致仕事，具悉。卿文章之老，陪議廟堂，竭誠奉國，以熙大任。引紱便藩，已非所處；挂車故里，豈得遽歸！剡章疊至，深避謗誣，苟行之不愆，[①] 奚浮言之可恤，至於衰疾早徵，艱於莅事，則勉圖醫藥，神明自還。閉閤高卧，猶足以成治也。所乞宜不允。

---

① 【張注】行之不愆，案：各本“行”下有“已”字，當從之。

賜守司徒兼侍中韓琦辭免恩命不允詔

敕韓琦：省所上表辭免加功臣食邑事，具悉。三歲而郊，躬見上帝，及其竣事，大均慶澤。自丞弼而下至於庀事之臣，咸有以蒙被，玆皇祖之成訓，朕何敢有失焉？卿秉鈞舊老，勒勛三朝，聊擁帥節，偃息故鄉，是宜稽參茂制，錫之以優數，所以表神釐之貺而增藩輔之榮。在德爲稱，又奚煩乎固辭？所辭宜不允。

賜樞密院使守司空檢校太師兼侍中文彦博辭免恩命不允詔

敕彦博：省所上札子奏辭免恩命事，[①] 具悉。爵賞非朕之有，維天下之賢者處之。將符相印，上公之衮，與實相副，豈曰侈哉！則朕付卿以右樞之柄，而加賜以大司空，疇庸茂德，非爵賞之私也。朕方咨爾元老，共圖太平，公其亟起，就位拜之勿辭，所乞宜不允。

賜新除守尚書左僕射觀文殿大學士判河陽富弼辭免恩命不允詔 [②]

敕富弼：省所上札子奏“蒙恩授臣尚書左僕射、觀文殿大學士、依舊判河陽，非便郡養疾之所敢當也。即望授臣右僕射”事，具悉。卿以疾辭將相之印，易以文昌左揆，還守盟津，比德課功，不爲幸位。制爵以賢，安用辭爲？卿國之老成，白首一節，左攝大鈞之柄，右秉洪樞之軸，仁祖、英宗嘗動容而尊禮之。施及沖人，庸何不式？宜體朕懷，往其祇踐，所乞宜不允。

---

① 【謝案】上，文淵閣本脱。

② 【謝案】辭免恩命，文淵閣本脱。

賜新除守司空兼侍中富弼辭免恩命不允詔

敕富弼：省所上札子辭免恩命事，具悉。朕惟列聖之遺業，以次相授，乃屬於眇末，邈如登天，豈不難哉？故思夫老謀碩德之臣，同心協力，乃能勝克。卿才完器周，國之舊老，登翼兩朝，功名爛著，嬰以末疾，遂去近藩，神明相之，所履復寧，在朕虛懷，尤所欽待。廟堂魁柄，首以付卿，天下顒顒，實望復起。而乃徇曲士之節，爲辭謝之高，懇惻纍牘，畏避過甚。朕之用卿，蓋爲天下，宜體朕意，亟受印紱。眷眷之懷，豈能殫極！所乞宜不允。

賜户部尚書參知政事張方平乞免起復不允詔

敕方平：省所上表乞免起復恩命事，具悉。朕方履天下之籍，疇咨大臣，以共天職。以卿雋茂老德，久鬱而未奮，斷自朕志，擢佐鼎軸。將觀夫深謀秘議，倏然起廟堂而澤四海。未及逾月而遽罹艱棘，釋位而去。已畢哭踊之期，宜從墨絰，[①]還從舊府，深謀秘議，遂卒其功烈，此朕所以拱袂以俟卿之來耳。所乞宜不允。

賜醴泉觀使定國軍節度使李端愿乞致仕不允詔

敕端愿：省所上札子，[②]具悉。卿出於貴胄，以忠義自奮，丹心炳炳，時見於嘉論。乃緣屬疾，欲上齋鉞而去。夫愷悌君子，神明之所相，顧茲微疹，安能遂困爾耶？勉近醫藥，行復大庭之朝，挂車歸第，無煩纍辭也。所乞宜不允。

---

① 【謝案】絰，文淵閣本作“縗”。

② 【謝案】上，文淵閣本脱。

賜邊將乞朝覲不允詔

省表，具悉。爾以純忠大節，爲朕虎臣，金鉞繡旗，建車而出，控扼乎邊塞。[①]蒐兵牧馬，斥堠嚴謹，氊裘酮酪之俗服，鳴鏑而引去，可謂國之長城，善守而屈人者也。而丹誠款款，結戀紫闥，屢馳奏牘，願覲彤庭，此誠忠臣在外，乃心乎王室，而朕亦欲識卿，以慰傾想之懷。然而漢關之北，畛域相接，霜高弓勁，士馬肥健，[②]方藉賢守，以捍侵軼，豈宜釋藩垣之重寄而述職乎闕下哉？三年奉計，顧亦不遠，合符擁節，及瓜而歸，則朕當歌《出車》之詩以勞爾之旋也。今玆勤請，難徇來章，所乞宜不允。

賜宣徽南院使判延州郭逵乞京西一郡不允詔

敕郭逵：省所上札子奏乞京西一郡事，[③]具悉。西羌旅拒，爲日玆久，今雖馳使款塞來賓，狼子難馴，[④]豈能終保！朕方遴選才傑，[⑤]俾鎮邊衝，畜馬蒐兵，用防侵軼。故輟卿於右樞，付卿以齋鉞，獨當方面，庶無顧憂。何爲遽上封函，懇求便郡，引保身之深戒，陳責帥之大經，專徇嫌疑，將圖引避？非所以體本朝注意之誠，慕良將忘家之義。毋煩過計，疊有露章，已敕有司，勿令通奏。勉旃從事，以副朕懷。所乞宜不允。

賜宰臣曾公亮乞免退不允詔

敕公亮：省所上札子，以雨雪愆亢，乞從黜免事，具悉。維我烈

---

① 【謝案】邊，文淵閣本作“夷”。
② 【謝案】士，文淵閣本作“胡”。
③ 【謝案】上，文淵閣本脱。
④ 【張注】狼子，各本作“其性”。
⑤ 【謝案】選，文淵閣本作“柬”。

祖，以至仁啓天下之化，卿實佐其成；維我文考，以至明應天下之變，卿實輔其行。以先聖人之盛德，猶需卿以濟，況予眇末，初履政機，若涉交岐，罔知攸適，而卿乃欲因灾引咎，上印綬而去。夫亢沴逾時，皆蒙其害，此上帝之警予耳。奚煩輔臣釁牘而請避？書雖十百上，朕亦不聽也。所乞宜不允。

賜樞密副使諫議大夫邵亢乞出不允詔

敕邵亢：省所上表乞出事，具悉。漢宣帝嘗以博士、諫議大夫補郡，蕭望之以爲憂末而忘本，非成康致太平之意。卿純忠厚淑，亹亹而不倦，先皇帝擇以遺予，乘時撫翼，遂參樞府。方兹肇祀，四海蒙福，且將都俞賡歌，共濟乎太平之務，遽自挹損，請麾藩國。夫以博士、諫大夫猶爲不可，又況予之大臣乎？所乞宜不允。

賜觀文殿學士知徐州趙概乞致仕不允詔

敕趙概：省所奏上表乞致仕事，具悉。露章屢上，辭意懇惻，眷言耆德之舊，實爲朝廷之望，豈無安車駟馬，蓋惜老成之去耳。夫彭城近藩，土風甚美，惠愛在民，獄訟自息，固足以頤神沖漠，抗志逍遥，何必挂冠林下，追東洛角巾之游，然後爲得哉！所乞宜不允。

賜觀文殿學士吏部尚書知徐州趙概乞致仕不允詔

敕趙概：省所上表乞致仕事，具悉。卿股肱舊德，陪論宰庭，懇言請藩，遂奠近服。朕眷猶惜其去，[①]況欲引年，祈謝君事？賢哉大夫，雖可嘉尚，國之元老，豈宜告歸？副此虚懷，勉綏吉履。所乞宜不允。

① 【張注】眷猶，似倒誤。

賜新除吏部尚書充觀文殿學士知徐州趙概辭免恩命不允詔

敕趙概：省所上札子，祇乞守本官知徐州事，[①]具悉。古之卿大夫出封，必加一等，所以進有德、褒有功也。卿將明肅艾，允參槐鼎之論，引年佩符，獨無錫命，以寵吾藩垣之老哉！玆非私恩，是亦古之顯德褒功之數耳。所乞宜不允。

南郊御札敕

朕蒙先帝之烈，履四海之尊，恭循列聖以孝之醇，[②]躬服三年通喪之義。出則素冠禫衣以御事，入則苴杖衰麻以宅憂。雖祥祭之已除，追仙游而增慕。洪惟禋祀，實在諒陰，深懷情禮之異殊，博采古今而參議。近臣合奏，大典可稽。在昔執文考之憂，雖居廬而終制；維是饗天神之貴，將越紼而講儀。於晋則逾年而命郊，在漢則即位而見廟。既葬可以加冠，卒哭於是大烝。况玆章聖之時，亦講圜丘之制。顧惟眇德，敢越舊聞？至於羽衛之繁文，金石之雅奏，自朕躬之所奉，俾有司之蕝儀，務在協中，以參往制。故玆札示，想宜知悉。

賜右諫議大夫知瀛州李肅之獎諭敕書

敕肅之：省所奏"勒瀛州分析到地震，倒塌城壁樓櫓，十月二十日終已修了當"事，具悉。坤德不寧，朔陲連震。顧河間之奠壤，控北漠以開藩。城堞蕩摇，樓櫓摧仆，隳金湯之重險，失屏翰之巨防。卿愬力經營，疚心夙夜，大庀工徒之衆，亟興版築之勞。役不逾時，事無愆素，復據三關之奥，載完百雉之雄。丕勣肇成，露章薦至。惟忠勤之可

① 【謝案】上，文淵閣本脱。
② 【謝案】以，文淵閣本作"大"。

尚，在鑒寐以無忘，特遣使華，[①]往申言諭，茗腴靈劑，兼示寵頒。

賜御侍夫人魏氏以下敕書

敕御侍夫人魏氏以下：祇奉園寢，夙夜良勤，日月驟馳，已逾禫祭，宜承詔使，還歸禁庭。今差司簿武氏，賫敕書往彼，到日并可發來赴京。

賜御侍夫人以下守陵回京沿路茶藥并撫問敕書

敕御侍夫人魏氏以下：陵寢衣冠，爾惟嚴事，甫除素韠，被詔言還，冒履修途，諒多勞勩，乃增懷念，特示寵頒。今差使臣沿路各賜臘面茶三斤、縛子茶三斤、藥物一銀合，合重二十兩，至可領也。并傳宣撫問。

賜入内副都知石全育等守陵回沿路茶藥并撫問敕書

敕石全育：國陵之奉，霜露再期，夙駕言歸，跋履方永。特馳使指，寵錫惟優，仍示撫存，體予嘉矚。

賜淮南王三軍將吏僧道百姓等敕書

敕淮南王三軍將吏僧道百姓等：[②]朕以韓琦秉鈞元宰，定策老臣，上相印以懇辭，即將壇而往拜。載瞻督撫，南據靈淮，惟我新恩，蓋爾舊治。有勞定國，方均逸以便藩；遺愛在民，想驩闐於成命。今特授韓琦守司徒檢校太師兼侍中、行揚州大都督府長史、淮南節度、揚州管内

① 【謝案】使，文淵閣本作“史”。

② 【謝案】文淵閣本無“敕”字。

觀察處置營田等使、判相州軍州事、同群牧使兼管内勸農使，[①]加食邑一千户，食實封四百户。仍改賜推誠、保德、業仁、守正、協恭、贊治、亮節、翊戴功臣，散官勛封如故。故兹示諭，想宜知悉。冬寒，將士等各得平安好，參佐官吏、僧道、耆壽、百姓等，并存問之。

賜劍南西川三軍將吏僧道百姓等敕書

敕劍南西川三軍將吏僧道百姓等：朕以文彦博器包文武，位冠機衡，方履祚於元符，宜褒功於哲輔。睠維井絡，舊擁魚符，遺風未衰，故老猶在，想聞嘉命，益沸驩聲。今特授文彦博守司空、依前檢校太師兼侍中、充樞密使兼群牧制置使、行成都尹、充劍南西川節度使、管内觀察處置橋道等使，加食邑一千户，食實封四百户。功臣散官，勛封如故。

賜五臺山十寺僧正順縮已下敕書

敕順縮等：省所進同天節功德疏到闕事，具悉。靈峰特秀，寶刹對開。繙西竺之秘言，獻南山之善祝。再惟忠款，良用嘆嘉。今賜順縮等紫僧衣一對、絹二十疋。故兹示諭，想宜知悉。

賜西南蕃龍異閣等敕書

敕龍異閣等：省所附進馬一疋、朱硃八兩事，[②]具悉。汝奠居絶徼，久服外藩，瞻北闕以馳風，旅大庭而來享，載嘉勤藎，宜有賚頒。今回賜汝江中錦旋欄衫一領、八兩渾鍍銀腰帶一條、衣著二十疋，至可領也。故兹示諭，想宜知悉。

---

① 【謝案】勸，文淵閣本作“觀”。

② 【張注】朱砂，夏本作“硃砂”。

賜梓州路轉運使趙誠獎諭敕書

敕趙誠：省所奏“誠去一路冗占兵士及立到定額”事，具悉。朕比申飭監司，考核兵籍，或奉私而妄占，俾責實以罷歸，仍立嚴科，庶懲末弊。卿宣風左蜀，勵節東朝，首奉詔音，具爲條奏。悉按列城之數，并除羨卒之餘，創以定規，减於舊貫。眷言忠藎，深切嘆嘉。仍示頒恩，用褒成效。仍賜汝銀五十兩、絹五十疋，已札與梓州支賜訖奏。故兹獎諭，想宜知悉。

批 答

賜宰臣曾公亮乞免罷第二表不允批答

省表，具知。成湯之禱旱，則曰：“政不節與？使民疾與？何以不雨之至斯極也？”周宣王之憂旱，則曰：“耗斁下土，寧丁我躬。”謂天下之被害，不若身當之也。是二君者，曷嘗移咎於下哉？固不聞伊尹有去位之辭，仲山甫有免官之議。蓋遇天地之灾變，而策罷宰相者，此衰漢之制，非盛德之舉，庸何取焉？君其勉修政績，以導和氣，則嘉澤之應，斯亦拱而竢之矣。所乞宜不允。

賜文武百寮曾公亮以下乞皇帝御正殿復常膳不允批答

省表，具知。朕圖治不明，上纍三光之變，乃以正月朔日王者統事之初，蒙氣湛掩，蝕干太陽，考諸古義，爲咎莫大焉！故朕虚虎門之朝，徹牢鼎之膳，思有以恐懼修省，少謝上天之譴告。而二三輔臣，暨百辟庶尹，亦宜協心相勵，以輔不逮。至於面天庭之正宁，享四食之燕羞，爾言雖忠，顧豈朕之欲聞耶？所請宜不允。

第二表不允批答

省表，具知。鮑司隸有言：“正月之朔，小民猶恐敗毀物器，況日虧乎？”蓋皇極之不建，則日月側匿，其甚則交蝕，乃復譴見於三朝之會。上帝聰明，鑒觀甚邇，灾祥之見，如虚谷之傳響，豈不懼哉！是以引避户牖之坐，損去秩膳，側躬省咎，庶期消伏。《詩》不云乎：“畏天之怒，不敢戲豫。”朕畏天者也。則雖虚大昕之朝，徹燕食之羞，又奚爲過哉！所請宜不允。

賜宰臣曾公亮以下賀壽星出見批答

省表，具知。春仲氣分，珠躔效祉，出乎丁位，潤澤而明，太史發占，以符萬壽。卿等股肱一德，共代天工，覩此騰文，志在歸美，俾存信牒，傳之無窮。載閱慶章，良增嘉愧。所賀知，仍依奏宣付史館。

賜樞密使文彦博等賀壽星出見批答

省表，具知。維彼見象天極之南，參驗靈編，實資壽歷。星官動色，來告休符。卿等登翊萬樞，協成元化，形於中悃，慶牘繼來，頌嘆嘉祥，俾書史氏。循讀於再，深愧乃懷，所賀知。

賜禮部尚書參知政事趙概乞致仕第一表不允批答

省表，具知。卿以懿文擢鼎科，淳德佐槐府，順承帝載，得坤厚安正之吉。顧朕不明，方倚卿以天下事，馴致美化，直趨乎太平之域，乃引古義，欲藏其車蓋而去，玆豈朕之望卿耶？勉爾謨明，以經王室，無以耋耄而自嫌之。所乞宜不允。

賜趙概乞致仕第二表不允批答

省表，具知。七十而還君事，蓋有不得謝者焉。以卿之耆明秉哲，參論乎廟堂，以維持乎巍巍之業者，乃必欲抗其高躅而去耶？雖將自佚乎紱冕之外，其如士大夫之議朕何？所乞宜不允。

賜文武百寮富弼以下上尊號第一表不允批答

省表，具知。古之帝王，未有美號，嘗以火食教民者，則曰燧人氏；取犧牲以爲庖厨者，則曰庖犧氏；始耕以粒食者，則曰神農氏。至於有熊氏、高辛氏、高陽氏，則皆以所興之地名之。唐堯、虞舜、大禹，雖都帝王之位而天下直斥之而已，又何嘗取尊美之稱以冠其上哉？孔子曰："若聖與仁，則吾豈敢？"以孔子而不敢當仁聖之目，而公卿百執事乃猥以"奉元憲道文武仁孝"之號而加於予，予何德以堪之？夫皇者，君也，大也。帝者，配德於天地者也。合是二義而兼有之，蓋已嘗缺然自愧，況又欲加隆於此者乎？其亟罷議，毋以虚名浼予也。所請宜不允。

第三表不允批答

省表，具知。奉元所以體天，憲道所以稽古。文以起制度，武以消奸軌。[①] 仁者澤含四海而不殊，孝者光大祖宗之業而日新。今天之方艱，變怪屢出，謂之奉元，可乎？聰明未屬，動而繆戾，謂之憲道，可乎？禮樂衰缺而不完，則文之所致者陋；邊陲桀慢而屢警則，[②] 武之所制者

① 【張注】案："奸"似宜作"姦"。
② 【謝案】邊陲，文淵閣本作"夷狄"。

狹。生靈憔悴而祖宗之業不加焉，則仁孝之實將安所施？號者，功之表也。其功茂者其號美。惟予之所施如此，尚何敢冒乎功茂之稱哉？雖欲强之，天下其將謂予何？所請宜不允。

第五表不允批答

省表，具知。灾異之未息，政治之未明，黎元之未乂，此朕嗛嗛而不遑，公卿庶尹、藩衛之臣、蠻夷老耋，乃日伏大庭，厥角稽顙，[①]章五上而不止，必欲致朕以徽稱。群言之迫，安能固拒？夫有其實有其名，君子享之。名浮而實不充，君子以爲耻。惟爾二三股肱，洎内外列辟，同心協德，共濟大治。人事緝於下則天道叶於上，朝廷修飭則諸道順軌，元元之衆，咸得蒙福，俾予襲其名而安其實，豈不休哉？所請宜不允。

賜文武百寮請皇帝聽樂第一表不允批答

省表，具知。昔者子夏既除，予之琴，撫之而不成聲，曰："先王制禮，不敢過也。"子張既除，予之琴，撫之而成聲，曰："先王制禮，不敢不及也。"然則二子者均於得禮，而子夏有哀心焉，故孔子謂孟獻子加於人一等，是子夏之未忘哀，不猶愈於子張乎？朕之宅憂三年甫畢，餘日永念聖考之愛，雖終天而猶存，豈可朝釋纖縞，暮奏金石？巨創未夷，已臨燕衎，是誠何心哉？必欲行禮，則孟獻子設而不樂，朕將有取焉。所請宜不允。

第二表不允批答

省表，具知。昔堯之崩而舜思之，坐則見堯於牆，食則見堯於羹，

① 【謝案】稽，文淵閣本作"仰"。

蓋未之忘也。《禮》曰："父没而不能讀父之書，手澤存焉耳。"朕之失先帝三年，[①] 周旋於其居，則先帝之宫闕在焉；於其出，則先帝之都邑在焉。左右視聽之間，皆先帝之舊也。纍纍焉，藹藹焉，何嘗不悽愴以驚懷，徘徊而攬涕！而四時忽焉，不知縞素之已終。哀痛未盡，思慕未衰，而遽欲撞萬石之鐘，列九成之奏，以娱心悦耳爲樂乎？兹朕之所不忍也。重煩群公之言，深用愧腆。所請宜不允。

第三表不允斷來章批答

省表，具知。王之執憂，不以貳事，而宗室之諸老曁於勝衣而朝者，咸以書聞。覬王之還職，以董正屬籍，正有以表儀而仰法焉。[②] 則奚獨予一人强欲奪王之哀乎？且踐膺茂册，以慰兄弟渠渠之意。所辭宜不允。仍斷來章。

賜新除參知政事唐介辭免恩命不允斷來章批答

省表，具知。古之君子願乎仕者，非謂紱冕之足以美乎服，輿馬之足以侈乎御也，蓋欲行其志焉耳。朕選卿於衆，以參論國政，質之群言而皆合，斷之朕心而不疑，乃命以位，疇能間之，是亦欲行卿之志耳。胡爲沖執拜言而請辭，兹豈明朕之意而務行古君子之願哉？所辭宜不允。仍斷來章。

賜參知政事趙抃、唐介辭免恩命不允斷來章批答

省表，具知。朕之齋明祇栗，大享帝於圜丘，維是二三股肱之老，相成熙事。天人歆德，休光下集，而錫予之福，如阜如陵，兹豈朕之專

① 【張注】三年，各本"年"下有"矣"。
② 【張注】正有，夏本、潘本"正"作"斯"。

饗哉？是亦二三股肱之老，有以共之也。爲俎之惠，猶貴乎及下，若是者尚何辭焉？

賜皇伯集慶軍節度使檢校尚書左僕射宗諤辭免恩命第一表不允批答

省表，具知。朕覽搢紳之議，越紼而郊，亦既右饗，錫之神筴，嘉與伯父、叔父均釐於下。此上帝列祖之賜，朕承而恭授之，又曷足以抗辭哉？所辭宜不允。

賜皇弟岐王顥辭免恩命第一表不允批答

省表，具知。朕升禋合祭，諴款天神，推其福貺，被之四極，垂紳在次，罔不均休。而況予之介弟，爵爲真王，朝踐之獻，實陪祀事，宜錫恩章，以答雝肅。尚何謙畏，抗言弗處？往即欽拜，庸體朕之至意，所辭宜不允。

賜曹佾辭免恩命第一表不允批答

省表，具知。朕遵列祖之遺業，三歲而郊，霈其天澤，繇廟廷而薄四海。而予之元舅，出陪清蹕，入上嚴奏，宜有嘉命，以均神貺。發於朕志，孚告在廟，渙乎如汗，其不可反已。[1]雖欲行意，詎得從乎？所辭宜不允。

① 【謝案】反，文淵閣本作“及”，當從之。

賜宗諤辭免恩命第二表不允斷來章批答

省表，具知。祭之有澤者，爲政之術也。下而甲吏守門之賤，猶且及之，况夫雝肅藩戚之臣，委綏結綬，祗事以助祭者耶？故兹孚命，所以均神明之貺，曷爲纍言而懇避？《詩》不云乎：“烈文辟公，錫之祉福。”爾亟受之無辭。所辭宜不允。仍斷來章。

賜岐王顥第二表不允斷來章批答

省表，具知。古之大祭，歸脤膰於兄弟之國，所以示親親之意而同神靈之祚。朕既薦璧嘉壇，上帝錫之純嘏，豈敢專饗？宜與兄弟共有之。乃欲懇避而爲辭爵之高，是非古之爲祭而厚骨肉之義也。所辭宜不允。仍斷來章。

賜曹佾第二表不允斷來章批答

省表，具知。朕以眇躬，獲薦黍稷，報功於上帝而侑以烈祖。天人顧饗，福禄來介，故嘉與士大夫共拜神靈之賜，則褒章顯號，積重而均及者，非有私元舅也。其爲朕倡率士大夫，往即拜之。所辭宜不允。仍斷來章。

賜參知政事趙概乞致仕不允斷來章批答

省表，具知。古之尚齒七十者，君問則席，① 所以尊耆哲而風孝悌。卿以寬懿敦實之姿，佐金鼎以調元氣，其齒則老矣，其神明之外發者豈有衰哉！朕初履祚，方且布席，以咨國政，需大化之隆洽，然後議其去，顧不美歟？所乞宜不允。仍斷來章。

---

① 【張注】則席，案：周校謂“則”下宜有“前”字，當從之。

賜宗樸辭恩命第二表不允斷來章批答

省表，具知。朕之初莅祚，[1]豐恩不浹，涵蒙乎萬物，而獨伯父有所不及，玆豈篤親興仁之義哉？衮衣金鉞，登拜已晚，乃復引章，雖三揖而未進。往宜欽踐，以祗奉先王之祀。所辭宜不允。仍斷來章。

賜樞密使文彦博辭免恩命不允斷來章批答

省表，具知。懋官懋賞，古今之通誼。卿以純忠首國，共濟於艱虞之辰，定策禁中，義貫乎金石，大業一定，若泰山之四維。是用進拜上公，以稱厥德，奚爲自疑，露章引避？昔舜命皋夔，一辭而止，卿乃五辭矣，亦可以已乎？所辭宜不允。仍斷來章。

賜新除檢校尚書左僕射同中書門下平章事彰德軍節度使宗樸第一表辭免恩命不允批答

省表，具知。封植戚藩，以强王室，此古治世之成法。伯父天屬之尊，恂恂謹禮，樂善而不厭，是宜有師鉞之雄、鼎席之拜。孚號朝發，懇章暮辭，伯父其承之以，光顯我親親之愛。所辭宜不允。

賜新除守司徒兼侍中充淮南節度使判相州韓琦辭免恩命第二表不允斷來章批答

省表，具知。卿既還兩鎮節，朕已歉然不滿於懷，而又以司徒辭，遂將潔身而去耶？古之三公，無其人則闕。今有人矣，奚爲而闕乎？卿趣受印，歸榮故鄉，無俾天下議朕，謂於定策元老有所薄焉。所辭宜不允。仍斷來章。

---

① 【張注】莅祚，夏本、潘本作“踐祚”。

賜皇伯祖允弼上表辭免起復恩命不允批答

省表，具知。古者遭金革之變，於是以墨縗即戎，今朝廷無插羽之警，而起王於廬次者，誠以王春秋高、氣血益衰，扶杖泣血，恐有以傷其生，故以大將軍印俾還其舊服。以義奪情，殆謂此乎？無爲執辭，重貽沖人之憂。所辭宜不允。

賜新除守司空依前樞密使文彦博辭免恩命不允批答

省表，具知。朕前已發詔，加賜卿大司空，庶尹在位，俯聽於大廷下，[1] 孰不動色，謂之當然！曷爲固稱匪德，執謙弗回，繡裳衮衣，委而未拜？夫有功不圖，爲善者廢，大號復還，譬之反汗，致朕於此，其何以示天下？所辭宜不允。

① 【謝案】廷，文淵閣本作“庭”。

卷　十

口　宣

白溝驛撫問大遼賀同天節人使及賜御筵口宣

有敕：卿等恭修禮聘，來慶誕辰。適臨封館之初，載錫賓筵之盛。兼申慰諭，并示眷慈。

都亭驛賜大遼人使賀正畢御筵口宣

有敕：卿等賓鄰修聘，文陛會元。顧還玉以成儀，俾加籩而錫燕。體兹至意，諒洽多歡。

瀛州賜大遼人使却回御筵口宣

有敕：卿等鄰歡畢講，使傳旋歸。已次上開，將逾畫壤。宜頒嘉燕，庸慰遐征。

賜大遼賀同天節人賜入驛御筵口宣

有敕：卿等肅將鄰聘，來慶誕辰。已祗見於王庭，宜宣慈於賓席。庶臻樂衎，庸示睠懷。

賜大遼賀同天節人使回北京御筵口宣

有敕：卿等旋軫鄰邦，解鞍留府。屬炎風之侵鬱，涉長道以良勤。宜錫燕私，用申寵眷。

賜大遼賀正旦人使入見訖歸驛御筵口宣

有敕：卿等肇履歲元，來修鄰聘。已奉造庭之對，適居授館之安。宜賜燕私，用符睠矚。

賜人使朝辭歸驛御筵口宣

有敕：卿等展幣成儀，旋車復命。方違顔於宸極，爰申貺於賓筵。宜用拜嘉，副之將意。①

賜人使回至瀛州御筵口宣

有敕：卿等肅馳歸馭，甫望鄰封。方少憩於征車，宜寵頒於燕席。眷言行邁，庸示均慈。

北京賜大遼賀同天節人使御筵口宣

有敕：卿等誕辰啓節，鄰聘備儀。眷言使傳之華，適戒别京之次。特申燕賚，庸示榮恩。

---

① 【謝案】之，文淵閣本作“兹”。

班荆館賜大遼賀正旦人使到闕御筵口宣

有敕：卿等恭修鄰聘，來奉歲朝。飭使傳以載馳，俯都城而暫舍。特申燕賜，庸示寵嘉。

北京賜大遼賀正旦使副御筵口宣

有敕：卿等巧歷推元，賓鄰修聘。方擁旜於北道，聊税鞅於别都。特示燕私，用勸行邁。

雄州賜大遼賀正旦人使御筵兼撫問口宣

有敕：卿等肅講鄰歡，薦朝歲首。適乘軺之及境，宜折俎以均慈。兼諭詔言，并申嘉矚。

閤門賜宗樸告敕口宣

有敕：卿宗藩所倚，聖考維嘉。屬天祚之丕承，首皇支而惇叙。已孚大號，宜服褒章。

閤門賜起復皇伯祖允弼告敕口宣

有敕：卿王庭夾輔，天族儀刑。茂資屏翰之忠，式變苴麻之制。往膺褒册，祇服内朝。

賜大遼賀正旦人陳春幡勝春盤等口宣①

有敕：卿等將命鄰邦，修歡正歲。適春元之肇建，嘉節物以彌新。彩蒻雕盤，并申寵錫。

雄州賜大遼賀正旦人使却回御筵兼傳宣撫問口宣

有敕：卿等建旟來聘，促轡言歸。顧仁境之相望，即使車之亟邁。載申燕貺，用表恩私。

賜宗樸第二表不允斷來章批答口宣

有敕：卿進褒近戚，孚告大庭。雖需奏之屢辭，豈俞音之可輟？無稽成命，以鬱僉言。

賜皇伯祖東平郡王允弼生日禮物口宣

有敕：朕熙隆邦教，惇叙藩宗。矧維耆哲之尊，夙茂挾持之望。屬兹誕日，載涣醇恩。俾爾壽臧，以符善祝。

二月一日賜宰臣曾公亮生日禮物口宣

有敕：夾鍾變律，甫及初交。大昴淪精，誕生碩哲。載將蕃錫，俾衍多祥。期輔王家，永熙天曆。

---

① 【張注】夏本、潘本無“陳”字，案：有“陳”字是。

賜檢校太尉兼侍中曹佾生日禮物口宣

有敕：卿貴極珥貂，雄兼授鉞。屬林鍾之炎序，啓蓬矢之嘉祥。特厚賚恩，以綏壽祉。

賜皇伯彰德軍節度使同中書門下平章事宗樸生日禮物口宣

有敕：歲屬窮陰，日臨下浹。維靈源之發，秀誕英戚以稱賢。特示珍頒，用申壽祝。

恩州賜大遼皇太后賀正旦人使茶藥口宣

有敕：卿等修睦鄰，歡展儀歲。聘方祈寒之增冽，涉長道以良勤。將輔至私，宜申稱貺。

賜黔州觀察使涇原路副都總管盧政赴闕茶藥口宣

有敕：卿等薦膺召節，還衛周廬，遠冒寒威，已趨圻甸，特申彌賚，庸示眷懷。

賜盧政赴闕生餼口宣①

有敕：卿夙駕戎軒，祗趨召節，載凌風露，已及闕廷。爰有分頒，備兹牽餼。勤歸之寵，宜用欽承。

① 【謝案】餼，文淵閣本作“科”。

賜永興軍韓琦茶藥口宣

有敕：卿辭榮宰席，總帥咸京。究民政以初頒，履天和而滋茂。爰加珍錫，兼諭至言。

賜觀使留後賈逵赴闕茶藥口宣

有敕：卿召從帥閫，入衛王宮。夙驅戎乘之嚴，載冒征岐之阻。特頒品劑，庸示眷隆。

恩州賜大遼皇太后賀同天節使副茶藥口宣

有敕：卿等遠馳使傳，來講鄰歡。顧衝涉以在途，宜便蕃而申貺。珍芽靈劑，并示眷懷。

恩州賜大遼皇帝賀同天節使副茶藥口宣

有敕：卿等恭持鄰聘，來慶誕辰。屬春律之載暄，涉征塗之彌永。特申珍貺，庸示殊私。

撫問河北西路沿邊臣寮口宣

有敕：卿等比膺朝選，分幹邊陲。屬年籥之戒寒，飭使軺而申問。載嘉勤瘁，[1] 庸示眷懷。

---

① 【謝案】載嘉，文淵閣本作“再加”。

撫問西京永興軍并陜西轉運司臣寮口宣

有敕：卿等遵職於外，服勞在公。適歲紀之戒寒，飭使華而申勞。永言盡瘁，彌屬予懷。

撫問宣徽南院使郭逵口宣

有敕：卿顯膺温詔，出總中權。屬朔琯之凝寒，擁戎旃而就道。特馳使指，爰示恩私。勉爾邁征，體予至意。

撫問判北京臣寮口宣

有敕：卿維時隽德，久殿留都。晏歲乘寒，衆祥來輔。諭言斯及，嘉矚彌深。

撫問陜西安撫使韓琦以下口宣

有敕：卿等夙被朝僉，出膺邊寄。維窮冬之紀序，視吉履以協祥。簡在朕懷，特申詔諭。

撫問南京張方平口宣

有敕：卿解紱宰庭，寢苫里閈。載維巨創，特遣諭言。副此注懷，無爲過毀。

撫問涇原鎮戎軍路臣寮口宣

有敕：卿等夙膺朝委，分莅邊衝。服官次以良勤，集春祺而增厚。

因兹命使，諭以詔言。

撫問判永興軍韓琦口宣

有敕：卿輟從公鼎，出拊侯藩。乘春籥之布元，味道腴而均粹。載申勞問，彌渴儀刑。

撫問邠寧環慶等路臣寮口宣

有敕：卿等并膺朝寄，分莅邊衝。屬當歲律之和，益茂春祺之嚮。載嘉盡瘁，特示諭言。

雄州撫問大遼國賀同天節人使口宣

有敕：卿等并講鄰歡，恭趨誕節。馳使軺而載遠，授境舍以惟寧。特示諭言，用申嘉矚。

撫問判河陽富弼口宣

有敕：卿鈞衡舊德，屏翰元臣。載乘春律之和，彌集天祺之茂。時申諭問，庸示倚毗。

雄州撫問大遼國賀正旦人使口宣

有敕：卿等甫届歲元，來修鄰聘。顧遵途之方永，屬涉境之云初。特示拊存，用昭嘉矚。

撫問判大名府韓琦口宣

有敕：卿宰府元臣，留都重寄。茂履陽春之季，諒綏吉禄之蕃。特示拊存，用昭眷倚。

賜判汝州富弼赴闕詔口宣

有敕：卿國之耆雋，朕所倚毗。宜解紱於近藩，亟騰裝於便道。特馳召節，日佇朝儀。

閤門賜岐王顥加恩告敕口宣①

有敕：卿陪獻郊宫，協成嚴祀。均鼇屏翰，首被褒恩。孚號維行，宜拜而受。

賜景靈宫使曹佾加恩告敕口宣

有敕：禮成大報，恩洽外親。密露至誠，懇辭嘉命。顧涣恩之已及，豈私請之能從？

賜新除宰臣富弼辭恩命不允批答口宣

有敕：朕稽於僉論，斷自深衷。必圖任於老成，可倚成於大政。毋煩懇避，往拜恩章。

① 【張注】潘本"顯"作"顥"。

賜富弼斷來章批答口宣

有敕：卿奮績三朝，更柄二府。顧孰逾於舊老，宜入冠於中階。無徇謙辭，以稽群望。

賜使相宗樸辭恩命第一表不允批答口宣

有敕：肆朕繼文，若時均澤。維戚藩之尊屬，祗宰席之褒章。無執撝謙，即宜祗踐。

賜大遼賀正旦人使銀鈔鑼唾盂子錦被褥等口宣

有敕：卿等建旓來聘，適慶於元正；授館甫寧，宜推於珍賜。用昭嘉矚，至可欽承。

賜大遼賀同天節人使生餼口宣

有敕：卿等乘軺薦至，授館甫安。眷言跋履之勞，爰備餼牽之錫。即宜欽受，以副眷懷。

賜文武臣寮并大遼賀同天節人使錫慶院御宴口宣

有敕：卿等奉觴稱壽，載逢誕月之祥；酌醴御賓，宜錫需雲之宴。均兹衎樂，示我寵懷。

賜大遼賀同天節人使鈔鑼唾盂子被褥等口宣

有敕：卿等協講鄰歡，恭循使範。適解鞍而暫息，顧授館以初寧。

爰示賚頒，庶資服用。

召翰林學士王安石入院口宣

有敕：卿賢具素優，德名絶出。行潔而才茂，學深而志通。嘗奮高文，入司雅誥。適佩符於藩府，宜促駕於鋒車。更宜禁林，發潤天藻。攄忠嘉之閎論，補密勿之沈謀。副我虚懷，服兹優數。今差某官召卿入院充學士。

賜宰臣以下錫慶院罷散同天節道場酒果口宣

有敕：卿等共傾精悃，肅設净筵，慶甲觀之誕祥，獻華封之壽祝。醇醪甘實，宜示燕私。

賜宰臣以下大相國寺散同天節道場香合口宣

有敕：卿等以朱明啓序，誕慶標辰。虔依妙覺之慈，共祝延洪之算。載嘉忠恪，宜示分頒。

班荆館賜大遼賀正旦人使到闕酒果口宣

有敕：卿等講修歡聘，涉冒寒威。適税駕於都城，宜肆筵於候館。醇醪珍實，并示寵頒。

賜大遼賀正旦人使内中酒果口宣

有敕：卿等夙馳使傳，繼講鄰歡。方朔吹之届寒，宜醇醪之寵錫。副之珍實，并示隆恩。

同天節錫慶院宴賜文武臣寮并人使酒果口宣

有敕：玉虹紀節，湛露均歡。有溢爵之芳醪，有加籩之甘實。并爲珍賜，用示渥恩。

賜大遼賀同天節人使内中酒果口宣

有敕：卿等旅朝丹陛，恭薦壽觴。顧嘉事之甫成，講兩儀而用享。珍苞良醞，并示寵頒。

就驛賜大遼人使朝辭後酒果口宣

有敕：卿等建旃來聘，展幣甫成。旋軫於歸，遵途兹始。載錫珍醇之品，用申優渥之恩。

賜大遼賀正旦人使却回班荆館酒果口宣

有敕：卿等修歡甫畢，復命載歸。飭使傳以遵途，俯都門而留燕。清壺甘實，爰示寵頒。

就驛賜人使射弓例物口宣

有敕：鄰聘薦修，使華增美。方屬憂國之制，[①]猶存賓射之儀。特賜恩頒，用申寵待。

① 【張注】屬憂國，各本作“稽往古”，案：宜作“屬國憂”。

賜富弼轉官對衣鞍轡馬口宣

有敕：卿懇辭袞鉞，復奠藩垣。適開揆路之榮，宜享康侯之錫。内閑良驥，上褚兼衣。特遣使華，往申君賜。

賜宗樸生日禮物口宣

有敕：卿内朝之雋，近戚維尊。屬朔琯之窮陰，誕靈源而毓秀。特優珍貺，以祝壽祺。

表

英宗皇帝大祥永厚陵奏告表

四氣回薄，忽如過隙。創鉅未已，奄及首除。馳心神闕，摧咽奚勝。

河北地震奏告表

五行大經，沴而爲震。咎在匪德，兹民何辜？彌歲驚虞，靡獲寧處。惟神聰直，庇祐一方。載遣使軺，恭造靈館。冀蒙消伏，憫此淪胥。延首馳心，遲聞善應。

陰迫陽伏，地乃震摇。跨河以北，迄今不寧。咎匪自他，發於眇德。俾兹黎庶，日虞陷騫。敢祓齋誠，仰干神造。冀蒙孚佑，以獲静安。隱惻於懷，曷勝懇禱！

宣祖永安陵太祖永昌陵等處帝后爲改年奏告表

虔遵遺訓，紹履真圖。稽參五始之文，叙建一元之法。誕兹鴻號，表以初年。載擇穀辰，敢忘祇告。

英宗皇帝小祥奏告永厚陵表

欽承遺業，藐然在疚。起居出入，思見慈顔。日月駛馳，俄及祥練。泣望神寢，哀哽奚勝！

同前内中奏告表

白雲在望，何處攀龍？落景不留，忽如犇駟。改練冠而遵變，傃玉座以含哀。恭惟尊謚皇帝駿命溥將，休光淳烈。世傳禹迹之異，人畏軒臺之威。[①] 屬祥祭之來承，推孤心而永慕。

同天節内中奏告真宗、仁宗、英宗皇帝表

赤熚首序，炎律應期。辰推上浹之初，天祚誕彌之吉。欽惟三后對越上靈。綿瓜瓞之蕃支，錫岡陵之茂祉。祇承寶系，虔奉珍圖。載臨震夙之辰，適紀長嬴之序。惟在天之靈德，流奕世之休光。饗此治安，實由燕翼。

永昭陵二月旦表

氣冒於卯，日躔在奎。驚濡露以變辰，感堅冰而入薦。恭惟尊謚皇帝休功奕世，大業格天。皇威不泯於軒臺，盛德空傳於舜樂。阻趨晨

① 【張注】轩臺，各本“臺”作“丘”，案：作“臺”是。

闕，增極孝思。

南郊禮畢奏謝諸陵帝后表

躬執籩豆，祇見上帝。嘉薦翼翼，熙事告成。神靈顧饗，隤祉如茨。實賴先烈，畢兹禋祀。

東嶽帝生日奏告會聖宫三清玉皇聖祖九曜嶽帝佑聖真君表

岱嶽炳靈，魯邦作鎮。司春元而毓物，竦震位以極天。適膺載誕之期，敢致潔誠之告。即臨珍館，肅展齋儀。仰祈降鑒之靈，[①] 來集麗洪之祉。永延宗祐，庇此群生。

年節上永安陵等處諸皇帝表

維帝出震，以王次春。屬雲陛以朝元，瞻神軒而阻謁。[②] 恭惟尊謚皇帝功包太極，洽洽鬼方。越靈德以在天，震休光而奕世。逖懷丕烈，彌劇時思。

同前諸后表

三陽作歲，萬寳萌春。茂臨初吉之辰，阻奉上丁之謁。恭惟尊謚皇后堯門益聖，軒曜儲祥。咏美化以攸存，望徽音而已遠。履端伊始，結慕彌深。

---

① 【謝案】降，文淵閣本作“隆”。

② 【張注】阻謁，潘本“阻”作“祖”，周校謂作“徂”，案：作“徂”是，下同。

年節上南京鴻慶宮等處諸帝表

攝提建歲，太簇統元。允屬履端，聿懷追孝。恭惟尊謚皇帝堯仁未遠，禹迹空存。地經清蹕之游，世奉靈宫之薦。靡遑躬謁，倍積遐思。

冬節上永安陵等處諸后表

象見珠躔，氣萌玉琯。覽初爻之來復，仰慈範以如存。恭惟謚號皇后德懋嬪虞，功隆翼夏。眇真游之永閟，潔時薦以空陳。進牘馳誠，彌增怵惕。

同前諸帝表

斗移子位，日御巽維。對越上靈，永懷聖烈。恭惟尊謚皇帝澤漸萬世，[①] 威存百年。厭黄屋之深居，從白雲而遠駕。徒瞻神闕，增積孝思。

冬節上南京鴻慶宮等處諸帝表

晷長南表，氣動黄宫。方協序於九天，[②] 益追懷於祖武。恭惟尊謚皇帝享隆駿命，燕翼大猷。冀真馭以少留，敞靈宫而如在。與時茂對，結慕增深。

皇帝南郊禮畢謝皇太后表

臣某言：恭嗣寶圖，首嚴大事。即高丘而展采，違慈幄以增懷。奠

① 【謝案】尊謚，文淵閣本作“謚號”。下表同。

② 【謝案】九天，文淵閣本作“天元”。

玉已燔，回鑾在駕。顧協成於祀典，實仰賴於母儀。内竭深衷，曷勝忭賀。

楚國保寧安德夫人景氏等賀南郊禮畢表

執籩豆以薦嘉，肇成毖祀；罄舟車而兼覆，均浹歡心。屬我休辰，載敷縟典。恭惟皇帝陛下事親以孝，移忠之教行；治民以仁，好恕之風洽。惟上穹之對越，適大報以告成。靈禧簡簡以下孚，精意顒顒而上格。麗恩霈霶，群動歡呼。臣妾等仰芘嚴宸，久參内掖，竊觀熙事，彌忭丹衷。

左右直御侍邢氏等賀南郊禮畢表

郊丘昭報，適觀聖饗之能；海寓均歡，并荷神禧之被。矧兹内掖，彌浹柔悰。恭惟皇帝陛下，如日繼明，體天行健。法宫親事，已諧萬國之雍和；吉土就陽，載洽三靈之眷祐。至誠孚格，縟禮備成。臣妾等參列禁庭，親逢聖旦，欣愉允切，鼓舞奚勝！

請皇帝聽政第一表

上穹降禍，大行皇帝奄棄萬國，天覆地載，罔不攀號。中謝。恭惟皇帝陛下長發其祥，敷聞在下，遂奉綴衣之遺訓，以傳神器之至公。群元有歸，大業斯定。惟是庶政，未親省覽，凡百在公，無所禀承，中外群心，不勝傾望。冀上顧宗廟之重，少節哀疚之情，從順變之禮文，行先朝之故事，勉臨聽斷，以慰邇遐。

請皇帝聽政第二表

嘗露封章，懇祈臨政，未蒙諭可，[1]彌負兢惶。中謝。恭惟大行皇帝昭示至公，深惟大本。惟神器之至重，得聖子以能傳。四海於是有歸，萬化所以無曠。天下顒顒而想望號令，群臣懇懇而思見威儀。而陛下泣血特深，銜哀過毀，徇禮文之常制，廢庶務之大經，凡在事機，未垂聽鑒。伏望上遵遺訓，俯順群情，屈孺慕之至懷，爲生靈之盛福，時臨便殿，躬攬大權，庶使朝廷皆有矜式。

請皇帝聽政第三表

臣等屢貢血誠，冀回天聽，群心傾望，未賜允俞。竊以爲民立君，庶政不可久曠；以日易月，後王所以制宜。雖哀慕之無窮，豈聽覽之遂廢？滯務積而不發，大號鬱而未宣，群臣惶惑，無以稟命。而況大行在殯，山陵未修，凡百事機，動關奏請，必資宸斷，方敢奉行。伏望皇帝陛下遠稽故事，近奉遺音，以列聖之基業爲懷，以先皇之付托爲重，俯從大計，少屈孝思，躬攬權綱，以御天下。臣等叨榮在列，義所不安，銜泣叙言，期於得請。

賀明堂禮畢表

三星居火角之次，[2]載考於乾圖；五帝列太微之庭，并隆於國祀。罄精衷而贊見，極厚禮以告成。清風翔而群靈回，叶氣流而嘉福應。中賀。恭惟皇帝陛下纘興聖緒，躬履炎符。祗栗著事天之誠，明發懷思親之感。詔季秋而錯事，即衢室而告虔。并斥繁儀，咸資故實。蓋聖人爲能以享帝，必盡乎至誠；惟嚴父莫大於配天，用追乎來孝。嘉幣升而既

---

① 【張注】諭可，夏本、潘本“諭”作“俞”。

② 【張注】火角，各本“火”作“大”。

奠，純犧奉以告牲。禮容雜乎天光，恭意見乎玉色。玆實希闊之典，屬我昌明之朝。中外蒙休，人神胥悦。臣等備觀熙事，獲厖攸同，傳清蹕以言還，望赤墀而增忭。

賀皇太后立皇后表

作嬪京室，將嗣於徽音；恭事慈闈，庶成於孝養。詔言所被，民頌交騰。中賀。恭惟皇太后殿下：坤道静專，母儀光大。早茂降嬀之德，遂成翼夏之功。佐佑皇猷，發揮鉅典。念瑶齊之曠祀，[①] 舉寶册之隆文。治必自家，蓋有太任之成法；化行於國，將復《周南》之正風。臣等備列明庭，欽聞嘉命，忻愉之極，忭蹈攸深。

賀皇帝立皇后表

芝函發詔，蘭殿圖儀，形治國之高風，尊俔天之懿德。凡居履蹈，罔不歡愉。中賀。恭惟皇帝陛下：寶歷在躬，至仁撫世。武繼文而受命，舜協帝以重華。思格治平，實資内輔。乃詳求於鉅典，俾刊著於徽章。玉璽燦乎瑞文，金車賁乎法從。翬衣進受，永承宗廟之祠；麟趾來游，行應《關雎》之化。臣等恪居朝次，側聽皇猷，觀慶禮之將行，溢群心而交忭。

賀尊皇太后表

誕告天庭，聿遵於先訓；奉榮長樂，增大於鴻名。舟車所通，罔不相屬。中賀。恭惟皇帝陛下仁如天覆，聖與日躋，適當纂業之初，彌切顯親之志。首圖懿號，躬上慈闈。即深詔於有司，俾參求於故實。差擇元

① 【張注】瑶齊，各本“齊”作“齋”，案：齋，《經典》通作“齊”。

辰之吉，鋪宣寶册之文。行展盛儀，用昭前烈。聖人至德，孰加孝治之風；天下群心，得奉母儀之訓。臣等猥緣盛際，獲綴通班，方側聽於制音，佇竦觀於典禮，欣榮踊躍，倍萬常情。[①]

① 【謝案】情，文淵閣本作“鈞”。

卷十一

表

賀冬表

律次黄鍾，日躔南極。尊一王之履至，舉萬國以來同。亞於歲朝，著在甲令。中賀。恭惟皇帝陛下：陶成庶類，照知四方。[1]推神筴以授時，奉天元而御統。觀陽氣之升，則以進賢者之類；鑒陰爻之剥，則以斥小人之群。庶求大端，用資明德。臣等叨榮表位，趨慶大庭，適及嘉辰，共期善祝。

賀正表

臣某言：伏以春重三朝，尊明辟履端之始；禮嚴元會，謹諸侯受計之初。品物達新，萬邦獻祉。臣誠懽誠忭，頓首頓首。恭惟皇帝陛下緝熙民極，惠迪天元。福與衆均，慶光華日月之旦；物游澤茂，萃清明玉燭之和。大業延洪，懽誠同向。臣限以守麾遐土，引領中宸，瞻雲闕之觚棱，遠虎罇之斟挹。徒深頌祝，莫極傾馳。

---

① 【謝案】知，文淵閣本作"臨"。

天慶節謝内中露香表

炎精御歷，大帝錫符。孚嘉號以紀辰，協靈文而瑞世。幾及沖渺，敢怠欽承？維是群生，悉歸洪造。燎好香而升薦，祝美貺以來膺。

天祺節謝内中露香表

珍符薦瑞，佳節紀辰。恭祓精衷，密升寶炷。叢霄在望，靈鑒可期。冀錫茂祥，以昌皇祚。

同天節内中露香表

膺顧上靈，繼明大統。屬長嬴之首月，紀震夙之嘉辰。洽此億寧，實繇右序。庶格緝熙之福，丕承桓撥之期。

冬節内中露香表

天元統紀，神筴告符。維上帝之佑民，執大鈞而播物。恭燃寶炷，密薦精衷。凡在群靈，悉蒙嘉福。

年節内中露香表

玉儀改度，寶典推元。茂履三朝，總綏四極。恭燎寶薰之薦，式孚丹款之衷。圓極炳靈，函生隤祉。

中書賀壽星見表

乾歷紀元，[①] 適開於景祚；星符見象，爰示於嘉祥。中外具瞻，遐邇均慶。中賀。恭惟皇帝陛下躬膺寶籙，祇遹先猷。大孝通乎神明，至誠格乎天地。上帝申錫，瑞物薦臻，燦若休光，發乎景緯。出離方而動色，俯南極以騰精。考以經躔，不失仲春之夕見；言其驗證，蓋符人主之壽昌。臣等備位宰司，獲觀靈貺，將延洪於睿算，彌聳躍於丹悰。

又樞密院賀壽星見表

玉琯分秋，珠躔見象。對拱北辰之遠，逥臨西位之高。[②] 馮相發占，靈基紀瑞。中賀恭惟皇帝陛下繼明如日，至意通神。衍協氣以旁流，總美祥而翕受。燦然靈貺，發於乾文。昏曉互推，獨驗一星之次；天人合應，玆爲萬壽之符。臣等誤列近司，[③] 獲逢熙旦，將益無期之算，彌增交抃之誠。

賀皇太后表

體包坤順，道配天元。絶外舍之私恩，服中宫之儉德。輔佐先帝，夙聞陰教之修；保護聖躬，益著母儀之愛。

請建壽聖節表

樞星炳耀，華渚流祥，蓋神靈之告期，玆帝王之應運。是爲慶節，適在聖時，蔚有舊章，敢申虔請。中賀。恭惟皇帝陛下授堯曆數，邁舜

① 【張注】乾歷，夏本、潘本“乾”作“鳳”。

② 【謝案】此處張注“逥臨，各本‘逥’作‘迴’，案：‘迴’字是”，底本爲“逥臨”，疑徑改。

③ 【張注】誤列，甘校謂“誤”字疑誤。

聰明，踐祚云初，庶務兹始。惟發春之首月，實誕聖之佳辰。[1]遠夷奉琛以來庭，華封交手而獻祝。將昭嘉會，宜紀鴻名。臣等不勝大慶，請以正月三日爲壽聖節，舉體道之徽稱，演後天之遐算，庶使需雲報燕，[2]罄四海之驩心；北斗浮觴，上萬年之眉壽。

集禧觀鴻福殿祈雪道場表

地媪不密，壯陽泄温。民癘愆和，農疇匱澤。求愆謝咎，遍走群祠，加精致誠，未昭美證。載循禬法，祗絜齋場。震發靈休，庶幾嘉應。飛霙灑潤，延首以需。

集禧觀洪福殿開啓宰鵞祈雨道場表

薰風首序，甘澤愆期。慮嘉種之將蕪，結老農之浩嘆。載臨靖館，肅啓清場，陳舒雁以封牲，象神龍而作繪。冀零嘉霔，仁應虔誠。恐懼側身，庶消咎證。[3]

知杭州謝到任表

剡章初上，願乘一障以衛藩；疏寵過優，更奠三吴而出牧。擁連檣之華艦，戲彩服於親闈。不失家居，俄臨治境。磅礴湖山之秀，繁華郛郭之雄，已見吏民，甫宣威德。中謝。伏念臣疏愚自信，樸陋無堪，厲鎩羽於鸞鵠之群，托危根於芝蘭之圃。動多得咎，誰肯爲容？苟非科級之使然，安得仕宦之至此？惟陛下廓無私之鑒，知臣孤立而無朋；惟陛下推不報之恩，俾臣偷安而久處。日虞蹇薄，恐負獎提。方衆賢引類以并

① 【謝案】佳，文淵閣本作“嘉”。

② 【張注】需雲，甘校謂“需”字疑誤。

③ 【張注】消咎證，夏本、潘本作“彌灾沴”。

升，宜拙者懷慚而遠去。重以食口之衆，窘於京華之居，瀝懇冒聞，俞音報可。改經帷之密侍，徙民版之清曹，仍領東藩，兼督一道。矧武林之名郡，[①]實母氏之故鄉，井舍猶存，松楸未改。旨甘易具，豈惟啜菽以承歡；親戚至前，時得稱觴而上壽。此人子之所樂，亦當世之至榮。不料便安，出於意望。此蓋伏遇皇帝陛下仁包覆載，知燭幽深，在蟲魚則未嘗有涸澤之傷，在草木則未嘗有童山之暴。况朝紳之舊列，參翰苑以叨榮。曲沛天慈，俯從人欲。付之都府，寵以帥權。敢不益勵初心，勤求善治？詔條具在，唯當承命以恭行；訟牒雖繁，亦冀清心而少息。緩以歲月之久，效此涓塵之勞。仰副清衷，少酬鴻造。

謝翰林學士表

天光下燭，帝語親聆，恩不他歸，命由上出。孤生得路，榮遇最多。臣某中謝。竊以翰苑參華，儒林劇選，詎獨玩其詞藻，蓋欲觀其器能。謀足以破天下之疑，文足以鼓天下之動，兹爲内相，乃無間言。伏念臣溝瞀無能，[②]聱牙少合。結髮而知事主，登朝絶不因人。在仁祖時，[③]初自諸生擢在群黎之首；[④]於英考世，還從右史，次居西掖之嚴。將卜兆於先疇，遂佩符於南國。松阡未列，[⑤]芝檢促還。惟慚補報之未能，敢以遲晚之爲嘆？寒葵有意，獨傾向日之心；頑埴何知，[⑥]不入大鈞之手。蘭無人而自秀，鶴在陰而必聞。不圖陛下知其至愚，察其寡援，面加獎借，力賜提携。墜蓬俄奮於九霄，寒熖立增於萬丈。遽承詔節，入直禁林。驛馬驟來，榮生里巷；彩衣拜慶，喜動親闈。華組馭乎名駒，潭金炫乎寳帶。愧已深而汗浹，感至極以涕零。伏惟皇帝陛下，

① 【謝案】郡，文淵閣本作“部”。
② 【謝案】溝，文淵閣本作“庸”。
③ 【張注】仁祖，夏本、潘本“祖”作“廟”。
④ 【謝案】黎，文淵閣本作“豪”。
⑤ 【張注】阡未列，夏本、方本作“刊未立”，潘本作“刊未列”。
⑥ 【謝案】埴，文淵閣本作“植”。

獨持帝王之大權，復見祖宗之雄斷，號令四發，耳目一新。日月不開，開則及遠；雷霆不發，發則驚人。咨棟梁以柬求，[①]兼椽櫨之采拾。敢不益殫忠藎，少效涓埃？義有可爲，必思於圖報；死如得所，敢憚於捐生？

謝知制誥表

西掖代言，儒生榮遇，猥蒙序擢，震懼惟深。中謝。竊以皇帝陛下繼丕天之業，方發政之初，縉紳延頸，以希采獲。内自朝廷，外及林藪，金馬石渠之群秀，飯牛版築之遺彦，奮袂相趨，聳冠相屬。思欲入侍太微之座，日直西省之闥，奮其鴻筆，攄其嘉論，以快一時之遇而取不次之賞，以駭四海之望而成非常之迹者，顒顒於下，曾不得吐其憤懣而少瞻斧幄之末光。乃用常格，首及陋愚，塞賢豪之來徑，招衆口之沸言。黑白倒置，士不竦勸，殆非陛下考核名實以新庶政之意。然臣在先帝時，誤以文墨擢之上第，漸列儒館，遂直螭階。適會缺員，例當次補，而陛下順守纍聖人成憲，仰遵先帝之餘烈，謂後來之薪既以居上，而下體之葑不忍棄遺，特發明詔，俾掌綸綍。[②]生育成就，恩逾天地，惟當盡節，以報洪私。

謝賜對衣鞍轡馬表

主恩何厚，雖私在笥之衣；臣德未昭，復辱康侯之馬。惟寵榮之曲被，顧驚靦之彌增。竊以詞苑宏開，洛門密召，實冠邇寮之選，爰須超世之英。如臣匪才，敢此非望？詔寶衣於内府，頒駿産於天閑，爛若寵光，合兹蕃錫。雖衮冕而下，存采菽之舊文；在繁纓以朝，有丘明之致

① 【張注】柬求，夏本“柬”作“簡”，案：“柬”見《爾雅·釋詁》、“揀”見《廣雅·釋詁》，均訓“擇”，故通用。

② 【謝案】綸綍，文淵閣本作“絲綸”。

誚。蓋器與名非假人之物，而負且乘乃致寇之資。永惟濡翼之羞，徒切刻肌之感。

謝賜飛白書表

寶軸初傳，雲章交燭，驟若奎鈎之見象，[①]忽如緑字之成圖。賜自明廷，榮增蔀屋。中謝。恭惟尊號皇帝陛下，精探聖奥，欽述先猷，敞秘府以宏開，詔群工而肆閲。因飛寶墨，縱落輕綃，觀聖作以駭驚，絢神蹤而妙絶。龍騰鳳躍，自成王者之書；雲布星陳，兼得諸家之體。猥煩使指，特貺陋居。既捧拜以增光，敢秘藏而爲永！[②]

代漕臣賀收復表

虎士鷹揚，屈人於不戰；羌戎鳥竄，交臂而來臣。遐荒震驚，四國交慶。蠢爾吐蕃之種，世爲西夏之雄，螳怒當前，鴟張弗茹，豢成封豕之惡，久逃京觀之誅。迨兹舜德之誕敷，始效苗頑而來格。連雲瘠野，千里桑麻，卉服遺黎，[③]一日冠帶。此蓋伏遇皇帝陛下，淵泉溥博，聖武布昭。莫敢不來，繼湯孫之遺緒；無思不服，廣文考之休聲。臣四被明恩，謬持使節，悵捧觴之無路，徒向日以傾葵。盡復故封，行謝玉關之質；告成清廟，傒聞天馬之歌。[④]

① 【張注】奎鈎，方本、潘本“鈎”作“駒”。
② 【張注】爲永，案：“爲”疑誤，潘本“永”下有“寶”字。
③ 【張注】卉服，各本作“被髮”。
④ 【張注】傒聞，夏本“傒”作“徯”。

奏疏

請聽政納言疏[①]

伏見陛下初即位，四方傳聞，以謂陛下聰明英斷同符太祖也。有志之士莫不投袂嘆息，傾望陛下之風采。然自授政以來，號令所發蹈常習故，不聞赫然有以鼓動天下者。始以聖躬微疾，猶足以爲辭。玉膳既復，尚恭默而不言者，實未知所諭。[②]將以陰拱自晦，徐觀天下之動而後出而制之耶？則於此殆將周歲，萬幾之變概可見已。[③]將以慕商宗之節思，得聖人而後用以爲政耶？傅説何可數有哉？果無之，則遂一世而不言耶？將以左右牽制，動有畏憚而不敢明爲之耶？則二府大臣與禁庭侍從皆足以寄腹心，又何疑而不與之謀耶？是三者皆非所以爲術也，非帝王南面聽斷之大權也。先皇帝時，純用仁德以涵育萬物。及其久也，蓋有僞而不舉者矣。[④]夫仁主愛義主斷，[⑤]猶春之爲生而秋之爲殺也。生而不殺，則萬物潰爛而不成，其如歲功何？陛下承先皇之仁愛，宜用義斷以整齊天下。所謂義斷者，主柄也。今夫唯唯而不斷，可否决於輔臣，則主柄屈而不尊。如輔臣樸忠，不敢亂大法，而爲陛下奉行條例，止可閲日月而已，一旦有傾䖃，誰可横身而爲陛下當大事者乎？萬一奸人朋比參厠於其間，則天下之大勢去矣。陛下眡今日爲治耶？亂耶？必以爲亂，則邊兵不試，境内無跋扈强臣，孰謂之亂？必以爲治，則威令寖削，大綱解而不緝，孰謂之治？是治與亂，正在陛下留意之秋也。右顧則爲治，左視則爲亂，[⑥]蓋陛下一舉首而天下之勢分矣。陛下何不日

① 【謝案】文淵閣本題後注有“案：此首從《名臣奏議》中補入”。
② 【張注】所諭，“諭”似當作“喻”。
③ 【張注】概可見，夏本作“概不可”，潘本作“既不可”。【謝案】幾，文淵閣本作“機”。
④ 【謝案】僞，文淵閣本作“偏”。
⑤ 【謝案】主，文淵閣本作“立”。
⑥ 【謝案】文淵閣本兩句作“左顧則爲治，右視則爲亂”。

求賢者與之圖議？今所與共大政者，不過七八輔臣，則所聞所見盡於此而已矣，[①]烏能窮天下之聰明哉？古者謀及卿士，清問下民，詢於芻蕘，於是群言集而治道成。乃欲以七八輔臣之言而望大治，豈不爲闊略哉？臣願陛下特詔天下，許盡所言，有可采者，與之召對。至於臣下進見，少賜數刻之景，訪以得失，虚意以求之，精察以審之，明斷以行之，庶幾天下之勢將亂而復治矣。如其優游泯默，日復一日，有志之士解體而去。士望去則民從而去，陛下尚欲恃四海之衆而保萬世之安乎？臣實不勝愚者之慮。

請罷河北夫役疏[②]

臣竊聞河北繕城塹、儲粟稿以支北寇，諸郡奔走，怵惕以從事，至有帥臣躬督役夫以穿濠池，殊可怪笑。敵人雖貪利，[③]其舉動亦顧曲直，今無釁隙，何緣遽有南牧之計？比者黥兩地税户手背，兹雖事生，[④]亦未爲逾盟之大失，臣素知幽燕間鄉民皆黥之，非顓以爲兵也。無屯兵營火伍糧糗器甲之制，惟將近漢，[⑤]使歲役之三月。又其黥之者，似聞非北主意，乃其雄豪妄爲之，[⑥]既已黥之，則可移文訊其所以然。彼如自屈，則宜約以不可再補。苟能聽我，則又何求？議者或爲敵乘我與西羌有嫌，[⑦]欲用此爲牽制，此亦非也。其聲勢不足以爲牽制耳。西羌之嫌，奚與於彼？必未能棄六十年聘好而爲弱羌絶盟，其利害固可較也。今不計其虚實而想像乎沙磧萬里之外，風摇草動，則以爲朔騎已挾弓而群至

① 【謝案】矣，文淵閣本脱。
② 【謝案】庫本題後注有“案：此首從《名臣奏議》中補入”。
③ 【張注】敵人，潘本作“北寇”。貪利，各本作“夷狄”。【謝案】文淵閣本此句作“北敵雖遼遠”。
④ 【張注】事生，案：似當作“生事”。
⑤ 【謝案】近，文淵閣本作“迎”。
⑥ 【張注】雄豪，各本“雄”作“酋”。
⑦ 【張注】或爲，甘校云“爲”宜作“謂”。

矣。於是繕城塹、儲粟稿，奚其易動哉？河北歲連旱，既動力役，則不免領率於民，[①]是未見敵人之一迹，而先已自擾其民。因虚聲而受實弊，是豈爲静勝者耶？而必使敵人真入寇，[②]我遂不戰而獨城守乎？攻城者非敵人之長，且將直驅而南，則奈何乎廟堂之上哉？日者廣州妄奏交趾之人，而遽爲之易帥調兵以驚動南方之民。今又無故而備河北，無他，將帥不擇、兵衆不練、財力不充，直出於畏怯而已。亦何足以明方略之成敗乎？凡欲乞陛下密下河北，[③]勿令繕修，務在安養其民，如平時而已。則我中國之持重，不爲敵人所窺，亦可以有成算矣。

論种諤擅入西界疏[④]

臣伏見十月二十四日召兩府大臣入議。外言切皆傳种諤已提兵入據綏州，[⑤]横山豪長挈族内附。[⑥]審如是，是豈朝廷之福耶？聚謀纍日，策將安出？事雖隱秘，不漏針芒，然趣賈逵、竇舜卿就道，以毋沆爲轉運使，發京師兵及銀數十萬兩備芻餉，出錦袍銀帶賜降者，觀此，則殆將兩持首尾，未有決然判安危之至策也。臣前言不可納横山，及見手詔，以諒祚順向，深戒邊臣無得生事，臣以爲信。今迺知朝廷外示綏静，内包陰計，兹豈帝王之大略哉？尊用變詐之士，務爲掩襲之謀，乃戰國强暴之君所爲也。况陛下初履天位，猶處諒暗，宜念祖宗蒙成太平之業，以淵静鎮海内，仁澤結民心。不及慮此而過聽一二邪臣之説，欲以奇譎幸邊功，此天下盡知其不可而陛下獨以爲可，冒而行之，聞者莫不寒心。然种諤之奪綏州，若不奉陛下之風指，安敢一日不俟上報徑驅數千卒直擣夏境乎？不然，則擅興有罪，陛下何爲而不行誅？夫中國以信義

① 【謝案】領，文淵閣本作“斂”。
② 【張注】敵人，夏本作“夷狄”。
③ 【謝案】凡，文淵閣本作“臣”。
④ 【謝案】文淵閣本題後注有“案：此首從《名臣奏議》中補入”。
⑤ 【謝案】切，文淵閣本作“竊”。
⑥ 【張注】豪長，各本“長”作“酋”。

撫四方，[1]既約束邊臣，無得生事，詔墨未乾而奪其地，信義俱棄，其曲在我。彼將熳辭以請罪，則朝廷何以報之？如彼懷不順，袛氈裘而犯邊，[2]我不得已而起應之，則士卒雖肝腦塗野而不辭，蓋舉天下之怨在彼也。今無故而先擾之，彼將率其烏合之衆而來争，[3]則士卒有旅拒躊躇而不行者矣，[4]蓋舉天下之怨在我也，豈惟士卒之不樂哉？府庫之空乏，此四海所共患。千金之費不給，則必賦諸民，則將見隳産壞家、棄父母、鬻子孫以供軍期者矣。萬一有奸雄之徒窺爛而乘之，[5]嘯爲盗賊，小則剽屋廬，大則跨郡縣。於此之時，潰隙而不救，則於社稷生靈得無有負乎？事有謀小而妨大者，正爲此也。而种諤不顧國家始末之大計，乃欲以一螻蟻之命，以天下爲兒戲，苟貪微功以邀富貴，此正天下之奸賊，若不誅之，則無以厲其餘。臣以爲陛下必欲逆折禍亂之機牙，使不爲異日之悔，則莫若下詔，聲諤之罪，誅於塞下。及薛向、高遵裕、楊定、張穆之等皆付有司，次第以治其罪。然後遣一介之使，持手詔還諒祚以綏州及横山之降民，遂明告以諤等生事，已次第伏罪，則彼又將何求於我？如此，則顯示中國履信之美而復收遠人向化之心，[6]無遺鏃折戰之費而事立解矣。[7]如有言者希望，猶以爲不然，此皆非忠臣，豈敢以犬馬之餘生而保天下之事乎？臣以太白經天，四方地震，[8]皆爲兵象，竊恐兵禍起於横山之議，[9]今見其端矣。無使臣言之驗，則朝廷之福也。伏望陛下上觀天戒，下察人事，以宗廟社稷爲念，以四海生靈爲意，無令天下無罪之民爲奸臣所誤。今誅一奸臣而天下定，其利害較然可見，陛下决意行之無疑，臣不勝區區之懇。

---

① 【張注】四方，各本“方”作“夷”。
② 【張注】袛氈裘而犯邊，各本作“無故而犯我邊疆”。
③ 【張注】率其烏合之衆，各本作“盡率其衆蜂擁”。
④ 【張注】旅拒，各本作“觀望”。
⑤ 【謝案】爛，文淵閣本作“隙”；後排之“隙”，作“爛”。底本互混，應乙正。
⑥ 【張注】遠人，各本作“夷狄”。
⑦ 【張注】折戰，案：“戰”似宜作“戟”。
⑧ 【張注】四方，夏本“四”作“西”。
⑨ 【張注】起於，各本作“驟起”，案：“驟起”是。

論水灾地震疏

臣竊見去歲自京師西南至於海隅地皆震，今歲自京師而北至於朔方又大震，迄今不已。城郭陷入地，民廬悉摧仆，長河决溢，灌深冀間，兹豈細故哉？震者，陰盛而迫於陽，其發必有所肇而不爲虚應。考之古而驗於今，似可究其涯略。

漢和帝永元二年，郡國十三震，説者謂竇太后由房闥而制天下。今二宫非竇氏之比，則不爲宫闈發也。安帝建光元年，郡國三十五震，或地拆裂、壞城郭，説者謂中常侍江京、樊豐擅天子權。今内省非江京、樊豐之比，則不爲寺人發也。晋元帝太興元年震，説者謂王敦擁兵陵上。哀帝興寧二年震，説者謂桓温跋扈顯朝。今大臣非王敦、桓温之比，則不爲執政者發也。是數者無所當，則殆將有兵禍乎？光武時，郡國四十二地震而武溪蠻反；晋成帝時，豫州震而蘇峻亂；近者，仁宗時，忻、代間大震而元昊不庭。用此以較之，則非兵而何？

臣之所憂不在河北而在陝西。何者？河北雖被灾而南方大稔，流離之民相携而南，亦可就穀。此惟煩朝廷戒敕所在務爲存恤，不令餒死於草莽，則無慮矣。至於陝西，則自城綏以來至今兩議不决，首尾一年，凡自京師所餉縑金已費四百萬，至於發卒乘器甲、轉芻糧、雜出於民者尚不在此數。即不知國家以四百萬縑金而與羌人争何事耶？雖得一綏州而所費如此，其利害亦可概見矣。事不早决，何止於此？則將見國力殫於内，民財屈於外，怨讟并起，奸人摇之，其將奈何？此不可不深慮也。如聞羌人率其螻蟻之衆窺我境土，料其裹糧畜牧必未能久駐，殆將遁矣。然而數出兵而無所攻取者，此所以困我。彼來則我不可不應，兵師既發，糧芻既集，彼復解而去，異時則又來，使我犇走爲備之不暇，此正墮其術内也。則朝廷亦宜破其奸謀，以静自守，不爲之動，彼無所得而退，我無所失而守。若是者，彼來雖數而我備有餘也。

夫世之治久而之亂，不過百年；世之亂久而之治，亦不過百年，此大勢也。本朝自藝祖平定四方已來，將百年矣，治亂之際，正在陛下。

臣以爲治今之難，難於祖宗之時。何則？自安史之亂至於五代之末，四方之强諸侯已没，其立者皆孱子弱孫，勢與數俱窮，故太祖、太宗一起而掃刈之，若去菅草然，易於爲力也。至於真宗、仁宗之初，民已離兵革，喜見太平，故收功報成，垂拱而天下治亦甚易也。今陛下非開基之日，過已盛之時，萬事寖以衰敝，此所以難於爲力而甚於祖宗之時也。則豈得不深思遠慮，講求所以致治之術，乃欲以玩邊疆取武功，[①] 苟有蹉跌，則遂成衰亂之勢，可不慎哉！如羌人引衆而遁，則陛下斷之正論，早與通好，涵養生靈，俾之安處，則天灾自息。雖有震揺，亦不能以勝我矣。

論臣僚極言得失疏

臣伏見詔書，以京師大水爲沴，壓溺者衆，許中外臣寮極言得失者，兹實陛下側身求過，思有以消復之。天衷懇懇，至於魚蟲草木莫不感動，况於能言者哉！臣竊伏思今陛下發詔以求忠言，將欲用之耶？將欲因灾異舉故事而藻飾之耶？苟藻飾之，則固無可議者。必欲用之，則臣願陳其方。臣觀前世之君，因變異而求諫者甚衆，書之史册，以爲美事。及考其實，則能用其言而載於行事者，蓋亦鮮矣。徒使後世襲蹈，以爲帝王之值灾異者，於此空言而足矣，[②] 曷足謂之罪己修德耶？今詔音一發，天下忠義之士必有極其所藴以薦諸朝者，此當有益於治道，不爲妄作。然而疊章纍疏，繁委而并集，則陛下果能環復而究覽之耶？計陛下一日萬幾，必未能然爾。而將欲入平時章疏事關深密者，則留中不出。事繫政體者則下中書，事屬兵要者則下樞密院，兩府覆奏，則又下群有司及郡邑，至於無所行而後止。如此，則是有求諫之名而無求諫之實，與前世之爲空言者等耳。臣竊謂陛下萬幾之繁，既未能遍覽，則宜

① 【張注】邊疆，各本作“夷狄”。
② 【張注】於此空言，甘校謂“於”當作“如”。

選置官屬，令專掌之。今之群臣所上章疏，日許兩府及近臣番休便直，[①]便殿賜坐，與之從容條陳講貫。其可者則熟究而行之，不可則罷之。有疑焉，則廣詢而後决之。群言得而衆事舉，此應天之實也。夫下之爲言甚難，而上之聽者常忽焉。自非忠憤激於心，則孰敢瀝肝膽而冒忌諱者？古之能建立功業者，未嘗不好諫也。好之者繇其能褒進而招徠之也。太祖、太宗時，言事者多被甄賞。自近年以來，兹事寥闊。仁宗寬仁，最能容直言而不能甄賞也。願陛下采群臣之章疏，如其宏謀偉論可施於當時者，則召見之，與之共議。不惟質其言，且以觀其材。大者擢之以職任，次者加賜金帛無取焉，報罷之。如此，則陛下下詔有實言，得言有實用。且使史册書之，以爲某年大水，詔求直言，用某人言，行某事，以絀夫前世之爲空言者，則無令陛下詔書藏於有司，復爲數幅空紙而已。惟乞陛下斷而行之，則臣不勝大願。

論人材疏[②]

臣比因賜對，論及房喬、杜如晦，陛下問臣今世有此人否，臣對以房、杜者曠世無之。苟所見未至，則安知今世無有如房、杜者哉？臣退思陛下思得房、杜用之，此唐太宗之用心也，而在陛下求之至與未至耳。自古帝王，何嘗求異世之士而用之？當大業之際，富貴乎廟堂之上者，天下止知有宇文述、虞世基而已，又孰知有房、杜也？則房、杜者，乃隋室之棄士也。及太宗龍躍乎太原，於是二人者攀鱗而起，左携右挈，遂定天下。當是時，天下灑然始知有房、杜焉。則今之處幽約、甘藜糝者，焉知其人不及房、杜者耶？顧陛下網之未密，搜之未至耳。夫天下之士有材在己者，思有爲於世，猶寒者之欲衣，飢者之欲食，其求用之心，尤切於世主求賢之意。而其迹無繇而至前，或湮廢而不遂者，可勝言哉？惟有道之士以義自勝，則雖老死於巖穴間無憾也。至於

① 【張注】便直，夏本、潘本“便”作“更”，案：作“更”是。
② 【謝案】文淵閣本題後注有“案：此首從《名臣奏議》中補入”。

雄傑之士則不然，如其蹉跌，則潛心無變，[①]幸有風埃之警，遂躡而擾之，故劉備久不跨馬而髀肉生，見而流涕，此其志豈斯須忘功業哉？而欲漢室之不摇，豈可得乎？故世主必渠渠懇懇，欲得賢而爲我用者，正爲此也。虚懷屈己以訪之，高爵厚禮以來之。上之所好，其下必有應者。好之而未至，不可遽曰今世無房、杜。高宗思賢，其精誠乃通乎夢寐，於是得傅説焉。此用心之顯也。臣願陛下推此心，繼之以不倦，則必有如房、杜者杖策而至矣。言陋意拙，惟陛下裁赦。

論薦士求直言疏[②]

臣聞舉天下之事者，不患乎知不及而常患乎力不足。力不足則舉而不勝，其勢必屈，故知之而不能。窮天下之理，必任群力而舉之，茲所以汲汲而求賢也。自陛下即位以來，未聞卓然褒進一賢者，天下之事猶如前日，而欲起太平之治者，難矣。然陛下深拱九重，固未能周知群臣之能否。夫天子所以寄耳目者，公卿大夫也。公卿大夫日與庶官接，宜熟知其所爲。其下固有豪偉非常之士而未奮者，臣願陛下降明詔，俾按察官及兩制正刺史已上，各許特薦文武官之有才能者。舉如不實，令御史劾奏，請論以法。如此，則宜得實才。陛下按其籍，眂其所舉者衆，則茲人必有過人者。美官有缺，因而次補之，績效既明，則又顯擢之，不下席天下之賢能積於此矣。[③]臣又聞天下之事無窮，雖堯舜之明而欲盡無窮之事，臣知其必殆。然卒所以能爲堯舜者，以其能兼聽無窮之言也。事機出於彼，群言會於此，雖至深至隱，皆可羅列而陳於前矣。《傳》曰舜好問，其弗信已乎？臣亦願陛下降明詔，許中外臣僚、草萊之士皆得上封事，極言無諱。陛下總群策而處之，則明徹乎萬里之外矣，豈惟得言哉？又將以得士矣。言如詣理，或可賜對，柔顔懌色，

① 【張注】無變，“無”字似“觀”字之譌。

② 【謝案】文淵閣本題後注有“案：此首從《名臣奏議》中補入”。

③ 【張注】不下席，夏本、潘本“席”下有“而”字，案：有“而”字是。

以索其所藴，則天下之才何逃乎？二者皆陛下基命之初急務也，如可施用，則乞付翰林草詔，中書具爲條約。詔下之日，必有畜才而待用者翹然而出矣。敢冀陛下留意。

卷十二

狀

乞罷青苗法狀[①]

臣竊見青苗之法，朝廷非不丁寧，不欲强民而使其自便也。故臣奉行，亦不敢强以率民。榜於諸邑，召其所願請，至於纍月而無一人至者，此其所以不願也明矣。常、潤、蘇、秀，類皆如此，近自提舉官入境，所過諸郡方以次支散，且將及杭州。杭民聞之，皆相告以爲憂，張榜纍月，而無一人願請。一日提舉官入境，則郡縣更相希合舉民以與之，此非强民而何？是豈朝廷立法之意？兩浙方今荒歉，處處食糟，[②]温、台大疫，十死七八，將來豐凶未可知。兼爲增和買絹及置場市絹，商賈阻絶，物價不登，若更散青苗錢，則取於民者毋乃太甚乎？民得數百萬錢，[③]隨亦費盡，不計後日之輸納，苟納之不足，則陛下若貰之邪？必期於盡取也。必期盡取，則非酷吏苛法不能行。於是鞭撻纍錮以督之，則將見徹屋廬、賣妻子，計甚窮則棄鄉里而逃矣。當此之時，陛下安忍以饑羸之赤子加箠以求債邪？若緩而不理，則是朝廷無故捐數百萬緡於糞壤間，虧損國用，亦非細故。未睹青苗之爲利，而其害也如

---

① 【謝案】文淵閣本題後注有“案：此首從《名臣奏議》中補入”。

② 【張注】食糟，夏本、潘本作“絶糧”。

③ 【謝案】萬，文淵閣本無。

此，[①] 宜其天下之致論多也。臣初不論奏者，以臣在杭，必能爲陛下守立法之意，不敢强民以徇時，今既易守青州，方將去此而提舉官到，且與諸邑合議而行，臣實不忍杭州之民將有無辜而陷刑網者，所以不能自已也。伏乞陛下指揮，兩浙路如已散支處，則依條施行；未支散處，特賜寢罷，庶使一路疲民，遠沾聖澤。臣無任傾竭待罪之至。

乞罷兩浙路增和買狀

臣檢會本州和買絹，自嘉祐已前，歲不過二十萬。其後歲有所增，今所市乃二十八萬，每疋給錢一貫文省。及收斂之際，下户輸約不迨，[②] 催科人吏，頗有倍費，已爲煩擾。去冬，發運司以爲兩浙罷糴，民間乏錢，將以通民用，遂又增市十萬，每疋給錢一貫一百文省。凡兩浙一路，共增五十萬。又於本州富陽縣置場，收買五萬，新城、餘杭、窾頭、曹橋各數千。臣一州之地，不知所出絹幾何，今官所取，乃四十四萬疋，又有正税絹二十餘萬疋。如此，是杭州之民盡不得衣帛。發運司又謂絹多難出，今本州酌中立定絹價，許民情願納錢。去歲，本州蠶不登，今年亦薄，蠶出既少，新必貴。[③] 若將來定價，每疋不減一貫數十文足。始以民間乏錢，遂散和買以濟其用。及其斂也，俾納絹價，取其贏錢，是以惠民爲名，其實窺小利而已。今民輸絹一疋，費錢一貫二三百文足，既不可使輸，又變而爲錢，如使定價過於本錢，不免有誅剥之議。兩浙纍年以來大乏泉貨，[④] 民間爲之錢荒。[⑤] 若納絹價，亦不易出。兼本路饑饉，官出廩米賑救，温、台之民或至相食，其將何物易錢納官？臣以爲額定和買二十八萬，即合依舊送納；所增十萬疋，只令

① 【謝案】也，文淵閣本作“已”。
② 【張注】輸約，夏本“約”作“納”，案：作“納”字是。
③ 【張注】新必貴，案：各本“新”下有“絹”字，當從之。
④ 【張注】泉貨，夏本“泉”作“錢”，案：《周禮·地官序》“官泉府”，司農注：故書“泉”或作“錢”。
⑤ 【張注】爲之，甘校云“爲”當作“謂”。

納元錢一貫一百文省；其富陽等處置場并宜停市。不惟臣之一州，兩浙諸郡，類皆如此。伏望陛下憐念疲民，特賜開允。如臣所奏，下兩浙一路，除遞年合行和買外，所有發運司增買絹數更不立定絹價；許令百姓衹納所請元錢，如願納絹者，亦聽。其諸處置場收買，并乞停罷。

論冗官狀

臣竊見言者患入官之冗，故有省任子之議，臣輒條其一二者。昔之兩制至宰相，正刺史至節度使，歲補一人出入，特恩不預焉。今二府郊祀，則補二人，兩制及正刺史而上一人，是省於舊三之二矣。帶職員外郎至諸司使以上，舊郊祀一人，今兩郊祀一人，是省於舊已半矣。昔之遷官以三年，今遷以四年，及其至，可以任子時，已六七十矣。人而至六七十，其心覬一子承家，豈不惓惓可憐哉！今誠再省之，恐太刻薄，有以傷陛下仁愛之心。其猶有可省者，嬪御而已。或有一二，而不在此也。雖然患入官之冗者，奚不擇焉而後仕。[①]今無黑白，一概以入官，雖有司試以格詩，類皆倩人，兹與不試同。如欲省任子，則莫若有擇焉。凡任子已補，欲出身仕者，從其所能而試之。或以一經，或以禮學，或以法律，或以文辭。武臣則試武伎，或以策略。每歲二月，集於有司，如試進士武舉法，差官糊名較實，中程乃得仕。如此，則得仕者必少而所取者才。子弟各相勉强，於學又有勸焉。如有不能文墨而獨可以才幹者，則請家一人不試而得入官，此所以盡人之能而且不及其世禄也。至於俱無能焉，則終身不得仕，是不才而已，又何憾焉？臣又以臣下至病眊不欲去者，顧禄而已。至不得已乃求宫觀、留臺、監榷，是終無去意。臣欲乞分司致仕官，其俸錢皆勿奪，俾終其身。病眊者有所養，則必有相引而去。彼居閭里，待次纍年，俸錢亦不絶也。縣官何惜一二十千錢，俾之得以禮而引退，且有優遇老臣之恩？至於貪贓酷吏，

① 【張注】而後仕，夏本、潘本"仕"作"任"，案：作"任"是。

一有所犯，此可終身勿令仕，兹亦有省官之術焉。臣誠不欲陛下初即位德澤未及宣究，而遽有刻薄之更制，此臣所惜也。如臣議可采，欲乞付中書與衆人之奏論，定其可者焉。伏候進止。

論縣令改官狀

臣伏見引見磨勘選人，内有六考者多被黜，不得遷官，群議未能厭服。蓋六考選人，悉係舉縣令。初，仁廟時，患縣令非材，不能通曉民事，故詔用薦者三人，方得選令。令滿三考無過咎，又用薦者五人已上，乃得轉京官。以其爲親民之任，故差減其考，第有出身，通爲六考；無出身，通爲七考，皆得磨勘。其他選人，有出身七考，無出身八考，方許磨勘。蓋縣令者，已經兩次薦舉，共用舉者八人，比之常調，已爲精擇。今不問舉令與不舉令，有出身與無出身，應七考已上，一概得選遷官，如此則有出身舉令不如無出身舉令。若有出身六考不合改官，即無出身七考亦當罷去。二者相形，殊爲未平。大抵選人自入仕至磨勘，雖成六考，通計待闕，及候磨勘引見，最速者已十年，稍爲差跌，則至十五二十年。近雖蒙聖旨，更令候二年無過犯，令與改官，則在任二年及其待次，又須三四年方可改官。州縣吏動有罣誤，萬一纖過在身，則又改官無期。是縣令者，於選人中最爲不幸。如此則孰肯求爲縣令，洗手奉公，爲陛下愛養赤子者？但隨衆養資，得及七考者，自可轉官，此非獎勸良吏之意也。然臣不識陛下之法，向有污纍者亦復改官，是豈陛下欲賞罰之大權顓於已，俾天下若不可測度者乎？則臣未見其善。若賢能者不待次而舉，[①]不能者不待次而廢。此當持之，不可以假人，故天下愯然而歸服焉。若選人磨勘，乃有司之成法，法行已久，天下信之。一旦不先告而臨時變更，兹豈能服天下之心哉？州縣之間，固有賢豪奇偉之士，陛下方且兼收并采，不宜壅遏之。萬有一賢者被黜，則所失多

---

① 【謝案】文淵閣本“舉”下有“罷”字。

矣。今選人六考者，决知不得改官，故多謁告居外，不敢引見，以待陛下之盛澤。臣欲乞陛下且依舊法，凡舉官合選格許引見者，并與改官，所冀選人均被聖澤。臣之所言縣令者，親民之官。朝廷優待縣令者，乃所以爲民也，則陛下何惜一京官不爲民乎？

論定武臣遷官條例狀①

臣近蒙降到詞頭，除東上閤門使、果州團練使李定爲遥郡防禦使，臣雖進草，竊怪議者籍籍不已，孰究其然，②誠爲濫寵。何則？諸司使副，在祖宗朝，例無磨勘。天聖中，方許四年一遷，至昭宣使止。閤門使副四年一遷，至客省使止。皇祐中，横行始有定員，③不得溢數。近時横行遷者，以謂員既有定，則更授以遥郡。及諸司使遷至皇城使者，又惜昭宣使不除，亦授以遥郡。但恐數十年間，帶遥郡防禦觀察者比比皆是，則所顧者小而所失者更大。正任團防有十餘年不遷者，觀察使有終身不遷，④心覬其遷則謂非有戰功則不可。⑤平時息兵，從何而求戰功哉？朝廷愛惜名器如此之重，何爲遥郡則接踵而授人？計之自刺史纍十二年，便可至觀察使，一日有横恩，解其使名，即爲真拜，豈重於彼而獨輕於此耶？曏者劉永年爲團練使十餘年，以邊任方除防禦使，既除而言者指爲非是，於時即行追罷。今定團練使纔四年，以磨勘轉遥郡防禦使。又四年，則遂爲觀察使，非濫寵而何？宜議者之不已也。此弊不可遂長，於此猶可以爲救。宜昭兩府，⑥更定武臣遷官條例，使淹速各得其叙，以革前失。如欲定之，此授亦宜追還，庶幾清朝官無幸位。

① 【謝案】文淵閣本題後注有“案：此首從《名臣奏議》中補入”。
② 【張注】孰究，夏本、潘本“孰”作“熟”，案：作“熟”是。
③ 【謝案】横，文淵閣本作“擴”。
④ 【張注】終身不遷，夏本、潘本“遷”下有“者”字。【謝案】有“者”字是，當從之。
⑤ 【張注】則不可，甘校謂“則”當作“者”。【謝案】當從甘校。
⑥ 【張注】宜昭，案：各本“昭”作“詔”，當從之。

論免丁身錢狀

臣任荆南府日，江陵、枝江縣人户正税外有丁身鹽麴錢。此錢自高氏以前增出，無名横賦。真宗時雖曾除放，而二邑餘數，尚有存者。兼本户人丁多已亡没，衹是催科户長及地鄰人，均陪代納。臣尋究本末，頗得詳悉。兩曾仔細條析事理敷奏，乞行蠲免。雖蒙朝旨追索勘會，至今未見施行，兼聞湖南北及諸路亦有似此丁錢未經除減。今陛下初踐祚，正是推恩布澤之時。欲乞檢會臣前來奏狀，特賜詳察，與行除放。

論安州差役狀

伏見安州衙前差役，最爲困弊，其合差役之家類多貧苦。每至差作衙前，則州縣差人依條估計家活，直二百貫已上定差。應是在家之物，以至鷄犬箕箒匕箸已來，一錢之直，苟可以充二百貫，即定差作衙前。既以充役，入於衙司，爲吏胥所欺，縻費已及百貫，方得公參。及差着重難，綱運上京，或轉往别州脚乘，關津出納之所動用錢物，一次須三五百貫。又本處酒務之類，尤爲大弊，主管一次至費一千餘貫。雖重難了當，又無酬奬，以至全家破壞，棄賣田業，父子離散，見今有在本處乞丐者不少。縱有稍能保全，得些小家活，役滿後不及年歲，或止是一兩月，便却差充，不至乞丐則差役不止。蓋本州風土人貧薄，[①]以條貫滿二百貫者差役，則爲生計者盡不敢滿二百貫，雖歲豐穀多亦不敢收蓄，隨而破散，惟恐其生計之充，以避差役。以此民愈貧，差役愈不給，雖不滿二百貫，亦差作衙前。一丁既充衙前，已令主管場務或有差押送綱運，則又不免令家人權在場務，其正身則親押綱運。及本州或有時暫差遣，則又别令家人應副。是一家作衙前，須用三丁方能充役，本家農務則全無人主管。兼家人在場務生疏，動是失陷官物，及

① 【謝案】風，文淵閣本無，疑爲衍文。

界滿則勒正身陪填。[1]近時朝廷雖罷衙前，而綱運役次猶不減，則見充衙前者，其病愈甚。本州最所重難者，綢絹錢綱。其入京錢綱，或可直給與衙前，召保約以日限，許令直便入京送納。其轉江綱運，風濤遼遠，動經半年，則許令真州發運司送納，真州别附綱入京。如此則所費稍得減損。重難滿日，亦許作分數指射，不係酬奬。酒坊或三五名并作一處，以爲優饒。其已經一次衙前者，亦乞立作年限，方得再差。兼自來條貫，衙前與免科配，及本户税皆納本色，而本州科率折變，并亦不免。亦乞今後與依條施行。臣所親見止於安州，訪聞湖北一路，類皆如此。欲乞聖旨下寬恤民力所，令差去湖北路臣寮仔細相度裁定。其場務利害，繫自州縣，亦乞令就本處訪聞擘畫，以從寬簡。謹具狀奏，伏候敕旨。

進鮑極注《周易》狀

《易》與天地俱出而隱於視聽之表，伏羲始鈎而得之，象之以卦，經文王、孔子，然後其道益完以顯。故其爲書最古，最爲宏衍幽深，魁卓而不可窮。後世學者雖終身窮考而欲究其奥極，常患不至。故其注釋者比他經爲最多。如康成之博學，其所解經莫不傳於世，至於注《易》則學者所不齒。晚乃有王弼者，自弼而降，有陸希聲、劉牧，此最可稱道。然弼爲義多老莊無用之説，希聲削文王、孔子繫象而著以己説，兹非罪人耶？然其注差勝弼。牧之注本沿蹈於希聲，而又益以茫昧荒虚不可究之象數。兹數子者俱不免於詆訾，則宜説者之不息也。臣伏見某官强力積學，深於《易》義，致思十年，别爲注解，斥諸家之浮雜，抗聖學而獨騖。[2]包羅大義，横穿直貫，其有高處，超然出於學者之意外。臣實惜其堙鬱而未能光明於世，輒令繕寫，編成五册，共一十卷，謹隨

① 【張注】陪填，夏本“陪”作“賠”。
② 【張注】聖學，夏本、潘本“學”作“經”。

狀進呈。乞下儒臣看詳，特施行，[①]庶幾傳經之士有所開益矣。

繳陳汝玉詞狀[②]

今月二十八日，中書送到原州司户參軍陳汝玉除奉禮郎致仕詞頭。臣竊知汝玉本成都術士，因近臣論薦，遂授原州司户參軍，已爲優幸。今又許上殿，從容賜對，復授以優秩，外庭傳聞，莫不謂非。蓋其所學，不過言灾祥而已。設使億中，又何補於治？今巖穴負奇之士，欲少望陛下之清光，遠如天日。乃不如一術士自草茅而來，遽得引對，又加之恩。誠恐四方觀聽，有以謂陛下輕公爵、好小數，所損不細。欲乞陛下追還成命，以厭輿議。所有詞頭，已具狀繳納中書訖。

論舉遺逸狀[③]

臣伏見日者嘗詔諸郡敦遣遺逸之士致之闕下者，蓋二十餘人。覆試秘閣，皆命之以官。[④]於時猥有謬舉者，士論譁沸，於是不獲再舉。[⑤]古之薦士，以謂拔十失五，猶得其半。向之所失，未至十五而遽以浮言罷之。夫所舉謬，則宜坐舉者，今釋舉者不問，而并以罷薦士，是豈理耶？[⑥]今間年以進士擢第者二百餘人，[⑦]其所失者不爲不少矣。[⑧]而士大夫不以爲怪，一爲敦遣而疵謗百出。蓋進士習熟之久，而敦遣特起於一日，[⑨]此論者未足以爲輕重，而亦有娼嫉者間之也。臣以爲敦遣者，正

---

① 【張注】特施行，各本“特”下有“賜”字，當從之。
② 【張注】夏本“詞”下有“頭”字，案：有“頭”字是。
③ 【張注】《宋文鑑》作“請舉遺逸疏”。
④ 【張注】命之以官，《宋文鑑》無“之”字。
⑤ 【張注】不獲，《宋文鑑》“獲”作“復”。
⑥ 【張注】“古之薦士”至“是豈禮耶”，《宋文鑑》無此五十四字。
⑦ 【張注】以進士，《宋文鑑》“以”作“取”。二百餘人，《宋文鑑》無“餘”字。
⑧ 【張注】不爲，《宋文鑑》無“不”字。
⑨ 【張注】特起，《宋文鑑》無“特”字。

所以兼收并采，網羅遺滯者也，不宜因而就廢。[①]臣欲乞復置此科，而稍爲增損。蓋孔子爲政，必先正名。漢之聘士，不應召者則令敦遣就道，豈有朝入科場，暮爲敦遣者哉？宜正其名，謂之舉遺逸。間歲隨科場發解後，有不預薦者，開封國學及諸路舉一人。又至禮部奏名後，有不預薦者，[②]許主文共舉五人。并至御試時，試策三兩道，中第者别爲一榜，命官入仕，則與正進士同。如以爲歲增中第者差多，則却乞於進士數内減不合格者二十人以均之。[③]庶幾郡縣豪俊，不至遺於草萊矣。伏望聖慈特令近臣參定施行。[④]

論求遺逸狀

臣兩奉詔音，俾推舉可任繁劇及過釁沉廢之士，此陛下思得天下賢豪，并采而并用，[⑤]欲使朝廷内外遂無遺材，真帝王之舉也。然猶有未及者，蓋亦有布衣士，奇材異行，逸於網羅之外，則不宜遂闊略而不收。臣欲乞陛下復詔兩府及内外大臣自待制已上、武臣自觀察使已上，各舉一人，轉運使、提刑獄於本路各舉一人。其所舉不須專名一行，或經術博通，或節義明著，或智謀足以達事變，或辭學足以通古今，或高才不羈而有負俗之累，或隱德自晦而鮮當世之譽。至於兵鈐武略縱横之家，咸得以聞。俾薦者明言其所長，候到京師，則各隨其所長而試之，量其高下而授之官，無能者賜以束帛而罷。或有謬舉，則令御史彈奏。如此，則草萊之間又見得遺士矣。比之策試方略，則爲清舉。如愚言可采，幸陛下行之。

---

① 【張注】“臣以爲”至“因而就廢”，《宋文鑑》無此二十五字。

② 【張注】預薦，《宋文鑑》“預”作“豫”，下同。案：“豫”與“預”古通用，《左氏》莊二十二年傳注“聖人所以定猶豫”，《釋文》云：“豫”本作“預”。

③ 【張注】則却，《宋文鑑》“則”作“即”。

④ 【張注】“伏望聖慈”至“施行”，《宋文鑑》無此十二字。

⑤ 【張注】并采，夏本“并”作“兼”。

薦李抃狀

伏見前隨州司理參軍李抃，皇祐中進士及第。嘉祐二年，因父阮毆殺佃客，於時抃請納出身及所居官以贖父罪，朝廷遂減阮罪，免其決，編管道州。後來纍逢赦令，已放逐便。而抃至今廢官已十五年，不得齒仕路。臣竊謂阮之殺佃户，其法當讞奏亦得減死，而所贖之罪，止免真決，今來又已逐便，則抃之純孝亦宜褒貸，不可遂廢終身。抃見居襄州，履行益修，鄉里高其義，前後近臣及本路轉運、提刑、知州纍有薦論，惜其沉廢，未見收采。如陛下復抃一官，不惟振舉淹滯，兼足以厚風化於天下。臣今同罪保舉，堪充牽復，升擢任使。

薦汪輔之狀

臣伏見守京兆府法曹參軍前充陳州教授汪輔之，進士出身，纍舉南省，國學第一第二人奏名。及應才識兼茂、明於體用科，策試已中選，爲臺官沈起妄有彈奏，遂不蒙朝廷推恩。後來纍有前宰相、侍從、臣寮、知州、轉運使論薦其人，材通學博、該括古今，①經術文藝爲世稱重，②名迹彰著近三十年。而剛介廉正，不能趨附，遂致陰纖之徒，憎忌排陷。昨因丁父憂日，復遭知陳州王贄羅織百端誣陷，及置院推勘，并無顯過，特蒙依衝替人例施行，③合入遠官，退居纍年，衆所憤惜。天下遺材淹廢之久，無復甚於此者。臣今保舉堪充館閣校勘及編校書籍、國子監直講。

① 【張注】該括，各本“括”作“練”。
② 【張注】稱重，各本“重”作“服”。
③ 【張注】衝替，潘本“衝”作“銜”。

薦隨翊、吴孜狀同錢公輔奏

臣等伏見將仕郎、試秘書省校書郎隨翊、將作監主簿吴孜并以文行著稱鄉里。昨來本路各敦遣以聞，其隨翊即獲就試，例得授官，仍令守選。今已經兩次霈恩，同時被命及守選者并已補吏而去，獨翊盤桓未就銓調。近聞淮南及本郡咸有薦章，乞就除一官。其吴孜雖不曾赴試，而朝廷亦以其行義之高，特推褒澤，近亦有臣僚乞召爲國子監直講。兹二人者，臣等實知其經行修明，久滯場屋，既被一命，且未得仕進，殆非朝廷始議敦遣之本意也。欲乞賜甄采，并與特除一差遣，庶幾國家招徠遺逸，將以用其實，不獨爲空發也。

薦劉摯、管師常狀

臣伏見江陵府觀察推官劉摯，爲學開敏，所守醇正，觀其器能，必須遠到。昨因朝廷選擢文雅，以備館閣，如摯之材，不見收采，臣甚惜之。欲望陛下稍賜進擢，俾充三館編校或國子監直講。及見本府教授、[①]進士管師常，講學爲文，動有師法，履行明著，士人共知，纍舉不第，實謂遺才。臣欲乞依敦遣人例，特許召試，授以一命。緣臣在荆南日熟知二人之所爲，苟不如所舉，臣甘伏罔上之誅。

薦陳舜俞狀

右臣等伏見國子博士、知鄧州南陽縣事陳舜俞，學術政事，見稱於時。在仁宗朝，應制科策入優等，而至今淹屈，尚在散地，衆論惜之。臣等備位禁林，思有補報，竊謂如舜俞者，在於聖世，實爲遺才。欲乞早賜召還，處之臺閣，以備器使。干冒宸慈，伏深戰慄。

---

① 【張注】及見，甘校謂“及”疑“又”字之譌。

薦陳求古狀

臣伏奉敕，舉官一員堪充錢穀繁難任使者。臣竊詳敕意，蓋務求才能之士，將加器使，至於文章高行不適於時用者，咸不預於此。今臣所舉駕部郎中陳求古，實有才幹，臣之所熟知，[①]在通判以上，少有及求古者。然與宰臣曾公亮沾親，而求古爲人剛方，未嘗歷權貴之門，與公亮雖親知，聞其不甚協好。若以宰臣親戚不舉，則臣誠惜求古之才堙鬱潦倒，終不得徹於冕旒之下。欲望陛下許應詔書，俾之引對，委以煩劇，必有能名。如其敗事，臣甘罔上之誅。

薦錢公輔狀

右臣伏奉聖恩，召充翰林學士，已稱謝訖。緣臣於嘉祐八年内，與天章閣待制、兵部員外郎、知鄧州錢公輔同日除知制誥，次年，公輔以封還樞密副使王疇辭頭，責授滁州團練副使，首尾四年，兩經恩霈，方遷鄧州。而臣已被采擇，入登翰苑。在臣之分，實有未安。公輔辭學登科，俱在臣前，志節堅方，勇於事爲，論事得罪，原情可恕。近西掖缺員，縉紳竦望，以爲宜當還職，於今寂寥，未聞詔音。欲乞陛下赦過用才，召還舍人院，依舊供職。

舉張司封自代狀

臣竊見司封郎中、知福州張伯玉，冰玉挺操，涅之不緇，錦繡摛文，老而益壯。顧丹心之雖在，益白髮之已衰。獨遇明時，宜登近綴。如使少攄底蘊，獲奉清光，必能辨對鬼神，副陛下前席之問；思傾河海，應陛下倚馬之求。臣實非材，不及遠甚。

---

① 【張注】所熟知，夏本、潘本無“所”字。

論減仁宗山陵制度狀[①]

今國用空乏，近賞軍已見横斂富室，嗟怨流聞京師，先帝節儉愛民，蓋出天性，凡服用器玩，極於樸陋，此天下所共知也。而山陵制度乃欲效乾興最隆之時，獨不傷儉德乎？願飭有司，損其名數。

① 【謝案】文淵閣本題後注有“案：此首從《名臣奏議》中補入”。

卷十三

札　子

知開封府札子

臣比者進對，伏蒙陛下稱臣攝尹京府，爲治甚好，百姓便之。臣内惟承乏，纔四十餘日，實無善狀可副陛下褒諭之意，故不敢祗拜以謝。又以隆暑日旰，不敢久對，是以私懷鬱塞，恐悚而不安。臣才能朽下，安能治劇？夙夜勉强，粗免罪戾，若曰百姓便之，萬無此理。且所謂便之者，蓋知其閭里之疾苦，除弊興利，使元元之衆去愁嘆而就安佚，庶乎可也。今臣於此未有毫髮，則百姓何便之有？然不識陛下從何而得之。陛下聰明好問，繇逮訪於下，多言者或以此譽臣，此妄譽也。當其進言時，陛下何不使條臣新行便民之事，彼必窮而無對。設使有對且實，則陛下亦當深察之，然後以爲信。今臣無是而陛下遽信之，如有以臣不肖而毁之者，陛下亦必聽之矣。何則？善惡之來，不考其實，既容妄譽，亦必容妄毁，此臣不敢喜而有懼也。

昔者列子居鄭，客有言之於鄭子陽，子陽遺之粟，列子再拜而辭曰："君非自知我也，以人之言而遺我粟，至其罪我也，亦必以人言，則吾所以不受也。"臣雖至愚，安知陛下不以妄毁而黜臣哉！故帝王聽納之際，不可不察。不察其實，則天聽可得而欺，奸臣乘之，以逞其欲，於是以白爲黑，以是爲非，附己者進，背己者斥，分布朋類，彌縫其失，使朝廷之上惟聞黨人之論，而不知有天下公議。善乎孟子之言：“左右皆曰賢，未可也。諸大夫皆曰賢，未可也。國人皆曰賢，然後察之。見賢焉，然後用之。左右皆曰不可，勿聽。諸大夫皆曰不可，勿聽。國人皆曰不可，然後察之。見不可然後去之。”如此，則當進者無苟得之幸，當退者無私嘆之恨。進退各當其分，又孰有致疑於其間者哉！伏願陛下高視遠照，毋牽私言，使天下曉然知毀譽之不能亂政，則非獨臣之願，實天下之願。伏候進止。

論責任有司札子

臣聞舉天下者繁治之則難周，簡治之則易，通此理然也。凡天下一日萬機事，[①]陛下必欲手挈而縷解之，不亦難爲力乎？此陛下所以御朝至日旰或不暇食，不避苦寒酷暑之凌薄，曉夕不得休息。而二府亦焦然相駢聚而議其文牒之判字，日不足，則斂而歸諸私第，至薄晚閤扉乃出。至於繫安危之大計，則又何暇賜清閑之對，君臣從容講摩於都俞之間哉？此其故是所以繁治之也，是陛下未嘗明職分而以賞罰責下也。故群有司之事則取决二府，二府之事則取决陛下。如此，則上愈勞而下愈不治，大綱愈廢而小目愈繁，從何而得優爲之哉？

昔舜謂禹曰：“汝作司空，平水土。契爲司徒，敷五教。臯陶作士，五刑有服。”各任以職而舜無爲，若舜者，可謂知爲君哉！唐太宗謂房喬曰：“公爲僕射，當助朕訪賢材，比聞閲牒訟，豈暇求人乎？”若太宗者，真能責宰相哉！臣以爲天子者宜以安危大計責二府，以庶事廢置責群有司。凡文治委之東府，武治委之西府，俾其定議以聞，不得取决於上，陛下畫可而行之。行之而害天下，則定議者受責。於群有司之事不得取决二府，據理以行。行之而害於事，則有司受責。故上所治者彌簡而下所治者彌專。簡則易舉而明，專則不勞而通，則萬事有所歸矣。臣願陛下先詔二府，凡事之叢冗不繫於利害者，一切省之，令歸於有

① 【張注】萬機，案：“機”當作“幾”。

司，可專而行也。二府之事省，則俾之專慮以謀國，慮之不精，謀之不明，行而害天下，於是黜而去之。提大柄以臨群下，此至要之術也。則陛下不勞高拱乎巖廊之上，以觀乎天下之治，與萬民共承無疆之福，豈不休哉！

論知人札子

日者陛下升黜大臣，出於獨斷，二府不得與謀。中外聞風，莫不震動，抑鬱之士至有通夕不寐、拊髀而起躍者。以爲自天禧以來五六十年間未有此等事。攄祖考之宿憤，快四海之公議，則孤立特出之臣，可以出氣以高眡於天地間矣。①然而慶於始者未必不憂於後，見於微者未必不昧於著。今進退之柄在於宰相，無雄傑跋扈之志，竊取其柄以植私家，故陛下一日攬而歸己。歸己此不爲難，②而所以爲難者乃在知人。

昔堯之聖，猶曰：知人，惟帝其難之。則自堯而後，愈爲難矣。今賢不肖雜然以進，深情厚貌，言與行違，陛下雖聰明，焉能探其肝膽而辨其真僞乎？辨之術則莫若試之。③凡陛下所得士，未便遽賜褒擢。如曰我能治民，則且試之治民；如曰我善治財，則且試之治財；如曰我善爲禮，則且試之爲禮；如曰我善爲樂，則且試之爲樂。凡其所長者，宜從其長而用之。用之有效，群臣以爲然，未也；大臣以爲然，亦未也；陛下察之，見其有效，然後賞之。如其不然，則宜黜之。賞罰明而人自勸，雖堯舜不逾於此，則其知人者豈不爲難乎？既用其賢矣，時以不肖者參焉；既用其智矣，時以愚者參焉。於是黑白淆亂，邪正倒置，則天下之事去矣。

昔者秦始皇自侈，以爲天下無賢。及漢祖之起，蕭、張、韓、黥

① 【謝案】眡，文淵閣本作“眠”。眡，古同“視”。

② 【張注】歸己歸己此不爲難，各本無下“歸己”二字，案：此字似可銜接下“歸己”二字，疑衍。

③ 【張注】辨之，甘校謂“之”下疑有“之”字。

乃秦之棄士也。隋煬帝自大，亦以爲天下無賢。及唐太宗之起，而房、杜、英、衛乃隋之棄士。今天下之廣，豈無賢者？惟無棄士以資後人，乃幸矣。然陛下既得士，宜用其所長。在三司者，則宜擇錢穀吏；尹京者，則宜擇通政事之臣；在御史，則宜擇强毅之臣；在侍從，則宜擇文學通古今之臣。如此，則才盡其所藴而官宿其所業，天下之事不舉者，未之有也。故舜之命夔典樂，則不復典禮，命禹作司空則不復作司徒，命稷播農則不復作士。以夔禹之賢而不能兼二事，况以庸庸之才而欲兼天下之任，可乎？故今世不爲官擇人，而爲人擇官，惟履踐之多則爲大臣，不問其治與不治，此天下所以未能沛然也。今天下之士如有自薦或因大臣所舉，且試召之，使論其事而觀其所藴，然後命之以職，試其所爲，如此，則人焉廋哉！

論用材札子①

臣以爲今之急務莫急於得士，士之材不材，必試而後見。臣觀陛下勞於求賢而疑於任使，有兼采之名而無必用之實，故天下治功未能興起者由此乎？夫求士必於其賢者，其人苟賢矣，進言曰某士可用也，陛下乃以爲未，又參訪之他人；他人以爲非也，則陛下沈豫往復，終疑而不用也。以疑心而欲覺天下士，安得豪傑之徒犇走而盡力哉！

昔魏文公謂唐太宗曰："貞觀之初，賢者所舉即信而任之。比來，以衆賢舉而用，以一人毁而棄，不察其原而使讒佞得行也。"陸贄亦謂德宗求才不如武后時，非徒人薦士，亦許自薦。而德宗賞鑒獨任，難於公舉。武后以易得人，德宗以精失士，此皆世主疑於任人之弊也。然而陛下不能遂用者，豈聖意恐用非其才而招四方之指議乎？故必審訪其真僞，直須材而後試之，如此則其擇愈詳、其失愈遠矣。何則？人非美咼，安能飽衆人之口？蓋有愛憎忌疾者厠其間。以仲尼之才，將用

① 【謝案】文淵閣本題後注有"案：此首從《名臣奏議》中補入"。

於齊，其勢易進也，而晏子言遂逐之。[①]况幽昧一介之士，欲求遇於天下之主，其勢至甚難也，而不知幾晏子攢頞而議。是以天下士絶望於陛下而相與争馳於大臣之門，其志豈遂甘於背陛下哉！蓋附陛下不如附大臣，附陛下則不得用，附大臣則得用。其參據於要地者，必多於陛下之所自擢。其某人爲某門下士，可概而數也，此陛下不能自信，舉而棄之，以資大臣之黨耳。然而陛下用人而不精，亦復何患乎天下之指議哉！陛下之所持賞罰之柄者，將焉用之？

昔之舜與鯀皆四岳之薦，一爲聖人，一爲凶人，而堯且用之，以四岳賢者也，不用且恐失士。及其試而績不成，於是舜起而誅之。是堯舜之進退，豈不明白哉！苟賢者進言曰某士可用，陛下何不隨其所長而用之？圖其新，不計其素；録其長，不責其短，兼收而并用之，則天下豈有遺材？如其有成績，則賞而進之；有敗事，則罰斥之。至於所舉，升黜亦如之。不過數年，其進而在上者必敦實材力之士，其退而在下者必空疏躁妄之徒，則又孰敢以虚名不材者以欺陛下哉！

論河北流民札子[②]

臣切見河北之民自去秋以來，[③]相携老幼，皆徙於南方，纍纍道途，迄今不絶，不知幾萬户，兹非細事也。臣詢得其繇，或云以歲饑無食，或云地震不得寧居，或云河决失耕業，或云以避塞河之役。臣參考以計之，若以歲饑，則百十年來豐凶常事，何昔之凶年猶得安居而今遽爲去計乎？若以地震，則震有時而必止，雖暫有不寧，猶宜未至棄本土而去。若以河决，則恩、冀、德、博，罹害者宜遷，而鎮、定、邢、趙，非河所纍，則又何爲而輒去？若以河役，則朝廷已有詔罷，而遷者至今不已。由是言之，蓋其原起於唐州之開曠土而成於河北之譌言。

① 【張注】晏子言，夏本“子”下有“一”字。【謝案】當從夏本。
② 【謝案】文淵閣本題後注有“案：此首從《名臣奏議》中補入”。
③ 【張注】切見，各本“切”作“竊”，案：“竊”字是。

何者？唐州官吏冒賞貪功，遣牙校齎榜於三邊，招誘户民，十有餘年，於是三邊始有遷民。及去秋地震，其父老皆言真廟時地震，遂有澶淵之役，今地復震，北人又將擾邊矣，如何不爲引避？加以歲凶河决，於是相牽連而大去之。夫民故愚而無知，一人摇之，百人酬之，一鄉之間，但見南徙者衆，故相隨而亦遷，即詢究其所以遷之理，則不出前之所言。是彼亦未能熟較利害，但云南方穀賤，有曠土可爲生耳。若然者，豈得縱其流亡而不爲禁止乎？河朔去歲雖被灾，而諸郡亦有秋穫三處，[①]民間未至横衢路而餓死，易嬰兒以食。借使今之有寒餓不能自活者，雖縱而之南無害也。至於中户以上，乃連車牛、負囊篋、驅僕躍馬，其資足以爲養者，又何爲而不禁止，端使流離而南徙乎？屬者朝廷雖屢敕本道安集，而至今去者如故，此皆刺史縣令有不能者，[②]無方略以安之耳。朝廷誠能深責刺史、縣令，俾之從便宜，務令安集，勿令中户以上隨衆而遷，刺史、縣令有不能者，則亟令監司舉劾，别選有能者代之，刺史、縣令知懼，則庶乎有爲，可以禁止矣。或云遷者不可止，止則餓死，或急而爲盗，爲患浸深。臣以爲寒餓者聽之去，可以自資者留之。今河北亦有常平粟，未曾賑發，宜舉以貸民。今冬宿麦得雪，向去收成，[③]則民復安堵矣。兼聞河北便糴官價殊高，豪民亦有藏粟邀價者，及官配糴甚急而粟價愈貴。若便糴配糴，宜一切罷之。如又貸以常平粟，則民間得賤粟，可以自存矣。或者又謂河北之民久離兵戰，生息既繁，遂不能相養。譬之，舊爲家十口，有田二頃，今田不加多而增口爲二十，還值凶年，故析其食口，就粟南方，適得其宜矣。此又非通論，二十口之息，豈能一日而具？何前日猶能相養而今日遂不能乎？夫民者重遷，如刺史、縣令有安集之術，則孰肯棄墳墓、去親戚鄉井而輕爲流民乎？以此又知刺史、縣令不爲朝廷養民也。北方之人，乍入南地，不習水土，向春必生癘疾。

① 【謝案】三，文淵閣本作“之”。

② 【謝案】皆，文淵閣本作“蓋”。

③ 【張注】向去收成，甘校謂疑有誤字。

伏願陛下嚴立科罪，下提刑轉運司，責在刺史、縣令隨宜處畫，必令存留，無得縱令流移，庶幾河朔不爲墟矣。幸冀陛下留神，特賜裁察。

請駕出祈雨札子[①]

臣竊以首冬已來，久愆雨澤，旱氣相薄，屢發火灾，乘此春温，恐生癘氣。雖陛下焦心引咎，夙夜祗懼；天地四方，靡神不禱；霈發德音，解釋纍囚。肸蠁無應，未見嘉澤，下民狼顧，實亦不寧。臣欲望陛下暫飭鑾駕，近幸神祠，躬自虔祈，以表誠至，必有美證，期於旦夕。况陛下宅憂逾年，不出禁闥，京都士民，想望天表。俾之一聞清蹕，瞻見威顔，民心感悦，天意自解，甘霈之來，或可符應。臣不勝拳拳。

策　問

問平西羌策

問：西羌之桀驁，昔嘗擾邊，集數十萬之師以逐之，僅得其櫜弓而請命。然彼之慓兵健馬，亦以殘喪而不支矣。故自慶曆以來，不復爲盜。日者擅殺邊吏，歲朝不貢，固爲有罪矣。而羌人方殁，[②]其弱子未能爲國，纍歲旱饑，部族携貳。我因其内屬之衆，遂城綏州。儻以偏師乘之，鼓行而前，則漢唐之遺壤席卷而可取。兼弱攻昧，此乃其時。如欲因而撫之，立其嗣子，貰其顓殺不貢之誅，結以仁德，則綏懷之義，亦不爲失。不然，則責之以慢禮，絶而不通，謹邊備以禦其來，則可以省金縑之賜。不然，則俾之屈膝匍匐，割地而内附，則亦足以示吾中國

---

① 【謝案】文淵閣本題後注有“案：此首從《名臣奏議》中補入”。

② 【張注】羌人，各本“人”作“酋”。

之威。[①]是數者，奚策而可？古之有大事，謀及庶人，况纓弁而列朝者耶？宜較其利害而悉著之，聊以覩子之發云。

啓

國學謝解啓

猥被甄收，[②]衆爲指議，慄然驚汗，浹於愧顔。本朝濬古治源，樹學教本，揭丕天之大律，震不世之休光。玲瓏人文，黼黻象類，蒸於和氣則爲慶雲景星，發於和聲則爲黄鍾大吕。燦乎萬俗，陶於一坯，孕周育商，掃唐薙漢，號爲盛際，若旡古初。間仍詔於丘樊，率興廉於郡國，劘轂四起，攝袂交趨。英英朱鸞而來自南岡，濯濯白麟而游彼靈畤。相望賢俊，并騎星辰。殆此較能，蓋寡中度。嘈然如金石冥冥乙乙者，時有純音；蔚然如蕭萊翹翹煌煌者，始爲靈草。去之太半，得此幾希。不其才難，玆乃公進。

以李廣之才氣，孰謂無雙？若杜牧之文章，止得第五。况某者拙不曉事，技無他能，誤釋鋤櫌，猥誦《詩》《禮》，有一簞食則足以無饑，有一頃田則足以爲養，乃希前烈，强窺名途，兩瞻天子之清光，纍玷有司之優等。青冥一跌，塵埃十年。予豈著於空言，天或降其大任。老當益壯，未爲窮人。今不得侯，猶是故將，日期一戰，取先諸公。鋭於敢爲，實犯不韙，獸既困而愈鬥，禽曾傷而自驚。巨鰲何知，固有靈山之在上；騏驥已老，甘爲駑馬之争先。尚賴恕明，過辱題品，引置上列，增激懦心。自顧甚明，苟得爲幸。此蓋伏遇某官長育材類，佐佑聖謨，掩所不能，陰與爲地，援於稠衆，俾預貢書。炳炳乎燭之以虹蜺之輝，

① 【張注】則亦足，甘校謂"則"字疑衍。

② 【謝案】被，文淵閣本作"彼"。

浩浩乎濯之以江漢之潤。踸然短步，企乎絶蹤。譬木之生，培之植之使乎茂；如金之鑄，鎔之磨之期於成。被賜厚深，銘心報塞。劬劬之懇，罔知所戴。

謝及第啓

程能馳晷，交勝一時之功；唱第明庭，獨據衆材之上。拜恩書之優渥，佩賜服之光華。寵數疊臻，震惶失措。國家三靈擁祐，四聖重光，憲古掄賢，暢文陶俗，總兼四代之法，跨越兩都之風。首善於京，摩民以誼。郡學縣校，士舉可以三物興；家塾黨庠，人皆足以四科考用，[①] 時爲數歲之限，一日頒深詔之行。由郡吏計偕，至省會集閱。赴廷中千人而下，雖十僅去三；舉海内萬計之中，而百不收一。况復裒然選首，擢以倫魁。[②] 豈徒角能否之間，實惟繫休戚之大。宜當間出士類，挺生世賢，副上意忠孝之求，慰衆人名實之望。如某者，拙不曉事，才無他能，緤官組以世嬰，親士倫而幼勉。煉精心術，陶冶性真，放不知求，常虞於捨路；[③] 資非自得，舉昧於逢原。亦常沈冥乎六經，端慤乎百氏。雖登高自下，僅止學山之丘；猶口是勝非，[④] 不入向墻之户。曩希仕進，浸就科條，幸緣勸駕之甚勤，始預品題之最末。聯國子倅，薦登揭板之書；居方物先，兩被充廷之貢。顧惟覊蹇，分已棄捐；復偶詳延，益思奮起。差名禮部，巍過考秀之門；頒藝宸庭，還踐尊賢之地。天威下懾，文氣内殫。盡揚子之深湛，困枚生之敏疾。固當引退，敢倖甄收？何意召對中宸，倡先群雋，夬揚王庭之下，震虢稠人之中。奏御千篇，盛逾於漢室；論功一等，首議於酇侯。夫何極陋之生，濫此獨優之選？積薪居上，雖亡用人之譏；傴僂升高，已多指頂之笑。循涯思越，溢

① 【張注】考用，案：各本作“用考”，當從之。

② 【謝案】倫，文淵閣本作“掄”。

③ 【謝案】捨路，文淵閣本作“路捨”。

④ 【張注】口是，原本“口”缺文。

量知盈。此蓋伏遇某官，協暢帝猷，計安天步，盡中材而樂育，窮物色以訪求，致此偎微，假之殊特。敢不勵修身檢，畏遠官瘝？强鼯鼠之短能，奮鳲鳩之纍翮。言無己顧，公不家爲。庶盡愚衷，仰酬大造。

上知郡郎中啓

右，某伏念聞誼素高，趨塵獨晚，猥緣署第，繫此瘝官。歉然向德之深，慨若臨風之嘆。曾是冗墮，益缺裁修，竊自省心，日惟忍愧。適南風之長養，自公食之逶迤，護以神明，納之百福。恭惟某官，沉心善照，至數旁通，英英乎朱鸞之翔，翹翹乎靈芝之秀。而自騫翔膴仕，震耀昌時，進蘭省以飛榮，佩虎符而更治。齊方五月，已報於治成；漢用九卿，即期乎次補謹。具狀伸問尊候。

上交代趙資政啓

伏審懇辭政府，出鎮侯藩，豈惟慰遠俗之心，抑亦爲儒林之幸。恭惟某官，[①]爲朝元老，實世寶臣，富皋陶弼諧之謀，守伊摯純一之德。進必顧義，孰知軒冕之爲榮；退以奉身，將與湖山而自樂。露章得請，引紱遂行。矧兹武林，旁連仁里，鄉老携壺而屬道，邑令負弩而前驅。未違北闕之清光，已浹東吴之和氣。載惟頑植，久纍洪鈞，屬承授節之初，復預交符之末。新政必舊尹之告，甚愧於無知；前失乃後事之師，庶資於改作。望使旟之甚邇，履賓所之有期。企悚欣愉，無任屏營。

賀駙馬王太傅啓

伏承講求世勛，尚以王姬之貴；登榮賢德，寵之國伯之崇。遜仰光

① 【謝案】惟，文淵閣本作“以”。

華，伏深忭蹈。某官才猷端亮，儀度嚴深，抱德美以和明，富文華而炳蔚。載加帥鉞，坐鎮邊防，行期簡在之知，別御重榮之渥。疊煩音貺，中切感誠。

賀機宜趙學士啓

伏審席寵明庭，校文内殿，伏惟慶慰。某官飭躬以法，[①] 造道有原，繇文章以策榮，沉機籌而應變。會課登最，剡薦文章，密簡瓌材，延登近職。惟麗正圖書之府，乃天子禮樂之司，實資講求，以備顧問。寵光兹始，柄用有階，馳慶牘以未遑，辱長牋而爲貺。祇懷謙厚，益用兢惶。

賀判寺蔡少卿啓

伏審寵進卿曹，任專理寺，哲人當選，庶獄倚成，伏惟慶慰。某官才邵强明，謀猶端直，[②] 主上方嚴於簡注，憲章有賴於平反。民在哀矜，用皋陶不仁者遠；刑惟欽恤，命甫侯訓法於輕。此足以厚德澤之風，仁生靈之命。行期遠奮，庶厭群情，愧馳慶之未遑，辱飛音之先至。感銘之極，忭躍攸深。

賀定州知府滕侍郎啓

右某啓：伏承超拜懋恩，就加寵秩，伏惟歡慶。某官材周於物，術造其原，自更職於劇司，常有功於當世。國家以中山重地，朔北大邦，襟帶乎一方，節制乎諸將，自乃威名慴物，無復不庭，雖夫侍從急賢，顧誰宜代？尚稽入輔之嚴召，特進二卿之極聯，更俟膚功，以光柄用。

---

① 【謝案】飭，文淵閣本作“飾”。

② 【張注】謀猶，夏本、潘本“猶”作“猷”，案:《文選·女史箴》“王猷有倫”，注“猷”與“猶”古字通，亦通作“由”。

某雅深眷盼，喜有褒榮，嗟賀染之未遑，愧誨題之已及。西行寖晚，北路早寒，伏覬保頤，少符依誦。

知荆南府謝啓

玆者恭被明綸，往諧南服。凌跨江漢之遠，回繞吴楚之衝。已及夏交，獲承官乏。伏念某資性底滯，與時闊疏，誤排翰墨之場，偶入英雄之彀。觀書藏室，嘗接武於隽游；視草紫垣，遂連袂於法從。徒以早鍾鉅痛，奄失先疇，家貧因寄於皋橋，葬遠未歸於蜀郡。况玆羸質，屢困沉痾，恐溘先於路塵，遂不克於大事。刳心露奏，昧死請行，煩鈞造之敷陳，獲詔言之開可。載惟南楚，古號王都，士風頗醇，民訟甚簡，蠻獠安其巢穴，争競息乎里閭。幸日力之有餘，庶襄事之可畢。玆蓋伏遇某官，翼宣孝治，斟酌化功，通物情之大原，遂人子之至願，俾守荆渚，仍近故關。三月有期，冀漸圖於兆域；九原可作，亦永荷於洪恩。

又知荆南府謝啓

露章車府，得請楓宸。佩南郡之左符，掩重湖之絶壤。殊多私便，實冒洪恩。伏念某，技無所長，材唯甚下，自直圖書之府，即攀英俊之邦。如仰高山，嘗自慚於不及；若游朝霧，顧爲潤以尤多。屬以先域未完，旅攢猶寄，援松林而灑血，指漢水以馳心，願治便藩，俾圖襄事。遂領荆州之守，榮甚會稽之行。緬惟故關，實居提部，事偕願得，感與愧并。伏遇某官，登冀辰猷，①將明國論，激相先之高義，推逮下之深仁。曲致孤根，往諧要地，盡護一道，兼領百城。奉以周旋，顧期年之可化；得蒙餘惠，庶遠日之可圖。

① 【張注】登冀辰猷，夏本、潘本“冀”作“翼”，夏本“辰”作“宸”。

謝知制誥啓

寵章不次，弱植無能，佩大賜以若驚，沸群言而可畏。竊以古之詔令，主於文章，明如星斗之光，動若風霆之震。於周則召公、吕侯之制作，繼有訓言；於商則仲虺、傅説之謀謨，發爲雅誥。辭將事稱，名與實偕。故讀《湯誓》則赫然見神武之奇勛，讀《洛誥》則斂然識太平之偉績。溢於目而不惑，貫於耳而不疑。鼓舞四方，斡施萬類。以至羸老扶杖而往聽，蓋思美化將成；悍卒揮涕而竦聞，即知大盜之易破。宜得名世之傑，用掌代天之言。片辭足以參造化之機，折簡足以奔敵人之命。[①]不容幸位，以竊勢榮。如某者，本出寒鄉，誤攀時俊，與世聱牙而不入，信已顓蒙而獨行。原憲甚貧，樂道久甘於藜藿；馮公善敗，收功僅得於桑榆。遂緣科甲之優，獲綴朝紳之末。神經秘牒，竊窺東觀之圖書；積粟流金，豈副大農之心計？訖無補報，空廢歲時。值柱史之缺員，許螭階之入侍。惟能謹其日月，豈足斷乎是非？常執簡以自慚，思投紱而引去。忽趨嚴召，俾預試言。禁鼓傳呼而屢移，給筆停綴之不暇。奏編莫入，俞旨朝行。遂直紫垣，妄司綸詔。錫之以組綬之服，副之以金鱗之章。喜動親堂，榮傳里巷。兹爲峻選，實出殊恩。豈無伏龍、鳳雛之遺英，尚嗟於泥滯；亦有金馬、石渠之舊德，空老於策書。環視惷愚。坐生震栗。此蓋伏遇某官，協心天緯，秉正國維，巨溟靡間於鰭鮍，零落不遺於蕭艾。[②]提携末路，度越稠人。一盼之榮，駑足可追於逸驥；一言之重，蠅聲遂掩於黄鍾。廓偉量以爲容，坦公塗而與進。致兹寵數，驟及束求。惟當畢力訓辭，勵心忠勁，少圖求效，[③]仰答大恩。

① 【張注】敵人，各本作“夷狄”。【謝案】文淵閣本作“夷狄”。
② 【張注】零落，各本“落”作“露”。
③ 【謝案】求，文淵閣本作“來”。

卷十四

書

投卷書

竊惟耕者不可一日而廢耒耜，工者不可一日而廢繩墨。士君子之道，豈可一日而廢學哉！然則耕者之不廢耒耜，是必良於爲耕，彼雖有百金之伎，不願以耒耜易之，則終其身爲耕而已矣。工不廢繩墨，是必良於爲工，彼雖有百金之田，亦不願以繩墨易之，則終其身爲工而已矣。士君子之道，貧賤必於學，富貴必於學，况以百金之間而遽然易哉！是亦必終其身爲學而已矣。某既以治學進干於時，天子賜之上第，及其補吏來，[①]亦不敢廢所守。讀書講道，時就筆札，作爲辭説，非其性然。蓋猶耕者之耒耜、工者之繩墨，乃其職耳。日月之間，遂盈巾衍，擇其可録者纔得十軸。既薦之於吾君，其可得以沈酣漸漬乎簡策之間，而不治它能，[②]以力學爲專。然其所作，意陋辭拙，索然無膏澤之容，譬夫菖蒲羊棗，其何足以備公鼎之正味？亦或有嗜之者耳。伏覬原其用心，而略其干浼之罪，不勝恐悚。

① 【張注】補吏來，夏本“吏”下有“以”字。

② 【謝案】它，文淵閣本作“他”。

劉舍人書敞

迺者某以進士較試於天子廷下，是時閤下以文章論議被選爲考試官，得某之卷，獨以爲可冠群進士。諸公或難之，而閤下争曰：“此文似皇甫湜，今朝廷用文取士，爲期廷得一皇甫湜，豈不善也？”於是諸公不能奪，而竟處爲第一。它日放榜，士大夫籍籍皆傳，道閤下之語如此。其始聞之，則愧曰：“在韓退之門下，用文章雄立於一世者，獨李翶、皇甫湜、張籍耳。然翶之文尚質而少工；湜之文務實而不肆；張籍歌行乃勝於詩，至於它文不少見，計亦在歌詩下。使之質而工、奇而肆，則退之作也。如某者，望退之之門不知幾百千里，則安敢望似皇甫湜耶？”既又自喜曰：“某學文舉進士十餘年，而未嘗有以文章期之者，又耻以編軸自鬻於貴人之門，意謂雖舉世不見知，則亦何病？脱有一人能知之，則勝於舉世之常人見譽。今乃始遇閤下知之，其得不發平生之積憤而爲快喜者哉！”然而世之譽人者多矣，或以其禮卑而迹疏，謬爲好辭以慰安之；或私於附己，欺於人而過詫之；或苟相諛悦而謾美之，此皆未足以爲精賞而公言也。至於某之見知於閤下，則方在糊名較試，雜然於群衆之中。閤下不知其誰何，直愛其文而遂稱之，其不爲精賞而公言者邪？某也何足當之！由補吏來，閑隙無事時亦頗覺今古之得失，著爲辭説，今編成一軸，謹附於門下以獻。孔子曰：“今吾於人也，聽其言而觀其行。”閤下既已知其言矣，願徐觀其所爲而終始之，不勝幸甚。

滄州張龍書存 ①

某羈拙不偶，兩黜廷下，世俗聽聞，叢指衆笑，嘗所交往者，皆解

① 【謝案】龍，文淵閣本作“守”。

臂而去之。雖其素所餘者，[①] 一踧一俯，[②] 或摇足而上下，憫憫默默；亦自信其連蹇顛躓，不復有立於世矣。飛帆游豫章，進謁麾下，而明公一見之，咨嗟賞激，許其遠到，且勉且慰，渠渠不已，使仆朽之株，坌然復有發生之意，雖古號知己無以易此。夫物之表乎外，然後著其内，精識之所先也。故騏驥之異，肉鬣虎脊，汗或沫血，伯樂易知其爲駿足；楩柟之幹，撓雲參天，匠石易知其爲嘉材也。吐氣如白虹，卞氏易知其爲美璞也；發光衝牛斗，雷氏易知其爲良劍也。如某者，文不耀於世，行不作於衆，聲采未嘗落明公之耳，辨論未嘗發明公之前，不知明公從何知之？此某之所以服佩感切之無量。[③] 迺者誤入科甲，亦嘗具謝幅。及署吏宛邱，日思通記，快道胸中不勝怫鬱之懷，而慢惰輒廢，至於今日。先荷明公惠教，罪戾愈久愈厚，幸明公終賜之。

史館劉相公書沆

近者，客有自都下來，傳明公拜章，願賜郡，去意甚確。某聞之，起立愯嘆，輒用誇於座曰："賢乎哉，劉公果不苟於進也！人之辭㪷升粟，靳靳有不忍色，况捐宰相印乎？"或曰："然劉公衷於請邪？其漫爲之也。"某應之曰："不，劉公明决軒辟，豈若蘙蘙者陽著其讓而陰固其利耶？"或者出，某伏思之，曰："明公一時而罷，上意必不爾也。不爾，則且留且留，則明公實貯夷齊心，其何能自辨於天下？是果中或者之料，而某亦爲之譁笑也。雖主上公天下用而不能遂明公之私，而明公可不牽主上意，因之不果行也？故輒進鄙言，以干下執事，伏惟明公垂聽焉。夫自有君臣來，即有宰相。宰相之顯，無如周公。周公嘗難其位矣。文王之子，武王之弟，成王之叔父，又負大聖人之才，誅商之業

① 【張注】素所餘，案：各本"餘"作"許"，當從之。

② 【張注】一踧，夏本"踧"作"跂"，當從之。

③ 【謝案】切，文淵閣本作"戢"。

與焉，可謂安且牢矣。而召公疑之，管蔡叛之，蹦前跲後，[①]挈挈而東。召公，賢也。管、蔡，親也。賢與親而不知信，况愚陋且疏賤者乎？故穹穹者易撓也，赫赫者易滅也。據高憑峻，其不有伺望媢疾者乎？[②]以周公處之而難，則繼周公者欲久固利之愈難。前日大丞相出亳，而明公恬然不摇者，非朝廷鬬舌帖帖，以伏明公也。其意方在亳，亳已行，則好言者固將以明公市名矣。雖堤捍補塞，用以無恐，而萬一僅有毛髮隙漏，人得乘而攻穴之，亦足爲釁事，固有出無形而不可逆備者有之矣，兹豈明公不能自辨哉？明公一辭而不獲，則願再辭焉。再辭而猶不免，則願三辭焉。期於有得而後已，不宜泯默，遽以自罷也。苟上意必堅而不得請，則明公觀天子即位來，豈嘗有不去之相？固不然也。惟明公果於一退，無成好言者之名，而無中或者之料，則某之爲人之所譁笑，固不較也。從之拒之，在明公所擇。

運使王密學書贄

某晚生，官治外，不當横語他事，又未嘗趨伏麾下，以望拜光采。孔子稱："未見顔色而言，謂之瞽。"某輒有言者，迫於悃至，猶之救溺，不暇取佩玉之節也，伏惟明公矜恕焉。明公繩墨所畫，徑繞數千里地，以吏補者，莫不檢絜濯礪，以暴其所長，於此有人焉。掌書記趙唐廉介幹敏，更吏事，指摘弊病，動中其根穴，究訟處法，特爲審密，幕中賴焉。特其家苦貧，母老髮白，登科十有四年，扼不得進，最爲窮屈，日覬改一官以豐旦夕養，而被薦者有缺一二。今盡二歲滿，[③]即明年三月當罷，又恐明公一日趨召，遂委之而去，此所以尤爲汲汲也。某誠惜其美材，丹渥不施，故敢外官治而進焉。夫嘉穀生於腴田，無不遂楙長大者。至有槁落不得秀以實者，蓋人力有所不至焉。今唐誠嘉穀

① 【張注】蹦前，夏本、潘本"蹦"作"蹪"。

② 【謝案】疾，文淵閣本作"嫉"。

③ 【張注】旦夕養而被薦者有缺一二今盡，各本作"旦夕之養而不能也，今其人已盡"。

也，且處明公之腴田而尚未能自奮者，意亦有人力所不至云耳。此在明公一引臂，耘而溉之，既使其槁落而得就於實。因穫畜之，以備困窘之用。則唐也，兹必有補於門下矣。辭不充意，恐悚以俟進退。

發運使王司書鼎

某始學爲進士時，即聞賢老先生稱誦明公之德，自恨未能一識光采。如咸池大韶，瞥入聾者之耳，而不得趨前以觀，其傾想向慕，當如何也！幸侍親來楚，適明公駐斾山陽，乃得履幕下，布席賜之坐。温乎其顔，其可親也；棣乎其言，其可樂也。誨指周切，如十年前舊出門下而被教育者。至於以采賢擇善爲報國，此益見明公之用心萬萬於它人。昔樂正子爲政，孟子聞之，喜而不寐，以樂正子好善也。且使孟子而在，聞明公之言，其將吐飱投枕，起而抃躍，又豈特於不寐者哉？兹愚陋益所以稱嘆悚服之不暇，惟明公早膺大用，推此心被天下，使一世遂無遺材，而不獨伸於東南十數人而已。某不勝慺慺之願。

石屯田書略

環陳之地，西華爲庳邑，東瀸宛丘，南瀆商水，窊然爲大窾，六河蟠貫，畫溝如奕道。曩日視按，亦頗窺其閾。如積雨綿注，旁大水猥至齧堤，而逸溝與河通，漫數百里，積爲大川，此非人力所捍，雖井溝不能泄。人適見此，故以爲修之爲無益也。然至其雨已止，旁大水復循河而落，則田中有停水，得深溝亦趨於河，不爲留蓄。雖見稼或不收，而後日速得就耕。大水大旱不常有，尋常積潦，得濬溝即入河，此豈修之爲無益哉？其所疢者，蓋一歲大較，切廣夫狹。[①]苟欲滿其數，又督視不謹，故庳者補之不厚，堙者抉之不深。[②]不厚則易潰，不深則易

① 【張注】切廣，各本“切”作“工”，當從之。【謝案】切，文淵閣本作“功”。

② 【謝案】抉，文淵閣本作“决”。

積。潰者無以禦，積者無以歸，需其自涸乃可耕，此與不修同。[①]今若計之實功，且急其害深者修之，它宜一切斥罷，以遲再歲。如宛丘宜鑿古溝，其生溝可罷。古溝上有源，下有歸，古溝濬則田潦不須生溝而可泄。西華宜完河堤，其它溝可罷。今歲水病，根於河溢，又以嘗鑿溝，較它邑頗浚，自可通。以是角之，則似或有畔矣。夫不見其實而逆斷是否，人之通病。居齊而談楚，[②]之楚則審矣。足下今之楚矣，而損書教誨及之，甚善。且試觀此議，以爲如何？三兩日亦歸，可能來境上同歸否？

代人上丞相書

里語有之："有車可以逾太行，有舟可以絶吕梁，貴人不可以義干。"豈其然哉？太行、吕梁，天下之絶險處也。而峭崖峻壁之顛危，將以摧吾輈；洪濤巨浪之奔駭，將以破吾檝。貴人之門，有同有異，同則千里猶堂上也，[③]異則堂上猶千里也，豈與太行、吕梁爲比哉？某以義干相公者也，惟加察焉。某老大蹭蹬，雖不足比擬，然與楚國太夫人有葭莩之親，用此爲自進計。伏念自相公進用以來，今二十年矣，内外宗族姻婭之家，下至伎人、醫師、走趨之僕，皆得以蒙巨蔭、易短褐，被朝紳而仕矣，豈止是哉？坐於廊廟之上，凡卿大夫、百執事之人，角其才賢而進之，侁侁然布於朝廷矣。陰陽和，風雨時，則草木魚蟲鳥獸之類亦皆蒙厚澤矣。豈今太夫人羅氏之甥不得被德哉？羅氏之後，止今供奉一人而已。次則某也，行年五十餘，髮已半白，雖至七十，能餘幾日？所以勤於一命之榮者，將逃死於寒餓之域耳，尚何望於起家顯大哉？相公得不哀之乎？昔者靈輒餓於桑下，趙文子哀而食之，文子非有賢於靈輒耳，直以其欲餓死而食之。今某亦非敢妄托太夫人之親，牽强以希進，直以桑下之急以叩

① 【張注】不修，夏本"修"作"耕"。
② 【張注】居齊，案：各本"居"上有"猶"字，當從之。
③ 【張注】千里，各本作"夷狄"，下同。【謝案】文淵閣本作"夷狄"。

相公，願相公急食之，不則委棄溝壑於此時，相公雖欲爲之力，亦已遲矣。[①] 至於論報盛德，則願附於桑下之士。

序

御製狄公祭文序

熙寧元年五月戊寅，上御延和殿西上閤門，使狄諮以職事進。上曰："若之先父青，有勞於國，征南之事，亦有遺書存乎？宜盡搜其所有以聞。"諮即以《平蠻記》及歸仁鋪戰陣二圖進。上覽之，於是拊髀而嘆息，思雲臺之故將今不復見也。乃發乎昭回之光，披而爲文，遣昭宣使、入内内侍押班張若水持上尊大官之饌，即所居祭之。上曰："圖中見乃父遺像，恨不及識之。如聞當時亦有讒之者，[②] 朕爲愴然。"諮頓首再拜謝。臣謹按：青在仁宗時，奮於戎馬間，捍西羌連取奇功。及爲樞密副使，於時峒蠻儂智高出廣源州，以驚南徼，屢擇名臣以往，訖無成績。賊鋒瀰漫，繞邕廣數千里，民舍無遺堵。天子側席而謀，疇議將臣，青即進言："小醜猖獗，請爲陛下平之。"天子嘆其忠，乃以大將軍鈇鉞出行天討。既就道，下令諸將無得亂發兵。裨將陳曉按《宋史·狄青傳》："廣西鈐轄陳曙，趁青未至，輒以步卒八千犯賊，潰於崑崙關。"此作"陳曉"，當是避英宗諱，故以曙爲曉。輒率所部出崑崙關與賊戰，軍覆，青以軍法誅之，諸將皆震懾，不敢後。遂至邕，敗賊於歸仁鋪，賊窮犇海而遁，進青以樞密使。久之，有飛語，不復自辨，遂請解機軸而去。天子加賜丞相印，出

① 【張注】已遲，甘校謂"已"疑衍。
② 【張注】如聞，甘校謂"如"疑衍，或爲"頗"字之譌。

奠淮陽。[①]明年，遂薨。齎其謗言，殁於地下矣。方邊鋒之暴横，[②]公躬提桴鼓，厲三軍於鋒鏑之間，北面以報功，世皆稱其忠勇。及解甲而還，邊境無所事，或者起而攻之，而世亦未能盡辨也。及上親爲製文以祭之，又以一言明其讒，則青之功烈表表明白，亘乎無窮而不可磨，其平生鬱積之氣齎之於九原者，亦以爆然破壞矣。於此之時，仗鉞之臣、冠鶡之夫，伏讀而傳誦之，莫不竦首頓足，却立而四顧，思爲國家横戈擐甲，争先以鞭撻荒徼，[③]足雖未馳，而憤勇之氣已衝薄乎瘴海之南與大漠之北矣。諮且欲侈大君之賜，明先臣之烈，於是刻之金石，表於墓次，俾夫來者觀之，不待鐘鼓玉帛之賜而有以勸之矣。熙寧二年正月初六日，翰林學士尚書兵部外郎知制誥鄭某謹序。

文瑩師詩集序

文瑩師自荆州訪我於鄖溪之上，出其所爲歌詩一巨軸。方予之躬事先壟，攬涕松下，而未能盡閲也。及兹北歸，道出白雪關，蒼山峭立左右，如連壁，溪流其下，聲不絶耳。行之凡三日，纍一百七十里乃盡，因得馬上盡觀瑩師之詩。得其佳句，則必回復而長吟，窈若么弦，[④]瞥若孤翻，遂與夫溪山之靈氣相扶摇乎雲霞縹緲之間，而亦不知履危石而涉寒淵之爲行役之勞也。浮屠師之善於詩，自唐以來，其遺篇之傳於世者班班可見。縛於其法，不能閎肆而演漾，故多幽獨衰病枯槁之辭。予嘗評其詩如平山遠水，而無豪放飛動之意。若瑩師則不然，語雄氣逸，而致思深處往往似杜紫微，絶不類浮屠師之所爲者。少之時，蘇子美嘗稱之，欲挽致於歐陽永叔以發其名，而瑩辭不肯往，遂南游湖湘間。今已老矣，其詩比舊愈遒愈健，窮之而不頓，使子美而在，則其嘆服之又

① 【謝案】陽，文淵閣本作“揚”。
② 【張注】邊鋒，各本作“夷狄”。
③ 【張注】荒徼，方本作“夷狄”，夏本、潘本作“四陲”。
④ 【謝案】么，文淵閣本作“幺”，當從之。

何如也?

瑩字道温，錢塘人，嘗居西湖之菩提寺，今退老於荆州之金鑾。荆州無佳山水，又鮮有知之者，安得携之以歸吴，俾日吟哦於湖山之間，豈不遂其所樂哉!

送方元中序

聖人之教，明其性分而不强人以所不能。孔子之門，可謂多賢矣，而皆不得爲孔子。迺有七十人者，又有十人者。十人之賢，又别之以德行、言語、政事、文學，則知聖人之道大且周，而能并容，成就之而不能遺也。故顔淵之性仁，教之充其仁而足矣；仲由之性義，教之充其義而足矣；子貢之性智，教之充其智而足矣。《中庸》所謂“以人治人，改而止”者，其此之謂乎? 然而顔淵雖性於仁，不得孔子之道正之，則將失而爲柔懦而不治者矣。仲由，雖性於義，不得孔子之道正之，則將失而爲暴悍而自用者矣。子貢，雖性於智，不得孔子之道正之，則將失而爲誇譎而不制者矣。故又曰：好仁不好學，其蔽也愚；好勇不好學，其蔽也亂；好智不好學，其蔽也蕩。譬之爲器者，丹則磨之，角則醳之，金則冶之，埴則旊之，物雖不相同，各期於成器而已矣。今元中頎然有壯氣，喜游於賢傑間，既舉進士，黜於有司，乃曰：“吾聞東南有佳山水，世之皦厲奇跱污世而不市者多游焉。[①] 疑其有賢老先生伏其間，其可以師友之，剔去邪雜而充吾之不足者，謂之如何? ”予聞之而喜，且觀其論甚高，而行意甚壯，而以元中之資性近乎有義者，故舉是説以贈之。如果能踐予説，則異日元中將廓然，偉然其爲能義人也必矣。

---

① 【張注】奇跱污世而不市，各本“跱污”作“特於”，又“市”作“污”，案：作“特於”是。

送連君錫分司歸安陸序

連公分司之歸安陸，予有以謂之賢也，蓋賢夫世之有歸者焉。世之有老且病，目眊而耳塞，至不能落筆署字者，則有歸焉。貪懦不治，或落勢苟避以脱者，則有歸焉。家厚禄庳，得不足以補失者，則有歸焉。猶靳靳不忍一決，以至於老且死，因抵罪而後罷去者，豈連公有是哉？連公年六十，齒髮利完，非以老且病也。處官廉，與僚友上下如季孟，無絲毫可怪者，非以爲貪懦不治也。家甚貧，官爲外郎，尊夫人春秋高，無可歸之勢，非以家厚而禄庳也。而直以厭苦世俗，不能較聲利於蹄囓之間，欲遺其繮勒而馳出乎轍迹之外。用是而歸，得非爲賢乎哉！應山之下，有田一廛，繞廬樹桑，足以爲衣。引泉種稻，足以爲食。霜乾而林可樵，水落而魚可餌。親戚故老，歲時相還往，野蔌山肴，白酒相對，放懷乎煙霞之表，亦足以致樂乎！連公之歸淮陽，[①]士大夫皆嗟嘆其去，競爲之詩，以耀其行。况予與連公爲鄉里之丈人，且嘗同治官於此，固所以知公之爲賢也。而豈獨予與淮陽之士大夫以爲之賢，將四方之群公聞之，亦必曰荆楚之間有以賢而歸者，安陸之連公也。

朝賢送陳職方詩序

康定元年，尚書外郎陳君以殿中丞出貳福州，於時朝中群公故人，咸作詩以美之。陳君家於興化，而福爲鄰州，又親侍太夫人以行，故其詩皆樂道其孝養而張以爲榮事。陳君既之官，且侈群公之有是言也，刻之石，凡七十二篇，令樞密直學士蔡公爲之序。[②]後二年，陳公移守潮州，誤用詔書，[③]謫官海陵。已，又丁太夫人憂。至和初，迺上書自訟，始得以職方員外郎佐淮陽幕。由康定距於今凡十七年，而職未嘗一遷

① 【謝案】陽，文淵閣本作“揚”，下同。
② 【謝案】令，文淵閣本作“今”。
③ 【謝案】文淵閣本“誤”上有“坐”字，當從之。

焉。因閱前之群公詩，[①] 則蛟翱虎躍，盡爲偉人。坐廟堂佐天子，[②] 以鎚爐天下者十一二；腰金魚，列玉陛，以文章議論者十三四。功名姓字，明耀光白，若披星圖而數二十八宿，何其盛哉！陳君以謂己雖窮而群公之奮勵如此，是亦足以爲己榮者矣。則又掇其著者二十篇，再斲石刻之，其官次悉用其舊，而以新秩高下焉，存其本而大其顯也。然陳君以十七年間官始例進爲郎，昔爲郡刺史，今顧居諸侯幕下。齒益高，髮蒼然向白矣，惟其心豈特分爲殪蟄仆朽，然不復有望於飛榮者哉！當其東歸時，群公既能以詩稱美之，今老且齟齬，又得不有哀之者邪？集高齋之逸韻，增黄堂之故事，宿承貺授本，[③] 辱命冠篇，絶《大雅》“穆如”之章，[④] 慚末學斐然之纍。寶光乙卯季冬二十八日序。按：序中陳職方以康定元年出貳福州，後二年移守潮州，所謂康定元年者，仁宗朝之庚辰也，後二年者，仁宗之慶曆二年壬午也。而序末乃云“寶光己卯季冬”，夫仁宗無寶光年號，其爲寶元之誤無疑。但寶元元年爲康定元年之前一年，職方之赴官在後，而作序反在前，是必有誤云。況有“至和初”云云，序内明言由康定距於今凡十七年云，其題寶元誤無疑矣。

---

① 【張注】因閱前之群公詩，各本作“而前者贈詩之群公”。

② 【謝案】廟，文淵閣本作“明”。

③ 【張注】授本，夏本、潘本無“授”字，各本“授”下有“一”字，當補入。

④ 【謝案】絶，文淵閣本作“綴”。

卷十五

記

修宜城縣木渠記

木渠，襄沔舊記所謂木里溝者也。出於中廬之西山，擁鄢水，走東南四十五里，徑宜城之東北而入於沔。後漢王寵守南郡，復鑿蠻水與之合，[①]於是溉田六千餘頃，[②]遂無饑歲。至曹魏時，夷王梅敷弟兄於其地聚民萬餘家，據而食之，謂之柤中，故當時號柤中爲天下膏腴。吴將朱然嘗兩提精兵争其地，[③]不得。其後渠益廢，老農輟耒而不得耕。治平二年，泗州朱君爲宜城令。[④]治邑之明年，按渠之故道欲再鑿之，曰："此令事也，安敢不力？"[⑤]即募民治之。凡渠之漸及之家，悉出以授功，[⑥]投鍤奮杵，[⑦]呼躍而從之，惟恐不及。公家無束薪斗粟之廢，[⑧]不三月而數百歲已壞之迹俄而復完矣。其功蓋起於靈堤之北，築巨堰障渠而東行。蠻、鄢二水循循而并來，南貫于長渠，東徹清泥間，[⑨]附渠之

① 【張注】蠻水，嘉慶《湖北通志·金石》、光緒《襄陽府志·金石》均無"蠻"字。
② 【張注】餘頃，《通志》無"餘"字。
③ 【張注】精兵，《通志》無"精"字。
④ 【張注】泗州，夏本、潘本、《通志》、《襄陽志》"州"作"川"。
⑤ 【張注】安敢，《通志》《襄陽志》"敢"作"得"。
⑥ 【張注】悉出以，《通志》《襄陽志》"悉"作"皆"。
⑦ 【張注】奮杵，《通志》《襄陽志》無"奮"字。
⑧ 【張注】斗粟之廢，《通志》《襄陽志》"粟"作"米"，案："廢"似應作"費"。
⑨ 【張注】東徹清泥間，《通志》《襄陽志》"徹"作"澈"，"間"作"澗"。

兩涘，通舊陂四十九，渺然相屬如聯鑒。高畜下泄，[①]其所治田與王寵時數相若也。餘澤之所及，浸淫中廬、南漳二邑之遠。異時之耕者，窮力而耨之，不得槁苗則得稗穗，[②]今見其苕然嶷然皆秀而并實也。刈熟之日，困廥之容，[③]則委而爲露積。雖然，此猶未足以見惠也。至於歲大旱，赤地焚裂而如頳，則木渠之田猶豐年也。於是民始知朱君之惠爲深也。穫而食之，曰："此吾朱令之食我也。"以其餘發之於它邑，亦曰："此吾朱令之食汝也。"然而朱君之爲是邑纔逾歲而去，經始之作，其美利未盡發。如其來者繼緝之，[④]則地力可無遺，而襄沔之間厭食香稻矣，則將委籍而有不及斂者矣，[⑤]則將腐朽而燔燒之矣。夫如是，木渠之利詎可較邪？[⑥]

予既爲之作記，且將鑱之於石，則又欲條其事附於圖志王寵之下，[⑦]庶乎其後世復有修木渠之利者，於此又可考也已。朱君名紘，字某，嘉祐中登進士第。

江寧縣思賢堂記

自太祖皇帝得天下，命曹冀王以舟師取江南，拔其都以爲江寧府，當時之富貴繁華隨而磨滅乎荒壟斷塹之間。然其左江右山，龍虎蟠踞，猶有故都之氣象。故東南爲會府，江南以東諸郡皆屬焉。朝廷選用刺史，常以宿德老儒、俊乂之臣以鎮，故其施設條教，皆有美迹以見於時。及其既去，則遺風餘烈猶灑然在人耳目。樵子耕夫、里巷之老或能稱道之，好事者又圖其像藏之於家。濮陽吴仲庶以龍圖閣直學士來奠是

① 【張注】高畜，《通志》《襄陽志》"畜"作"蓄"。
② 【張注】槁苗，《通志》《襄陽志》"槁"作"稿"。
③ 【張注】困廥之容，《通志》《襄陽志》"之"作"莫"，案："莫"字是。
④ 【張注】繼緝，夏本、潘本、《通志》、《襄陽志》作"善繼"。
⑤ 【張注】委籍，《襄陽志》"籍"作"積"。
⑥ 【張注】詎可，《通志》《襄陽志》"詎"作"尚"。
⑦ 【張注】又欲，《襄陽志》無"欲"字。

邦，一之日吏畏，二之日民懷，事無鉅細，從容辦於尊酒笑談之間。遂能於閑暇時搜訪前人爲治之遺迹，恐其零落而不復傳，紆然思以表襮之，因得民間所藏畫像，自給事中賈公而下凡二十有二人，命善工悉圖於翠光亭，而易其榜曰“思賢堂”，卬卬如大圭，振振如白鷺，纓冠束帶，渺然有愛君澤民之意，登是堂者，則必想像乎其爲人，遂從而知向之治行得失之效，以襲以革，與時而弛張之，則庶乎於此亦可以謀政矣。以仲庶之才懿美，守金陵固足以爲良刺史，而猶惓惓愛慕昔賢之不已，且以告來者，兹非樂善之君子哉？仲庶嘗爲御史諫官，數更藩府，朝廷益知其能，不久當去，此則郡人又將圖其像以綴其次。異時來者思仲庶，猶今日之思衆賢也無疑。熙寧二年三月鄭某記。

黄州重建門記

治平二年，予佩荆州印，浮舟跨長江而南，道出於黄，往見刺史陳侯。入其南門，傍扶下支，① 隤然其將顛，引鞚疾驅，而後過之。予意陳侯甚有才而敏於爲政，是將緝之矣，② 而不以告也。明年春，果有書來：“新作州門，幸遺我數十百字以識之。”奚予之料之必耶？蓋陳侯之爲治，有所緩急而先後之，必有獲於黄人。環境之内，皆若家視而人撫之，庭下肅然，遂至於無事。乃始爲之檢察内外之隳仆，③ 而募工斂財，④ 稍繕治之。由是壞者徹，⑤ 完者立，賓有館，燕有亭，粟得新廩，馬得新厩，遂作州門，盡易其腐朽而一掃之。其隅言言，其楹業業，赫然甚壯，黄人改觀焉。然而作者之意，其特以郡邑之尊雄而誇大之耶？而以關鑰啓閉之爲嚴固耶？是亦有意於爲刺史者耶？蓋夫刺史之

① 【張注】傍扶，光緒《黄州府志》作“榜扶”，案：乃形近之譌。

② 【張注】緝之，《黄州志》“緝”作“葺”。

③ 【張注】“而人”至“隳仆”，《通志》《黄州志》“而人”以下脱“撫之”二字，又缺“庭下肅然”至“内外之隳仆”凡四句，案：當是二志有脱文。

④ 【張注】斂財，《黄州志》“財”作“貲”。

⑤ 【張注】壞者徹，《黄州志》“徹”作“撤”。

治，其美惡必繇此而出焉。坐乎黄堂之上，操方尺之紙，挾筆而裁之，作爲符約，以令乎民，民莫不環起繳繞而奔走之。其出也甚美，則黄人厭相告而喜焉；[①]其出也甚惡，則黄人休然相顧而病焉。[②]其甚美與甚惡在乎人，而何所纍於斯？以其寓之而出也，必有表焉者耳。故曰：兩觀灾，魯侯有不職焉。若陳侯者，猶有歉然者邪？予知陳侯者也，嘗恨其所處未能窮其材，[③]如得其大且衆者而治之，則固若强弩之發，振機未絶，而其所當者忽以破壞矣，然後以爲得意。今老於尚書郎，而於窮淮之南，治一奕棋地，其蹂躪民事，顧不易爲力哉？况若門者耶？謦欬之餘，可以立辦矣。《春秋》之説，動於衆者必書，新作南門者，譏不時也，則陳侯之作，起於九月霜降之後，而訖於十一月大雪之初，斯其於時得矣，可美不可譏。於是爲文以遺之。治平三年十一月十七日，右司諫、知荆南軍府事安陸鄭某記。[④]

養生記

茅山隱君子示予以《攝生圖》并書數軸，閱之纍日，其摩按偃屈、熊蹲鳥躍之形，與夫鼓漱呼納存思左日右月龍虎之氣，及采煉金石、草木、雄黄、丹砂、芝术之訣，莫不備焉。考其要歸，則本於順天地四時、寒燠晦明之節。黜其思慮，不妄起居，飲食以時，無暴喜怒，無大哀樂，以畜其氣，以持其神。春夏之時，縱衣解髮，旦作而步趨，以助乎蕃毓；秋冬之時，早卧宴起，避寒趨温，以固守閉藏。此雖雜於《黄帝書》，而亦頗與《禮》之《月令》者合。又其言曰："天地之運、日月之明、山川之高深而能亘乎無窮而無仆壞者，非夫渾淪之氣寒暑晝夜升

① 【張注】黄人厭相告，各本及《黄州志》"厭"作"欣然"，當從之。
② 【張注】休然，潘本"休"作"怒"，夏本、《黄州志》作"愁"，案：作"愁"是。而病，各本及《黄州志》"病"作"憂"。
③ 【張注】未能，《黄州志》"能"作"得"。
④ 【張注】鄭某，《黄州志》"某"作"獬"。

降上下有休息而然邪？至於鳥獸魚蟲之類，處乎陽則動振鳴呼，出而走飛，暑甚則擇乎深林茂樹之栖，凉泉深淵之游；處乎陰則或引而潛伏，不相孕字以全其真，以順天地四時寒燠晦明之節，惟其飲啄之適，固無有計慮營畫之撓其心，故得終其天年而長肥息焉。惟機阱網罟、彈射鶩縛之所中害，[①]而未嘗有以疾病而死者。至於馬牛服役於人，爲之羈縶，爲之鑿燒，爲之鞭叱，蹄而涉者，無險易，無遠邇，一不得有肆焉，則天下之馬牛病且死者嘗多焉。”予以是益知天地四時寒燠晦明之節，而信其生之可攝也。然予之汩於世務者，[②]繇幼及壯，夜誦而晝書，考評古人之是非得失，歷世之治亂，間爲辭章辨説，動纍編簡。又爲吏來修辭檄、理獄訟，校民之利害，盗賊、甲兵、庫庾、粟帛之務日連屬於其懷，加之素疏愚，醉酒飲食，哀哭歌樂之過，奔走衝薄風露之苦，所以撓其生者萬塗而出。故世之好生者，兹皆一切棄絶之。以謂一蚊蠅之動猶將害其養也，乃遠逃於山巖林壑絶迹之境，以致其術焉，則予安得從事於此書哉！

雖然，予方盡心於子思《中庸》之説，務誠其意以通於物，意誠則神定，神定則慮精，而物可以通也。則是書也，庶乎其亦有以佐吾浩然之氣者乎？若夫按摩鼓漱采煉後云金石之術，[③]則予未之達也。既歸其圖與書，因録其要者而記其後云。

福源觀大殿記

玉仙，女真也，蓋炎帝時人，爲神仙之術，能飛煉九丹，躡凌雲氣。嘗居於仙都山，山在大海之南，高麗之域。山有玉仙峰，峰有玉仙溪，因其所居，遂號爲玉仙。而洛陽之東南山亦爲玉仙山，而溪爲玉仙溪，其上有玉仙祠，豈爲神靈之别都耶？道士陳景顒始作玉仙

---

① 【謝案】鶩，文淵閣本作“縶”，當從之。
② 【謝案】汩，文淵閣本作“泊”，誤。
③ 【張注】後云，各本作“服食”，當從之。【謝案】文淵閣本無此二字，疑底本衍。

祠於都城之南，前作方池，取玉仙溪水而貯之，於其東別爲大殿，塑玉仙像及靈官侍衛，左右嚴列，肅如也，都人皆往祠焉。嘉祐六年夏，予疾甚，家人禱。[①]逾秋，疾良已，始謁於祠下，與陳君蔭緑藤而坐，[②]出書一卷曰："此《玉仙傳》也，我方圖爲殿而君適至，其遺我以文。"予諾之。其《傳》不著撰者名氏，而蜀道士杜光庭編集之。《傳》又言：玉仙，武陽人，少時欲嫁之不可，乃乘舟浮大溟，爲風所引，至於仙都山。黄帝時嘗巡於海上，築壇而請見之。光庭博於道家之學，其言必有所出，而於予無所考。然則玉仙，古仙人也，莊生所謂吸風飲露、御飛龍游者邪？其威靈福應蓋有感動於世者，故世人共祠之而不厭也。然陳君初來此，獨處於荒莽空野之間，無尺柱寸瓦爲之資，人笑之，以爲張空説，必不能有所成就，而陳君不悔也。丐取收拾凡三十年，於是祠成。又作真君殿及道院、齋館、庖房，廥畜之室皆具，其南闢爲花圃，植雜花數千株，則向之腐壞污塹、狐鼠之徑，俄而爲飛亭曲閣、修林翠竹之美觀也。都人之來游者，恍然相顧，不知物境從何而來者也，豈天地變怪之忽有之邪？蓋世之人惟見其成，而不知陳君經營之勞而持之堅也。故有爲於世者未必盡爲材，材者未必能有所立，惟其强力能久、固執而不懈者，乃克有立焉。予既有所祈而嘉陳君之用心，由是作記以遺之。

安州重修學記

慶曆初，仁宗皇帝欲以人文陶一世，乃下書俾郡邑立學。藩守之臣震慄犇走，以經以度，罔敢不虔。督工伐材，斲之削之，其聲肱肱，[③]繇京師而薄四海，於是天下蓋多學矣。而安陸瀕大湖之北，去

① 【張注】家人禱，夏本"禱"下有"焉"字。

② 【張注】緑藤，夏本"緑"作"緣"。

③ 【張注】肱肱，各本及光緒《德安府志》、道光《安陸縣志》作"呟呟"。【謝案】斲，文淵閣本作"斵"。

京師才千里而遠，當時守臣獨恬安而不立學，長老先生抱經而嘆息，里巷之童不聞弦誦之聲，邦人耻焉。於後六年，得秘閣校理孫君甫且將作之，下隨漢之材，匠者執繩以待奮。未及程功而孫君去，環梁桀棟，[①]散而爲粟廩、馬厩、吏胥之舍，不復有遺札矣。[②]嘉祐初，司農少卿魏君琰慨然圖之，[③]乃於州域之南門外東偏作夫子殿及東西二堂、八齋室。安陸之民始通然相與環聚而觀之，[④]而喜我邦之有學也，而猶未睹教育之盛。及職方郎中張君先始集諸生鼓篋而升堂，講明六經之奥。今虞部郎中司馬君旦又絶壕爲梁，通朔望廳入於學，徹其舊講堂而新之，挾以兩廊，門之右爲藏書之室，其左爲泉穀之府，庖厨沐浴皆具焉，凡增七十五楹。昕鼓作，先生登坐，[⑤]抗首而談經，學者侁侁恂恂，相與揖讓乎丈席之間，發疑解難虚來而實歸，安陸之學於此而大備。夫庠序之不修，長民者之過也。既修而不能教，鄉先生之過也。教而不能入，學者之過也。上焉者有以道之，下焉者有以從之，日劘月煉，至於有所成就，則高才軼足於是轢群豪而出焉。遂而進之天子，小用之則小利，大用之則大利，以其所學措之於事業而施澤乎當世，則吾刺史之功豈不博哉？[⑥]某里人也，嘗得告南歸，謁諸生於學，顧不能倡率諸生，朝夕從事於其間，而猶得爲文托名於巨石之末，竊有喜焉。蓋學之成在仁宗下書之後二十六年，歷四刺史，乃克大備，其難也如此。來者幸無以廢之爲易，則吾鄉之學雖與郥溪、夢澤并存可也。熙寧元年七月十五日記。

① 【張注】環梁，方本、潘本“環”作“瓌”，案：“瓌”字是。
② 【張注】遺札，《德安志》《安陸志》“札”作“材”。
③ 【張注】魏君琰，《德安志》《安陸志》“琰”作“炎”，廟諱改字也。
④ 【張注】通然，方本、潘本“通”作“懽”，夏本及府縣志作“欣”，均可通。【謝案】文淵閣本作“適”。
⑤ 【張注】登坐，方本、潘本、《德安志》、《安陸志》“坐”作“座”。
⑥ 【張注】博哉，《德安志》《安陸志》“博”作“溥”。

三司續磨勘司題名記

題名舊有記，龕於西壁，天禧己未歲，彭城錢易始爲之。自贊善大夫劉式而降，訖於太常丞，直集賢院馮京，合六十有八人，石盡不復録。嘉祐壬寅九月，安陸鄭某再斵石，刻其名代，[①]以補於後。

賦

圓丘象天賦圓丘就陽，上憲天體[②]

禮大必簡，丘圓自然，蓋推尊於上帝，遂擬象於高天。必在國南，播宏基之高厚；[③]用符陽體，取大運之周旋。王者揆禮之文，爲民之唱，[④]修明大禘，導迎景貺，有祭焉格神於下，有祀焉享帝於上。謂丘也，其形特異，我所以貴其自成；蓋天也，其體亦圓，我所以法之相尚。爾乃旋仲冬之序，迎至日之長，掃以除地，升而詔王。是必肇靈壤以高峙，模圓清而上當。擇吉土之成基，乃定其位；倣高穹之大體，以就乎陽。由是懽然神意交，穆然天貺授。偏群靈以從之祀，嚴太祖以爲之侑。焕爾盛容，配乎大就。成非人力，聳寶勢以下蟠；仰合乾儀，環太虚而高覆。然則禮有物也，其制可象；天無形也，其端可求。故我相法於厚地，取類於重丘。崇崇其高，隱若積土之固；浩浩其大，渾如洪覆之周。是故有稿秸以藉誠，有陶匏以薦禮。大裘焉以彰其贊，[⑤]蒼璧焉以象其體。固異周朝授政，築層級之三成；漢祀命郊，兆重階之八

① 【謝案】代，文淵閣本作“氏”。

② 【謝案】圓，文淵閣本作“圜”，題後另有“爲韻，案：此首從《宋文鑑》中補入”。

③ 【張注】播宏基，《宋文鑑》“播”作“蟠”。

④ 【張注】爲民之唱，潘本、《宋文鑑》“唱”作“倡”。

⑤ 【張注】彰其贊，《宋文鑑》“贊”作“質”。

陛。是則事至神者，物無以稱其德；接至高者，丘所以表其虔。與地居上，如天轉圜。[①]對方澤之成形，乃殊其象；規大儀之冥運，自貴其全。聖人所以明禮大原，建邦茂憲，兆其成迹，符於至健。夫然，因天事天，得先民之至論。[②]

勵志賦

慶曆、皇祐間，予兩黜於廷下，躓而不得收者將十年矣。問仍苦疾，一病更寒暑，[③]血氣耗薾，顔癯而髮疏目花，翳然其已衰矣。因竊自感悼，平居時，學古人事業，口誦心記，俯讀仰思，根其得失存亡之原，蓋亦勤矣，而揆之古人，尚有以愧之。即遂病已，於此則何異一草木螻蟻之偃仆哉！得非天之將有警於余乎？夫天地變動，日月之陵蝕，[④]五行之眚沴，鳥獸魚蟲之孽，皆所以告戒人君而爲之恐懼也。則布衣之士既窮且病，獨不爲上天之警與？安知吾不得之於桑榆之下哉？猶懼其懈也。因作賦以自誨，曰："嗟予之愧於古人兮，增翹翹而自惻。驁馳景以幾時兮，猥憂病之來蝕。因倚伏之相轍兮，未始根乎倪極。立端以静俟兮，尚有涉岐而中惑。力進蹈於往修兮，豈一跌而乃晝！孔不容於隘世兮，孟見傷於讒國。彼皆豪聖兮，卒窮老而無得。幸予齒之完利兮，載以燠而以煕。嘗剽名於薦書兮，非棄放於當時。天既厚予之生兮，或以顛而復馳。雖葅醴之品兮，尚可登宗廟之祠。豈生之至然兮，[⑤]靳吾道而獨私。前闢一塗兮，不可逆窺。哲人優處兮，隘者厄悲。惟伏誦之無忘兮，願蚤暮以自思。"

---

① 【張注】轉圜，《宋文鑑》"圜"作"圓"。

② 【張注】至論，各本"論"下有"焉"字。

③ 【張注】一病，夏本作"病一"。【謝案】問，文淵閣本作"間"，當從之。

④ 【謝案】陵，文淵閣本作"凌"。

⑤ 【張注】生之至然，各本作"予之有生"。

登山臨水送將歸賦以題中四字爲韻

安定梁天機歸苛嵐，[①] 予同汪正夫作此賦以送之。

登秋山之翠微，滄寒水兮晚煙霏。鬱予懷之不開，送游子兮從此歸。馬躑躅以顧影，風蕭寥而滿衣。來已遲兮屢更約，去太速兮復相違。獨群峯兮顧予留，不如滄波兮與歸塵而并飛。嗟子之去兮何所止，鶩晋陽兮行故里。朝升太行兮短草埋雪，暮絶清芬兮白沙浸水。[②] 堂有親兮髮如鷺，入門拜慶兮方宴喜。紫穗繁兮葡萄熟，玉乳肥兮酥酪美。人間之樂兮，無以樂於此。方予之失朋兮，獨怊悵而傷心。又自痛夫艱棘兮，泪溢下而沾衣襟。駕羸驂兮出郭，傷落照兮登臨。俯游魚兮戲舊浦，仰啼鳥兮安故林。兹殊類之不相失撇，有慕乎飛沉。山將暝兮望欲絶，水轉遠兮意逾深。惟車轍之印路，隱紅塵兮不可尋。倚蒼崖兮如待，遶寒汀兮獨吟。予願跨白鱗兮，俾子之乘丹鳳。頓汗漫之修翮兮，縱青冥之飛鞚。寤不聞於笑言兮，寐無求於見夢。奚有煩於賦言兮，酌别酒而相送。

劍池賦

皇祐初元秋九月，予解帆豐城，迹寳劍之遺事，得故穴焉。夫神物靈，不能自用也。當其幽壤潜伏，其氣激烈，乃上燭於天，是必思有以奮於世者焉。遇匪其人，昵而見佩，雖濯之以紫淵，礲之以碣石，奸血不濡，豈劍之意哉！於是晋室晻晻，豺狼滿朝，老龍彌首，[③] 蟠於一匣，寂寞雄鋩，終以飛去。烏乎，其可悲也！予以謂至精神變，雖亡而

① 【張注】苛嵐，案："苛" 應作 "岢"。

② 【謝案】芬，文淵閣本作 "汾"。

③ 【張注】彌首，夏本、潘本 "彌" 作 "弭"，案：《儀禮・士喪禮》注 "巫掌招彌以除疾病"，《釋文》"彌" 本作 "弭"。

存，疑其尚潛於天地間，顧未躍珌而再出爾。不然，則周鼎不薦於漢廟，荆璧不傳於秦璽，孰謂斯劍之不伸於浮者哉！[①]因賦云："弛予橈兮晨泊岸，晴沙兮少息。歸頹城之遺封，摻劍池之故迹。若臼若缶，窳然黝黑。靈光邈兮，注雄心而增惻。昔之老龍蟠伏，金背鱗蝕，屈不伸角，疲已見骨。憤污壤之久蟄兮，氣貫斗以横蜚。覬雄斷於當世兮，倒乾坤於一麾。有微先識，奕然肆爥。兆精英之軼發，策兹地之所屬。剖幽植以中辟，駢雄鋌而下伏。玉浪無聲，從匣涌出。虹氣兮見紫，天光兮漏碧。横西山以載磨兮，照澄瀾而動色。始期我知兮，終泯焉而莫伸。匪横而佩兮，[②]蓄蒼地之修鱗。逷不當稿街兮，梟立朝之大憝。進不在兩觀兮，血外戚之奸臣。掩連環以怊悵兮，寄風雨而長鳴。彼司馬之奮策，刃加頸以猶疑。天子青衣兮磨牙鬉鬐，公蔓其禍兮其將尤誰？怒鬛奮兮躍雲濤而去之。嗚呼！至化揉變，邈無遺音，倏然而徠，曷闚以尋？吾謂夫棄於晋，去於晋，而將復試於今者與？"

小松賦

北風號空，大雪飛注。長林高木兮，或亦爲之摧仆。雖鴻鵠之健飛兮，翅粘冰而不度。獨寒松蓊然兮，鬱蒼崖而自固。若周公之排禍亂兮，何獨立而不懼？又如比干之事紂兮，直犯雷霆之震怒。若楸梧與楩楠兮，媚風煙而自附。何今日之梗莽兮，窮本心而盡露。蓋夫粹美之氣，蓄乎此山。白玉如肪，赤金如丹。美璞良礦兮，磊砢璀璨於其間。合二寶之精剛兮，又生此松於山巔。故高節之特立，宜殺氣之不可干。嘗見美於仲尼，謂不凋於歲寒。猶稱伯夷與叔齊兮，遂與賢人而并傳。斲蒼雲移植兮，[③]回佳玩於前軒。辭丹林之煙霧兮，濯玉井之波瀾。

① 【張注】不伸於浮，各本"浮"作"世"，宜從之。
② 【張注】匪横，各本"横"作"璜"，宜從之。
③ 【張注】蒼雲移植，各本"雲"下有"以"字，當從之。

茁然翠鬣，三尺琅玕。若蒼虬之飛來兮，戲靈珠而不肯蟠。顧得地以托根兮，尚繁枝之未大。當老霜之搏物兮，固勁氣之逾邁。雖鳳羽之未成兮，蓋已異山鷄之文采。對秋桂於高蟾，友靈桃於碧海。疏修幹以凌雲，終孤心之無改。

卷十六

論

左氏論

世之説者以左氏爲丘明，親受經於孔子而作《傳》。自司馬遷、劉歆、班固莫不以爲然，豈漢之諸儒見《論語》有左丘明遂謂之左氏乎？以與孔子同時，則又以爲受經而作《傳》。以予考之，蓋《左氏》者，與《公羊》《穀梁》相先後而俱出乎秦漢之世，何用明其然耶？質之孔子之經而知之也。嘗試用聖人之意而問於子：“孔子之作《春秋》必據乎國史。史之有缺文斷義，疑誤而不可考者，則將在書之乎？削之乎？”則必曰：“將在削之云耳。”嘗以左氏之意而問於子：“經之有書‘夏五郭公’者，是爲何辭？”則必曰：“左氏無説，此乃秦火之後，文久而有缺失也。”又問：“子其書辛卯君氏卒，甲戌已丑陳侯鮑卒者，如之何？”則必曰：“左氏之解以君氏爲聲子也。不言其姓，以公故也。其説陳侯之卒有二日者，以再赴也。陳侯疾病而國亂，故再赴也。”然則其説爲何如？是則左氏爲妄解矣。豈有夫人之卒，孔子輒改去其姓而謂之君氏乎？豈有一國之君薨而臣子不詳其實而再赴乎？然則所書亦必如“夏五郭公”者，容其有缺失也。是君氏者必爲誤，甲戌之下必當書某事而亡其文也。[1]此則左氏獨見秦火之遺文，而未嘗見孔子完經，完

---

① 【張注】書某事，夏本“事”作“氏”。

經尚不可及見，安在其爲丘明而親見孔子受經而作《傳》者乎？左氏如見完經，則必不爲是解。公羊、穀梁亦承其缺文而强爲之辭。吾用此乃知《左氏》與《公羊》《穀梁》相先後而出乎秦漢之世矣。吾之怪夫《春秋》之經至簡而其疑缺者已多；《左氏》至繁而反完備，豈獨經遭秦火而傳不焚耶？秦書之不焚者蓋鮮，以此又益知其出於秦漢之世也明矣。或曰孔子作《春秋》必本古史。史者，《春秋》所以出也。孔子既没，學者以經文簡，無古史則不足以見《春秋》之迹，故嘗存古史以備《春秋》，本不以解經也。及其後世則學者又旁取列國雜記、卜筮鬼譎之説而益附之，[①] 亦頗爲之解經，以其史本出於左氏，故總題爲《左氏》云，其説亦通。然而要之不爲丘明親見孔子受經者，則决無疑矣。公羊氏則曰名高，子夏弟子，蓋周人也。又曰爲漢初人也。穀梁氏則曰名赤，亦子夏弟子，周人也。又曰名俶，秦孝公時人也。則左氏者何用獨知其爲丘明也耶？

用古論

古亦治天下，今亦治天下，古之民耳目口鼻、飢渴飲食類今民也，類則其心亦無以異也，何古之能常治而今不能哉？是今不用古也。今或言古有堯、舜、禹、湯、文、武、周公之法可用者，則必起而咻笑之，是未睹古之可用也。

敢問之：雍熙、祥符間去今未遠也，如以今日之治漸革而可以至雍熙、祥符間耶？人必曰可。又以雍熙、祥符間之治少進之，可漸而至貞觀間耶？人亦必曰可。又以貞觀之治醇之以禮樂，可漸而至周公、文、武、禹、湯、堯、舜之治耶？人亦必曰可。是今日之治獨能至雍熙、祥符間，而何不可至周公、文、武、禹、湯、堯、舜之治？其遺於經者，[②] 皆可考據，非有奇秘之策、甚難行之事，邈然使後世不可及者也，其所

① 【張注】鬼譎，案："鬼" 似應作 "詭"。
② 【謝案】遺，文淵閣本作 "缺"。

治亦皆務便民而已。今舉天下之大憂，不曰天下賦財之蹶乏，[①]盜賊横而不制，[②]禮樂弛而政教缺，賢不肖之淆雜，無大此數節者矣。《堯典》至簡，一事至數句，至於命羲和，凡百五十餘言，趨天時、務民耕，最所重也，其末乃咨鯀以治水。舜亦曰："棄，黎民阻飢，汝播時百穀。"是豈古之不憂天下賦財之蹶乏耶？[③]舜命咎陶曰："蠻夷猾夏，寇賊姦宄，汝作士。"又命禹曰："有苗不共，汝往徂征。"是豈古之不憂夷狄暴横而不制耶？[④]五品不遜，契爲司徒；典朕三禮，伯夷作秩宗；八音克諧，夔以典樂，是豈古之不憂禮樂弛而政教缺耶？堯咨四岳，舜五載一巡狩，三考黜陟幽明，《皋陶謨》九德，[⑤]是豈古之不憂賢不肖之淆雜耶？若是者，正與今所大憂者合，奚古之不可用也？[⑥]推堯、舜而上，以至黄帝、神農、伏羲之世，今以爲太古荒闊之教，然見於易者，所務亦非有奇秘之策、甚難行之事，使後世之不可及者也。在伏羲則曰作書契，爲網罟；在神農則曰爲耒耜，通貨財；在黄帝則曰垂衣裳。至於刳木爲舟楫，服牛乘馬，斷木爲杵臼，爲宫室、弧矢、棺槨，兹皆太古之務，亦在便民而已。至於有巢氏之層巢、[⑦]燧人氏之鑽火，亦不出乎便民也。

故自伏羲而來，唐、虞、夏、商、周之法，今皆行於世而失其迹也。世俗止見世之不治，則以爲無古法，遂謂之不可用古。古法未嘗弊也，其所以弊者乃其迹之變也。或以謂古有井田，今亡井田；[⑧]古有封建，今亡封建；古有肉刑，今亡肉刑，不可謂之有古法。曰：兹所謂迹之變也。井田弊而爲阡陌，封建弊而爲郡縣，肉刑弊而爲笞箠。如無古

① 【張注】賦財，夏本作"財賦"。
② 【謝案】盜賊，文淵閣本作"夷狄"。
③ 【謝案】蹶，文淵閣本作"缺"。
④ 【張注】夷狄，各本作"盜賊"。
⑤ 【張注】皋陶謨，夏本"謨"下有"陳"字。
⑥ 【張注】不可用也，夏本"也"作"耶"。
⑦ 【張注】層巢，潘本"層"作"橧"，案：作"橧"是，下同。
⑧ 【張注】今亡，夏本"亡"作"無"，下同，案：《書·洛誥》"咸秩無文"，《漢書·翟方進傳》作"咸秩亡文"。

法，則今天下當不鑿田，不建官吏，不繩之以刑獄，是三者皆具於世，何爲而無古法？其不治者，乃其迹之弊也。善救弊者，惟原其古聖人所以求治之意，不必襲其迹期，至於治而後已。及至已至，[①] 則亦堯、舜、禹、湯、文、武、周公之治也，何爲而古之不可用耶？烏乎！一爲層巢，天下即歸之，號有巢氏；一爲改火，天下即歸之，號燧人氏；一爲網罟，天下即歸之，號伏羲氏；一爲耒耜，天下即歸之，號神農氏；一服軒冕，天下即歸之，號軒轅氏。利於民者，民歸之。惟以一器一物而天下遂從而君之，况能兼用堯、舜、禹、湯、文、武、周公之成法乎？則歸天下之民無頃耳。古之未有法，聖人開創之以爲難；[②] 今聖人已試之，法皆完具精白，惟其探取而行之耳。奚其古之不可用也耶？

禮法論[③]

孔子作《春秋》，常事不書，變禮則書，明聖人之典禮，中國世守之，不可以有變也。甚矣，浮屠氏之變中國也。浮屠，夷禮也。古者建辟雍，立太學，以育賢士，天子時而幸之，躬養三老五更，習大射，講六經，用以風動天下之風教。而今之浮屠之廟，蘿蔓天下，或給之土田屋廬，以豢養其徒。天子又親臨之，致恭乎土木之偶。此則變吾之辟雍、太學之禮而爲夷矣。古者宗廟有制，唐虞五廟，商周七廟。至漢乃有原廟，行幸郡國及園陵皆有廟，漢之於禮已侈矣。而今之祖宗神御，或寓之浮屠之便室，虧損威德，非所以致肅恭尊事之意也，此則變吾之宗廟之禮而爲夷矣。古者日蝕、星變、水旱之眚，則素服避正殿，減膳撤樂，責躬以答天戒。而今之有一灾一異，或用浮屠之法，集其徒螺鼓呶噪而禳之，此則變吾祈禳之禮而爲夷矣。古者宫室之節，上公以

① 【張注】及至，甘校謂“至”當作“其”。已至，夏本“至”作“治”。

② 【謝案】底本脱“則歸天下之民無頃耳，古之未有法，聖人開創之以爲難”。據文淵閣本補。

③ 【謝案】底本無此篇，據文淵閣本補。

九，侯伯以七，子男以五，惟天子有加焉。五門六寢，城高七雉，宫方千二百步。而今之浮屠之居，包山林，跨阡陌，無有裁限，穹桀鮮巧，窮民精髓，侈大過於天子之宫殿數十百倍。此則變吾之宫室之禮而爲夷矣。古者爲之衣冠，以莊其瞻視，以節其步趨，禁奇衺之服，不使眩俗。而今之浮屠髡首不冠，其衣詭異，方袍長裾，不襟不帶，此則變吾之衣冠之禮而爲夷矣。自有天地，則有夫婦，則有父子，則有君臣。男主外，女主内，父慈子孝，天子當扆，群臣北面而朝事之。而今浮屠不婚不娶，棄父母之養，見君上未嘗致拜，此則變吾之夫婦、父子、君臣之禮而爲夷矣。古者喪葬有紀，復奠祖薦虞祥之祭，皆爲之酒醴牢牲、籩豆鼎篚獻薦之具。而今之舉天下凡爲喪葬，一歸之浮屠氏，不飯其徒，不誦其書，舉天下詬笑之，以爲不孝，狃習成俗，沈酣潰爛，透骨髓，入膏肓，不可曉告，此則變吾之喪葬之禮而爲夷矣。

故自古聖人之典禮皆爲之淪陷，幾何其不盡歸之夷乎！使孔子而在，記今之變禮者，將操簡濡筆擇書之不暇。而天下方恬然不爲之怪，朝廷未嘗爲之禁令，而端使之攻穿壞敗。今或四夷之人有扣弦而嚮邊者，則朝廷必擇帥遣兵以防捍之。見一邊寇，一獠民，必擒捽之、束縛之，而加誅絶焉。彼之來，小不過利吾之囊篋、囷窖、牛羊，大不過利吾之城郭、土地而已。而浮屠之徒遍滿天下，朝廷且未嘗擒捽束縛而加誅焉，反曲卷跪跽而尊事之。彼之所利，乃欲滅絶吾中國聖人之禮法，其爲禍豈不大於扣弦而嚮邊者耶？豈莊子所謂盜鉤金者誅，盜國者爲諸侯者耶？夫勝火者水也，勝夷狄者中國也。中國所以勝者，以有典禮也。宜朝廷敕聰博辯學之士，删定禮法，一斥去浮屠之夷而明著吾聖人之制，布之天下。上自朝廷，下至士大夫，俾遵行之。禮行，而中國勝矣；中國勝，則爲浮屠氏之説又何從而變哉？

舉士論

孔子曰："三人行必有我師。"以三人之寡，而猶足有賢者而可師，夫三人尚爾，[①]乎爲一邑者哉？[②]言偃爲武城宰，孔子曰："汝得人焉耳乎？"[③]武城小邑也，孔子責其賢。一邑尚爾，[④]况爲一國者哉？魏文侯得卜子夏、田子方、段干木而師之，得魏成子、樂羊、李克、屈侯鮒而臣之，遂爲顯諸侯。夫爲一國尚爾，况爲天下者乎？故雖堯、舜、禹、湯、文、武、周公之爲天下，其聖智聰明已不可企及，然其吐哺輟沐、圖見賢士，乃甚於危迫之世，若朝夕遂亡其天下者得非其任天下雖重，[⑤]必得賢士而共舉之，則其沛然有餘力矣。

今天下之廣，非若三人之寡，一邑之小，諸侯之國也，而尊賢聘士之禮，則簡缺不聞，間或有詔書，具文而已。近之守臣亦頗薦山林之處士，而朝廷忽然如飄風之歷耳。[⑥]或重違大臣之請，則其高者乃得一助教，次之予數十帛，下之寢不報矣，此豈致賢之意乎？彼且將包蓄閉結，幅其股而疾去之，漫浪乎曠山荒野之間，伏草莽而不出矣。今夫一舉進士、經生，其賜第者動千餘人。間有窮老及被兵寇者，悉推之恩澤，又數百千人。大禮之後，公卿之子弟親戚、臺省之吏胥與夫貴人之奴隸亦數千人。大較五歲所得補官者，無慮千人者。[⑦]盡以爲才能而當補之乎？苟欲例官之也。數千人之衆，則以例官之，一山林之處士，則稱銖量黍而差進之，乃不得齒吏胥奴隸之末。顧得一助教，次之予數十帛，[⑧]下之寢不報，何其棄薄如此耶？今之助教，至爲賤不數也。富民之輸錢，則命之；醫藥之工出入權貴之門者，則命之。遂而使處士與之同稱，[⑨]則孰不反唇而詬笑之？[⑩]是朝廷以富民、醫藥之工待天下賢士

① 【謝案】底本脱"夫三人尚爾"。據文淵閣本補。
② 【張注】乎爲一邑，案：各本"乎"作"况"，當從之。
③ 【謝案】耳，文淵閣本作"爾"。
④ 【謝案】文淵閣本"一"上有"夫"字。
⑤ 【謝案】底本脱"若朝夕遂亡其天下者"。據文淵閣本本補。
⑥ 【謝案】然，文淵閣本作"焉"。
⑦ 【張注】無慮千人者，案：各本"千人者"作"數千人"，當從之。
⑧ 【謝案】予，文淵閣本作"與"。
⑨ 【張注】遂而，夏本作"而遂"，甘校謂"而"字疑衍。
⑩ 【謝案】詬，文淵閣本作"嘆"。

者也。彼且受之而未嘗辭，處之而自若也。彼其以道自任，故卑之爲助教又何辱？尊之爲宰相又何榮？然而不足爲處士之辱，而適足爲國家之辱，於有道之士又何輕重乎哉？夫國家以數千之衆尚例使之從政，豈惜一幕官不爲處士地乎？

唐之聘處士至以拾遺、著作郎，今易以一幕官，蓋亦隘矣。而靳靳焉不是爲也。或者以處士盜虚名而不果知其實用，宜若不可開其漸。夫致一士，所以致天下之士，以一處士盜名，遂廢天下士，可乎？昔周公所執贄而見者十人，還贄而見者三十人，貌執之士百有餘人，欲言而請畢士者千有餘人，於是僅得三人焉。周公之所得者止於三人，然而三人非獨出於十人、三十人，乃出乎百人千人之間也。如周公不能致千人，則是遺百人者矣。不能致百人，則是遺三十人者矣。不能致三十人，則是遺其十人者矣。是三人者又曷從而出哉？又烏足遂定天下哉？今進一處士而棄薄之，則將何以致千人而取三人者乎？惟其將有致焉，則宜少厚之而已矣。

伯夷論

特立之士，有大功於聖之教，桀然喬於百世之上者，后世皆得而公傳焉。司馬氏作《史記》序七十列傳，非公其傳者歟？而以伯夷首之。善乎，司馬氏之爲史矣！伯夷、叔齊力於仁義，有激於當世，輔聖人之教，得其深者也，爲之傳首，豈謬哉？孤竹君欲以立其子叔齊，[①]叔齊讓於兄伯夷，伯夷曰："父命也。"卒不受，遂更相讓而俱逃之。及武王順天下，號義兵以伐紂，天下無賢不肖皆曰武王是爲，恐恐然恐武之不勝。獨伯夷排天下之義，非之曰："父死不葬，謀及干戈，非孝也。以臣伐君，非仁也。"武王不聽，遂取商。天下既已宗周，伯夷耻不食其粟，乃餓死。嗚呼！一國之君，民之所奉亦已尊矣，而伯夷不敢

① 【張注】欲以立，甘校謂"以"字疑衍。

廢父之命，甘於遁去，天下之讓孰加焉？武王既興，聖賢皆爲之助，亦足以樹勛矣，而伯夷不敢廢君之分而甘於餓死，天下之仁孰加焉？讓齊之心，非爲齊也，而爲萬世之爲國者焉；諫君之心，非爲武也，而爲萬世之爲臣者焉。故後世之爲國者，子奪於父，弟奪於兄，交挺白刃以争繼立者，必宿慄挫縮，不敢耀芒角，以其有伯夷之讓然也；后世之爲臣者，幸君之亂，以肆奸謀，紾君臂而欲其位者，必靦污驚爆不敢出氣，以其有伯夷之仁然也。是仁讓者，[①]得不謂有大功於聖人之教者歟？如天之覆，健然其高也；如日月之昭，烈然其明也。而萬百千世，愈高愈明，義風洗然，照人毛髮，使争子賊臣畏服之。如是，顧其功可較也。

昔堯既公天下以讓舜，而夫子首之於《書》；吴太伯讓於季歷，而遷亦首之於《世家》；《春秋》之説，左氏者亦以隱公能讓而首之於《春秋》。雖然，堯，大聖也，則安敢以擬議？以太伯、隱公止於一讓，後世乃稱之爲至德、爲賢君，遂以首之於《春秋》，而况伯夷哉？雖欲不爲之傳首，其亦可得乎？噫！目之久瞀，忽開則大明；耳之久聵，忽震則大驚。當伯夷不生，天下孰知讓國之爲美歟？伯夷不死，天下孰知伐君之爲非歟？伯夷生死之節盡之矣。渾渾之俗，其不大明而大驚也哉！夫子嘗罕言仁，而於伯夷曰："求仁而得仁哉！"[②]孟子學夫子者也，[③]而稱之曰："伯夷，聖人之清。"又曰："聞伯夷之風，貪夫廉，懦夫有立志。"太公望，從武王伐紂而親爲之師者也，亦曰："義人也。"夫子謂之仁，孟子謂之清，太公謂之義，嗚呼，其爲人也果如何哉！

武備論

《萃》之象曰："澤上於地萃，君子以儲戎器，戒不虞。"萃，聚

① 【謝案】讓，文淵閣本作"節"。

② 【張注】得仁哉，各本無"哉"字，當從之。

③ 【張注】孟子學，案：各本"子"下有"願"字，當從之。

也。物聚而必有攻齧其間者，故畜兵以禦之。虞舜之命皋陶曰：“蠻夷猾夏，寇賊奸宄，汝作士師。”以虞舜之世，可謂治極矣。猶且懼蠻夷寇賊之獷吾民，是雖甚治之世，不可以不戒也。今通天下之地而守之，嘗備西北而不爲東南慮，豈西北之害大而東南無勁旅强兵環伺群集而然耶？夫蠻獠之變，窮閻猾夫之倉猝揭竿而起呼者，其警豈下於西北耶？而東南之郡縣，固亡深溝堅城之守，勁甲强弩之敵，士卒皆飢寒、脆弱、疾老，而未嘗識戈矛之倒正。雖屯禁兵，皆單客浮寄，無家室、墳墓、田疇之爲纍，聞譟聲則駭然而四走，彼何顧藉而爲之用命耶？迺者如王倫輩，一賊夫耳，驅聚數十民，跳踉於曠野荒澤之中，而郡縣之吏民恐懼奔避，鳥逝而獸伏。其尚能有爲者，則或具醇醪美肉，斂民之金帛以遺之，如孱國之恭事强諸侯，萬一冀其不爲暴害耳，尚何敢正睨賊輩乎？而朝廷乃責其棄城而繩之以法。不爲之具而責其守，豈其理耶？

凡事之未芽蘖，則朝廷恬安而不爲意，及其猖獗一發，乃遽起而爲之謀。事已則又解而散去，非所謂無恃彼之不來而恃我之有待者也。故往年儂智高寇嶺南，則爲之備嶺南；又聞其轉入蜀，則稍爲之備蜀；賊已逃去，則亦隨而隳罷，此豈爲持久計耶？陝西、河東、河北、緣邊之地及廣南之極徼，其樓櫓拒敵之固，蓄馬募士之方，旗甲弓楯之積，則或講聞之矣。至於江南、荆湖、京東西、兩蜀、淮浙間，則未嘗有及之者。其郡縣之郛邑，則或依荒籬、壞垣、溪谷、山石以爲之固。雖有城塹，類皆缺蝕之餘，草樹之堙塞、狐鼠之穿穴、車馬牛羊之踐轢，無丈尺之岨而樵兒、牧豎之可逾。其庫兵則皆塵久不治，弓弩弛而不可發，劍刀錮於室，甲胄聯屬，或隨擐而裂，一日有緩急，其尚能守而禦之耶？是雖有太公之謀、賁育之勇，不得有爲矣。宜嚴敕守臣，稍增葺之。城不可卒具，當完以歲月，[①]不過十餘年，則所在有堅城矣。課募匠工，使盡其巧計，其兵之多少而蓄之，則又不過數年，所在有利兵矣。擇長吏以守之，責鋭士以習之，雖有攻齧乎其間者，我有以待之

① 【張注】完以歲月，夏本“完”作“限”。

矣。或者謂朝廷方講治禮樂文章之具，而未暇爲城壘甲兵之謀，將損國體而驚動天下之耳目。嗚呼，兹俗儒之論，烏足識大《易》虞舜之所戒哉！

武侯論

武侯曷爲不能兼天下，曰：遭時然也。夫時者，雖聖與賢不可以違也。聖與賢知時之不可違，則亦因之以制變，兹武侯之不能兼天下也。武侯之得先主最晚，於時魏已遷許，孫氏已得吴，天下之勢判矣。故其説先主曰："今曹操擁百萬之衆，挾天子而令諸侯，此不可與争鋒。孫權據有江東，已歷三世，此可與爲援而不可圖也。若進取荆、益，内修政理，以俟天下之變，則霸業可成矣。"武侯之兆基發策，[①]已不能兼有天下者明矣。然猶區區矯勵川蜀脆陋之民，屢窺秦川者，非不知魏與吴之勢猶前日也，以不忘先主之顧托，不計其死生、險易，惟義之存，示不負漢於天下也。故又曰："先帝三顧臣於草廬之中，由是感激。今獎率三軍，北定中原，此臣所以報先帝之職分也。"於是蜀之土地廣狹不如魏，民力衆寡不如魏，才傑之多不如魏，曹公雖死，其遺臣老將尚存也。武侯一出漢中，張郃拒之而馬謖先敗；再出散關，曹真拒之，糧盡而還；又出斜谷，司馬宣王再拒之。武侯提孤兵以深入，宣王扼其喉而不戰，遺之巾幗。宣王之不戰，計得也。武侯之糧屈勢格，則將如之何？尚何責其將略非長歟？此終不能兼有天下者又已明矣。

夫以蜀不能取魏，猶魏不能取蜀，勢然也。故雖聖與賢，不可以違者時也。湯不遭桀，不能取夏；武王不遭紂，不能取商，武侯安能獨兼天下乎？然則以武侯之才治民治兵，足以兼天下，然其卒不能者，[②]所遭之時然也哉！

① 【張注】兆基，甘校謂"兆"當作"肇"。
② 【謝案】卒，文淵閣本作"遂"。

卷十七

論

治具論

爲治之具，有化有教，有政有刑。如一氣之變，萬物隨之，以生以死，而不見其巧者，化也；民生之愚，不能自反，徐而牽之於善者，教也；開其利害，判其曲直，一歸之於繩墨者，政也；猾强不制，乃爲之斧鑿，爲之鞭笞，以刻轢酷楚其肌膚支體者，刑也。是四者，天下之民所以仰而爲治也。是古之堯、舜、禹、湯、文、武、周公之所盡心也。今夫朝廷之出一令、建一事，天下嘈然，聚議其得失，而又逆知其後日之行與不，是不可謂之能化也。天下之民朝而出作，暮而入息，莽如山林之鳥獸草木，一不知其飢飽、肥瘠、寒煥，是不可謂之能教也。强者鬥，智者欺，天下之猾亂狙詐者百出，是不可謂之能政也。惟其斧鑿之用，鞭笞之罰，具於律令者，吏習誦而從事焉，又未能盡心也。郡縣之吏，旦而坐高堂之上，民之鬥擊、盗賊、欺誣、殺人者，日集於庭，或誅或竄，或笞遣之，其能辨白黑，敢椎擊束縛胥輩者，已出露頭角，號爲能吏矣。至於怯軟貪冗、老昏而病疲者，則又有所不能焉，當免而笞，當竄而誅，重輕之權或移於子弟、猾吏、豪民之手，善民瘖瘂而無所訴。用刑之失猶如此，又豈暇議政教之美乎？

夫天下之所寄者，内則宰相也，外則郡縣長吏也。宰相佐天子講治於内，而郡縣長吏奉行治於外，使天下靡靡而入於善，是宰相與郡縣長吏之職也。今長吏之臨治以如是，是天下之無化與教與政而獨有刑，且未能盡心焉。宜朝廷之思所以化之、教之、政之、刑之之本原，[①]擇賢長吏而俾致於民焉，爲治之術，亦可謂有具矣。

責任論

古之擇人也才，其任之也專，其持之也久，故稱治焉。此可爲士而不可爲大夫，此可爲大夫而不可爲卿、爲公，一眂其能否上下而概充之。昔者舜以伯禹能平水土，故爲司空；以棄能植百穀，故爲后稷；以皋陶能平刑，故爲士；益能通山澤，故爲虞；伯夷能禮，故典禮；夔能樂，故典樂。終舜之世，未嘗有二事。乃不曰："伯夷禹，[②]汝復爲稷，播百穀；棄，汝復爲虞，順予草木鳥獸；伯夷復典樂，以教胄子。"如此紛紛之更爲也。武王牧野之戰，講兵行師，則曰太公望其人也，周公不與焉。天下既已定，周坐明堂起制度，[③]則曰周公其人也，太公望不與焉。周公雖聖人，至於用兵之精深，[④]固周公有不如。周公且有不如，况衆人也耶？今求其爲師、爲司空，有如周公伯禹者耶？求其爲稷、爲士師、爲秩宗、爲樂，有如契、后稷、皋陶、伯益、伯夷、夔者耶？周公、伯禹爲大聖人，無有也。契、后稷、皋陶、伯益、夷、夔爲大賢人，亦無有也。大聖賢人不出世，[⑤]固不可求。然自朝廷文武之公卿及百執事，郡縣之廉察牧守下至一命黄綬之吏，不知幾百千萬人，而盡得其才不才之擇乎？至其爲大理者，果不可移之爲太常乎？爲吏部者，果不可移之爲禮部乎？爲筦庫簿書之小吏，果不可移之爲牧守公卿乎？又能畢其能而任之乎？固無有此也。用一中人之材，或連踐數賢人之職，

① 【張注】本原，各本"原"作"意"。
② 【張注】伯夷禹，甘校謂"夷"疑衍。
③ 【張注】周坐明堂，案：各本"周"作"乃"，當從之。
④ 【謝案】於用，文淵閣本作"與學"。
⑤ 【張注】出世，案：各本作"世出"，當從之。

未能領其綱紀文書，而已復遷去之，甚者纔三歲餘或期月而罷。惟較其資歷之深，不考其虚實之效，因循頹靡，一切爲苟且，是豈古任人之意耶？以周公之聖，不敢兼太公望之事；以稷、契、皋陶之賢，不敢兼伯夷、后夔之職，終其身而無二事。今無周、吕之才而使之盡周、吕之事，無稷、契、皋陶之智而使之一稷、契、皋陶之務，[①]又僕僕然亟遷也。欲其磨心出力以濟天下之務，難矣。夫統群才而進之者，天子也；佐天子而議當否者，宰相也。平其衡銖，纍而較之，此可爲士，不可爲大夫，此可爲大夫，不可爲卿、爲公。俾其才不才之用，任之以專，持之以久。專之而無擾也，久之而無易也。專之無擾，則名分定而職業修；久之無易，則思慮一而政事明。夫如是，是天下之治可由此而出矣。

備亂論

備天下之亂者，古今大勢可見已，[②]而未能有善備者也。始周之諸侯相會獵，[③]剖而爲六國，卒并於秦。[④]以諸侯之亡周也，乃爲之備諸侯，一剗其根蘖而郡縣之，遂令天下無一繩之維。[⑤]諸侯則不作，而其末乃有布衣之禍。故高祖不由尺土，暴起於風埃之中，五載而成帝業。漢以郡縣之亡秦也，則又爲之備郡縣，而又裂其土地以封。諸侯王盤踞過强，卒用不終。而布衣則不作，其末乃有外戚之禍。賊莽窺其隙，遂盗有漢璽。及光武之再開辟，以外戚之亡西京也，則又爲之備外戚，乃不復委重宰相而尊用臺閣，三公拱袂而守虚器。外戚則不作，而其末乃有閹竪之禍。積其殘暴酷烈而終之以董卓，天下遂睽而爲三。魏氏以閹

① 【張注】使之一，甘校謂"一"疑"兼"字之譌。
② 【張注】可見已，夏本、潘本"已"作"矣"。
③ 【張注】會獵，《宋文鑑》"會"作"禽"。
④ 【張注】并於秦，《宋文鑑》"秦"下疊一"秦"字。
⑤ 【張注】遂令天下，《宋文鑑》"令"作"至"。

竪之亡漢也，則又爲之備閹竪，痛埽刈之，一歸其房闥之役。閹竪則不作，而其末乃有强臣之禍。故司馬父子襲據大柄，更四世而禪其國。晋氏以强臣之亡魏也，則又爲之備强臣，而培埴其宗族，[①]雖愚兒、懦子皆付以大國。强臣則不作，而其末乃有宗室之禍。朝而爲帝，暮而爲囚，[②]五胡乘之，遂荒中國。瀰漫横流，以至於唐，太宗乃頗究覽失得而爲之大備焉。及其末也，則又有藩鎮之禍。梁、唐、晋、漢、周，皆以藩鎮而更爲帝。

夫歷世之亂，考其所以備之者，不爲不至。窒一穴，穿一穴，何禍亂之不息也？蓋未嘗取天下之公制，而獨以己之私者備之耳。成湯、周武以諸侯得天下，而商周未嘗輒廢諸侯，豈非用天下之公制者邪？惟其公也，故後世之長久。繇秦而來，獨汲汲備其私者，又矯之過。嗚呼，不得聖人之法而備之，[③]奚有不速弊者邪！

漢封論

漢封之失，不在高祖而在文帝。何以言之？高祖初起擾攘之中，於時天下惟習知有六國之弊，而不知周公五百里之封，故其王侯崛起，各擅一國，包山跨河，無復疆畛。臧荼得燕，魏豹得魏，韓王得韓，諸田得齊，趙歇、張耳得趙，韓信、英布得楚，更貪互奪，惟恐土地之不廣、甲兵之不雄。高祖知其勢之不可削也，亦欲無盡乎英雄之用，乃手裂而盡付之。故其追項羽於固陵，期諸侯不至，用留侯計，捐睢陽以北至穀城以予彭越，捐陳以東傅之海以予韓信，乃能致二人，而遂克羽。當此之時，高祖豈暇議周公五百里之封哉？及其已平，則宗室子弟，類皆稚孺，頎然老壯，餘楚代耳，且恐後世一日有隙漏，則非强大諸侯無以鎮壓之，故又封其同姓各數十城，盤踞天下十分之七。其後吕氏果欲

① 【張注】培埴，夏本、《宋文鑑》"埴"作"植"。
② 【張注】爲囚，《宋文鑑》"囚"下有"虜"字。
③ 【張注】聖人，《宋文鑑》無"人"字。

爲亂，而天下堅重，卒不可揺，此高祖因用天下之勢而爲之封，庸何有失哉？然高祖非不知其未有弊也。以存漢之計大而諸侯之禍未即發也。故其封吴王濞，召而相之曰："若有反相，天下一家，慎勿反。"然而高祖竟封之，此其爲慮可見矣。韓彭輩既已誅夷，吕氏又滅，則變而通之，豈不在文帝乎？於時賈誼欲裂其國以分封子弟，俾之久而可傳，且拉其脊而折之，文帝竟不能用，拱手而成七國之禍，由此盤石遂毻矣。①使賈誼之策行，則雖有王莽，何由爲盜哉？夫惟高祖善用其勢，惟賈誼善識其變，然而不能遂救者，文帝也。漢封之失，不在高祖而在文帝，孰謂不然哉？

五勝論

五勝之説，出於三代之衰乎？始於商周建正而用子丑，説者由此而推之，以周木德、商水德。引而上之，則舜爲土，堯爲火，帝嚳爲木，顓頊爲水，少昊爲金，黄帝爲土，炎帝爲火，太昊爲木。至於正朔，亦或不同。又曰周火德，秦水德，漢土德，從其所勝，與前復大逆。鄒忌、賈誼、劉向皆持其説。子曰"行夏之時"，蓋斥商、周建正之非也。《書》言堯、舜、禹爲詳，而未嘗言改正朔。《詩》《春秋》言周爲備，而未嘗言五勝。以董仲舒之博學，猶曰舜改正朔、易服色，其餘盡循堯道。不知仲舒從何而得之，豈其未見古書而出於讖緯乎？班固又叙帝世，言周遷其樂，故《易》之《繫辭》有所不言，尤爲謬戾。

漢諸侯王論

鼂錯爲漢削諸侯、尊王室，遂覆其宗，忠矣，語智則未也。幸而漢勝之，借吴楚得天下，其禍於漢也，可勝言哉！揚雄以愚，論者不究

① 【張注】盤石，甘校謂"盤"疑"磐"字之譌。

其成敗，多譏雄者，故著云漢諸侯王類多覆溢，大者以畔誅，小者以奸亡，釁迹而發。然漢未嘗爲擇賢師友，以剀切誨導成就之也。吴楚既滅，創艾繩削，内外相伺，立爲仇賊，過若毛釐，[①] 發爲山丘，此谷永所以痛切，中山所以增欷也。至其惡積禍至，則皆嘆息，悔恨其前之不得爲善，思有以洗心革行，亡由也。故厲王之遷，乃曰："吾以驕不聞過，故至此。"梁王亡，亦曰：傅相不以仁義教臣也。是可哀也。觀諸王之所爲，桀紂不甚於此，然而無令其獨被惡名，宜責漢之不爲置賢傅相以誨導之云耳。

兩漢論

西漢之亡也，天下咨嗟涕泣而思之，其雄豪而起者，莫不争趨爲劉氏。光武因之，遂再有天下，東漢之亡也，民皆解散而背去之，鳥駭土委，爲袁氏、爲曹氏、爲孫氏，劉備僅能竄伏於蠻蜀，[②] 以一彈丸地自障，力蹶不能争漢土，卒亡焉。二漢之亡，一起一廢，其故何哉？亦質乎民而已矣。

請言之：西漢之初，高祖入關，除秦苛法，如提民於沸湯燎爐之中，濯之以清冷之泉，於時天下蓋已識漢矣。至於文、景、昭、宣，用仁恩以結天下，迺去肉刑，定箠令，减口賦，三十而税一，假民田，賜民爵，女子牛酒，老者絮帛，孤獨鰥寡皆有振給。四方有一水旱，一灾異，則又爲賦池籞，發倉廪，除民租，下詔遣使以循撫之。其所以哺乳涵養之意，德澤逾於三代。雖元、成之間，權綱狃爲奸倖，而亦未嘗有虐政殘民也。故其亡也，天下咨嗟涕泣而思之，光武所以能一呼而集天命。至於東漢則不然，惟光武、顯、肅三世爲治，和帝之後，政奪母氏，閹竪遂盛。二家之親戚、賓客、黨類布滿郡國，其府第、園池之誇侈，歌童、舞兒、車服之玩、權貴之貨賂，一金之費，皆剽奪於民。豺

① 【張注】毛釐，夏本"毛"作"毫"。

② 【張注】劉備，各本作"先主"。

狼相付于，[1]積百餘年，其所以刻剥斲喪之酷，則又逾於桀紂。民將挾矛操矢而攻之，又何思之有？故其亡也，天下皆解散而背去之，此其不復能再興也。一起一廢，庸非在於民乎？

故君者，所以爲養也；民者，所以爲報也。養之深則報之厚，養之淺則報之薄。凡自三代而來，其國之亡，有久有速者，皆以其養之深淺、報之厚薄常相符焉。養之深報之厚，則其存天下也必久；養之淺報之薄，則其亡天下也必速。漢民之報於漢，歷四百年，至其殘極而後去之，其所以爲之報之者亦已盡矣。

《傳》曰："木之將顛，本實先撥。"西漢之亡，本猶在也，故再有天下。東漢之亡，本已撥矣，故暌而爲三國。然不務深養其民而責民之報厚且久，乃自書契而來未之聞也。

説

天　説

柳子厚作《天説》，謂天之元氣陰陽壞則人由之生，譬之果蓏、癰痔、草木之敗逆而蟲生焉。功者自功，禍者自禍，是天與人絶不相預焉。烏乎，亦怪辯矣哉！劉禹錫又作《天論》，繁枝葉而扶其説，是二子者困廢於時，謂天不相其道，故云耳。俾二子而充其欲，必不有是言。夫天之可以形得者，惟其行日月、羅星辰、蒸風雲、躍雷雨，陽燠而生植，陰寒而斂殺者耳。至其漠然不可窺其隙者，是必有命於其人者焉。堯舜之際，以聖禪聖，可謂燦然矣。而堯曰："天之歷數在汝躬，汝終陟元后。"舜亦以命禹。湯武以德，桀紂以賊，用至仁伐至不

① 【謝案】于，文淵閣本作"予"。

仁，亦可以無疑矣。而湯曰：“有夏多罪，天命殛之。”武王曰：“商罪貫盈，天命誅之。”[①]孔子伐於宋，孟子讒於魯，聖賢出非其時，宜乎爲困矣！而孔子曰：“天生德於予，桓魋其如予何？”孟子曰：“使予之不遇魯侯者，天也。”此豈聖人造托於天以詐世乎？蓋亦有教存乎其中矣。[②]

强桀之臣，欲負力而覬非望者，苟能自反之，必懼曰：“蓋亦有天之歷數云耳。”昏慢之君，將肆欲乎天下，苟能自反之，必戒曰：“天儻或命有德者代予云耳。”趨進之士，皇皇而無所合，苟能自反之，必安曰：“予之不遇，乃天處之云耳。”然而其命之者，不可以有窺也。其道至大以簡，非如君上之有爵賞刑罰也，非如父兄師友之撫憐而告語之也。今欲以一痛疾、一呻呼而覬天之渠渠然仁且哀之；既不爲動，遂舉謂天不與人相預。設天果能聽之，則天下之人號呶狂走，將挾其長短曲直以辯訟於天，則天之擾擾固多事矣。其將竭蹶奔趨、應對之不暇，尚何有高遠而不測者邪？

孔子曰：“道之將行也歟，命也。道之不行也歟，命也。”由周公而上，聖賢得其用者，蓋亦天云耳；由孔子而下，聖賢不得其用者，蓋亦天云耳。是聖賢之進退，迺不在天歟？故君子者勉而學問，修而忠信，履天下之正道，居幽屈而不疚，以待夫天命者焉。《易》曰：“樂天知命，故不憂。”又曰：“居易以俟命。”然則不修而務信天者，非也；修而務不信天者，亦非也。修之者，在我也；貴之、賤之，在天也。不修而務信天則怠，修而務不信天則妄。怠與妄，君子不由也。今二子外其天事而一推之人，則達者必矜其才智，厲其吻齒，力排而前，曰：“在人而已，天何預我哉！”其窮者又將不忍其悁憤，變易其操守，亦力排而前，曰：“在人而已，天何預我哉！”烏乎！以二子之博學，溺而爲詭文，[③]則信其説之駮而不免於世焉。孔子曰：“不怨天，不尤

① 【謝案】天，底本誤作“夫”，從文淵閣本改。

② 【張注】有教，夏本、潘本“教”作“數”，案：“數”字是。

③ 【謝案】詭，文淵閣本作“佊”。

人。”若二子者，其怨天者歟？其尤人者歟？

險　説

或問：“聖人尚險歟？”曰：“尚險。《易》有之：‘王公設險以守其國。’”或者曰：“此非險也，言機也，托云險耳。”曰：“天險不可升，天有機而不得。升乎地險，山川丘陵爲地之機乎？”或者曰：“險者，豈可設歟？”曰：“擇土建國，非設而何？”或者曰：“吴起有言‘在德不在險’，記者傳美之。”曰：“兹陋説也。文侯方磨牙，與群虎裂食天下，起激之云耳。”或者曰：“周公豈不大聖人歟？其營洛邑，曰‘使有德者易以昌，無德者易以亡’，顧爲非邪？”曰：“孰謂周公有是言乎？周公之營洛，以廣畿地而備制度耳，故兼豐鎬以爲千里。周公欲後世之易以亡，則七年渠渠，安用制作邪？制作所以繼後世也，周公不欲後世之速亡也明矣哉！”或者曰：“周公曷爲不都洛？”曰：“是所謂聖人尚險也。奚獨周公邪？古之爲天下者，皆推擇其雄山大川之形勝者而爲之國。故唐虞都蒲，或都平陽；夏都安邑，或在太原；商遷於汲，又遷相；文、武在豐鎬；秦漢固關中，據上游以制天下，兹聖賢之意已。故古之能兼天下者，常在中國。吴之亡也，而晋取之。陳之亡也，而隋取之。以劉裕之雄，入關破姚秦，卒敗而返，尺土不得收。古之爲國，略可較矣。或者曰：“然則險愈於德歟？”曰：“非是之謂也。德者行於己，險者外禦之耳。中材之君，有地有險，易以守也。今有人蓄百金之篋，置之通衢，曰‘吾有德以守之，安用室宇垣墻爲？’衆人且知其不可，百金之篋然耳。況爲天下者邪？”

震　説

天雨作，其聲肱肱然以遠聞者，[1]雷也。裂然疾而暴作者，震也。天之所以爲威也。物之幽伏頑處强悍而不能自達者，是肱肱然不足以鼓其間，於是裂然暴作而時一震之，天下之人起而慢然畏之，曰威也。然則非蚤暮習而日見之也，非漠然寂寥曠而無之也。日有之則玩焉，不足以爲畏也；無之則怠焉，不足以爲畏也。其與古之震天下者合歟？夫忞忞之政，潰潰之俗，其久瞶而久眊也，不裂其耳目而一震之則不肅。

唐堯之世，天下事有倦而不起者，舜作而震於崇山，震於三危，震於羽山，震於幽州。當舜之時，合震者四，天下慢然畏之，曰舜威也。紂之不道，諸侯肆行，文王作而震之，震於密，震於崇，震於昆夷。當文王之時，合震者三，天下慢然畏之，曰文王威也。孔子斥而季氏僭，魯有不震者焉？望之殺而恭顯進，漢有不震者焉。後之世不震者相躡矣，如欲作而震之，則莫如法舜與文王，使天下蹵然而改聽，矍然而改視，一開耳目之弊，然后主威尊而號令行。《易》曰："震來虩虩，笑言啞啞。"其舜與文王之謂歟？

虎　説

安陸故多虎，或躍而入郭里。民設阱以逐之，虎避去入山。民即山復爲阱，虎遂窮而遠遁，今亡虎矣。天之生物與人，迭爲盛衰。天下治平之久，生齒大繁，暴害天物，亡休息。異時漢溪多魚矣，不售則反棄諸河，今財充釜而已，是川澤不足以勝網罟；異時南山多薪矣，凡民得樵焉，今相鬥於叢薄間，是山林不足以勝斧斤；異時夢澤多稻矣，鄰里不相求，今持券而往，無所貸矣，是田疇不足以勝食。故古之聖人於物也，養之有道，取之有時，獺祭而魚梁入，隼擊而罻羅用，故物與人相資而不相竭。後世亡法，故物與人迭盛而迭衰。

---

① 【張注】肱肱，案：疑作"呟呟"，下同。

自唐末五代，兵滿四海，生靈苟活於白刃間，廬聚不見爨煙。是時山林川澤得以休息，而物大出爲暴，若海潮之溢。於是魚蟲鳥獸群行而奪民之居，虎豹厭食若人矣，是非盛衰相勝而有時哉？善持之者，不欲其有所勝而有所害。若安陸之虎，既窮而不得自托於山野，民既已勝矣，然亡使其復躍入郭，則甚善。

卷十八

解

四凶解

堯果不能去四凶乎？非不能也，以有舜也。堯之大憂在不得舜，既已得舜，則天下之事舉矣。善人者將自進，而惡人者將自誅，亦何必堯親去之也？於時堯老矣，已老且倦，則萬幾之大，必有窳而不啓者。[①]迺咨嗟衆臣，將求天下聖人而禪以天下之大位，以持其窳而不起者。乃得舜，既攝治，而四凶之惡適以暴發，由是一取而鋤去之。則四凶之去，固在舜不在堯，理然也。必責堯之不能去四凶，猶之責舜不堙水也。堯之不去四凶，以有舜也，惡之未肆也。而無舜則堯自去之矣。舜不堙水，以有禹也，如無禹則舜自堙之矣。故四凶之去，舜事也，能不能不在堯也。聖人初作，欲揭天下之大法，必有首誅焉，使天下慴然骨次而心蹩，則其鼓號令不須力而天下可服也。[②]周公相周，則以管、蔡爲首誅，而天下不爲周公服者，無有也。孔子作魯司寇，以少正卯爲首誅，而魯不爲孔子服者，無有也。則舜之於四凶，豈獨異周公、孔子哉！一誅惡而天下定聖人之機用深矣。故曰堯之大憂在不得舜，如得舜，則天下之事皆舉，善人者皆進而惡人者皆誅，安在乎堯親去之也？或曰："有説者謂堯不自誅之而俾舜誅者，堯權也。堯將禪舜，恐天下

① 【張注】不啓，甘校謂"啓"當作"起"。

② 【張注】其鼓，各本"其"作"旗"，當從之。

尚未服，故豢而遺諸舜誅之，用以威天下之未服者也。”曰：“奚有是耶？是逆詐於聖人也。使繼堯者有不能，則或遺之以樹威。今舜已能繼矣，又曷席此爲權耶？借堯已自誅四凶，舜乃即位，天下果有未服者，亦自能起而誅之矣。未服者誅，則天下亦自服舜矣。舜之攝治三十年，未聞有不服者也。説者果有是，是不以聖人期舜也。”

辯

黄叔度辯

黄叔度之器，汪汪若千頃波，[①]澄之不清，撓之不濁。信乎其廣且深乎，則水若倍千頃而集，漫然就圮矣，奚睹其所謂澄之不清、撓之不濁者耶？曰：“然則稱之曰山川之高深歟？日月之光明歟？天地之高厚歟？若是者則可以極叔度之器乎？”曰：“否。舉山川、日月、天地而爲之擬，則信美矣，然猶涉乎器也。必欲極其論，則曷若拂其器而處山川、日月、天地之外乎？”曰：“此何也？”曰：“此誠也，非器之謂也。誠也者，常虚而亡形，山川、日月、天地，器之極也。古之以器擬之者，蓋有之矣，而皆有形之極也，猶不若是之隘者焉。今稱叔度曰千頃之波，吾爲叔度羞之。”曰：“然則於叔度宜何言而後可也？”曰：“就林宗之論裁之，宜拂其所謂千頃者，止曰撓之不濁、澄之不清，豈不盡叔度之道耶？”

---

① 【張注】千頃波，夏本“波”作“陂”，下同。

雜　　著

讀　　史

酇侯入關，即收秦圖籍以輔高祖，[①]真王佐也。天下既平，懲秦之弊，用清净以安海内，後世言漢相者稱蕭、曹。學者多咎參因循不能格君於王，獨以强論格惠帝。是不然，此器有極也。蕭、曹之輔於漢，可謂亡遺力矣，而又責之以王，譬之責旒以斲玉，豈其任耶？如舉以周、召繩之，則三代以還，殆亡完人，學者奚不顧覽哉？

哀帝捐天下，元后屬莽以政，於時宗室年德，巉然在列矣。乃立平帝，年甫九歲，然則莽之簒心其芽於此乎？

自三代迄於秦漢，[②]世系年月不齊，故司馬遷錯綜今古以爲十表。班固因之，純用漢世，亦爲八篇。然其《古今人表》，吾不知其所作也。善惡謬戾，不足以傳信，又無與於漢事，固苟欲就其爲八篇，[③]然則削之可也。

高后不履外閫，横制天下，雖平、勃之知，縮栗不敢發，乘隙際機，迺用克定，其操術有足以爲憚者已。及其封植産、禄，盤據根穴，欲爲久固，而其亡益速。悲夫！私愛之溺人也。

禹既爲舜用，鑿地走水，燥九州之土，顔黧膚焦，足病盭，[④]過廬而不入，此豈一息之間忘天下哉！固不忍其赤子無罪而趨溺地，不若是，禍民之源不塞。聖人之得位，其急當世之心如此。孔子爲布衣，轍環天下而不遇，[⑤]既窮且老，乃贊《易》《春秋》，載其道於後世。苟能

① 【謝案】輔，文淵閣本作“業”。

② 【張注】自三代迄於秦漢，案：此條元與上條銜接，不别，乃寫官誤合。今據各本析之。

③ 【張注】固苟欲就，方本、潘本作“欲苟”。

④ 【張注】足病盭，夏本、潘本“足”上有“手”字。

⑤ 【謝案】環，文淵閣本作“磨”。

推而用之，使天下盡蒙其澤，是亦我之功，不必身見之也。聖人之不得位，其待後世之心如此。是聖人得不得，皆未嘗忘諸民。得則急當世，恐其治之不至也；不得則待後世，欲其道之可傳也。此非進退之際爲公者邪？進乎，進以禹之志；退乎，退以孔子之心，則庶乎學爲聖人者矣。

聖賢之人秉天下之公議，推仁恕以待物，故其樂道人之善，光華擬乎日月，機智通乎神明。措民治國，同迹乎伊尹、周公者，不爲過言也，公議而已。

桀、紂虐於民，湯、武起而誅之，至其易世，則桀、紂之惡亡餘矣；漢武鑱功四夷，天下耗竭，乃尊用賈豎，更皮弊，算緡錢，專鹽鐵，榷酒酤，立平準，税舟車，凡牟利之源，皆自武帝始遂，至於後世數百千載尚有以遵用之，則其遺毒餘虐乃愈於桀、紂。桀、紂之暴於民，吾見其止也；漢武之暴於民，吾未見其止也。

昔成王聞管、蔡流言而疑周公，上下相隙，《豳詩》所以隱憂也。昭帝年十四，上官飛書，用間霍光，而能辨其詐，卒以誅讒，而光得盡其忠；則其君臣之際，顯白交固，賢於成王遠矣。而光亡學術，使昭帝之治不如成周者，光之罪也。惜夫！

書《主父偃傳》

主父偃方困於齊梁間，故人親戚皆厭棄之，及爲齊相，乃以五百金謝之。曰："始我貧賤，昆弟不我衣食，賓客不我内門，今迎者乃至千里，與諸君絶矣，亡復入偃之室。"嗚呼！羶者，蟻之所聚也，羶盡則去。趨富貴，惡貧賤，此世俗之所同也，又奚獨以爲怪？偃既顯用，頗能移人主意，故其賓客亦千數，此豈盡慷慨服義，慕高風而來者也？富貴之所趨，貧賤之所棄，有以異乎哉？而偃且謝絶之者，豈得以平生所拂鬱，[①] 苟快其一時之志歟？何見乎往而未睹其來也！其後被誅，果無

①【張注】豈得以，甘校謂"得"字疑衍。

一人視，獨孔車收葬焉。悲夫！

書《文中子》後

王氏《中説》所載門人，多貞觀時知名卿相，而無一人能振師之道者，故議者往往致疑。其最所稱高弟曰程、仇、董、薛，考其行事，程元、仇璋、董常無所見，獨薛收在《唐史》有列傳，蹤迹甚爲明白。收以父道衡不得死於隋，不肯仕，聞唐高祖興，將應義舉，郡通守堯君素覺之，不得去。及君素東連王世充，遂挺身歸國，正在丁丑戊寅歲中。丁丑爲大業十三年，又爲義寧元年。戊寅爲武德元年，是年三月煬帝遇害於江都，蓋大業十四年也。而杜淹所作《文中子世家》云，十三年，江都難作。子有疾，召薛收，謂曰：吾夢顏回稱孔子歸休之命。乃寢疾而終，殊與收事不合，歲年亦不同，是爲大可疑者也。又稱李靖受《詩》，及問聖人之道，靖既云“丈夫當以功名取富貴，何至作章句儒”，恐必無此也。今《中説》之後載文中次子福畤所録云，杜淹爲御史大夫，與長孫太尉有隙。

予按：淹以貞觀二年卒，後二十一年高宗即位，長孫無忌始拜太尉，其不合於史如此。故或者疑爲阮逸所作，如所謂薛收《元經傳》亦非也。

書《賈誼傳》

屈平竄而死，誼詆之曰：“何必懷此都也？”又著《鵩賦》以自開。[①] 揚子雲亦曰：“何必湛身哉！”及誼傅梁懷王，王墮馬死，誼哭泣亦死。子雲迫於莽，投之閣，此又何也？士君子介窮屈憂急之際，果難自置與？惜誼死之不審所處也。至欲創制度、興禮樂，厝漢於三代，乃

① 【張注】自開，夏本“開”作“慨”。

曰色尚黄，數用五，則吾曷知於誼也哉？

讀《荀》《孟》

孟子之法先王，荀子之法後王，二子未爲偏論也。孟子之法先王，必法其是者而去其非是者；荀子之法後王，亦必法其是者而去其非是者。俱法其是，又何先後之異哉？據其時而言，則唐、虞、商、周俱欲其民之仁壽，俱欲其賢不肖之辨，是先王與後王俱可以爲法也。唐虞以禪，商周以兵；唐虞建官百，商周數倍之；唐虞以質，商周極其文。禮樂、正朔、器服、名數各不同，是先王後王又未可以爲法也。蓋孟子見當世之戕賊仁義，謂古之爲仁義者無出於堯舜，故其言必以堯舜爲法。荀子犄其論，特爲孟子而發也，迺有私意矣。必格以聖人，則無先王無後王，惟擇其是者取之云耳。孔子曰："行夏之時，乘商之輅，[①]服周之冕，樂則韶舞。"孔子之於正朔與樂則法先王，於輅冕則法後王。不用虞夏之輅冕，則亦不法先王；不用商周之時正朔與舞，則亦不法後王，又何先後之同乎？予以謂二子法雖不同，亦必俱法其是者也。因牽就之，使合於一，又折之以孔子之言，庸非通乎？

南子問

或問孔子，曰："子見南子，欲以行道，有諸？"孔子見南子，於聖人何害？而謂之欲以行道，則未之聞也。孟子曰："富貴不能淫，貧賤不能移，此之謂大丈夫。"况孔子乎？而一見南子何害，謂之欲以行道，則未之聞也。曰："然則子路何爲不説？"曰：子路以衛君與夫人俱爲不善，固若不可見者也，故不説。夫聖人者可行則行，可止即止。顔子曰："仰之彌高，鑽之彌堅，瞻之在前，忽焉在後。"宜子路之不

① 【張注】乘商，夏本"商"作"殷"，案：作"商"者，宋人避太祖父弘殷諱也。

説也。夫承天下之重者，莫若繼祖宗之社稷，宜不可授人，而堯、舜更相爲禪。正天下之大義者，莫若事君，宜不可以有伐，而湯武用兵。君者，不可以廢置也，而伊尹放太甲。君者，不可以假爲也，而周公攝王。此何也？聖人之作，可行即行，可止即止，又何害於堯、舜、湯、武、伊尹、周公哉？故公山弗擾與佛肸畔，俱召子，子欲往，曰："吾其爲于僞反東周乎？"又欲居九夷，又曰："乘桴浮於海。"聖人之道不容於中國，遂欲之夷狄乎？然而禪舜、禪禹、伐桀紂、放太甲、攝王，是亦聖人云耳。從公山弗擾與佛肸之夷狄，是亦聖人云耳。其心豈少有靡哉？《詩》不云乎？"左之左之，君子宜之。右之右之，君子有之。"然則爲聖人者則可，如欲學爲聖人則不可，昔者魯人有學柳下惠者，曰："柳下惠則可，吾固不可。"則孟子之不見諸侯，譏枉尺以直尋，豈非孟子爲孔子之魯人也與？

晏子問

或問：太史遷稱晏子曰："假令晏子而在，余雖爲之執鞭，所忻慕焉！"何遷之獨嘉晏子也？顧遷之所書俱不足忻慕之耶？曰：否，遷有激云耳。蓋晏子者，嘗解左驂贖越石父以歸，又薦其御者爲大夫。而遷之當武帝時，坐李陵事被刑，遂廢不用，是時朝廷之大臣無有一人如晏子者爲之振發之，故特憤之。曰："假令晏子而在，余雖爲之執鞭，所忻慕焉！"此非過言也，痛知己之難逢，雖異世而相慕，兹所以勤勤而爲之言也。遷之著書見志，不獨《晏傳》，至於序《伯夷叔齊》《屈原傳》，皆所以寄其悲焉耳。班固謂遷之自傷悼，猶巷伯之流，有是夫！

論丙吉問牛喘

丙吉不問鬥死而問喘牛，因牛欲知天時，説者謂吉知大體。人而鬥死，政教已可見，牛雖不喘，吉遂不知寒暑耶？借若時過，又欲以何術治之？魏相有言“憂不在匈奴而在殺人者”，予謂魏相乃真知大體矣。

記　畫

淮陽王監兵，有畫十餘軸，而吴生之天王最爲詭卓。絹已塵舊，其鬼神羽衛如隱見於濃煙黑霧間，不見其筆墨迹。自予之閲畫來，未嘗見也。次王維《白衣老跨黄犢》之一軸，亦奇也。立大石一軸，李成畫也。四幅海棠臨水旁，飛花零落，水上有二魚逐花者，尤有意思。又有水鴨紫莧三數軸，皆徐熙畫也，純淡墨。畫竹樹黄雀者，雖墨爲之，如具五彩云。僧貫休畫，皆能筆也，鈐轄夏宫苑愛玩之。以吴生之筆不可少髣髴，乃取王維之跨牛老、徐熙之水鴨紫莧，命畫工模之，後出以示予，雖神氣風力有不足者，然其骨格猶王維、徐熙之畫也，使畫工自爲之則不能。予觀之而嘆，以謂古之爲政者，可幾於爲畫乎？古亦有作之者，有因之者，若堯、舜、禹、湯、文、武、周公，作之者也。其國體治具、典章文物，精醇爛白，後世無加焉。

孔子曰：“行夏之時，乘殷之輅，服周之冕。”使孔子用於世，必改周公之制而自作之也。繇周公而下，莫如漢唐，猶不能自作之，乃模畫前世堯、舜、禹、湯、文、武、周公之餘迹而行，則其所施設者，尚得爲善治也哉！是猶今畫工之模寫前人之善本，而猶足爲能，使其自作之，則亦不爲拙工矣。[①] 始予讀韓退之《畫記》，愛其文尤工，謂如《禹貢》《周官》，然其言趙御史得國本而模之，則退之之意，無乃亦類於此乎？又足以起予，因題之爲記。

題石街

章子厚大誇石衖之奇，而予未之信也。及往觀之，然後知子厚之

---

① 【謝案】拙，文淵閣本作“謬”。

精於賞物。然石之發露者才其牙角，[①] 疑其藏伏於下者必益奇。聊用卒夫搜之，果得石門、石壁，上下屹屹，又非子厚之所稱道者。因欲窮治之，使至其根踞而後止。又將構亭於其上，會予易守東秦而不果也。孰能繼子之志，[②] 窮山而作亭，予當爲文以紀之，且以快予之夙懷也。

熙寧庚戌六月三日，翰林侍讀學士、户部郎中、知青州鄭某題。

悔　　戒

耳目之蔽，有所不及。動而爲悔，咎將誰執？事變之來，必求諸理。審之復之，有悖則止。勿爲愛奪，勿爲惡移。猶曰未獲，明者謨之。往者悔之，既已莫追。來事方殷，如何勿思？悔不可數，數斯害成。今不汝戒，汝則小人。

紀　　事

故事，命參知政事及樞密副使，宰相封詞頭送當制舍人草詞畢，復封送中書，遂出誥。治平四年九月二十五日，予當制，是夕，中使召入，對於內東門別殿，命草張方平、趙抃除參知政事、舊參吴奎出知青州三制，賜雙燭送歸舍人院。翌日，具狀進詞草，方降付中書出誥，於時二府無有知者。蓋上初攬大權，宰相不得預聞，故獨召舍人授旨撰詞。自本朝以來未有，乃自予始也。其後兩日，上面授以翰林學士。

劉丞相生辰辭并序[③]

靈粹之氣，湛酣磅礴乎乾坤之元，積鬱而后發。騰而上之，則燦而

① 【張注】才其牙角，潘本“其”作“具”。【謝案】當從夏本。

② 【謝案】子，文淵閣本作“予”，當從之。

③ 【張注】夏本、潘本“并序”二字均旁行小字書。

爲景星，霏而爲卿雲。融而下之，則潏而爲醴泉，霳而爲甘露，吁而爲薰風。動之則翔爲鳳，趨爲麟；植之則草爲芝，林爲桂。輝然而光，則爲渾金璞玉；琅然而聲，則爲黄鍾大吕。其寓於人，大則聖，次則賢。蘊爲籌謀，攄爲文章，皆其氣之所鍾歟？然氣之渾流於無間，如佐之以江山之怪麗，挾之以五行之清淑，衆美具并，則偉然廓然，所謂必有名於世者矣。豫章之域，廬陵屏其東，駛江沄沄，穹山盤盤，澒洞開闔，靈粹之氣所停蓄。當秋氣高，金德剛絜，霜肅風厲，與江山相透徹，如層冰積玉，倚疊乎雲霞之表。而靈粹之氣，繇是相與混合而一發之，則出於其間者，當如何也？今丞相集賢公得靈粹之氣，在豫章之域，當季秋九月十八日載誕之辰，故其聰明挺特，傑才魁德，爲聖天子相臣宜矣。於是日也，皇帝有晏賜公卿，更貺問。士大夫争前而拜壽者，車闐巷，馬塞門，冠衣相戛磨。而某也獨官於外，不得肩佳賓之次，以上千百壽，輒撰成祝壽辭一篇，謹遣詣黄閣之下。其辭曰：[1]石可裂，松可摧，不敢爲公壽也。三台主輔相，與天常存，願公之壽如其星兮。右提鉞，左佩印，不敢爲公富且貴也。皋夔作輔相，與舜同勛，願公富且貴如其人兮。

鄭氏世録

鄭氏世居秦，以財擅關中。五代末，高祖諱保雍，行賈於湖湘間。至安陸，樂其風土，遂去秦而居之。安陸人喜，以爲長者之來吾鄉邑也。有寓錢數百萬者，積十餘年，異日客過之，乃其子也。悉出錢予之，封題如故。客辭曰："先人歿已久，豈有錢留此也？"强之，固不受。公施之浮屠氏，以明不欺。聞者俱賢二人，以爲難也。公有三男子：長損之，軍事推官；次嶼，東頭供奉官；季某，不仕。推官少時，喜蒱博，與客戲，盡取其囊金，客遂大困，它日遇之，則丐者也。公惻

① 【張注】"靈粹"至"其辭曰"，夏本低三格，以下又頂行。

然大悔，立償其金，於是終身不爲戲，故鄭氏世以行義聞於荆楚間。供奉有才武，姿貌偉然，將兵秦隴間，以二十騎徑至敵中，奪其一障。推官有子敏中，既亡而絶。其季亦亡嗣。獨供奉二子：長建中，贈屯田員外郎；次亦亡。聞屯田舉進士，喜賓客，四方之來游者，傾所有以濟之。星曆、地理、陰陽、數術，無不通覽。供奉既没而卜葬，曰："吾其有後乎？"遂生侍郎。鄭氏自高祖以來，既以財顯，而俱好施里閭，故客有於今歲時祭於其家者，曰："無忘鄭氏也！"

卷十九

祝　文

華州西嶽等處祈雨祝文

陽氣憤盈，土已冒橛。膏澤弗濡，宿麥將槁。丁夫倚耒，一墢不起。眇視雲漢，心焉如焚。兹民無辜，將罹艱食。惟神聰直，綏佑一方。爰修筴祝，祗祓以祈。恭冀明靈，俯歆精意。霈之甘液，沾漬農疇。嘉種函活，堅好成就。以時潔祀，敢忘美報。

五嶽四瀆四海等處祈雪祝文

背歷冬辰，延涉春序。凍閉不密，華霰未零。永念灾符，如薄深谷。恭禮端祝，遥訴上靈。虔冀飛霙，沛沾庶壤。馳精延首，日伫嘉祥。

諸廟謝晴文

夫民報神以力，而神食民以功。惟刺史職在守土，仰思所以事於神而俯思所以庇於民，故旱乾水溢，罔不究懷。比屬霖雨將以害稼，而不遑寧居，是用遍祈於境内之神。神饗其衷，既貺之日，雲陰解駁，天地澄霽。歲穀告登，室家胥慶，既得以寬吏之責，而敢不答神之貺？神其照鑒，以享厥誠。尚饗！

景靈宫修蓋英宗皇帝神御殿興工告土地祝文

聖考登真，萬靈號慕，增琳宫而嚴奉，期雲馭以來游。穀日是諏，庶工經始，式修潔薦，昭叩時靈。庶孚錫於厖禧，① 永圖寧於寶御。

大廟后廟創開水渠告土地祝文 ②

宫廟之嚴，水絡弗治。必資疏鑿，俾無停流。穀日載差，僝工其始。惟靈主土，期於來相。罇酒薦虔，是用致告。

舒國長公主宅上梁告太歲祝文 ③

邑賜蘭陵，園開沁水。維梁斯構，我室用成。甫冀明靈，永綏福祉。

廣州南海謝南郊禮畢祝文

宗社郊廟，鉅典甫成。實賴明靈，密資孚佑。特馳軺使，載款嚴祠。虔薦忱辭，用申美報。

開撥汴口祭汴口之神河侯之神靈津之神祝文

巨河之壖，決而東注。漕舟是賴，啓塞維時。春氣發陳，理當疏

① 【張注】厖禧，夏本、潘本“厖”作“龐”。
② 【張注】夏本、潘本“大”作“太”。
③ 【張注】夏本、潘本“上梁”作“興功”。

鑿。神其綏閟，獲此安流。

祭　文

祭英宗文

噫嘻惟皇！高視萬古。文類神宗，武如太祖。龍之初潛，錙銖大業。既躍而出，震駭六合。[①]其謨淵淵，其斷烈烈。指揮乾坤，掃除六合。

祭普寧郡太君文

謹以清酌庶羞之奠，致祭於普寧郡太君之靈：惟太君育德稟操，温惠柔明。珪璧之潔，蕙蘭之馨。婦道母訓，咸播淑聲。肅然閨閫，示以儀刑。乃有令子，爲時名卿。盡厥孝養，出於天成。朝晡視膳，莫敢遑寧。自天沛澤，寵數繁并。疏封命號，一時之榮。既享備福，又臻遐齡。尚宜延永，奄忽以傾。嗚呼哀哉！太君之子，廉按百城。乃叨屬部，實仰威名。遽聞斯變，内鬱其情。翩翩丹旐，歸祔先塋。聊陳薄奠，以侑悲誠。嗚呼哀哉！尚饗。

祭劉丞相文沆

昔年拜公，光華溢顔。體貌騫竦，螭虎桓桓。今公之去，音容漠然。柱天之氣，藏於一棺。愚自北行，先域在陳。亦冀見公，少奉笑

① 【張注】潘本“合”下旁注“缺二字”。【謝案】六合，文淵閣本作“騰踏”。

言。未克走謁，公問益勤。明日出讌，曲湖之濱。衆客羅後，華裾翠紳。鼓簫駭發，旆旌錯紛。左右夾侍，紅眉緑鬟。公既下馬，揖我於堂。置之右座，布席未安。孰知倚伏，忽若機翻。公疾遽作，俄而不還。世亦有言，朝暮悲歡。公去何速，少刻之間。嗚呼哀哉！陳民纍纍，[①]驚走後先。解衣買酒，哭奠公前。而況吾徒，公恩丘山。拊心一慟，清血如瀾。性命之際，理固不疑。感公之分，安得無悲？飄然丹旐，歸舟何之？蒼煙晚日，長江之湄。不如帆風，送公以歸。死生以訣，永無見期。嗚呼哀哉！伏惟尚饗。

祭太常博士石君文

玉山蟠薄，或鋭或垤。天骨聳擢，一峯秀絶。盛年登仕，亟引歸籍。望塞實副，孰議孰失？世之右豪，或者趨之。它人藐藐，靳顔在眉。[②]焦手濡衣，君獨勇爲。報有薄厚，天胡至斯？[③]芃芃衆草，幽蘭易衰。逐逐群連，[④]逸足先摧。彼兩間者，何有何無？毫眉齯齒，非鄙即愚；印金瑞玉，非欺即諛。嗇之太甚，於君何誅。嗚呼潛夫！某藉姻末，縣連會覯。客舟俱西，棋奕罇酒。笑語永日，益親益厚。曠懷洞然，不有畦畛。平生知心，一言而盡。事物之變，逢原可推。夭壽之隙，曾不逆窺。纔失一臂，遽哭寢門。古亦有然，今復何言？嗚呼潛夫！春風如嘻，春物如怡。我爲故人，心焉獨悲。臨江洒血，君乎何之！

祭張郎中文

嗚呼元常！碩貌兮魁魁，蒼豪兮龎眉，衆以爲壽兮，迺止於斯。一

① 【謝案】民，文淵閣本作“氏”。
② 【張注】靳顔，潘本“靳”作“蘄”。【謝案】它，文淵閣本作“他”。
③ 【謝案】至，文淵閣本作“自”。
④ 【張注】群連，案：各本作“聯騎”，當從之。

日疾兮惙然以衰，高宇濩落兮神將去之，衆以爲憂兮果如所期。嗚呼哀哉！謂之爲壽，則爲妄焉。謂之爲憂，已而信然。豈禍之易驗兮福不可逆料於前！嗟嗟元常兮至此以奚言？蜀江兮翻翻，蜀山兮聯聯，道之遠兮不得栖於故原。封之西郭兮何時而還？哭奠以送兮去不可攀。嗚呼哀哉！

祭程中令文

士之處世，恨不逢時。既壽而貴，則又何悲！死生之分，淹速有期。猶旦及暮，亦又何疑？

行　狀

右諫議大夫充天章閣待制知滄州兼駐泊馬步軍部署田公行狀

曾祖可範，[①] 祖守忠，父仲宣，皇贈光禄少卿，本貫亳州鹿邑縣渦源鄉虞詡里。公諱京，字簡之，其先蓋出於陳氏。陳公子完奔於齊，始受地，更爲田氏。其後遂有齊國，列於諸侯。齊既滅，其子孫之顯者多出於青、冀之間。而公之高祖世居滄州，[②] 至曾王父又徙於亳之鹿邑。烈考舉明經，多與四方賢士大夫游。妣郭氏，樂安郡太君。

公生十六歲而孤，居喪有禮法，不飲酒食肉，盛寒不衣裘襦，鄉里稱高之。初就鄉人宋炎爲學，得王黄州詩，和之，一夕成百篇。炎見之，嘆曰："吾子千里足也！"天聖初，登進士第，補蜀州司法參軍，

① 【張注】可範，夏本、潘本"範"作"望"。
② 【謝案】文淵閣本"祖"下有"乃"字。

還爲祥符縣尉，有能名。居常自陋其位下，不足以自發，乃求試書判拔萃，至廷試輒罷之。雖然，朝廷駸駸益知其才矣。龍圖閣直學士王博文鎮秦州，請公權節度推官。秦爲兵車之衝，而公悉力處之，儲芻粟至三百六十餘萬。轉運使李紘至秦，以爲王公有賢從事矣。會詔近臣舉賢才，二公合薦之。召對，以嘗誤斷獄，徙河中節度推官，入大理爲詳斷官，再遷秘書丞、知青州千乘縣。趙元昊叛夏州，天子求可捍邊者，侍讀學士李仲容薦公，召赴中書，堂試以策畫，遂中上第，除通判鎮戎軍，從宣徽夏守贇出陝西。因見上，陳方略，上甚悦，賜五品服，遂爲經略判官。守贇還闕，復參夏竦軍事。

初，朝廷設六科以羅天下英豪，有運籌决勝之目而獨無應者，公以謂戎狄驕於豢養，[①]將有倔强而不制者，乃草書數萬言求應是科。及就秘閣試而題與賢良同，公曰："吾豈來此較記誦耶？"因罷去。及賊寇邊，雖見召使，[②]然其謀議率爲巧説所壞，不得究其功。及上遣翰林學士晁宗慤賫詔問攻守之策，衆言攻之便，公獨謂："賊久蓄謀，一朝發之，其計利害勝負固已精矣，其勢非有以加勝於我則不止。今朝廷息兵四十年，將愚卒惰，怯於兵鬥，惟望敵内附爲無事。賊知其然，故其入寇，必聲言納款，乘我之懈而來，來故必捷，殆未可以力破也。"衆又言出近塞，示之以威，彼或畏而可降也。公又謂："賊未嘗少挫，安肯坐爲降計？今驅不習之師，置之散地，犯賊鋭鋒，此正兵家所忌，兵出必敗。"公争之不從，竟用衆議聞上。已而賊謀知之，[③]果遣黄延德叩延州乞降，以奇兵出源渭，遂敗大將任福於好水川，例降通判廬州。公雖有前議而朝廷莫得聞，其後諸公頗有知者，遂還爲開封府推官，再遷祠部員外郎。

保州兵亂，以公爲河北提點刑獄，公案視河朔利病，畫二十事上之。復爲開封府判官，坐囚與吏鬥死，出知蔡州，連移相、邢二州，再

① 【張注】公以謂戎狄，夏本、潘本"謂戎"作"爲夷"。
② 【張注】召使，夏本、潘本"使"作"對"。
③ 【張注】賊謀，潘本"謀"作"諜"。

爲河北提點刑獄。貝州妖賊入府，取庫兵爲亂，上下倉卒，不知所爲。公召吏人爲檄，募兵將討之，而賊已大熾，自刺史已下皆被執，公遂縋城以出。於時城外兵有陰與賊通者，燒民居、劫財以應賊。公徑入一營，得兵百餘，乃梟其爲劫者，躬至諸營撫遏之，衆皆不敢動。又募得死士數百人，然皆無兵，持白梃與賊争南關，敗之，殺數十人，乃遁去。盡督諸營兵出戰，馳檄旁郡，亦稍稍遣兵來，遂圍其城，賊不復敢出矣。賊之始爲謀，欲連河北、山東十數郡，期以同日俱起。會其黨有繫獄者，賊懼遂先期而發，猶欲斷河橋，取北都以自居。故屢出兵奪南關而輒爲公破走之，由此賊勢遂窮於一城中。公之三子皆來奔，軍中歡噪以報。公曰："寧知不爲賊來乎？"止之軍門外，參訊無詐，然后見之。公躬率諸軍，攻城益急，賊乃虜公家屬，乘城以示公，士卒皆却，公即爲書射城中曰："吾獨知爲國耳，汝曹欲屠吾家者，吾弗顧也。"叱諸軍益進。群弩俱發，公之家死者四人。是日，城下兵皆爲公涕下，而公意自若也。及賊平，執政者以公不能預察賊，左降監鄆州稅。

先是，駐泊都監田斌者，亦以不能捕賊待罪兵間，及得城，從諸將以入，以功特遷宫苑副使，而公獨被謫。御史徐宗况、資政殿學士范仲淹俱言公失察賊過輕，忠節爲重，且有功，不宜左遷，乃移通判兖州，復爲淮南提點刑獄、京西轉運，再遷兵部員外郎。大河壞汴口，逾時不能塞，而浸及京師，敕公專治之，中使督視旁午。公乃揵薪實其上流，引河入故道，汴水遂無害。京西舊嘗徙民税之它州，民重苦之，公一切除去，歲不足則調緡錢以增糴之，諸郡皆有餘粟。滄州河決，歲饑，民皆流亡，詔公以直史館往莅之。公請得以便宜治事，遂賜金紫。至則斥其宿弊，躬自儉約，燕勞餉遺，皆有尺度。設科以均其賦役，招徠流民，爲之給田、除租税。於是去者皆來，日至府請田爲耕，比三歲，增户萬七千。使者上其治狀，以爲第一，天子下璽書褒焉，特遷工部郎中。

至和元年，除天章閣待制、陝西都轉運使。關右盜鑄鐵錢甚惡，法不能勝，公更爲大錢，肉好精緻，僞者莫能雜，以一當三，盡收其惡錢付鑪官，市易以爲便。特遷兵部郎中，復知滄州。公之再爲治，吏民愈愛之，每臺使至，輒相率遮道乞留，惟恐公去。公嘗謂敵騎出於廣信、安肅、定、保間者，皆畜塘水以遮其來徑，獨滄孤居東北隅，旁背大海，而無尺寸之險以拒寇，乃圖其形勢，且言首尾捍禦之略，馳奏之。嘉祐二年，遷諫議大夫。明年，以疾求便郡，除知潁州，乃賜太醫護行，未拜命而薨，三月二十二日也，享年六十七。詔以其第五子君度爲將作監主簿，賻恤有加焉。

公爲人慷慨重氣節，嘗以功名自任。既進矣，輒復困折。遭甘陵之變，忠節尤顯著，而見憎於執政者。久之，上益知其故，乃賜一子官。及爲陝西轉運使，宰相始以除目進，上又曰："田某，忠義之士，可便與待制。"遂除天章閣待制。然終以此顯於天下，蓋爲善之效。初雖有以害之，其久也則愈遠而愈明，終欲掩之而莫能也。公嚴於御家，勤於爲政，未嘗以燕墮自廢。新物未薦輒不食，列郡歲時饋遺，皆歸之公府。薦士五百餘人，至於再薦屢薦，期用於朝廷而後已，其後故多顯者。少時，與常山董士廉、汾陽郭京爲友善。二人者，俱以才氣聞於時，而俱困不偶。士廉又坐事失官，公爲之經營賙恤甚厚。然而剛明少合，嘗以吏事劾其監軍。及公爲滄州，監軍乃爲本道按察使者。公既薨，使者徑至郡，鞭其吏卒，求公所短，而竟不得一毫，人益知公清白矣。所著文集二十卷、奏議十卷、應制集十三卷，又習於兵戰、曆算、雜家之術，著《天人流衍》《通儒子》十數書，[①]術者咸傳受之。夫人何氏，齊安郡君，從公在北河，落於賊中，語其諸子曰："汝父以忠義自守，必不顧妻子輩。今賊擾攘未可知，我婦人，至不得已，惟有一死耳。不幸賊并脅汝以死，則田氏無種矣。汝亟去就汝父，無以我爲念也。"諸子欲更相留，夫人固遣之，乃留其季子，而三子者俱得出，而夫人亦免於難。六子：長曰君陳，定州曲陽簿；次曰君俞，陳州司户參軍；次君平，大理評事，登進士第；次君卿、君彦、君度，皆守將作監主簿。

① 【張注】通儒子，夏本、潘本"儒"作"孺"。

三女：長適霍丘縣尉謝規，次適進士羅護，次幼。將以某年月日葬於陳州之宛丘縣某鄉，以齊安祔焉。某與君平爲同年生，得公之家録條次之，謹狀。

樞密直學士刑部郎中何公行狀

公諱中立，字公南。其先池陽人，避五代亂，徙居宣城，今爲許昌人。曾祖某。祖某，贈都官郎中。考某，職方員外郎，纍贈尚書左丞。妣趙氏，文安郡太君；康氏，同安郡太君。公即同安出也。左丞號爲知人，既生公而喜曰："吾有子矣。"及左丞將終之夕，家人以貧爲憂，左丞指公曰："是兒後二十年禄及家矣。"至初拜官，正以左丞終之日，果二十年。公與諸兄講學鄉里，時工部侍郎狄公領京西漕，其子遵度以奇俊自處，少所許可，而獨與公爲友。狄公聞之，召公與語，曰："吾子迺肯與之游，果爲奇也。"遂以愛女歸之。

景祐元年，登進士甲科，授大理評事、簽滑州判官廳公事，以親嫌，改陳州。晏丞相守陳，言公文學宜備館閣，再遷殿中丞、簽署鄧州。及歸，遂召試，充集賢校理。丁太夫人憂，服闋，判登聞鼓院、開封府推官、判三司都理欠憑出司。[①]翰林葉公爲三司使，言公才不宜在散局，即徙爲度支判官。皇祐元年，同修起居注、遷祠部員外郎、知制誥、判三班院。三班差除皆武人，不曉文墨，胥吏輩得以持其可否，公皆召之庭下，明告之某人當除某處，莫不厭伏而去。明堂覃慶，三班改官者千餘人，公早暮課督吏人，不數日而畢。兼判審官院、權發遣開封府。

先是，盗取章獻神御服物，久之不獲，上督責益急。公始視事，有告某人疑爲盗，捕之則已嘗疑而置獄，笞掠無狀。遣之，所司亦言其非。公輒不聽，窮其獄，果爲真盗。罷尹，糾察在京刑獄，改龍圖閣學

① 【張注】欠憑，各本"欠"作"次"。

士、秦鳳路馬步軍都部、署經略安撫使。言事者以公未嘗補郡，不可爲一路帥臣，迺徙知慶州。公上言："臣既不能治秦，安能治慶？徒使邊人生心，有以輕陛下之守臣也。願還故守，[①]守汝墳。"詔不許。公初至慶，慶人未見其施設，皆相觀聽以爲之高下。有富賈夜飲相鬥者，邏者得之，迺用賂，遂歸罪於他民。公察之，知其情，按具服，以謂并邊豪猾，侵夜不禁，復能行賂以自免，不痛繩之，後必生奸，皆抵以峻法，由是人大驚伏，以爲不可欺。軍士有言急者，公訊之，迺告其隊長受賂爾。公曰："隊長誠受賂，爾迺敢言之，是下常得以持上，不可以爲軍。"即杖其背，流之嶺南，餘一切不問。公之爲治，多類此，約而不繁，易而可行。事無鉅細，必先破其根節而使衆理自析，故不甚力而政成，慶人皆宜之。在鎮二年，入判太常寺、銀臺司、秘閣，遷刑部郎中。嘉祐元年，以樞密直學士知許州。公以許爲故鄉，多故人親戚，不願爲之守，改知陳州。先是，邊臣罷歸，多得中朝要官，獨公外補，遂以爲例。公至陳而大水瀦於城下，居人皆恐，有卒醉呼於市，曰："水來。"公即命擒之，斬以徇，衆遂安。是歲移杭州，明年七月二十四日卒於杭公署，享年五十四。公外疏闊而内精密，果於决事，尚廉節，家未嘗畜財。鄰州歲時問遺，皆歸之公府。然而喜酒，尤能劇飲，雖爲顯官，與故人飲酒戲笑如布衣時。公於慶陽，有美政，慶人畫像立生祠，及聞薨，皆相哭於祠下，每至七日，則又爲公設浮屠齋，盡百日迺止，其見思如此。夫人狄氏，安樂郡君，即侍郎棐之女也。男十一人：景元、景先，太常寺太祝。景初、景嵩，將作監主簿。景閶，秘書省正字。景俶，以公遺命官其二弟，今未仕。景甫、景倩，亦正字。景龍、景安、景輿，皆蚤卒。謹録如右。謹狀。

---

① 【張注】故守，夏本、潘本"守"作"官"。

先公行實

公字武仲，其祖妣傅氏，妣王氏、楊氏，天水縣太君；劉氏，河間縣太君。公河間之出也。鄭氏富於財，公專於爲學，不計生事，家之所蓄，或爲親舊携負而去，絶口不問，由是貲益衰。初爲明經，人或易之，公怫然曰："進士顧難哉！"即舉進士，遂登天聖八年第。

主安州應城簿、越州司法參軍，改大理寺丞、殿中丞，知婺之蘭溪、越之餘姚、益之新都。貧不能行，求監楚之北神税。湖南安撫王絲薦，簽書桂陽監判官廳公事。劉丞相沆鎮潭州，以公攝長沙。長沙民最喜訟，號難治，公處之若無事者。轉運使聞其能，過之曰："願觀公决事。"公據按辨問，[1]訟者皆厭伏，頃之而畢，轉運大驚。郴州宜章民執僞券奪人田，更數獄，莫能辨。俾公按之，視券，即曰："此僞也。縣邑故爲義章，以太宗舊諱，更爲宜章，今券用宜章印，而置田之歲乃義章時也。"於是僞者叩頭伏。公曰："吾不忍自我致汝於死。"爲推其已没者爲首，而得减死焉。

三遷都官員外郎。皇祐初，爲審刑詳議官。蠻人入邕州，龍圖閣直學士孫公沔討之，請公行。至嶺下，後行者多以事避去，惟公至邕州。軍夜驚，幾亂，孫公執公手曰："平時特以公爲才，乃真義士也！"以勞遷職方員外郎，入權大理寺少卿。殿直曹旦坐獄抵死，公曰："旦父瑛以戰死，宜少貸之。"仁宗爲之减死。於時四方獄疑而不能决者，率文致，私以可哀憐狀以丐末减。公以爲此特州郡不明於法，獄亡疑也，請覆其本情，[2]凡一切出於文致者，皆勿用，如此則法不失有罪矣。詔以公議著於令。潮州民爲後妻所殺，其子復殺之，郡以疑獄聞，有司莫能决。或曰："繼母如母，是殺母也，請如律。"公曰："如之者有間矣，昔文姜與弑魯桓，《春秋》去其氏，絶不爲親也。與弑焉猶絶之，況身履之耶？當其推刃之時，母名絶矣，是有罪者也。律：捕罪人不拒

① 【張注】據按，甘校謂"按"疑作"案"字之譌。

② 【張注】請覆，夏本、潘本"覆"作"覈"。

而殺之，法當流。請從流法。”[①]衆大服，皆以爲不及也。某氏死而世絕，有母已適它族，官將籍其産。公以謂不爲伋也，妻則不爲白也，母是得罪於父者也，此非有罪者，不可以絶，請以産歸母氏。或者爲不然，異日得故案，其所斷正與公同，或者乃慚服。其引比倫類如此者絶多，有司皆記其事，相傳以爲法。遷祠部郎中，嘉祐元年五月壬午卒於官，壽五十有六。

觀書無不記覽，爲詩清麗峭絶，有唐人風格。又善於牋尺，諸公多請爲之具草，細字謹密，自可以喜也。雖精於刑名，其爲論嘗據經引義，不爲世俗吏苛撓，專以文法，故其全活者數百人。然齟齬不得志，所居職多不過期月輒罷去，常往來留滯於江湖間者甚久，故其所有不得盡見於行事云。

① 【謝案】請從流法，文淵閣本無此四字。

卷二十

墓志銘

南康郡王墓志銘

太祖皇帝有八子，諱德昭者爲越懿王。越懿王生冀康孝王惟吉，康孝王生守節，爲丹陽郡僖穆王。王即僖穆之子，諱世永，字文億。母安定郡太夫人楊氏，任城郡夫人魏氏。王初補右侍禁，年十歲。入謝章聖皇帝，帝撫其背曰："若亦誦書乎？"曰："誦《孝經》。""經言何事？"曰："忠孝之事也。"帝喜，賜之珍果，輒不食，懷去。帝問其故，曰："欲歸遺所親耳。"帝益奇之。仁宗爲太子，初就學資善堂，王入侍左右。及即位，纍遷東宫外作副使、改左千牛衛大將軍。趙元昊叛，王求對便殿，具陳可討狀，因請自將兵以行。帝壯之，以飛白書"世永忠孝"及通天犀帶賜之。慶曆間封諸王後，遂拜惠州刺史，改右屯衛大將軍、光州團練使特封弋陽郡公。於時水灾，有詔求直言，王進十策：一取士、二禳灾、三除叛逆、四富國、五安民、六强兵、七省胥吏、八去濫官、九蠲苛政、十備邊，帝嘉納之。至和初，爲瀛國公，又遷登州防禦使。嘉祐七年，天子祀明堂，以藝祖之後殆無顯者，特遷隴州防禦使。英宗初，進蔡州觀察使。上即位，拜鎮南軍觀察留後。熙寧元年二月己巳，薨於邸之正寢，享年五十九。車駕臨奠，優贈昭信軍節度使、南康郡王，謚曰"修孝"，詔宣政使内侍押班張若水治葬事。三月丁酉，殯於京城之北普濟寺。娶王氏，引進使、陵州團練使、贈上將軍克基之女，封同安郡君。子男十二人：令圖，左羽林大將軍、壁州團練使；令瑶，右羽林大將軍、袁州團練使；令樞，右羽林大將軍、道州團練使；令倩，率府副率，早卒；令轂，右羽林大將軍、萬州團練使；令繹，右武衛大將軍、渠州刺史；令朔，右武衛大將軍、蘄州刺史；令羽、令闕，并右千牛衛將軍，三人幼卒。女六：長適東頭供奉官時觀，次適左侍禁吴真卿，次適東頭供奉官徐鎮，次適左班殿直馮綱，次適左班殿直樊中立，一人幼卒。孫男五人：子張，右武衛大將軍、池州刺史；子野、子赤，并千牛衛大將軍；子昭，右内率副率；次未名。曾孫女尚幼。

王孝於事親，忠於事國，喜經術，通文章，晝夜自飭，厲若布衣生。丹陽王有疾，王刺背血出，寫佛書，疾遂平。及仁宗不豫，王率宗室候起居，憂切誠至，即詣浮圖灼臂，聞者莫不嘆伏。[①]初，東平吕造爲其宫學官，授以經義，造既卒，追畫其像，居常瞻奉之，其樂善如此。英宗時，勸督宗室爲學，常遣中貴人入宫視之。學官姜潛方講《周易》，疾暴作，王於是攝齊升座，爲之代講，聽者竦服。中貴人以聞，帝深嘆其好學。王平生所著甚多，歌詩、雜文數百篇。鈎考經傳，爲《周易大義》《春秋纂例》及《諸邸恩華録》，又能通釋老、星曆之學，注《金剛經》《祖師授衣圖》《六氣圖》《登真秘訣》，皆藏於家。以熙寧二年二月某日，葬於河南府永安縣先王之塋次。

銘曰：泐辭刻石，永志弗忘。[②]

贈太尉勤惠張公墓志銘

嘉祐八年十二月庚辰，集慶軍節度使、檢校司空、知曹州張公薨於郡之正寢，詔輟視朝一日，賜其家黄金百兩，内司賓致奠，贈太尉，謚曰“勤惠”。明年二月甲申，葬於開封府祥符縣鄧公鄉，從先中令之塋

---

① 【謝案】伏，文淵閣本作“服”。

② 【謝案】銘文“泐辭刻石，永志弗忘”原闕，據文淵閣本補入。

次。公諱孜，開封祥符人。曾祖贈太尉諱思謙，曾祖妣安定郡太夫人陳氏。祖贈太師諱守恩，祖妣永安郡太夫人元氏。考贈太師中書令兼尚書令隋國公諱景宗，妣普寧郡太夫人蔡氏、沛國夫人朱氏。而公沛國之子也。祥符四年，中令從真宗皇帝幸汾陰，奏補三班奉職，時年十四。繇奉職凡十有三遷，至寧遠軍節度使，人以其材選而不爲速也。真宗嘗召見，而顧謂中令曰："此兒異日必勝於爾。"選爲太子春坊司祗候。太子即位擢爲供奉官，閤門祗候。天聖元年，以内殿崇班出爲陳州兵馬都監，塞壞堤以止水害，城廬得完，降璽書褒異之。改冀州兵馬都監，轉東染院副使、供備庫使加連州刺史、[①]恩州團練使、定州潞州駐泊兵馬鈐轄，徙知莫州，又知貝州，逾月知瀛州，兼高陽關駐泊兵馬鈐轄。屯兵有龍騎者，皆故盗剽猾，不畏法，長吏莫能制，有隔垣盗婦人一釵者，公即取斬之以徇，舉軍震慄，訖公之去，無敢有犯者。轉運使張昷之請罷貝、冀上關員寮驍捷銀鞵錢，章下瀛州，公以爲此界河司策先鋒，北騎叩邊，則此輩先登，不可絶其常賜，朝廷以爲然。其後獨奏罷保州雲翼銀鞵錢，而軍怨不平，竟殺其官吏以亂。慶曆二年，復知貝州，於是元昊反，西鄙用兵，契丹乘我之隙，遣使求關南地，且將入寇，乃用富丞相弼往使，而以公爲副。契丹辭甚嫚，[②]而公與富丞相合議，卒破其謀，復舊盟而還。

初，丞相雖專使，亦不得見國書。行至關上，公方自貝州往，謂丞相曰："萬里將命而使者不得見國書，則若何致辭？可發視之。"丞相曰："公遂擅發國書耶？"公曰："此公家事，何懼？"即合其璽封而取視之，果有可疑者。丞相復馳奏京師，易書而後行。契丹得書，由是有定議。超遷西上閤門使，公固辭，以無功不敢竊厚賞，仁宗許之。然終以公有勞，逾數月，復授西上閤門使、知瀛州。六年，改單州團練使、勾當軍頭引見司。明年，除龍神衛四廂都指揮使、并代馬步軍副都總管。鐵錢更法，民間失利，惡少輩相聚譁叫叩府，府閤門拒之，上下

① 【張注】連州刺史，夏本"連"作"廉"。

② 【謝案】契丹，文淵閣本作"北人"。

洶懼，左右曰："事倉卒，以兵自隨。"公笑曰："是促其爲亂耳。"索馬，領數卒往諭以禍福，即時散去。是日，非公，并州幾危。轉侍衛親軍步軍都虞候，遷濟州防禦使、馬軍殿前都虞候加持節桂州虔州觀察使、侍衛副都指揮使。

公爲軍，嚴而不苛，眂其勞逸而均使之。至有犯，立決而不可奪，吏士樂其平而畏法。虎翼兵閱習不中程，木部指揮使問狀，[①]倨立不肯置對。是夕，十餘輩大噪趨指揮使，將害之。公擒獲，即斷手斬於軍中，然後以聞。朝廷稱美，以爲有將帥之風。遷昭信軍節度觀察留後、馬軍副都指揮使。自仁宗爲太子時，已知公忠厚，可屬以事。及奉詔走北庭，驟成奇功，撫民馭兵，所在稱治，於是天子深倚重之。會狂人遮公馬首，出妄言，事下有司訊繫，實病心。證逮明白，而言事者用此污詆不已，公亦抗章，願罷宿衛。言於上曰："臣首尾出入，陛下盡知，而惡臣者以疑似中臣，臣不去則不解。"迺以寧遠軍節度、容州管内觀察處置等使知潞州。及辭，仁宗諭之曰："言者至欲殺卿，朕不疑卿，卿亦不當自疑也。"公俯伏流涕稱謝。嘉祐二年，移知陳州。逾歲，知河中府。騎兵缺帥，朝廷以爲莫如公者，復召爲馬軍副都指揮使加淮康軍節度使。公五拜章懇辭，不得已，就職。言者猶指前事，牽攣及宰相，天子爲之斥言者。公惶恐，連請補外，天子顧不可留，加賜檢校司空、知曹州。公再用，再以毀去，益爲畏謹，至所賜公帑，不敢自名一錢。最被仁宗知遇，每與親舊語及被逐時事，則潸然下泣，曰："主上實知我。"及聞仁宗崩，愈自感悼，歲中得疾，遂薨，享壽六十七。

公本諱茂實，字濟叔，避上藩邸名，乃更焉。爲人樂易，氣貌甚和。而忠勁有智略，它人所畏縮而不敢爲者，[②]公處之從容而可辦，故其有所成就則卓然過絶於人。尤樂善士，往來門下者皆有恩意。在陳州，南頓令忤轉運使，勢且得罪，公日一往，爲請曰："與其罪令，不若罪長吏。"竟得解，當世稱爲厚德長者。平生疏財，俸四十萬，率以

① 【謝案】木，文淵閣本作"本"。

② 【謝案】它，文淵閣本作"他"。

其半給親舊，未嘗藏蓄爲後日計。嘗曰："異時但完一居，貯數千卷書以教子孫，足矣。"及公之薨，如其言，僅得一宅而未完也。初娶趙氏，天水縣君。繼以王氏，太原縣君；劉氏，同安郡夫人。有子七人：承説，右侍禁閤門祗候；承誼，供奉官，并早亡；承詁，侍禁閤門祗候；諷，内殿崇班；諭、謣，并供奉官；詢，侍禁。皆恂恂謹厚，爲公之良子弟。女十三人：長適内殿承制馬用舟；次適供備庫副使劉昌孫，并早亡；次適侍禁杜諫；次適殿直吴承祐，早亡；次適莫州軍事推官朝復；次早亡；次適安肅軍判官吴覃；次適内殿崇班王正；次適殿直馮維舉；二人未行。孫十九人：偃，侍禁；任，奉職；億、佾，并殿直；侁，侍禁。偕、伉、倚、傑、僅、儉、佑、倜、仲、伸，并未仕；倩、修、偓，并早亡。女孫十三人：長適河中府司法參軍錢正卿；次適殿直馮補之，并早亡；餘在室。公壯年居邊，勇於立事，其所條奏，皆攻守形勢、兵戰間事。予得其遺稿而讀之，可喜也。及其被毁，書十數上，[①]繳繞終不能自解，予讀之，又爲之感動，悲夫！

銘曰：嗚呼張侯，有發維果。方其達時，孰不在我？綢繆東宫，匪顓舊恩。以材自售，耻於衆犇。羌人跳踔，寇乘以譁。拱手而談，折其機牙。破璽取書，世聞公勇。爲國解鬥，在公何恐？北道載開，塗者行歌。濡血淋甲，數功孰多？在昔提帥，[②]以威則克。如畜嬌子，安能事敵？敢有狂呼，截頸挂門。諸軍屏息，飛鳥不聞。天子所毗，爰持我師。誰敢妄言，以召群疑？再入復逐，自公有辭。公心如丹，天子識之。事爲之已，[③]猶或殺身。均德較義，况於君臣？公拜遺詔，伏首下涕。孤根易摇，胡爲久世！大梁之西，鄧公之野。刻石幽墟，以告來者。

① 【張注】書十數上，夏本"十數"作"數十"。【謝案】數十，文淵閣本亦作"數十"。
② 【張注】在昔提帥，甘校謂"帥"疑作"師"。【謝案】帥，文淵閣本作"師"，是。
③ 【張注】事爲之已，夏本、潘本作"士爲知己"。

尚書比部員外郎王君墓志銘

太原王宗彦將葬其先大夫，號泣於其親戚故人，曰：“孰能哀余者爲予紀次先君之遺烈？”於是南陽張塾爲之著其行事。已而又號，曰：“孰能哀予者爲予銘於先君之墟？”於是安陸鄭某爲之考其世系與其官閥而志之。

君世居於濮州之鄄城，諱惟恭者爲君之曾王父；諱紹勍、贈太僕少卿者，爲君之王父。太僕有子文震，始仕而顯，爲主客郎中，贈刑部侍郎，即君之考也。君諱仲莊，字師禮，爲人醇厚而謹，不爲刻厲詭激以釣世譽。於其父憂，三年食蔬。爲會稽尉，歲凶，群盗伏山谷，以術鈎致之無遺，擢爲義烏令。鄰邑有訟不能决者，部刺史嘗用君决之，訟者皆言其平，遂再遷大理寺丞。知蘭溪縣，民大饑，鬻子而食，君取粟於富室而飼之。旁邑民皆來曰：“獨吾蘭溪有父母耳。”其後爲大名府司録，以緣坐降監江州鹽酒。連蹇十年，復知定陶縣，遂卒於定陶，享年六十八。

君嘗在下邑，領縣卒四千治汴渠，道經離驛，一夫渴飲於河清營。俄有營卒出唱曰：“渴飲者已戮死矣。”役夫大噪，將劫營取之，君趨往，諭之曰：“爾何敢草草如此？”衆皆引去，乃縛其唱言者置之法。於時非君，幾爲亂。君初用刑部蔭補郊社齋郎，七遷至比部員外郎，賜五品服。初爲仙游簿，又知下邑縣、德陽縣，監婺州税。妣馬氏，扶風縣太君。夫人羅氏，會稽縣君。生子宗彦、宗道、宗古。二女：長適龍泉簿汪湛；次適山南東道節度推官張塾。卜以嘉祐癸卯十月壬申，葬於應天府宋城縣新興之原，舉會稽而祔焉。予於君，亦婚家也，由是爲之銘而不辭。

銘曰：壯而致力，滑軸以馳。孰爲盗侮，孰爲饑死？[①]群夫走呼，躍馬止之。縮首靡耳，孰驚孰疑？既老而衰，卒困於羸。埋石鑽辭，亦維我悲。

---

① 【張注】饑死，各本均作“死饑”，案：以協韻，當從之。

禮賓使王君墓志銘

予守荆南府時，君爲湖北路兵馬都監，熟知其爲人夷易而有守，謹於持法，軍中稱其平。本道使者合言澧陽及溪蠻相抵，正控其出入道，願得王某爲之守，遂知澧州。君既至，果以治狀聞。澧之最所病者，①惟溪蠻與澧江溪蠻，凡十二族，入貢皆賜以券錢，其俗嘗更相侵奪，②因而殺漢民，朝廷增券以平之。③君以爲蠻性貪鷙，一起争則增券，異時復争，則將奈何？乃與其徒約，④籍其錢入於官，至入貢，則令主均與之，蠻人大喜。澧江水溢，壞民舍，君築長堤十三里，明年水暴至，賴以無害。君既去，方春時，軍民携酒餗游樂其下，必相顧徘徊，以爲君之惠不可忘也。轉運使課湖北守臣，以君爲第一。罷歸，行次會亭，以疾終。

歸柩於京師，予往哭弔之。其孤哭拜請予銘。予曰："由南郡而往，予知之矣。由南郡而前，子其録示我。"逾三月，使來速銘。乃考次其行事而論著之，於是知君之始末可銘者，不獨在澧陽也。北平軍有群盗二百餘，掩捕無遺迹。威州蠻入剽境上，君提兵躍馬驅出之，斬馘數十。朝廷知其名，擢同兩浙路提點刑獄。君氣貌柔仁，遇人謹厚有禮，至其當官行事，難易無所擇，故其所至爲稱職。君初以任子爲三班借職，監頓固斗門巡惠民河、蔡河、穀熟、定武，監押貝州駐泊，纍遷供奉官，選爲閤門祗候、邠汾巡檢、絳州都監、益彭威茂都巡檢監在京商税，三遷禮賓副使。在兩浙時，以纍降筠州都監，又四遷至禮賓使。享年六十四。

曾祖諱延嗣，建雄軍節度副使，贈左衛大將軍。祖廷節，樞密副承使，⑤贈太保。父元祐，趙州刺史，贈左神武衛大將軍。娶張氏、鄭氏，

---

① 【張注】最所，夏本、潘本作"所最"。
② 【張注】其俗，各本作"酋豪"。
③ 【張注】朝廷增券，夏本、潘本"廷"下有"爲"字。
④ 【張注】其徒，各本作"群酋"。【謝案】文淵閣本亦作"群酋"。
⑤ 【張注】樞密副承使，甘校謂"承"疑衍。

贈壽安縣君；李氏。三子：允則，左侍禁。餘先亡。五女：左侍禁高承吉、供奉官高遵道、文思副使蔚世長、比部員外郎趙昌齡、皇兄左驍騎大將軍茂州刺史仲誘，皆其婿也。孫：惟慎，殿侍三班差使；惟孫、惟良，未仕。熙寧二年十一月甲子，葬於開封府某縣某原。君諱知和，字遠夫，開封人。

銘曰：生也知其才，殁也志其墓。惟金土之合歲，完所寢而乃去。渾渾汴流西北絶，漫漫幽宫存其處。

右侍禁贈工部侍郎王公墓志銘

君諱某，祖有功，名在國史，官至禮部侍郎，贈太子太傅，始徙於開封之浚儀。父諱扶，刑部員外郎、直集賢院。君少時有奇操，不肯從蔭補，欲以辭學自奮於一時。及舉進士，輒黜於有司。久之，陳文惠公言君功臣之家，有行誼，不宜使終身爲布衣，乃補三班借職。君辭不就，親舊更相謂曰："家世落寞如此，尚擇禄耶？"乃受命。

初監秀州、海鹽、廣陳酒税，又監南京都商税。留守張文節見君步趨淹緩，異之曰："王使者豈儒者耶？"召與語，驚曰："公乃太傅公之孫耶？吾固欲見子矣。"繇是奇待之，置其所爲文於座右，士大夫來，即出以誇示之。及文節爲宰相，且欲用君，未及而文節薨，君遂不獲用於世。雖然，君不屑官，所至悫心莅職。爲端州兵馬監押，攝郡事逾年，民愛之。及罷官，相與泣涕遮道，不得去。京東大蝗，詔發民塞河，君爲青州壽張縣，以書抵安撫使陳恭公，[①] 言："民饑欲死，又調以塞河，且將迫而爲盗，則奈何？請以諸埽兵夫代之。"朝廷爲之罷役，東京民驩呼，[②] 連繞數千里不絶。君之居下位，所爲猶如此，使之居上位盡其材，宜有以異於人者焉。

君爲人樂愷而通達，家無私蓄，喜與豪偉之士游。在南都，與濟

① 【張注】陳恭公，潘本"恭"作"蔡"。

② 【張注】東京，夏本、潘本作"京東"。

陽石延年曼卿、太原王洙原叔、南陽張亢退夫、會稽穎公實相從於尊酒間，甚相樂。其從諸公躡迹於貴仕。曼卿雖潦倒，猶一登文館。而君最爲連蹇不遇，仕至左侍禁、監通州利和鹽場以卒。既卒之三十二年，其子廣淵爲兵部員外郎、直龍圖閣東京轉運使；廣臨爲左騏驥使、河北沿邊安撫副使；廣廉爲太常博士、河北都轉運司勾當公事。連名贈君至工部侍郎，遂舉君之喪，葬於鄭州新鄭縣臨洧鄉賈村，從先塋之次。不享於其身而享於其後，信矣夫！初娶朱氏，兵部員外郎、直史館台符之女，追封大名縣太君。繼室許氏，水部郎中元豹之女，封長安縣太君。男七人：廣延、廣臣，未仕，二人早卒。女四人：長適進士林充國，早卒；次適著作佐郎董詵；次復適充國，亦卒；次適汲縣令高復。孫五人：得與，鄭州司户參軍；得君，爲進士，承三班差使；得凝，郊社齋郎；得象，未仕。孫女五人：長適右班殿直孟在。餘尚幼。曾孫二人。其葬在熙寧二年八月某日。

銘曰：履之修，屬乎己。難其逢，天所俾，孰爲亡，惟有子。鄭之原，洧之水。固無窮，利於此。

户部侍郎致仕周公墓志銘

周公姬姓，秦奪之地，遷於南陽、彭城、譙、汝南。古之傑德鉅人，多出於汝南。後又徙渤海。公之祖，乃居青州，遂爲青之益都人。曾祖諱仁貴，世亂，自匿不仕。祖諱子元，傳《戴氏禮》，中某科，爲涇州司法參軍。雍熙間，胡騎剽州，與田夫人俱歿，忠義明白，詔贈大理寺丞。夫人仙游縣君，官其子圭某官，是爲公之考也。仕至太子中舍，纍贈兵部尚書。夫人李氏，常山郡太君。

公諱沆，字子真。天聖二年擢進士科，主萊州膠水簿，又主密州諸城簿，遷鎮寧軍節度推官、知濱州渤海縣。薦者言其才，召爲著作佐郎。公渾厚有氣節，勤而敏於事。初補膠水，[1]治文案，穿陷根節，已若宿吏。邑令老疲不任事，公徐引之，[2]使就繩墨而未嘗暴辭氣，人以爲難。其去渤海也，民叩轉運使乞留，天子聞之，即詔還渤海。公曰："親老矣，盍歸養故鄉乎？"辭不行。監青州税，連以憂去職，服除，知秀州嘉興縣。兵誅西羌，擢同知鳳翔府，再遷太常博士。諸道初建轉運判官以察不法，公首得之，賀者踵門，公方辭以親未葬，遂知沂州，歸葬於青。已窆而召命至，入開封府爲推官。纍奏事進退群辯，仁宗大異之，及溪蠻出爲盗，兵拏而不復解，求可以治蠻者，近臣以公聞。上大喜曰："朕已識之矣，必能辦吾事。"擢刑部員外郎、荆湖南路轉運使。馳至徼下，蒐講破賊計，以謂僚人伏於窮山荒林絶險之間，[3]持盾出鬥，僄如群鳥之躍，北兵雖壯大，被鎧挾矛而刓鈍不可支，故屢奔折不救。此未易倒穴而誅，獨可鈎致之耳。乃募土豪鐫諭之，繇是盤唐之族四百餘人擕持而出，伏於旗下，餘黨悉解散遁去，賊遂平。湖湘間方持公，[4]而召爲度支判官，議者謂奪之非宜，復以直史館知潭州。吏民相傳告，讙叫以喜。公即舊政，益爲久完策，分屯衛士諸檔，增置武吏，以邏賊出入。戍兵被瘴病十七八，多物故，乃請一歲更，士愈感奮爲用。居二年，南方益堅固，乃除河東路轉運使，入爲度支副使。南越罹儂賊戕毁，俾公爲西路安撫使，詔非賊所經歷不須行。公謂不可使遠民不遍知天子意，遂行不顧，所至宣布德澤，荒障茅草之鄉皆被天子涵毓之恩。還爲龍圖閣待制，改直學士、河東河北都轉運使、環慶路經略安撫使、知慶州，入判三班院、銀臺司、太常寺，兼禮儀事。契丹遣使來獻，於時仁宗已厭世，契丹欲置幣於上前，[5]公遽以義折之，契丹辭沮，卒授幣有司，朝廷偉之。以樞密直學士、真定路安撫使知成德軍，

① 【謝案】水，文淵閣本作"州"。
② 【謝案】徐，文淵閣本作"除"。
③ 【張注】僚人，案："僚"似應作"獠"。
④ 【張注】方持公，各本"持"作"恃"。【謝案】作"恃"是。
⑤ 【張注】契丹欲置幣，各本"契丹"作"來使"。

纍遷工部侍郎。以疾願解成德印，遂以户部侍郎致仕，歸於青鄉里。故人來謁，必扶力具尊酒相勞，道平生甚樂。疾甚，家人進藥，揮去之，遂不復召醫。治平四年八月甲子，終於正寢，年六十九。夫人王氏，繼室劉氏，彭城郡君。子：莘，守將作監主簿，早卒；百藥，大理寺丞；常，大理評事。女適秘書丞滎安道；次適滁州來安令江懋簡，卒。以其年十月甲子葬於益都縣永固鄉東鄧村，祔先尚書之塋次。

文集二十一卷，奏議十五卷。其爲治清簡，不張鋩角，議政必先屬官，有未盡，乃出己意，酬問蹂至極當而後行之。然嫉惡專斷則無所屈，猾盜囊橐薰搜之無遺種，淫祠怪神一切撤去，學爲浮屠而籍不應法者，悉放爲農焉。嘉興於今三十年，或問父老令孰賢，必以公對。在湖湘時，詔以閑田爲官吏食租，受田者皆不如詔，自嶺以南皆被劾得罪罷去。公移文屬部，應受田者悉還之，湖南一道獨不挂吏，議當時稱其長者。其施設鉅細緩急各中文理如此。自結髮至引年而歸，操履醇潔，老益不懈，其可銘也哉！

銘曰：周自豐鎬，后稷之孫。赧遷畢狐，[1]褫爵於秦。漢嗣王公，維號之存。法曹孝廉，俱出汝墳。毀家見忠，廷尉維仁。維公自奮，纍然布衣。遂以仕顯，白髮儀儀。[2]出入完潔，曾莫我疵。苟有可誅，公發不疑。度可掩覆，孰能公窺？長於治人，古稱吏師。湘南之功，湘人歌之。病知所止，引車以歸。於何考銘？自公成德。埋之幽墟，維年維億。

---

① 【謝案】赧，文淵閣本作“赦”。

② 【張注】儀儀，各本作“皚皚”。

卷二十一

墓志銘

衛尉少卿劉公墓志銘

衛尉少卿劉公既卒之明年二月甲子，將葬於潤州之延陵縣某原，其孤凱列公之美行，馳私奴趨京師，請銘於著作郎鄭某。於是考公之遺録而嘆曰："嗚呼，劉公可銘也夫！"

公諱忠順，字某，贈刑部侍郎諱簡之子。其曾大父諱崇魯，仕江南李氏宣州觀察推官。大父諱晟。公以明經賜第，補潭州攸縣尉、江寧府句容尉。丞相王欽若言公之能，遂爲句容令。改大理丞、知江州之德安、資州之資陽縣，三遷國子博士，通判袁州、權知建昌軍，選爲三門發運判官。又三遷駕部員外郎，連刺解、坊、邢三郡。用三司使王拱辰薦，入爲度支判官。出爲夔州路轉運使，賜金魚紫袍。又徙兩浙路，遷主客、金部、司勛郎中，知蔡州，改衛尉少卿，知泉州，移福州。坐失所舉奪卿，罷歸延陵。嘉祐四年，上親享太廟，復用爲司勛郎中。公曰："吾老矣，烏能以白髮浼外庭？"遂不起。後二年，以疾終於家，享年七十有五。

公樂易而愛人，君子人也。爲治寬而不廢，察獄必盡其恕，疑者嘗抵於輕。初爲資陽邑，有史氏田，自唐時以葬貧死者，歲久豪猾稍盜耕之，滅冢萬餘。公收掩遺骸，盡斥耕者，復取爲葬田，邑人懷感。及在建昌，暴水夜至，壞民舍，公募工操舟以援其溺，處之署内，朝哺夜眠，如其故廬。死，弔祭藏瘞，又以庫錢給其家。發官粟及富民所畜，悉以糶飢者，活數十萬人。其最後居夔州，以南州、溱溪諸郡皆用黔中吏爲守，垂涎相殘，類爲不法，惡民得以伏山林，挾群獠入劫，無歲無之。公既至，即出兵至境，呼其番人，[①] 告之曰："宜悉縛惡民送府，我言於天子，赦汝罪，不則盡滅汝種。" 番人畏恐，皆聽命，公遂言群獠爲盜，過在惡民，可赦不問，而南川繚邊，獨不擇守臣，宜詢用武人，提兵以障南服。朝廷用其議。公又以天子之命召酋人宥之，刲羊釃酒，與之燕樂，皆呼舞出誓言，願世世保邊。由是奸宄盡破壞，遠民蘇息。公之治狀類若此者多，其概主於仁愛，宜其有厚報於富貴，以遂其功。晚而連蹇，[②] 卒以窮廢。家貧借屋以居，旁無長物。予嘗憂之，數遺書致問，而公方飲酒嘯歌，自放乎田野間，其心休休然，若據大厦、味九鼎，前有鼓鐘，金石嘈嘈，樂而不厭者，則予又爲之釋然喜笑，何其有餘裕哉！公能爲神仙引導、熊蹲虎躍之術，顏髮甚壯。嘗過宛丘，以語予，而予未之能志也，悲夫！娶長安縣君張氏。子男夙，故江寧府溧水簿；凱，漳州漳浦簿；純，忠州豐都簿；統，虔川信豐簿。[③] 長女早世；次適都官員外郎臧論道；次適南康軍星子令李賓王；次在室。

銘曰：恂恂劉公，不劌其剛。力於厚下，有發惟臧。還田壟丘，義感過兒。汝孰爲弱，[④] 方桴予之。汝孰爲飢，裹粟往飴。蠻夫嚙邊，携其符支。刈其孽牙，靡耳以隨。惟公有爲，俾民是宜。胡然聱牙，老於故居。食無腴田，處無完廬。我施維豐，我行維屯。不饗於身，利其子孫。

---

① 【謝案】番，文淵閣本作"酋"，下同。

② 【謝案】連，文淵閣本作"運"，當從之。

③ 【張注】虔川，案："川" 應作 "州"。

④ 【張注】爲弱，潘本 "弱" 作 "溺"，當從之。

尚書都官郎中吴君墓志銘

君諱僅，字庶幾，天聖五年進士擢第，歷歸州推官、定國軍節度推官、大理寺丞，知江州德安、綿州彰明二縣，饒池等州提舉鑄錢事、通判婺州。君廉悍，於事無所顧避，峭峭有芒角。在彰明時，韓丞相使蜀，知君才，郡縣冤訟，多以屬君。蜀人訴鹽井，雖泉涸，官猶捕繫責課入。至壞産，或榜死獄中不得免。君請更法，泉竭鹽不出，則官閉其井，人獲利焉。嘉州王蒙正有美田，居木川，肥腴甲西蜀，其祖方與昆弟居，獨遺言付蒙正之父，族人數訟不平，官司莫能决。君以爲祖有昆弟在，安得專爲遺言？析其田均受之。訴者感涕，爲君作生祠，曰："用以報吴君也。"是時蒙正連外戚氣，勢能傾動人，而君一斷以法，韓丞相尤喜，以爲難也。翰林宋公祁提舉在京諸庫務，薦君爲屬官。群司狃於廢墮，上下蓋覆，一切闊略不問，以爲大體。君佐宋公爲治，披奸搜蠹，窮其根穴，收什包、羅尺寸，無所漏失。主吏怵惕，始知有公法。[1]老人至今有能言宋公時事者，維君有助焉。選知開封縣，中貴人常遣吏持公移訴某事，君曰："中貴人誠貴重，然所訴乃私事，尚得爲公移耶？"箠其吏遣之。貴家游觀，多借縣民牛，有干君者，君曰："吾家鄱陽，乃有牛，遠不能致，奈何？"竟不與，於是莫能有撓縣者。君平生所持皆如此，與人聱牙常不合，而卒亦用此取困。

及爲楚州，愈厲刻自信，不肯隨衆。楚爲東南衝，舟車日叩境，接聒不得休息。前爲守者，率置民事，專治賓客。君輒謝罷，孤坐聽民事，賓客至者，雖烜赫巨官，餉之壺酒盤殽而已，未嘗留連歌呼醉飲以結恩意。往來者皆索莫，遂得毁言。又與提點刑獄持曲直、相排擊，由是被謫，降監池州酒，知君者爲君咨嚌而嘆息也。以親嫌，不之官，歸京師。朝廷復欲携挈用君，以君使江南，督責有勞，復君職任。韓丞相爲山陵使，又以君營繕下宫。還至汜水縣，得疾，卒，嘉祐八年某月日也，享年六十二。

① 【張注】公法，夏本、潘本"公"作"助"。

君饒州鄱陽人，曾祖延進，祖承鑒，考宗右，歷三世不得仕。至君登第由大理寺丞三遷至屯田員外郎，由員外郎四遷至都官郎中，服五品服，追贈其考太常少卿，妣某氏某縣太君。男有官，女嫁仕籍。虞部員外郎周偕、試校書郎劉凱、大理評事章祐之、秘書丞高照，皆其婿也。初娶江夏黄氏，又娶清河張氏、廣平宋氏，封德安縣君。今夫人麻氏，封金華縣君。子四人：知損，某官；知白，某官；知讓、知和。女一人尚幼。其葬在饒州鄱陽縣懷仁鄉某原。日用治平元年十月某甲子。

銘曰：世之喑噫，孰疵其爲？揭負而呼，衆乃驚疑。虎以鬥傷，不如童麋。嗟嗟夫子，宜其阽危。毁譽不公，不獲於時。告諸大幽，俾觀我辭。

户部員外郎直昭文館知桂州吴公墓志銘

公諱及，字幾道，嘉祐中爲審刑院詳議官。於時仁宗春秋浸高，國嗣未立，宦官猥多，公嘆曰："吾於此豈得默耶？"即疏言："古者重絶人之世，故去肉刑不用。今閹人多取他人子腐之，蕃其黨，是宫刑復用也，傷絶莫甚焉。宜稍爲條禁，則上天報貺，宜有文王百男之慶，蓋不夭胎，不毁卵，鳳凰至重其類也。"仁宗異之，以爲言者未嘗有此論也。頃之，諫官缺，仁宗謂執政曰："可除吴某。"時公已丁中允君憂去職，服闋，即除秘閣校理。月餘，遂拜右正言。於是公復言："陛下未有太子，朝廷群臣相與爲諱而不言，陛下不於此時早定，他日使異姓生心，非至計也。願擇宗室之賢者而立之，天下知有所奉，則孰敢有摇足而上下者哉？"仁宗由此感悟。其後二年，遂以主上入繼。公又請責二府以實效，去虚名苟簡之政；用李吉甫、裴垍故事，俾選用天下豪俊，有不職者斥罷之，擇賢將帥以肅軍法而繩墮卒；刺史、縣令有治最者，可褒進以勸良吏；宫掖掃除之臣，宜依開寶詔書，三十無養父者，聽養一子；裁減諸司浮費，更令任子令。[①]

諸所論奏事甚多，其家所藏稿尚存二百餘紙，朝廷稱之，然亦用此取嫉於人。磁湖程氏以冶鑄世得一官，言者以爲幸，請罷之。公以謂程氏於國興利，不宜罷，與議者亦不合，遂以工部員外郎出知廬州。公既去，朝廷究其事，以公議爲是，[②]而賜程氏官。治廬之三月，五峒蠻寇欽州，邊兵屢戰没，乃進公户部員外郎、直昭文館、知桂州、經略廣西事。公至，則搜其利害，無所遺落，瘡痍之士皆起以奮。始築州城，鑿甘棠水以注壕，繚邊之地，障塞完固，蠻人納土請吏，特摩、安南皆來獻。逾明年，得暴疾以卒，年四十九。嘉祐壬寅九月某日也。

公初年十七，中進士第，爲楚州鹽城簿，邑人以少年視公。公至邑，與令争民事可否，令數絀伏。邑人驚曰："是少年簿可畏哉！"其後爲福州侯官尉、知秀州華亭，俱有能名。侯官民忮很，與仇家鬥，自飲鼠莽而死，仇家因抵法，官司雖明知莫能辨，蓋習之已久。公折其獄，仇家勿論，活五十三人。提點刑獄移其法於七郡，被誣者皆得活，而毒死者遂絶，人謂公之德施於閩越無窮矣。在華亭，緣海築堤百餘里，得美田萬餘頃，歲出穀數十餘萬斛，[③]民於今食其利。大理寺嘗奏公爲檢法官，持法尤平。三司請重鑄錢法，至死判，審刑者主之，公獨争爲不可。判刑恚曰："立天下法，豈由一檢法耶？"公曰："法者，天下法。衆所不欲而執事獨欲之，立天下法又豈獨由執事耶？"判刑者竟不能奪。公得仕雖早，而進用絶晚，既用矣，還復斥去，遂至於死。然其所施設亦可概見。嗚呼，使予之述止，於是而已乎！

公姓吴氏，曾大父諱某，大父諱某，父諱某。公在朝，纍贈太子中允。自曾大父已上居金陵，至大父徙於通州，而再世葬通。至公之喪不克歸，别葬於揚州廣陵縣某原，其後遂爲廣陵人。乎初娶太常博士趙

① 【謝案】更令，文淵閣本作"更定"。

② 【謝案】文淵閣本"以"上有"卒"字。

③ 【張注】數十餘，夏本、潘本無"餘"字。

某之女，① 再娶比部員外郎劉某之女，爲保寧縣君。子寬甫，太廟齋郎。長女適進士李南季，次適泗州盱眙簿趙覿。一男二女尚幼。其葬在治平乙巳某月日。

銘曰：吴在金陵，黜於世衰。既極而復，自公發之。再世葬通，祔土纍纍。公歿桂林，素棺南來。鄉老引紼，請公葬歸。乃葬廣陵，左淮右山。孔子稱賢，嬴博之間。古有鼎銘，維公方之。不騫不滅，萬世藏之。

尚書都官郎中王公墓志銘

世之所謂長厚君子者，予嘗得而拜之，及其死也，予嘗得而銘之，今夫予之銘王公也。王公爲外郎時，在京師，予與常山董伋往拜而丈事焉。王公之爲人恂恂而謹，雖對妾隸，肅然有理而加愛焉。② 其爲政尚恕，民之飢者，發粟以食之，屬吏有過，專爲諱匿而終不肯發。其所施設無甚異於人，至其久則吏民習服而益親向之。人謂公曰："今之爲吏者屹屹以爲强，揭揭以爲察，横羅旁擊，不較曲直，攘取世俗之譽以取貴仕，公盍亦少厲爪距以自奮？"公笑曰："人耳，人耳，奚異於我哉！吾豈忍殺人以自售耶？"言者慚伏。嗚呼，非所謂長厚君子者耶！公之初登進士第，再調潭州司理參軍。湘鄉有盗五人，已具獄當死，公覆之曰："此非盗也。"窮之，果然，已而亦獲真盗。醴陵富民殺人，邑胥受賕，執其佃客，客被掠，自誣服，叩頭乞死，公視之惻然，取案熟讀，有缺其日月而忘填者，公曰："吾無疑矣。"於是盡發其奸狀。上官聞之，争薦其能。及滿，法當遷而得職官，翰林胥公偃掌選，言於上曰："王某嘗活冤人，宜有以進秩。"遂改大理寺丞、知興國軍永興縣，再徙潭州通判。瑶人爲寇，公調發糧餉，師得宿飽。安撫使以聞，乃知臨江軍，又移吉州、信州，七遷尚書郎中。公時已老矣，而新安太

① 【張注】乎初娶，案："乎"各本作"公"，當從之。

② 【張注】有理，夏本"理"作"禮"。

夫人猶在堂，乞監同安靈仙觀，以便安養。歲餘，太夫人卒，公侍靈輿歸豫章，白髮扶杖，哀慕如孺子。因得疾，以嘉祐七年六月八日終於家，享壽七十五。

公諱固，字伯充。其先居南康之建昌，五代兵亂，徙於豫章之分寧。自曾祖而來，世以儒名家，而未嘗得仕。李氏既入朝，公之伯祖某始舉進士，禮部奏名第五。於時太宗皇帝兼用才武取人，見公狀貌眇然，不稱所聞，因罷去，遂終身不復出。伯父某，亦以文學老於鄉里。公以再世不顯，因刻厲讀書，終以成名焉。曾王父諱某。王父諱某。考諱某，以公贈光禄少卿。母游氏，馮翊縣太君。繼母章氏，新安縣太君。娶祝氏，河南縣君。男五人：建中，筠州司户參軍；黄中，太廟齋郎，早世；莘、純中，俱登進士第。莘，饒州餘干縣尉；純中，鼎州桃源令。三女皆適士人。孫十九人，曾孫四人。蕃衍成就，其亦有顯者歟？初，河南之葬，公自理穴曰："吾將處此。"遂以其年九月某日葬於分寧縣仁義鄉磉頭原，從其志也。

銘曰：灼灼而燔者，[①] 吾知其爲光。闐闐而震者，吾知其爲聲。惟固守於内者，不耀而鳴德，既老而益成。嗚呼，何哉！豈爲善而不近名，殁而可祀爲鄉先生者耶？

殿中丞魯君墓志銘

君諱宗顔，字潛甫，贈太保某之曾孫，贈太傅諱某之孫，贈太師諱某之子，參知政事贈某官肅簡公諱某之季弟。魯氏世爲青州壽光人，既仕而徙居於亳。君與肅簡俱爲進士，肅簡既登科，入朝浸以顯貴，而君猶困於有司，迺益治田爲生事以佐其家。故肅簡爲大臣，得以略去私計而專意於朝廷者，君實有助焉。肅簡深念之，將致之於禄仕，君固辭曰："願進諸族之甚貧者。"肅簡益以爲賢，而君遂以布衣終於家，享

① 【張注】灼灼而燔，各本作"熊熊而升"。【謝案】灼灼，文淵閣本作"煜煜"。

年四十六。肅簡迺任其子有開爲將作監主簿，今爲比部員外郎。君用有開之恩，亦贈殿中丞。歲時薦享，君以殿中丞繼太師而北向，有開朱袍銀魚奉祀，諸孫執事拜伏趨走滿前，魯氏榮之。然君嘗居臨淮，多施予，臨淮人見君出入，皆敬愛之，以爲長者人也。則雖不及享一時之報，而終能被後世之澤也。亦宜哉！有開以某年某月歸葬君於鄭州之新鄭縣某原。夫人邊氏，封仙源縣君。一女，適少府監馬尋，封扶風郡君。孫四人，皆良子弟也。

銘曰：壅之後決，其流必長。鬱之後發，出而愈光。孰謂魯君，不實其藏？决之發之，其出穰穰。有子有孫，頎頎在行。既葬而銘，千萬年無忘！

殿中丞鮑君墓志銘

鮑公諱宗師，字從聖，再舉進士不中，以蔭補常州司户參軍。久之，用大臣薦，改大理寺丞，兩遷至殿中丞。爲人深默而不校，泯然若與世相遺者。然好讀書，無所不記，亦未嘗自言。人叩問之，則亹亹語不絶，取書覆視，無差者。又能治官，監睦州酒，嘗攝獄官，立爲辨出冤死者三人。爲昌化令，邑民誣訴於州，按之無狀。異日民復有犯，公釋之。或謂：此氓嘗誣公者，宜置以法。公曰："民雖妄，幸已辨矣，吾何忍以私忿傷吾民邪？"具明恕多如此。[①]嘉祐七年，例得蜀官，貧不能具行，求監廣州税。既到官，日悲吟思歸，遂欲解官去，親舊勸止之。逾二年，竟得疾，卒於廣州，年五十六。

訃至江陵，其甥鄭某哭問故，設位奠哭之盡哀。其季復遣使來，曰："從聖葬有期，願以銘纍甥。"嗟乎！吾舅常以友視我，銘之也，豈爲私於吾舅邪？蓋鮑氏出於夏禹之後，或居東海泰山間，鮑叔始見於齊，而昭以文辭顯於江南。公之先乃在會稽，豈昭之裔邪？然其五世祖

① 【謝案】具，文淵閣本作"其"，當從之。

君福，佐錢氏王吴越，及其子修讓俱爲吴越相，遂爲錢塘人。修讓生漢文，爲湖州刺史。漢文生仁爽，從錢俶歸京師，家益衰。漢文生當，公之考也，復仕至職方郎中，贈諫議大夫，以清名顯於世。妣陳氏，萬壽縣君。公初娶林氏，再娶傅氏。今夫人亦傅氏，其姊也，封長安縣君。子：延早亡，[①]次遐年、喬年。一女，適進士黄敏中。卒之明年，治平丙午正月甲子葬於杭州仁和縣廉讓鄉諫議之塋次。公舉進士時，與富丞相聯試席。及丞相帥陜西，欲公爲陜官，且將薦引之，公終不肯往，人服其有守。

銘曰：我卜我吉，利子斯室。更萬千年，兹銘不復出。

贈懷州防禦使河内侯趙公墓志銘

公諱克賢，貴出於宣祖皇帝之後，[②]其曾祖曰廷美，贈秦王，謚曰悼。祖曰某，贈某官。考曰承詡，右衛大將軍、深州防禦使、贈安德軍節度觀察留後、閬中郡公。妣曰崔氏，博陵郡君。公纍官至右監門衛大將軍，嘉祐八年九月甲子以疾卒，年二十一，詔贈懷州防禦使、河内侯。以某年十月甲子從葬於汝陰縣某原秦悼王之塋次。

銘曰：既厚其生，不侈以壽。彼食藜藿，白髪滿首。有角去齧，[③]蹄者善走。又豈必然，於何歸咎？

贈陳州觀察使趙公墓志銘

公諱克鬬，辨道，[④]宣祖皇帝之四世孫。曾祖諱廷美，是爲秦悼王。悼王生德彝，是爲潁川郡王。潁川生承錫，今爲雄州防禦使，即公之父

---

① 【張注】子延早亡，夏本作“子：延年早世”。【謝案】“延”下脱“年”字，當補之。

② 【張注】貴出，潘本“貴”作“冑”，宜從之。

③ 【張注】去齧，夏本“齧”作“齒”。

④ 【張注】辨道，方本無之，夏本、潘本作“系出”，案：“辨”上當增“字”字。

也。公生於富貴家，恂恂樂善未嘗以財爲侈，亦可尚也已。纍遷左武衛大將軍、建州刺史。嘉祐八年八月某日以疾卒，享年二十八。皇帝爲之不視朝，詔贈陳州觀察使、淮陽侯。夫人陳氏，陳留縣君，先公而亡。一女尚幼。以其年十月某日從葬於汝州之汝陰縣某原秦悼王之塋次。

銘曰：淮陽維膚，維履不污。宜老於紈襦，黎顔而居。厥室惟虛，一女芚如。福不漸世，公乎已乎！

郡主趙氏墓志銘

萬年郡主趙氏，太祖皇帝之曾孫，永興軍節度使越懿王諱德昭之孫，成德軍節度使、[①]冀康孝王諱惟吉之子。妣爲譙國夫人杜氏。初封福安縣主，年十八，嫁今濰州防禦使向侯傳範。後四十二年，以疾終於京師敦義坊之私第，享年六十。康孝幼爲太祖所愛，毓於禁中，龍輿出則抱之於前，民間號公孫太子。至真宗時，乃出就外邸。而主亦生於禁中，故其恩禮與宗室諸女絶等矣。真宗書其小字賜之，語其家曰："此女無以妄與人。"於是得向侯歸之。向侯，故丞相魏國文簡公子，數治大府，有雅才，所與游皆一時賢士大夫，而其自待顧重於繩墨間，猶布衣之士也。而主亦能以禮法自約結，事姑以孝謹，娣姒稱其順。妾御撫以仁，烝祭賓友，烹溉肴醴之煩縟，必親履之而不厭，猶寒家之婦也。是以能承向氏之家，而不失魏公之世者，以此。

初，上爲潁王時，娶后於向氏，有詔向侯主婚，主悉力佽助，無所遺。及進見，或謂主可因此時有所謁，主曰："寧有是耶？"皇恐稱謝而已，先帝亦欽嘆之。及有疾，上屢遣使挾太醫診視。既卒，哀惻久之，錫以黃金，贈賵加等，使者臨奠，給一品鹵簿，以殯於資福浮圖舍。熙寧元年八月庚申，遂葬於開封縣褒親鄉豐臺里先塋之次。

子男三人：縜，[②]國子博士；縡，右侍禁；繪，太子右贊善大夫，

① 【張注】成德，夏本、潘本"成"作"威"。

② 【謝案】縜，文淵閣本作"縝"。

早卒。女六人：二人早卒；次適隴西李倖；次適譙國曹諶，俱后族也；二人尚在室。孫男九人，女七人。

銘曰：卦于《家人》，風自火出。内嚴不犯，乃能化物。《詩》之肅雍，首乎王姬。其教自上，四履且儀。皇祖之孫，有孋其美。嬪於濰州，丞相之子。授於公宫，我承我師。賓豆祭簋，罔不祇祇。壹德以成，有發孰咎？濰州之聲，韡韡并茂。天子維姑，先帝維姊。中宫維尊，叔祖之妣。厥初迨終，既多受祉。哀榮之享，實亦絶擬。翟車畫扇，出送國門。秋風八月，遂葬高原。白玉爲泥，黄金爲土。我辭在碑，愈久彌固。

宋夫人墓志銘

夫人宋氏，其先安陸人，自伯祖庠爲仁宗宰相，遂居京師，今爲開封人。曾王父諱在中。王父諱世基，贈殿中丞。父京，今爲尚書比部員外郎。母劉氏，安定郡君。治平三年歸於皇叔右監門衛將軍宗史，爲吴王之孫而定王允良之子。夫人既歸二年，以熙寧元年三月丙子以疾卒，壽十九歲。明年二月十七日葬於河南府永安縣。

銘曰：夫人宋氏，安陸之先。乃自相國，開封以遷。世不家食，佩紱再傳。而生夫人，幽閑静專。厥配維何？定王之子。翟車以歸，亦維得止。雝雝其儀，進饋維時。姑嫜則喜，盥服是宜。賓客有奉，烝嘗禴祠。黽勉夙夜，曾匪懈爲。[1]天豈不聰，胡嗇之壽。既實而獲，則又奚咎？大化拘拘，或亟或徐。要之終極，同於一墟。

傅夫人墓志銘

試將作監主簿向紘之夫人傅氏，生於慶曆之丙戌，終于治平之丁

① 【謝案】懈，文淵閣本作“憚”。

末。爲婦二年，有二嬰兒。逾明年，熙寧之戊申八月庚申，葬於開封府開封縣汴陽鄉豐臺村。其曾大父某，某官。大父某，贈某官。父求，今爲龍圖閣學士、刑部侍郎。其將葬也，向氏之族甚哀之，屬予爲之銘。夫人無墮容，無慢德，其行己也約，其趍事也敏，其處家也睦，上焉者有以愛之，下焉者有以敬之，向君由是無内顧之憂。而其所履之實如是，是可銘也已。

銘曰：結帨兮如歸，童容兮倭遲。馬已返兮幾時，挽素紼兮忽束之。汴之流兮祈祈，左有隴兮挾以馳。日出艮兮奮參旗，吁嗟夫人兮藏於斯。

卷二十二

墓志銘

霍國夫人康氏墓志銘

鎮江軍節度使兼中書令郇國趙公諱允成之夫人康氏，治平二年六月某日以疾卒，享壽六十七。天子震悼，輟一日朝，詔中貴人護葬事，賵賻加等。七月某日，以一品麾仗鐃吹權厝於祥符普濟之佛舍。越二年八月，祔葬於西都之永安縣郇國之冢次。郇公爲太宗皇帝之孫，魏恭憲王之子。故夫人於仁宗皇帝爲嫂、英宗皇帝爲伯母，今天子爲伯祖母。在天族最爲尊屬，而柔問淑行與位爲稱。

初，郇公之再喪夫人，真宗皇帝顧謂近臣曰："先帝嘗稱唐肅宗在東宫未有正妃，明皇爲擇掖庭女賜之，而吾宗室婦皆將相大臣家，欲以正大夫婦風天下，今允成亡其内饋，朕豈敢忘先帝語？其選勛賢之後以配之。"於是有司言夫人廷翰之孫，有賢德。真宗喜曰："朕爲若兒得賢婦矣。"夫人曾大父諱碩，贈左屯衛大將軍。祖磁州防禦使諱廷翰，兼西山巡檢使，守磁州十餘年，與太原相角，而劉繼元不敢馳一騎撓邊。磁州生贈右監門衛大將軍諱仁矩，即夫人之考也。妣馬氏，扶風縣君。夫人年二十歸郇公，方恭憲王被疾，執事者有忤，輒氣恚不能平，夫人謹事之，湯藥食飲不經手不以進。渠渠栗栗，愈久而順，上下倚以無過。既歸七年，而郇公薨，遂專家政凡五十年。撫育諸孤，皆得成就，以婚以嫁，時順禮協。子孫百餘人，一之以愛，漫無高下，屏内静嚴，不聞有譁笑。居閑則爲講道古今忠孝事，以爲富貴易於沉溺，不能矯然自奮於禮義間，則覆溢隨之，時時戒飭之，故郇公之後多佳公子，繇夫人之善教也。俸入甚厚，常懼不克，曰："此農家幾户之賦，而我無功享之，寧不自愧？"故常推其財以賙其親舊。間疾病，則親爲製方藥治之，歲市藥至十餘萬錢。有不幸，則又爲買棺柩衣衾，哀恤之甚厚。然爲人敦静高嚴，濯濯有雅操。章獻太后時，優待内屬，率得遂其私謁，獨夫人無有所請，仁宗嘆美之，曰："數十年間，唯康夫人絶無一言及私。"因敕魏邸管庫悉專之夫人。及其薨，其出納券籍皆可覆視，其持廉類如此。

初，磁州有功在邊，而後世益落無震顯者。至夫人之貴，康氏由此得仕者凡十二人。始封東平郡君，進徙霍國爲夫人。其先蓋出於燕薊，而磁州占籍於開封，故夫人爲開封人。男十人：宗顔，贈昭信軍節度使、遂國昭裕公；宗訥，贈安州觀察使、安陸侯；宗頡，贈太子右司禦、率府率；宗鼎，贈華州觀察使、華陰侯；宗嚴，贈武寧軍節度使、彭城郡公；宗曾，贈安州觀察使、安陸侯；宗儒，贈容州觀察使、普寧侯；宗仁，贈虔州觀察使、南昌侯；宗奭，右侍禁，皆先亡。宗保，出繼昭成太子，今爲代州防禦使、建安郡公。夫人之薨，建安總其喪事。女八人：安康郡君，適六宅使劉安道；安德郡君，適西京左藏庫副使張承禧；次適左藏庫使張承衎。二人爲道士：玉英，仙居縣主，號真净大師；玉華，真修大師，皆先夫人亡。餘皆幼亡。孫四十七人：仲連，右羽林大將軍、辰州團練使；仲隨，右武衛大將軍、澧州刺史；仲銑，右監門衛大將軍；仲嬰，右羽林衛大將軍、單州團練使；仲盤，右武衛大將軍、沂州刺史；仲恕，右羽林大將軍、單州刺史；仲防、仲噲、仲篪、仲翁、仲鞠、仲午、仲杵、仲弓、仲弗、仲談、仲棱，并右千牛衛將軍；仲商、仲儋，并右監門率府率；仲速，右千牛衛大將軍，出繼博平郡王初爲孫；[1] 仲緘、仲喜，并贈右屯衛大將軍；仲虞、仲筠、仲丹、

① 【謝案】文淵閣本"王"下有"允"字。

仲勵、仲果、仲新，并右内率府副率，皆先亡；餘并未名而卒。孫女五十三人。曾孫二十六人。裔孫昌熾，蓋可知也。然夫人晚年諸子繼以淪謝，哭泣自傷悼不聊，遂得疾以薨云。

銘曰：有定維麟，我公之仁。金車轔轔，賜邑於郇。咨爾在庭，我有虎臣。有婉其孫，維時來嬪。來嬪伊何？婦事祇祇。内治伊何？母教維慈。有子有孫，佩璲盈門。孰爲槁暴？維言是蹈。居家處朝，不侵不驁。天居轇轕，匪私我謁。皇實嘉止，於德斯美。孰有寒饑，我粟我衣。不能以葬，發鐍賻之。維仁之施，維壽之宜。維千維百，匪以爲耆。青松寒靈，素紼西去。[①]蔚然高丘，從公下游。洛川故原，鑱此銘言。黄金化工，[②]此石長存。

崔夫人墓志銘

夫人崔氏，初歸大名孫君。君諱廣，樂安郡王漢韶之後也。以故王孫氣義喜俠，盡耗其家貲，夫人未嘗靳一毫。及孫君卒，夫人孤居益貧，挈二稚兒入京師，依姨氏。久之，姨又卒，夫人撫二兒以泣曰："吾不忍兒之無以毓也。"乃再歸於高密趙君，二兒迺得成立。長曰勉遂，中進士第。季曰過，尤能苦學，朋友推譽之。夫人歸趙氏二十六年，至其亡，如初歸也。趙君性高嚴，而夫人能以禮順之，諸子不一出而夫人能以愛均之，門内族居數十而夫人能以和處之。見諸子之爲業有所進，則喜曰："吾持心平，是必有陰報在吾子也。"歸趙氏，初生一女，適亡其冢婦，有遺孫已數歲，夫人即致己所生於侍者，而自收乳其孫，侍者不謹，所生竟不毓。夫人亦無悔言，聞者皆嘆以爲不可及。夫人之卒年五十七，以趙君登朝，封長安縣君。趙君諱扶，仕至屯田員外郎，後二年亦卒。夫人之考曰某，鄆州中都令。母曰范氏，乃御史中丞諷之女。夫人於趙氏有三子：果卿、俊卿，皆舉進士。以某年月日葬於

① 【張注】西去，方本"去"作"馳"。
② 【張注】化工，夏本、潘本"工"作"土"。

某所，祔趙君之塋。將葬，勉、過皆來乞銘，某曰："予敢不銘哉！"

銘曰：卜之吉，筮之又吉，千萬年斯安此室。

李夫人墓志銘

尚書比部員外郎魯君之夫人李氏，世爲汶人，駕部員外郎京之曾孫，國子博士定之孫，屯田郎中周珣之子。夫人年十六歲，歸於魯君。李氏故爲大姓，其姑姊妹多嫁於戚里貴人家。而魯氏雖嘗爲大官顯於世，然而魯君蓋儒者也，長袍緩帶，空坐而談文章，此固鼎門之膏粱女子所憎見，而夫人之母氏於是大悔之，遂奪夫人以歸，將以與貴人。夫人泣曰："寧從書生食藜羹以死，不可以有二夫。"乃去簪珥，絶葷茹，障一室以獨處，游觀之樂不及於里巷。如此者凡六年，母氏知無可奈何，乃復歸於魯氏。魯君禮之，加重焉。婦人之生於紈綺間，惟富貴之是欲，盛服出門，冠襦少故，則不肯登車，羞恚其夫，恨不即去之，尚肯相從於寂寞之境，甘死而不悔者耶？若夫人，可謂有大節矣。夫人善讀傳記，見古烈女遺事，悚然畏之，故其幽閑隱約，久而能固者，抑有以資取之。夫人之卒，享年四十二，纍封壽安縣君。四子：君産、君亮、君謂、君賓。女一人，尚幼。初，夫人被疾纍日，魯君竭所有市醫藥。及其終，則又走書丐銘，以列於墓。[①] 則魯君亦能仁於夫人者矣。嘉祐六年某月日葬於某所。魯君諱有開，字周翰，嘗與予同舉進士。

銘曰：世之桀婦，厭薄其夫。斥而去之，如泥在裾。穆穆夫人，不震不渝。既奪六年，復歸如初。在古烈女，可與爲徒。我鑱大節，以羞悍愚。

---

① 【張注】以列於墓，夏本、潘本"列"作"刻"。

朱夫人墓志銘

夫人朱氏，世居錢塘，仕吴越王多至貴官。祖某，始入宋，爲供奉官、荆南府監利縣巡檢，卒於監利，因家焉。父某，居縣以長者稱。夫人年十九，卜行，得今鄭州原武縣主簿馮君期之婦二十四年，有三男：詵、諮、諝。皇祐辛卯二月，以病卒於鄂州太平坊里第。夫人敏於婦事，晨興夕退，視烹溉，治枲繭，箴紉繡刺之文，歲時剪刻牖縷花草、雜巧之物，纖麗皆可喜。姑夫人性高嚴，家人不敢妄戲笑，而夫人以孝謹見愛。時有所爲，諸婦皆記以爲法。荆楚間言家行者，數馮氏，繇夫人能將順於内也。嘉祐八年十二月甲子，葬於河南府密縣義臺鄉某原。初，馮氏之葬皆在長沙，至翰林馮君，乃遷其考秘書少監之喪兆於河南，并夫人之喪祔於墓次。翰林曰："吾爲稚兒時，嫂撫我甚厚，圖報不遂，奈何？幸爲我以銘。"

銘曰：新壟之穹穹，其兆於密耶！愴然改窆，[①]不可久客耶！魂氣無不之也，果歸來乎此室也。

職方郎中鮑公夫人陳氏墓志銘

夫人陳氏，於某爲外祖母。夫人實有四女，長迺歸於我皇考祠部公，次歸於故太常博士石亞之，次歸於殿中丞馮安之，次歸於殿中丞余孝恭。夫人既終，而求其銘，宜莫如其甥之爲詳也。惟夫人之先，蓋出於富春。祖明，考易，嘗仕於錢氏而無大顯者。及錢氏入朝，夫人之族夫歸京師，[②]故夫人爲開封府人也。夫人之治家專用仁恕，妾侍有過，告戒之，俾勿犯而已，屏内不聞有鞭扑之聲。然其歲時饗祀，賓客之奉，上下自相飭以趨事，不責而成，雖嚴家未有過也。職方公既有清名，夫人亦能以儉自律，衣珥皆守舊法，不爲時好改易。其後遂常服大

① 【張注】愴然，各本"愴"作"號"。

② 【張注】夫歸，案：各本"夫"作"亦"，當從之。【謝案】作"亦"是。

疏袍，日食一盂飯，誦浮圖書，用此終身焉，享壽七十有四。以至和三年四月二十日卒，即用其年九月十一日，葬於杭州仁和縣廉讓鄉永樂里職方之塋次。職方諱當，字平子，善爲詩，似韋應物，世傳誦之，號“鮑詩人”。夫人亦好讀古史，能疾書，日草萬餘字，見者不知其爲婦人筆札也。二子：宗師，杭州昌化令；傅師，睦州録事參軍。夫人纍封萬壽縣君。

銘曰：佳哉！山穴而中處，惟是以爲固，是以爲陳夫人之墓。

副率府副率邵君墓志銘

邵君諱某，字某，山陽人，世爲大姓。而君疏簡獨喜書，嘗挾其能不得施。久之，嘆曰：“吾豈特坐靳此耶？”即捐其金數百萬，願補縣官費，廷議嘉之，授右班殿直監金陵羅務。代還，改左班殿直、關富陽税。會邑令數去，君嘗攝領之，磨心懇力，愕愕見廉角，潔厲明速，往屈其前人，治東諸侯，交語争薦之。明道沛恩，改右侍禁。已而病，顧所厚曰：“歸來乎！淮上吾廬也，以處以游，烏能憒憒於此哉？”即日狀罷，以副率府休於家。未幾卒，慶曆二年五月十有三日也，享壽五十有九。曾祖某，祖某，父某，晦德皆不仕。夫人李氏。子男：更、丕，舉進士，能充其科焉。男孫：詵、詢、詔。詵粹敏强學，亦舉進士，更之子也。以某年九月甲申葬於城南集下里先塋之次。

銘曰：提提其翼，飛之不遂也。繩墨而斲之，尚且及其試也。穫者食其實，惡知其不有待也。

趙縣主墓志銘

右領軍衛將軍、贈右驍衛大將軍世安之女。生十九年而卒，熙寧二年二月某日，祔葬於河南府永安縣。曾祖諱惟忠，右屯衛大將軍、昌州團練使、贈彰化軍節度使、舒國公。祖諱從恪，西染院使、贈萊州防禦使、東萊侯。

銘曰：生而提提，其儀窈兮。未及以行，倏其夭兮。素車嘽嘽，出都門兮。萬世一夕，歸九原兮。

慎夫人墓志銘

關彦長喪其婦，安陸鄭某往弔之。彦長泣曰："哀乎，吾婦之亡也！生無以與榮，今其死，奈何？幸子之來，其丐我十百字以銘其墟，而塞吾之悲也。"某諾之。明日，彦長走僕持札來，曰："吾婦慎氏，年十七，從其先君在蜀，期年喪其母及其先君，獨與寡嫂孤居服喪，因不能自歸。吾之先大夫遇之，[①] 哀其窮，遂娶爲吾婦，爲之盡絜其族歸之陳。[②] 自吾婦之入門，見其事舅姑日益恭，曰：'猶我之先君、夫人之在堂也。'其友娣姒必以禮，曰：'猶我之姑姊妹之在室也。'遇關試年，昆季皆登科，緑袍榮耀相先後，獨吾爲布衣，吾婦未常以此自愧。凡吾之奔走京師，必資其衣珥以行，至所畜唯空篋，亦未嘗有一言。今吾晚得一第，固不足以厚報，吾婦遂不得見以死，兹豈亦有繫於命也耶？此吾所以重痛泣而哀之也。"某曰："然。"吾聞夫人死二十餘日而彦長登科，内外宗族皆來賀，登堂相拜慶。既而痛夫人之不克見也，則又相與嗟語而戚戚涕洟於繐帷之前。嗚呼，是可哀也哉！夫人卒年四十一，其先君三衢。祖守禮，爲吴越王婿，入朝，遷於陳。父暉吉，太子中舍，知嘉州洪雅縣。子男二人，女一人，尚幼。某年某月日葬於杭州之錢塘縣某原。

銘曰：不榮於生，死而刻吾銘，亦何爲哉，夫人！

① 【張注】大夫，各本作"夫人"，案：作"夫人"是。

② 【張注】盡絜，潘本"絜"作"挈"，案：作"挈"是。

崔進士志

進士崔著，家於夷陵，贈工部侍郎遵度之孫，左侍禁仲求之子。生四十一年，至治平之乙巳三月壬午，卒於江陵，無室家以服其喪，無子以主其祭。斥其橐裝，以葬之於北郭長林門外，地衍而高，增土三尺，築垣以隱之，植木以覆之，荆州守鄭某鎸辭於石以志之。

墓　　表

贈工部侍郎楊公墓表

宣城楊君，諱鎬，字某，祥符五年以布衣終於家。其後十有八年，子璵登進士第。又三十有九年，璵爲光禄卿，纍贈君工部侍郎，於是安陸鄭某爲辭，以表其墓。夫公侯富貴之墟，久而遂荒缺，歲時不及卮酒之奠，其盛衰孰與楊氏爲多耶？然而楊君布衣也，其居鄉，父母不以憂，兄弟無失顔，宗族相附以睦，有不直於己，未嘗與之取勝，[①]質厚而樂易，循循然蓋長者也，其所履乃約乎己而已。後世猶爾，益久而顯，則冠冕而德於民者，其報施又何如也？君之居宣城已三世矣，其姓本出姬氏，晋之賢大夫叔向食采於楊，其子食我遂以爲氏。食我之滅，子孫逃於華陰及河内馮翊。至漢，太尉震最顯。唐之諸楊，多出於關右。

君之曾大父某，自湖州從事，始徙於宣城。生某，某生某，即君大父與考也。君娶於章氏，有二子：璪顓於治家，次即光禄也。君之卒，光禄無稚子，葬君於宣州之某縣某鄉。既釋經，幡然思有以顯其家世，即自磨勵，晝夜課文字，遂登進士第，歷隨、信、袁三州刺史，善爲

① 【張注】取勝，夏本“勝”作“服”。

治，寬而不懈，事雖百出，徐爲逆解之，各中其脉理。然世方以健悍搜抉爲能，其遺政美迹，獨三州之人於今語及之，則躊躇而不忘也。璪之子咸、兑，俱進士。光禄之子觀，壽州司理參軍；履，太廟齋郎；涣，郊社齋郎；某某，亦進士。緑綬逶迤，相踵於其家亦，可謂蕃矣。令格，五品得立螭首碑，是宜譔其美實，以刻之石。俾宣城之人來觀者，有以爲榮也。曰："此吾鄉君子之墓也。"其相與勉於善，則又曰："雖有德而不享，其後世乃有如楊氏之盛乎？"

卷二十三

五言古詩

雜興三首

女媧煉五石，上補天之缺。如錮黄金液，萬古無由裂。堯舜首制度，巨防高巀嵲。後世日破穿，通爲萬鼠穴。譬彼果蓏蟲，熟爛恣攻嚙。豈無良工手，一起爲施設。非若天之難，前輩有夔卨。苟或不關心，女媧亦爲拙。

塊泥封兩耳，師曠亦爲聾。離朱捏兩目，觸面不得通。折弓斷其臂，安得爲逢蒙。白日照六合，光耀當天中。苟爲物所蝕，齯齒猶成童。君子誠其意，默通大化工。所以虞舜明，不在雙重瞳。

秦皇按長劍，殺人如刈草。何獨李斯輩，竟以丞相老。漢元服儒衣，收諫如蓄寶。何獨蕭望之，誅鉏恨不早。滄海飛天波，枯澤淤行潦。劉纍嬰其喉，蛟龍不爲暴。魯士固多賢，親師仲尼道。至於出處間，惟有顔生到。

感秋六首

落日在高木，輝輝淡秋容。白雲起天鏡，飛去忽無蹤。雨薜爛漫紫，幽徑誰相從。孤慮如有根，糾結生心胸。良時忽已晚，撤耳過晨鐘。事業餘濩落，撫己真何庸。投箸不能食，却立倚長松。酒敵百萬兵，此憂不可攻。[①]

短松青鐵幹，童童三尺餘。花實少姿媚，獨與寒心俱。暴霜時侵凌，奮怒張雄鬚。長楸擁腫材，旁蔭可容車。秋風一夕來，解剥惟朽株。物性在堅柔，何必長短殊。楸葉已泥滓，松幹猶青膚。無煩問高下，且辨榮與枯。

我思洞庭橘，赤金三寸圓。磊落火齊珠，綴樹團紫煙。病肺燥不治，嘘吐氣欲燃。玉醴埋九地，鑿井不得泉。我欲涉洞庭，采橘秋雲邊。駭浪破我舟，蛟龍怒騰騫。安得萬里風，吹落墮我前。

日車輾東井，一陰穿土生。死草出飛火，殺機從此萌。况及八月秋，大昴騰光精。氣勢日發勵，乾坤露峥嶸。萬木赤立死，百蟲相弔鳴。菲菲黄菊花，幽叢發孤英。采擷對樽酒，悲歌不能傾。所悲陽德消，日與群陰争。

林杪一蟬噪，翛翛凉風來。清響斷復連，裂耳增餘哀。浩露洗明月，珠樹凉璀璀。蜕飛各有時，詎能人力裁？儒生守文字，舌腐猶蒿萊。空腸貯古書，獨立誰爲媒。咄哉丈夫氣，胡爲久徘徊。

軒軒蒼角鷹，殺氣凌高秋。一息一萬里，獨與長風游。獵騎走霹靂，落臂無虚投。古冢白鼻狐，立死不得留。飛霜未殺草，擁翅寒胡愁。畜力以待奮，仁如林中鳩。今兹順天誅，狡穴破奸謀。美哉青骹姿，識時誰與儔。

① 【張注】酒敵百萬兵，各本“敵”作“衝”。

秋　　聲

蚯蚓如嘒管，逢時土中鳴。秋蟬抱枝死，不敢鼓秋聲。聽者何無厭，忽如鳴秦箏。大雨漂九土，曠蕩空太清。

回次嬀川大寒

地風如狂兕，來自黑山旁。坤維欲傾動，冷日青無光。飛沙擊我面，積雪沾我裳。豈無玉壺酒，飲之冰滿腸。鳥獸不留迹，我行安可當。雲中本漢土，幾年遭殺傷。[①]元氣遂隳裂，老陰獨盛强。東日拂滄海，此地埋寒霜。況在窮臘後，墮指乃爲常。安得天子澤，浩蕩漸窮荒。掃去妖氛祲，沐以楚蘭湯。[②]東風十萬家，畫樓春日長。草踏錦靴綠，花入羅衣香。行人卷雙袖，長歌歸故鄉。

大寒呈張太博[③]

寒風怒蓬勃，排户入吾室。沙灰漲天黑，白日赤黄色。捉衣擁肩坐，心脾寒慘慄。須臾天氣變，陰黯如塗漆。跳空雨雹飛，四走珠璣出。數子方嘆驚，共怪天公逸。先生携書來，昂頤杖飛策。乃召二三子，環坐與之席。呼童令取酒，盤飣雜棃栗。酒行寒氣除，春陽生四壁。先生説大義，馳騖何纖悉。洞徹人精神，兩耳飛霹靂。老語植根節，九牛不可屈。堯眉與舜目，緬若曾相識。如當夜黑中，光耀見赤日。退思聖賢業，所積在劘劇。韋皮畫山龍，塊泥亦瓦礫。人固有識智，非如物之植。而不自刻苦，晝夜如刀尺。年齒方壯健，男兒宜努力。方今太平民，尚未獲蘇息。誰能拱兩手，看人樹勛績。

---

① 【張注】遭殺傷，潘本、夏本作“非我疆”。

② 【張注】“掃去妖氛祲，沐以楚蘭湯”，各本無此十字。

③ 【張注】潘本“博”作“傅”。

迫晚風雪出省咏張公達《紅梅》之句

雪花障路飛，飄濕紅杏韉。歸馬碧蹄疾，踏破白玉田。攬轡獨長想，物境真可憐。朝紱未挂身，豪逸倚少年。結客上高樓，珠箔遮碧天。燒酒紫煙沸，割炙白膏鮮。美人挪素手，笑弄琵琶弦。醉眼生亂雲，不省到家眠。俊游或如失，倒指還摻然。薄莫出華省，卜馬燈已燃。强笑破老顔，寄恨揮華箋。翫世張公子，嗜酒真神仙。抛擲咏紅梅，負伊清樽前。公達詩云："紅梅花下一樽酒，抛擲清香是負伊。"再讀再三嘆，心斷空悁悁。起予如繭絲，織愁成短篇。

雷　震

四月老陽盡，蟄雷方發聲。七月連大雨，碾天三日鳴。夜或發狂震，卧者皆起驚。奔電曄然作，[①]忽如烈火明。高樹大百尺，霹倒燒其根。往往光曜中，時見怪物形。飛雹大如指，萬弩相奔傾。椎擊鳥雀群，掩地交縱横。雷者主號令，爲天之常經。奮豫既過時，及此何訇訇。無乃號令失，安得四時平？春秋書震電，推之在五行。天道儻可信，使我心不寧。

冬日同仲巽及府寮游萬壽寺兼有龍山之約

峻阜如蟠虹，蓄泄氣象靈。紺宇隱紅樹，繚若畫在屏。聯騎轉城角，沙路俯回汀。[②]野寺對寒水，白壁敞雲扃。嶠深松桂黑，地古莓苔青。朱橘擁繁梢，懸綴黄金鈴。横梯出虚閣，古像銅青熒。眺聽揖秋境，豁露無藏形。清氣换俗骨，蕭爽毛髪醒。汲泉煮露芽，却坐竹間亭。高談落四座，金石朗衆聽。脱落見逸調，驟如馬在坰。眇然遺組紱，太山

① 【張注】曄然，各本"曄"作"倏"。

② 【謝案】路，文淵閣本作"步"。

一浮萍。落景不我顧，簷角出寒星。燕客未渠央，歸鞍安得停。歲宴幸豐樂，楚人飽且寧。蟋蟀刺褊陋，及時灑子庭。傳聞落帽山，風涼久凋零。已釀白玉泉，連車載百瓶。行期一佳賞，相與快煩冥。

直宿省中

娟娟海棠花，小蕋春來瘦。斑斑青竹枝，疏葉未生就。碧砌畫欄干，雨斷黄昏後。厭酒未能眠，時拾殘花嗅。

奉使過居庸關

鐵山五十里，猽獸不能逾。兩壁如夾城，行人貫衆魚。巨關隔元氣，寒暑南北殊。一夫扼其鍵，萬馬不能趨。石氏窺三川，荒唐誰與謨？不能仗大義，割地事匈奴。封樹未拱把，敵騎已長驅。後嗣竟銜璧，白衣拜穹廬。自此失天險，一柱折坤輿。世宗有英氣，手撼昆崙墟。關南下六城，卧病歸東都。太祖得天下，僭竊即爲誅。右顧取蜀漢，左顧平荆吴。欲藏百萬縑，萬里購頭顱。可用一赤組，坐使縛單于。奇策秘九地，白日忽西徂。壯士折其弓，痛哭望鼎湖。[①] 先帝務養民，柬箒不忍除。歲時遺繪絮，[②] 天府藏丹書。桑柘入燕山，牛羊卧平蕪。我行謬使節，踏冰出中塗。路傍二三老，幅巾垂白鬚。喜見漢衣冠，叩首或欷歔。不能自拔掃，百年落鬼區。天數終有合，行上督亢圖。酹酒弔遺民，泪濕蒼山隅。

湖　上

秋影落西湖，淥波净如眼。摇船入芰荷，船裏清香滿。花深不見

① 【謝案】痛，文淵閣本作“慟”。
② 【謝案】繪，文淵閣本作“繒”，當從之。

人，但聽歌聲遠。還從過船處，折倒青荷傘。爲采秋芳多，不覺飛霞晚。回船未到堤，更引金蓮盞。

湖上遇雨

老龍怒相搏，快雨忽噴灑。天公白羽箭，竦竦射萬瓦。電眼窺人屋，狂雷震欲下。直疑惡溪山，掃除重造化。頃之蒼雲裂，天光出縫罅。變怪忽寂寥，乾坤似新畫。秀靄翠堪包，清風健可跨。林影走群龍，溪聲回萬馬。更無一塵飛，清光熨平野。沙路净無泥，侵凉宜早駕。高堂應念歸，屈指期到舍。

入采石

始飲秦淮水，已湔京洛纓。自嫌塵土迹，恐污江山清。太虚淡秋影，霜物尤疏明。擬問白雲公，貰此秋巖耕。

汴河曲

朝漕百舟金，暮漕百舟粟。一歲漕幾舟，京師猶不足。此河百餘年，此舟日往復。自從有河來，宜積萬千屋。如何尚虚乏，僅若填空谷。歲或數未登，飛傳日逼促。嗷嗷衆兵食，已憂不相屬。東南雖奠安，亦宜少儲蓄。奈何盡取之，曾不留斗斛。秦漢都關中，厥田號衍沃。二渠如肥膏，凶年亦生穀。公私富囷倉，何必收珠玉？因以轉實邊，邊兵皆飽腹。不聞漕汴渠，尾尾舟銜軸。關中地故存，存渠失淘斸。或能尋舊源，鳩工鑿其陸。少緩東南民，俾之具饘粥。兹豈少利哉？可爲天下福。

寄題辰州沅陽館

張侯守辰溪，作館清溪上。峻趾擁崇岡，跛海鰲足壯。石嶝盤山回，游人出屏障。林壑互蔽虧，昏明各異狀。辰溪俯洞夷，登臨少佳況。不知自何人，於此廢真賞。[①]窪池失蛟龍，破屋藏魍魎。如持萬黄金，棄之在污壤。張侯一芟掃，耳目復清曠。坤倪伏詼譎，閃倏見氣象。素壁照清秋，篸牙屹相望。啼鳥共徘徊，飛雲自來往。携樽聽鳴泉，便可傾佳釀。煙披舞袖潤，谷應歌聲響。客醉未容歸，明月纖纖上。幽懷儻自得，所適即爲放。兹地雖陋僻，境静猶足尚。壯士偃旗眠，落日惟樵唱。緩帶一來游，清風日蕭爽。

戍邕州

兵符下西州，將軍催部伍。鳴鑼張大旗，早發邕州戍。家家送出城，走哭遮行路。邕州萬里餘，北人那可去！毒草見人摇，雄虺大如樹。二月瘴煙發，薰蒸劇甑釜。病者如倒林，十纔起四五。偶有脱死歸，扶杖皆病僂。逃生既不暇，安能捕寇虜。跳踊一蠻來，取之易攫鼠。顧彼有土人，揮金可召募。狃練得精卒，亦足爲爪距。妻兒蓄里閭，於心必愛護。較之勇怯間，相去猶豚虎。一朝有緩急，伸縮用臂股。何必遣戍兵，觳觫就死所。願留中州人，無填嶺南土。

留侯廟

留侯仗奇策，十年藏下邳。狙擊秦始皇，獨袖紫金椎。兹爲少年戲，聊誇游俠兒。退學黄石書，始見事業奇。兩龍鬥不解，天地血淋漓。攝袖見高祖，成敗由指麾。[②]重寶啗諸將，嶢關遂不支。斥去六國

① 【張注】廢真賞，夏本、潘本“廢”作“發”，甘云作“發”是。
② 【張注】指麾，潘本“麾”作“揮”。

謀，輟食罵食其。卒言信布越，羽以爲騎馳。餘策及太子，四老前致詞。立談天下事，坐作帝王師。功名竟糠粃，撥去曾亡遺。往從赤松游，世網不能羈。韓彭死鐵鉞，[①]蕭樊困囚纍。榮辱兩不及，孤翮愈難追。陳留本故封，道左空遺祠。兩鬼守其門，帳坐盤蛟螭。威靈動風雲，飄爽回旌旗。我來謁祠下，文章竟何爲？長嘯咏高風，三日不知飢。

游清凉寺

野思不可收，瞥若孤雲生。船頭插芳草，閑踏飛花行。春江摇夕陽，緑波鱗鱗明。更欲待潮歸，高城聞鼓聲。

夜　半

夜半群動息，高車始停輪。白日苦不没，役死天下人。黄金埋九地，家家惡賤貧。安得充所欲，不蹈通衢塵。

記　夢

赤城老仙翁，面發日月華。獨立石巖下，手把蟠桃花。授我碧簡文，奇篆蟠丹砂。讀之不可曉，翻身凌紫霞。

蘇刑部自湖北移漕淮南

先公道義交，晚得蘇公佐。俾予往拜之，兄弟安敢墮？[②]漂忽十五年，日月如旋磨。近佩荆州符，吏牘方自課。蘇侯乃外臺，庶幾容謬懦。

① 【張注】鐵鉞，潘本“鐵”作“鈇”。
② 【張注】兄弟，案：“弟”或是“事”之譌。【謝案】作“事”是。

若獲巨木陰，似翳桑下餓。相約待秋深，事隙得高卧。風灑渚宫凉，碧溪絶塵涴。穿林或倦行，拂石還分坐。夙懷詎髣髴，幽事信坎坷。除書走馬來，换節長淮左。嗟予踽踽游，有唱期誰和？楚老遮郭門，扳留知不可。别酒雖無懽，歸帆幸少垛。蘇侯賢大夫，歷數今誰過？議論抵廟堂，有力莫能破。挺如白玉圭，棱角不可挫。大匠斵明堂，宜居左右个。猶馳使者車，挾策均萬貨。淮人久焦枯，蘇息在欬唾。傾酒吐長言，遥爲淮人賀。

送吕稚卿郎中奉使江西

赤蛟卧淺水，頭角不可藏。天公果見之，叱起南山傍。吴侯蓄奇才，投刃誰能當！有吏如群鴉，[①]簿領埋屋梁。據案即時决，眸子愈精光。不試巨鰲足，包裹百煉鋼。如何若漫浪，華省亦爲郎。日署百十字，支頤對修篁。酒醒晚意悶，睡美春味長。閑甚却索寞，相遇必壺觴。平子亦疏放，爾我兩相忘。君領勾院事，絶簡與予友張公達爲鄰舍，尊酒過從，相得甚樂也。昨日鳳凰下，詔書五色行。特賜黄金魚，付以十州强。江山亦畏威，指顧隨低昂。乃知飛龍厩，放出真乘黄。一秣一萬里，争路看騰驤。此行况秋色，碧江襟袖凉。啄黍黄雀肥，鰣魚如截肪。願加數匕飯，以慰長相望。

送元待制絳知福州[②]

常公廊廟姿，龍節殿南區。鑿開文章源，儒學比蜀都。儀儀天章老，秀色發東吴。相望三百載，還擁朱轓車。風帆入天鏡，[③]雲際如飛鳧。到郡省風俗，少住使君旟。邦人愛文字，小吏亦詩書。歐生死北

① 【張注】有吏如窮鴉，夏本作“百吏如群鴉”。

② 【張注】夏本、潘本“元”作“常”。

③ 【謝案】鏡，文淵閣本作“境”。

土，仙山失璠璵。魁怪遂横行，聖人惡奪朱。願公正禮法，引之君子塗。騤騤萬馬群，必有真龍駒。它時楊得意，自可薦相知。①

送岷山楊道士游廬②

獨鶴志萬里，不肯安故林。排翮下岷山，浩蕩窮幽尋。初來識京師，魏闕鬱蕭森。講書勤萬乘，賜服照華簪。群公作詩贈，却轉清淮潯。振策寄靈隱，采芝宿孤岑。明月落西湖，澒洞萬頃金。遂斷浙江潮，噴薄白日陰。芙蓉滿越國，耶溪秋水深。欲追二老迹，赤城窈嶔崟。海月入長嘯，山風吹醉襟。回橈姑孰溪，相逢慰予心。緑髪頎而長，蕭灑見球琳。共飛秋浦帆，飄若雲間禽。舍我入廬阜，煙蘿極登臨。瀑布瀉天來，飛雪寒涔涔。手攀青桂枝，側聽白猿吟。倚石讀《周易》，臨流揮素琴。於此可忘老，身世隨浮沉。若見荆州客，爲傳金玉音。

① 【張注】相知，各本“知”作“如”，當從之。
② 【張注】游廬，案：各本“廬”下有“山”字，當從之。

卷二十四

五言古詩

陪程太師宴柳湖歸

嗚珂曉日動，畫旗春風斜。馬蹄碧玉砧，踏破黄金沙。夾路盡高柳，屹如紺壁遮。草軟藉游人，樹暖啼嬌鴉。[①]長湖畜元氣，飛亭插蒼霞。開樽適逸調，笑言醉方譁。人意重於春，酒香濃勝花。所嗟無壯士，挽住白日車。上馬橫馱歸，不省歸到家。淮陽有此境，足爲天下誇。要路諳機阱，犴犴争齒牙。願公且留鎮，所得懽無涯。卷袖倒大白，秀髮攲烏紗。時與東風期，一來賞春花。

春日陪楊江寧宴感古作

昔聞顔光禄，攀龍宴京湖。樓船入天鏡，帳殿開雲衢。君王歌《大風》，如樂豐沛都。延年獻嘉作，邈與詩人俱。我來不及此，獨立鍾山孤。楊宰穆清飈，芳聲騰海隅。英寮滿四産，[②]粲若瓊林敷。鷁首弄倒景，蛾眉掇明珠。新弦采梨園，古舞嬌吴歈。曲度繞雲漢，聽者皆懽娱。鷄栖何嘈嘈，沿月沸笙竽。[③]古之帝宫苑，今乃人樵蘇。感此勸一

① 【張注】嬌鴉，夏本“嬌”作“驚”。

② 【張注】四産，潘本“産”作“座”，案：作“座”是。

③ 【張注】沿月，各本作“松風”。

觴，願君覆瓢壺。榮盛一作盛時當作樂，無令後賢吁。

稚卿約郭外之游

舉世尚刻飾，趨時獨放達。醉眼挂飛雲，孤心貯明月。大匠坐高堂，群材就剞劂。楩楠即赤霄，容此蟠根屈。平明萬馬趨，玉鎖開雙闕。晴雲暖不收，飛遶龍旗闊。堯眼八采眉，下燭天光發。鸞鵠出閶門，穩路平沙滑。簾額見春輝，竹陰摇省闥。萬事攬乾坤，紛紛卷巾髮。安得黄金篦，静把塵相刮。屈指待春游，煙沸喉咽渴。擁樹雪花消，中庭潤於潑。臘酒寒未壓，玉醅猶可撥。東風自愛花，已入香梢活。醉友好相尋，煙郊緑如抹。無爲世網牽，直把名韁脱。白浪漂山來，意在秋毫末。險徑雖可通，驊騮中一跋。兩耳厭俗論，乍喜春泉聒。躍馬携金樽，風雨不可奪。

懷顧子惇

托身事權門，譬如狎雕虎。餧之得其欲，弭首迺無怒。苟或咈其心，騰爪必傷汝。權門愛曲從，破㲉出毛羽。一語不相酬，隨手覆塵土。禍福非不明，焦爛猶奔赴。聳動會稽山，山前有直路。鑄金不作鈎，斵木寧爲矩。終歲守衡茅，藜藿甘辛苦。

贈朱省郎

蕭灑不羈性，本自出塵埃。棄去萬物纍，健翅天地回。白髮朱省郎，巖業稱高才。春風如故人，昨日天涯來。置酒畫堂晚，勸我白玉杯。調笑脱俗態，高談若風雷。歸來碧窗静，殘照寒徘徊。豈知丈夫志，力劈青雲開。孤坐泪横臆，慷慨無良媒。世事如轉蓬，竟日千萬回。掠翅凌赤霄，欲拉高山摧。誰可料前途，使我孤心哀。

送方元忠

京師惡塵土，兩足没至踝。狂風暴然作，塞天赤如赭。事牽或出門，復又無驢跨。垢污黏透衣，留遲固不遐。[①]走歸掃一堂，[②]涼泉急傾灑。琢琢客扣門，[③]置帽懶出迓。呼童揖客進，客語驚鄰舍。自誇已得計，歸舟即日駕。風塵久厭苦，喜此脱去乍。淮影貯蒼山，飛峯皆倒挂。霜月秋暉明，乾坤曝圖畫。往往窮谷間，賢豪伏其下。去而從之游，精粗得陶冶。剖發露光鋩，爬羅無縫罅。豨膏滑兩軸，直縱飛黄靶。庶以卒吾業，孰能籌周舍。余云子語健，决去不可且。伊昔同壯游，清罇固屢把。病酒常至午，醉歸每及夜。朋輩俱飲豪，斗酒快一寫。窮甚或見憐，怪極亦遭罵。爾來五六年，退縮但嗟訝。老意漸相期，懽心早已謝。買得東皋田，束衣即歸稼。簞笥苟非道，萬石安能藉？期子在高秋，行當秣吾馬。

夜坐寄正夫

月落如玉虹，飛過梧桐枝。開懷待歸風，如與佳人期。白雲嬌媛嫷，緑樹涼參差。安得餌瓊華，慰此終夕飢。

扶溝白鶴觀有蘇子兄弟贈黄道士詩二闋，縣令周原又以三篇紀之，邀余同作

道士黄初平，愛酒老不衰。二豪留醉墨，蕭洒白雲辭。流鶯境寂寞，無復落花枝。空餘鳳凰字，猶得周郎悲。

---

① 【謝案】遐，文淵閣本作“暇”，當從之。
② 【張注】一堂，夏本、潘本“堂”作“室”。
③ 【張注】琢琢，各本作“剥啄”，宜從之。

哭渭夫二兄

生平抱直氣，鬼神不敢干。乃從異物化，使我涕泗瀾。昔之初拜兄，申申從太原。府公頗好事，鑿地種琅玕。築學百餘室，吾徒得所盤。嘈嘈誦古書，鄰家嫌聒煩。間日課辭章，據義相譏彈。兄時處乎中，竦竦如長竿。負氣頗剛簡，未嘗媚語言。與衆不相合，節角難爲刓。而獨顧我喜，謂如椒在蘭。璞玉逢礪石，圭璧不爲難。離合雖屢更，於義則相完。應舉來京師，羈旅誰爲歡？投篋寄兄舍，乃同在家安。我常劇醉歸，吐嘔几席間。獨兄在我旁，撫視夜不眠。雖非共飽乳，此意何疏親。向雖聞兄病，已云不能餐。日惟飲醇酒，無乃酒爲患。昨暮得報書，遂死不復還。擲書一痛哭，痛甚連心肝。恨我有此身，不生雙羽翰。摶風一飛去，瀝酒哭其棺。起坐空嘆泣，膈臆何由寬？攬筆作此詩，顛倒不成篇。焚之寄地下，兄乎其來觀。

送趙書記赴闕

草頭煙霏霏，草影摇斜暉。殘花猶綴枝，故人何日歸？不惜殘花飛，惟惜故人稀。酒到君莫辭，淋漓從滿衣。

勉陳石二生

精金埋深山，鑿土不難得。大貝貯蒼海，破浪亦能識。山趨猛虎穴，海入長蛟室。必意往取之，投軀不少惜。仁義藏遺書，堯孔聖人迹。不觀不知道，觸塗暗於漆。上無猛虎畏，下無長蛟逼。污辱不及身，燦燦嵬山璧。金貝豈飽腹，盜竊恐易失。纍纍畜滿家，僅能一身佚。孰謂遺書貧？猗頓莫能易。其源固不貲，可爲天下澤。二子齒甚少，蚤莫宜加力。剖剥見光鋩，拄天一千尺。勿逐籬下雛，自跨鳳凰翼。雄聲落衆耳，白日飛霹靂。偏親況在堂，雪縷初垂白。淚眼望榮歸，一書千萬億。

夜燈綻寒衣，秋風吹素壁。胡爲不奮飛，跳躍在泥磧。北闕挂賢科，將相嘗曾歷。五犗垂巨鉤，往往長鯨食。學飽遂騫翔，青雲無物隔。右顧玉堂人，左揖金鼎客。廣庭羅鼓鍾，朱門畫幡戟。歲時獻親壽，腰金光照席。慈顔春雲披，此樂直無敵。是爲烈丈夫，後世稱盛德。榮辱固在人，孰云非我職。

别小女

一别寸腸破，再别元髮衰。人生無百年，那堪長别離！萬事從委蜕，漆園真誕辭。去去復何言，東風雙泪垂。

咏竹寄元忠

寄卧丞相廬，東軒富修竹。如對古賢人，高標鎮浮俗。露氣沃人清，煙色沾衣緑。丹鳳何時來？瘦損琅玕玉。

對雪寄一二舊友呈張仲巽宗益運判

少年喜風雪，走上百尺樓。買酒不論錢，貰却紫貂裘。相從盡豪客，樓下繫紫騮。雄心視宇宙，萬事葉沉浮。欲騎鳳凰去，肯顧萬户侯。誤奏《上林賦》，白衣對冕旒。一釣滄海空，遂跨六鰲頭。去年辭紫微，龍節得荆州。渚宫美游觀，絳帳壓清流。風雪不異昔，亂眼玉花稠。日月翻兩車，俄驚十五秋。故人如飛雲，零落不能收。老意雖未伏，酒量已難投。弔影對明燭，金樽誰獻酬？隔年得一書，何足解沉憂。安得縮地術，來此醉相留。故人不可見，敢忘貧賤游？

答吴伯固

伯固讀我詩，掉頭吟不休。明日踵我門，作詩還相投。初讀頗怪駭，如録萬鬼囚。筆墨又勁絶，涌紙花光流。想其揮掃時，天匠無雕鏤。倒下百筐珠，[①]滑走不可收。嗟余文字拙，瑕纇多瘡疣。迺如醜老婦，見此明鏡羞。美言反見誦，倫擬非其儔。扶樹腐木茂，使之凌崐丘。又欲唱其宫，使我商以謳。相搏如風雷，直與郊愈侔。子趨則甚易，於我寧得不。力敵氣遂作，聲應律乃酬。譬如楚漢翁，畫地争鴻溝。我才非子對，何足當戈矛。幸子時見過，高吟消百憂。

酬王生

兩日立我門，[②]再拜求我詩。我詩非美粟，安得充君飢？十年誦《周易》，滿腹文王辭。文王不可見，使我空涕洟。

客　舟

滄江落日動，宿鳥歸故山。托巢在高木，朝去夕必還。客舟逐南風，大雪留楚關。何日掃吾廬，種秫鄖溪間。

陳蔡旱

萬頃無寸苗，旱氣白於水。桑葉蟲蝕盡，蠶未三眠起。挽舟如挽山，何緣出泥滓。滯寃何足言，耕夫將餓死。

---

① 【謝案】筐，文淵閣本作“篋”。

② 【張注】兩日，方本“兩”作“百”。

村　家

臨水夾疏篁，蕭然一環堵。稚子戲芳草，小婦舂黄黍。爲生雖甚微，猶足安吾土。應笑馬上人，衣濕朝來雨。

收　麥

小麥如人深，[①]瀰漫不見地。一苞十餘莖，一莖五六穗。實粒大且堅，較歲增三倍。芟穫載滿車，纍纍犢銜尾。大挈置之場，龍嵸丘陵起。婦姑趁天色，撲抶喧鄰里。貧者攟其餘，翁嫗携稚子。農家兹有獲，卒歲可無餒。去夏水漂屋，汩竄幸不死。以得補所失，囷圖可儲峙。云問麥之收，豐飽何因爾？得非長官賢，政化順天理。無乃農夫勤，蚤莫事耘耔。兹蓋天公仁，雨澤以時至。消滅賊與蝨，隴畝皆稠穊。嗟嗟爾之民，無忘天公賜。

羌　人[②]

豢飽則踣齧，羌人敢肆行。蚊虻失驅逐，螻蟻遂縱横。古先謀士帥，今誰可將兵。廟堂攬群策，還許訪書生。

古　井

百尺青梧桐，下有寒泉井。分明古鏡中，照見梧桐影。朝汲水花清，暮汲水花冷。願持沆瀣杯，遠寄蓬山頂。

---

① 【張注】如人深，夏本、潘本作“深如人”。

② 【張注】羌人，各本“人”作“奴”，下同。

老　　樹

老樹十百圍，赤日不滿影。廟貌畫鬼神，焰閃見光景。閭里頗驚動，豚壺日叩請。小巫口吟呀，祝奠屢折磬。安敢議剪伐，惟恐罹灾眚。烏雀不敢巢，① 繁陰實修整。豈有物所憑，陰奸設機阱。吾聞夏后氏，液金鑄九鼎。窟穴盡發露，夔羊皆遠屏。自從九鼎亡，草木亦有幸。

松　　竹

鉏蘭種松竹，意嫌蘭易衰。土氣不變惡，物性先自欺。勁竹見破節，直松生曲枝。嗟嗟松與竹，空使幽蘭悲。

菊

菊花初抱葉，始見春光來。緑蓓今著花，又見秋風回。高天不容土，白日安可栽？一世如大瘧，寒暑還相催。使我明鏡匣，羞爲蒼顔開。流年可奈何，獨有金螺杯。閑秋無丈尺，付與令剪裁。况兹佳節近，秋日宜樓臺。菊花又密閙，爛若金縷堆。如何不自樂，行繞空徘徊。秋風不惜花，即見飛蒼苔。惟此一樽酒，萬事皆塵埃。

瘦　　馬

瘦馬如束薪，寒沙粘緑鬘。我非九方皋，謂有大宛骨。渴引寒泉飲，飢剪青芻秣。如何得甘豢，輒爾事蹄齧。朝來試錦韉，銜踏行步闊。起立高於人，一頓金羈脱。圉人雖有恩，亦懼來奔蹶。古稱去害群，吾寧痛鞭撻。咄哉爾何心，無乃忘本末？

① 【張注】烏雀，潘本“烏”作“鳥”。

慈烏行

鵶鵶林中雛，日晚猶未栖。口銜山櫻來，獨向林中啼。林中有鵶父，昔生六七兒。一朝棄之去，空此群雛悲。意謂父在林，還傍前山飛。山中得山櫻，欲來反哺之。繞林復穿樹，疑在葉東西。東西竟無有，還上高高枝。高枝僅空巢，見此涕沾衣。復念營巢初，手足生瘡痍。朝飛恐雛渴，暮飛恐雛飢。一日萬千回，日日銜黍歸。今我羽翼成，反哺方有期。如何天奪去，遂成長别離。山櫻正滿枝，結子紅琲肥。而我不得哺，安用自啄爲？嗟嗟我薄祐，哺之固已遲。尚有慈母恩，群雛且相隨。

蝦蟆

積雨腐萬物，吾廬亦頹壓。蝦蟆何無厭，短腹猶呼渴。吾欲携兩股，擲之滄海闊。懼其渴太甚，跳去食明月。

題杭郡閣案：此首從《玉壺清話》補入

雨影横殘虹，秋容映陰日。寒江帶暮流，曉角穿雲出。峰藏翠如織，宿鳥去無迹。封書寄所懷，聊托金門翼。

采凫茨案：此首從《宋文鑑》補入

朝携一筐出，暮携一筐歸。十指欲流血，且急昨前飢。[①] 官倉豈無粟，粒粒藏珠璣。一粒不出倉，倉中群鼠肥。

---

① 【張注】昨前饑，《宋文鑑》“昨”作“眼”。【謝案】當從之。

故人梁天機家岢嵐即五臺山之南也，余馳使雲中，道出山後，跂望不及，因成拙句以寄之

君家在山南，我行在山北。山如碧連城，千里萬重隔。我行君不知，乘冰赴異域。異域無春風，未晚日先黑。思君應在家，游衍甘眠食。復恐爲薦書，去謁天子國。寒雲在山頭，應見真消息。我欲訊寒雲，雲飛攀不得。我馬不行空，如何度山側。相望兩不知，立馬情何極。

卷二十五

七言古詩

春　　日

樹頭蹄鳥喚眠覺，[1] 無數柳綿飛入袍。亂花邊屋水光動，碧虹漏窗春日高。乳雀趁飛玉蛺蝶，嬌鵶啄落金櫻桃。倚欄正欲破閑悶，聽得酒聲鳴小槽。

二月雪

戊戌二月二十六，忽見大雪漫空來。長老驚嘆共相語，非時有雪誠怪哉！陽爻四畫已出地，至今百蟄不聞雷。怪得氣候鬥暄暖，便疑赤帝來相排。黑風倏起卷滄海，白日黯黯如煙煤。須臾大雹雜猛雨，滿地走迸瓊與瑰。陰氣蓄怒固未已，即時飛雪相傾頹。青靈何處避威侮，蒼鳳停車寒毰毸。天地萬物失光彩，草樹僵凍成枯荄。凌暴春工大酷烈，[2] 似恨百花先時開。隱公三月亦雨雪，仲尼《春秋》書爲灾。是時魯國行謬政，天心可用人理推。我疑此雪不虛應，必有沴氣戕栽培。去年六月已大水，居人萬類生魚顋。當時夏税不得免，至今里正排門催。農夫出田掘野薺，餓倒袛向田中埋。方春鳥獸尚有禁，不許彈獵傷胚胎。而況

---

① 【張注】蹄鳥，各本作“啼鳥”。【謝案】作“啼”是。

② 【謝案】大，文淵閣本作“太”。

吾民戴君后，上官不肯一挂懷。豈無愁苦動天地，所以當春陰氣乖。衹消黄紙一幅詔，敕責長吏須矜哀。蠲除餘租不盡取，收提赤子蘇饑骸。沛然德澤滿天下，坐中可使春風回。

通州雨夜寄孫中叔

黑雨噴薄陰雲驅，昏林號風秋聲粗。海氣熏煮怒不泄，彭彭十月推雷車。濕衣憫默瞠無睡，起對樽酒誰爲娱。此心豈復有雙羽，一夜飛去不可拘。昔與子同入京師，借屋共寄西城廬。愛我議論有可采，携草就我誇染濡。煉出五色補天漏，擔筆蘸墨縱横塗。子云朋友當如是，脱然意快如獰駒。京師天子之所宅，樓殿堆疊騎天衢。瓦光流碧滑欲走，繢畫顛倒横相舁。東風薰濃一千里，黄峰胡蝶飛蘧蘧。[①] 高樓張旗門煮酒，沉香滿榼含真珠。[②] 玉盆一飲醉不醒，落花滿衫行相扶。未幾子去游西洛，嗟我出門獨騎驢。晚落塵埃兩袖泪，望子不見風吹裾。三月殿前試不中，青冥失計游五湖。撫劍東南看滄海，大江正值秋風初。我疑海神怒天熱，直欲上薄東日烏。乾坤頓撼壯人意，揭竿便欲尋狂奴。九月歸來已霜蚤，肥膏紫蠏溶金酥。南窗燈火夜可喜，篋中卷册聊鋪舒。讀倦抱膝一吐氣，契闊各在天一隅。相别於今二百日，飛雁南來無北書。游從驩喜似舊否，洛下爲學安穩無？雖然貧窘少倚賴，空腸慎勿多悲吁。聖賢獨立以待用，提出日月還唐虞。天地當中貫一柱，孟子所謂大丈夫。躁兒跳躍不足數，插翅强欲飛蟾蜍。縱子不遇乃至死，勉之學爲荀楊徒。

荆江大雪

長鯨戲浪噴滄海，北風吹乾成雪花。漫空傾下不暫住，三日不見金

① 【張注】黄峰，夏本、潘本“峰”作“蜂”，案：作“蜂”是。
② 【謝案】含，文淵閣本作“金”。

老鴉。天工鬥巧變物鏡，[①] 玉作荆州十五家。[②] 須臾堆地厚一尺，直疑天漏亡由遮。白頭老柏最崛强，壓折鐵幹紛鬖髿。竹屋夜倒不知數，但聞走下雷霆車。南方瘴土本炎熱，經臘猶生碧草芽。忽遭大雪固可怪，凍兒赤立徒悲嗟。青錢滿把不酬價，斗粟重於黄金沙。此時刺史頗自愧，起望霽景殊無涯。有民不能爲撫養，安用黄堂坐兩衙？

和仲巽《荆州大雪》

黑雲撇下一天雪，[③] 開簾正見花飄飖。渌罇覆按不能飲，緬懷白髮同心交。拈毫竄紙聊自戲，不覺大語驚連鰲。呼兒眷本寄之去，豈敢有意誇雄豪？謬稱抛磚引鳴玉，遂蒙老手來相嘲。且言本出將家子，慣看飛雲連沙起。常騎快馬臂蒼鷹，走屠赤豹裂青兕。燕山崛岉鬱天起，玉關石壁俱天壘。昔纓漢冠爲漢民，今埋胡沙作胡鬼。[④] 欲擕熊虎十萬師，獨以一箒掃群蟺。左鈐休屠批谷蠡，直出龍沙五千里。嗚呼君言豈不偉，單于聞之須怖死。莫羞茜袖雙鬢華，盤屈肺肝生嘆嗟。君不見東海老翁含兩齒，投竿起載文王車。又不見荆州長史年七十，手提九鼎還唐家。窮通變化不可測，蟠蛟寧久藏泥沙？况君著意經營久，奇策峥嶸爛星斗。殿前即日拜將軍，縛取單于不引手。我實讀書枉用心，伊臯功名竟何有？待君金甲破敵歸，[⑤] 且作長歌傾賀酒。

杭州喜雪

吴兒經年不識雪，忽驚大片遮空來。黑帝不分若荒拙，[⑥] 六花一夜

---

① 【張注】物鏡，潘本“鏡”作“境”，宜從之。
② 【張注】十五，潘本“五”作“萬”，宜從之。
③ 【謝案】撇，文淵閣本作“撲”。
④ 【謝案】脱“昔纓漢冠爲漢民，今埋胡沙作胡鬼”，據文淵閣本補。
⑤ 【謝案】敵，文淵閣本作“虜”。
⑥ 【謝案】若，文淵閣本作“苦”，當從之。

隨風開。平明掃徑招佳客，座上豈無鄒與枚。荆州新釀潑醅熟，[①]清光透徹黄金杯。

冬日示楊季若、梁天機

天河忽側飛雹傾，丁丁屋瓦相敲鳴。撲衣寫下白玉粒，脚底踏碎真珠聲。官舍高屋苦濩落，此時不易孤客情。潁侯恰寄玉泉釀，乳花甘滑琉璃清。紅糟淮白復脆美，佐之緑菘作吴羹。縱談往舊雜嘲戲，大笑觴倒金酒觥。間以罰令却寂默，四座睥睨如伏兵。人生會合即爲樂，况子歸意凌青冥。赤尾鯉魚在泥滓，行見兩翅穿鱗生。跳身聳鬣望東海，蒼崖枯涸埋層冰。明年春風掃地起，一起萬物皆光明。

出城寄梁天機

春風徘徊來何時，花光還破小桃枝。不因出城見花樹，春到人間殊不知。昔年逢花便買酒，看花走馬猶嫌遲。花傍不醉不肯去，醉到春歸花已飛。誰憐官紱少風味，入春未拈金酒巵。豈惟花少醉亦少，當時故人今更稀。

淮揚大水

淮揚水暴不可言，繞城四面長波皴。如一大瓢寄滄海，十萬生聚瓢中存。水之初作自何爾，舊堤有病亡其脣。劃然大浪劈地出，正如百萬狂牛奔。頃之漂泊成大澤，壯士挾山不可堙。居民竄避争入郭，郭内衆人還塞門。老翁走哭覓幼子，哀赴卒爲蛟龍吞。豈獨異物乃爲害，惡人行劫不待昏。此時蝦蟆亦得志，撩鬚睥睨河伯尊。附城廬舍盡水府，惟

① 【張注】潑醅熟，潘本作“香醅熟”。

見屋脊波間横。間或大雨又暴作，直疑瓶盎相奔傾。溝渠漲滿無處泄，往往床下飛泉鳴。只恐此城相洞徹，[①] 城中坐見魚頰生。豪子室中具大筏，此筏豈便長全身。朝夕築塞漸排去，兩月未見車間塵。且喜餘生尚存世，資儲誰復傷漂淪。京師乃處天下腹，亦聞大水來扣閽。至於河朔南兩蜀，長江大河俱騰掀。豈惟淮揚一彈地，洪濤乃撼半乾坤。臣聞九疇天公書，三十六字先五行。兹謂水德不潤下，蓋與土氣交相争。願召近臣講大義，使之搜鑿灾害根。詔書遣使巡郡國，[②] 曠然一發天子恩。家貧溺死無以葬，賜以棺轊收冤魂。蠲除租賦勿收責，寬其衣食哺子孫。開發倉庫收寒餓，庶幾瘡痏無瘢痕。不爾便恐委溝壑，强者趣聚蟣虱群。[③] 伏藏山林弄凶器，今可先事塞其源。朝廷固當有處置，賤臣何者敢薦論？[④] 元元仰首望德澤，惟願陛下無因循。

行次漢水寄荆南漕唐司勛

漢水渺渺東南流，蕭蕭雨打杏花洲。欲托雙鯉寄書札，不知幾日到荆州？荆州故人日漸遠，到時緑草滿沙頭。争得報章來闕下，鳳林北去不通流。

憶陪諸公會張侯之第

姚黄左紫雖絶品，不言不笑空夭斜。不如共訪張公子，自有三枝解語花。主人耳熱更促席，坐客眼亂忘歸家。扁舟一夕若風雨，[⑤] 悵望落日沉寒沙。

---

① 【謝案】相，文淵閣本作“須”，當從之。

② 【謝案】詔，文淵閣本作“下”。

③ 【張注】蟣虱，方本、潘本“蟣”作“蟻”。【謝案】蟣，文淵閣本作“蠶”。

④ 【謝案】薦，文淵閣本作“僭”。

⑤ 【張注】若風雨，夏本“若”作“苦”。【謝案】宜從之。

山陽太守見招，值病，以長句謝之

山陽大都天下誇，長淮蟠山無垠涯。春風萬里漢東來，流輝泱漭不可遮。繞城樓臺滿空紫，瓦光碧滑流成波。東園花草趁姿媚，真珠蓓蕾黄金牙。[①] 太守政閑日無事，隼旟聊駐朱輪車。賓明簪裾盡賢彦，[②] 金盆瀉酒成飛花。山河喧咽歌管外，舞裾繡畫金縷霞。都人來從無居人，飛塵雜沓何繁華。固知太守爲民意，與民驩然無怨嗟。明日邀我復同游，我復病酒醉在家。[③] 伏枕不得從車塵，坐見落日啼栖鴉。

還汪正夫山陽小集

汪子文章何偉奇，如觀天子乘輿儀。怛然暴見殊驚疑，舌拄上齶兩目癡。定神屏氣試引窺，漸識羽衛行相隨。金吾佽飛開中逵，横刀執稍鐵馬馳。畫斾赤白盤龍螭，大角一百二十支。鐃鼓嘲轟雜横吹，繡幡絳幢何紛披。四千鈹戟開黄麾，[④] 屬車轞轔霹靂移。侍郎御史冠峩危，圓扇孔雀雙翅垂。辟邪白澤飛麟麒，金輅赤馬火鬣鬐。飄飄鳳蓋翳華芝，水光鐵甲羽林兒。二十四仗驅熊貔，長殳闊劍梢魍夔。團花絳袖武士衣，大小不同雖異宜。要之盡是聖賢爲，奇服怪玩一不施。斥之所以尊皇威，汪子之文正類斯。一十五軸紛葳蕤，爛光直欲紙上飛。長篇短篇傾珠璣，題説論序及賦詩。篇雖不同皆有歸，要之孔子韓退之。留讀旬日不知疲，大渴適得甘露飴。我欲誦記留肝脾，惟吾老鈍無記持。又無小吏操筆揮，或可寫留慰朝饑。二者不遂其齎咨，今復奪去心黯黟。室中斗覺無光輝，靈寶不可留洿池。風雨送還滄海湄，嗟我居陳逾歲時。兩耳無聞如塞泥，遂恐聾聵不可醫。子來乃得時攻治，摐金伐石鳴鼓鼙。氣豪却似相凌欺，因子文章張我師，使我發此狂簡辭。

---

① 【張注】金牙，潘本“牙”作“芽”【謝案】宜從之。

② 【張注】賓明，各本作“賓朋”，案：“賓明”當是“賓朋”形近之譌，宜從之。

③ 【張注】我復，夏本“復”作“以”、潘本作“已”。【謝案】復，文淵閣本作“已”。

④ 【謝案】四千，文淵閣本作“罕罼”。

梁卦孫過飲

手搓兩眼睡已足，落花滿床紅飄飖。山鳥不須報春曙，清明自放端門朝。夜來賓客偶過我，呼奴留客解金鑣。花枝顛倒插翠帽，酒杯傾潑淋春袍。更深客去我亦醉，畫簾殘燭香初銷。俛仰之間乃陳迹，酒醒夢斷還無聊。白雲已抱日光落，春水自共東風摇。聖賢勞心當萬事，吾徒掃榻頻相招。好花欲盡速來飲，爲君倒甕傾春醪。

和人《柳溪》

三月二十七日，[①] 春叢已半空。細草著露作團緑，落花擁溪相壓紅。南北游人歸未歸，日斜飛絮撩東風。

汪正夫云已厭游湖上，顧予猶未數往，遂成長篇寄之

君已厭折湖上花，我猶驅迫坐兩衙。須知樂事屬閑客，日日携觴不在家。况君才力自少對，取次落筆成天葩。春風湖上與之敵，豪放麗絶無以加。幽巖絶壁無不到，欲緣雲漢尋天槎。頃聞勝游不得往，[②] 猶如野馬絆在車。眼看紅英零落盡，長條已被緑葉遮。春芳雖晚猶得在，山丹正好紅相誇。終當擺去百事役，與君共躡南山霞。雖老猶能沃金葉，卞娘送以雙琵琶。已教樓下排花舫，醉到碧山春日斜。[③]

寄題明州太守錢君倚衆樂亭

使君何所樂，樂在南湖濱。有亭若孤鯨，覆以青玉鱗。四面擁荷

① 【張注】二十七，各本作“廿七”，案：以五言多一字，當是“廿”字誤寫，宜從之。
② 【謝案】聞，文淵閣本作“屬”。
③ 【謝案】到，文淵閣本作“倒”。

花，花氣摇紅雲。使君來游携芳樽，兩邊佳客坐翠裀。鄞江鮮魚甲如銀，玉盤千里紫絲蓴。金壺行酒雙美人，小履輕裙不動塵。壯年行樂須及辰，高談大笑留青春。游人來看使君游，芙蓉爲楫木蘭舟。横簫短笛悲晚景，畫簾綉幕翻中流。貪歡尋勝意不盡，相招却渡白蘋洲。日落使君扶醉歸，游人散後水煙霏。紫鱗跳復戲，白鳥落還飛。豈獨樂斯民，魚鳥亦忘機。使君今作螭頭臣，游人依舊歲時新。空餘華榜照湖水，更作佳篇誇北人。

爲題小靈隱修廣師法喜堂

浮屠藏家多在山，飛舟跨海煩往還。不如廣師開此堂，清曠不減山中間。前有怪石天所鑱，莓苔模糊蒼鬼顔。我時跨馬來扣關，訪師對石終日閑。

代人上明龍圖

凶徒盜覆甘陵城，白日堂堂梟呼鳴。生靈十萬陷死地，長刀大戟交縱横。留都丞相統河北，雷霆四馳諸侯兵。鐵林舍圍三十里，甲光如水魚鱗明。風霜曠野苦暴露，未得鼠子腥吾烹。天子憫惻覽群議，冠蓋滿朝賢公卿。安得破賊如裴度，開封大尹宜其行。公拜稽首出就駕，畫旆獵獵蟠虬獰。沛然德澤隨車來，一煦萬物皆發生。士卒奮怒争以死，遂窮巢穴誅根萌。平賊之功無與讓，當見大軸歸老成。夔皋拱列帝舜坐，願補日月歌太平。

題關彦長孤山四照閣

湖山天下之絶境，[1]群山繞湖千百重。碧筭四插明鏡外，此閣正落明鏡中。緑波一穗掃沙，尾擁門盡是紅芙蓉。清香斷處接蒼靄，緑蘿攀樹登高峯。當軒不置窗與檻，湖光山翠還相通。側耳似聞天上語，接手便欲翻長空。忽疑躍入畫屏上，但覺毛髪生清風。光景動蕩失天地，直與顥氣争雌雄。君何容易得此處，著意鑱鑿由天公。西湖雖然多佳境，游人到此景遂窮。昔日郎官退居此，足踏藤履手携節。時陪金壺宴親舊，船飛兩楫如歸鴻。溪魚鮮白玉膏脆，林果紅熟燕脂濃。揮弄清泉倚蒼石，當時即是神仙翁。又况諸子盡奮發，緑袍照爛時相從。我來登覽但嘆息，有家不得居江東。至今此景常入夢，尚有清氣留心胸。屢蒙書尾追拙唱，强臨紙札誠難工。湖山有靈必見笑，便與棄擲無留蹤。直須收拾買鄰舍，兄乎異日能相容？

① 【張注】湖山，潘本"湖"作"孤"，宜從之。

卷二十六

七言古詩

上李太傅

陳人嘗傳李太傅，云作太守來此州。頃遭暴水拉堤出，設施畫略排横流。大偷嘗欲穴堤腹，掩之即日斷其頭。至於小猾幸民禍，鈎羅姓名皆不留。太傅諱士衡，天聖中守陳。是歲蔡水溢，而居民袁氏者夜以繩罊堤，太傅即掩誅之。盡遷，今所謂袁家口是也。又水盛，恐其善泅者乘之爲盜，乃浮瓜於河，募民投取之，得一瓜輒賜以卮酒，由是盡得善泅者而藉縻之。陳人恬恬但眠食，① 恃公牢固如山丘。今兹水暴瀦外郭，眼見盗賊何由仇。況我方在艱阨中，竄奔日懼蛟龍求。烏乎不見李太傅，使我涕泪成沈憂！

次韻程丞相《重九日示席客》

湖光飛出洞庭秋，拍手齊看山公游。墨雲抱日離東海，蒼霞穿漏紅光浮。我公重惜此佳節，携賓留燕停鳴騶。城角直穿一氣外，碧鱗縹緲飛高樓。晚花纖麗金靨鬧，平莎蒙密緑髮稠。手把玻璃笑當坐，飄然逸氣凌雲遒。須臾大卷出新作，鐵網包住鯨與虬。四座傳觀賞佳句，絲管不發清歌留。茱萸著酒紫香透，芙蓉插髻雙眉修。後堂新壓菊花釀，傾

---

① 【張注】恬恬，夏本、潘本作“帖帖”。

在玉盆凝不流。美人再拜勸公飲，一飲可忘今古愁。誰謂長戈可駐景，誰謂萱草能忘憂？斯言寥闊不可考，樂事須向尊前求。霓裳法曲古來絶，小槽琵琶天下尤。只此醉鄉有佳境，此境不與人間侔。公之佳妓，善霓裳法曲而胡琴尤絶。

酬余補之見寄

吾友補之會稽家，高眉大眼稱才華。入京共收大學第，姓名頭角相撑磨。高樓管弦相與雜，黄金酒面溶成波。罇前軒昂如孤鷹，四顧不見雀與蛙。試招紙筆恣揮掃，縱横噴薄不可遮。我疑君心如春風，呵吐草樹皆成花。忽然驚爆險絶句，昊天霹靂雷霆車。[①]我輩觀之瞪兩眼，汗流滿面空長嗟。明年南北别君去，落照滿帆秋風斜。天涯朋歡少披豁，還如穴鰋跳泥沙。兩耳喧聒久厭苦，思君便欲飛仙槎。前時得君山陽書，副之長句封天葩。筆墨勁健愈精絶，鐵繩鈕縳虬爪牙。有時風雨恐飛去，嘗自密鎖金鴉叉。嗟我文字苦慳短，才力不敵兩角蝸。下筆欲答輒自止，如君一句已可誇。持此聊且謝勤叩，念君不見愁無涯。

酬隨子直十五兄

通州窮并大海涯，厥壤不毛坤德虧。床下矍索穴蟛蜞，我初來居常吟悲。見君顔采方伸眉，眸子清徹鬚垂頤。[②]中懷洞然無由岐，鐫鑱文字干有司。古書細抄指生胝，弟妹皃雁行纍纍。脱衣易粟餇其饑，慈祥孝友鄉里推。前者天子親饗祠，黄紙赦書疾風馳。挂羅山林網逸遺，守臣奉詔敢言遲？外臺使者争薦之，野廬供餼禮所宜。白袍大袖何紛披，來居太學森蘭芝。世俗譏議喜瑕疵，蒼蠅往來工讒詞。椎鑿璞玉生瘡痍，猛虎不如墻下貍。聽者雖明豈無疑，紫薇群公文章師。發以鉅策健

① 【張注】昊天，夏本、潘本“昊”作“旱”。

② 【張注】清徹，甘校謂“徹”疑“澈”字之譌。

筆隨，鋪紙吐論語亦奇。綴名紙末何其卑，藻火爲裳誠倒施。赤驥不得黄金羈，編之下櫪耳羸垂。令我包羞心鬱伊，一舸東入長淮湄。勿言顯發遂無期，青衫猶足慰妻兒。海陵得君七字詩，重謝解謗稱相知。我雖有言如鈍錐，説之不入何能爲？願子加餐善自持，高山峩峩寸土基。前塗如壁不可窺，榮落窮通各有時。

戲酬正夫

汪子怪我不作詩，意欲窘我荒唐辭。[①] 自顧拙兵苦頓弱，安敢犯子之鼓鼙？子之文章既勁敏，屢從大敵相摩治。左立風后右立牧，黄帝秉鉞來指麾。蚩尤跳梁從風雨，電師雷鬼相奔馳。頃之截首挂大旆，兩肩冢葬高峩危。如何韜伏不自發，欲用古術先致師。遺之巾幗武侯策，司馬豈是尋常兒！應須敵氣已衰竭，然後鐵騎來相追。回戈坐致窮麗伏，得非欲學韓退之。嗟我豈敢與子校，唯圖自守堅城陴。况兹憂窘久廢絶，空餘衰老扶瘡痍。開卷舊守或不識，豈能有意争雄雌？朝來據鞍試矍鑠，是翁獨足相撑支。檢勒稍稍就部伍，亦欲一望將軍旗。曹公東壁不羞走，[②] 周郎未得相凌欺。便須持此邀一戰，非我無以發子奇。

送蔡同年守四明

尚書蔡公在廊廟，器業文章第一人。繡墪賜坐議大政，天子稱之社稷臣。渥洼遺種出驥子，纔生七日超其群。蔚如長松倚絶壁，灑落不雜人間塵。東風共醉杏花下，滄波浩蕩天地春。近者諸公薦御史，宰相未識真麒麟。却借朱袍下南國，畫船醉眠官不嗔。吾徒對酒共嘆息，破車快犢誠難馴。陳蕃高才雖少對，辟書聊慰汝南民。溪山見君亦須喜，飛雲遮路迎車輪。朱雲風采久寂寞，豈宜遠處滄海濱！

① 【張注】窘我，夏本“窘”作“窮”。

② 【張注】東壁，夏本“東”作“赤”。【謝案】當從之。

送仲巽歸闕下

老驥不妄行，蒼鷹不虛擊，高車折軸棄路旁，踅栗犢兒負其力。指麾萬事自有理，不須破海驚霹靂。君不見張侯白頭郎，仗節雍容在南國。事如倒山落面來，談笑當之不遺策。往時誇者欲驚俗，揭浪翻風一千尺。屢成大獄沸如糜，六月飛霜觸白日。張侯不矜亦不倚，老驥蒼鷹稱其德。洞庭之北十二州，吏民帖帖甘眠食。有詔奪歸不得留，正值風雨花狼籍。離思浩蕩入青春，楚澤荆山淡無色。此行況是赤縣官，君新除府略提舉。賢者宜令天子識。公雖已老心尚存，今不急用真可惜。但用河南張漢陽，何必東山謝安石？

送人東上

騏驥太俊不得馭，塵埃尚走高陽翁。奇文泣下鬼神血，高議鑿開天地聾。平明仗劍背我去，老蛟奮鬣歸江東。

送李處士南歸

駕車跨馬聲嘈嘈，長劍闊佩横滿朝。塵埃走趨顔髮老，先生久客得無勞？夜來氣味有秋色，歸心闘與秋風高。揭竿跨浪好歸去，扁舟爛醉眠雲濤。大小不能薦天子，遣詩有意徒嘵嘵。

題名碑石琢之已成，求章伯益友直先生篆額

老匠隳山斬蒼石，偃然巨璞長於席。鋭鑿飛椎日鑱擊，金錞嘲轟滿虛室。白沙礲就大禹圭，紺滑自同青玉色。兩螭攫拏相鬥立，欲求大篆冠其額。先生絶妙不須言，引墨爲我一落筆。蟠屈玉筋入石壁，吾曹名

氏遂輝赫。[1] 異物不復容侵蝕。赤尾鯉魚問消息，丐我數字得不得。

讀朝報

天子曉坐朝明光，丞相叩頭三拜章。乞還相印避賢路，願爲天子專城隍。上恩深厚未聞可，丞相退讓聞四方。濃書大紙批聖語，鳴騶却入中書堂。

滯　客

五月不雨至六月，河流一尺清泥渾。舟人擊鼓挽舟去，牛頭刺地挽不行。我舟繫岸已七日，疑與緑樹同生根。忽驚黑雲涌西北，風號萬竅秋濤奔。截斷兩脚不到地，[2] 半夜霹靂空殺人。須臾雲破見星斗，老農嘆息如銜冤。高田已槁下田瘐，[3] 我爲滯客何足言。

感　懷

北風哭夜星辰寒，竹籬敲戛鳴琅玕。老蟾瘦噤失光采，天地凍合魚龍乾。慨然憶歸幾千里，長江大山交屈蟠。湘水東去注不極，我心夜夜如鳴湍。弟兄起居諒懽適，高堂采衣翩翻翻。嗟我摧頽落蒼海，[4] 兩腋恨無雙飛翰。遠方就學何所得，數年短髪才勝冠。何時拂袖得歸去，春風笑滿南陔蘭。

① 【謝案】此處疑脱一句。
② 【張注】兩脚，潘本“兩”作“雨”，案：作“雨”是。
③ 【謝案】瘐，文淵閣本作“瘦”。
④ 【張注】蒼海，夏本、潘本“蒼”作“滄”。

木　　渠

木渠遠自西山來，下溉萬頃民間田。誰謂一石泥數斗，直是萬頃黄金錢。去年出穀借牛耕，今年買牛車連連。須知人力奪造化，膏雨不如山下泉。雷公不用苦震怒，且放乖龍閑處眠。安得木渠通萬里，坐令四海成豐年。

道旁稚子

稚兒怕寒床下啼，兩骭赤立仍苦饑。天之生汝豈爲嫛，使汝不如梟鳶肌？官家桑柘連四海，豈無寸縷爲汝衣？羨爾百鳥有毛羽，冰雪滿山猶解飛。

買　　桑

出持舊粟買桑葉，滿斗纔换幾十錢。桑貴粟賤不相直，老蠶仰首將三眠。前日風雨乖氣候，凍死箔卷埋中田。蠶不見絲粟空鬴，安得衣食窮歲年！

題正夫小齋栽新竹竹皆雙植[1]

斵開俗境栽新竹，滿地冰圓映玉膚。高梢争出翠鳳尾，孤根對植蒼龍鬚。雨聲曾洗越溪石，風影寫成湘水圖。獨有素娥留夜月，與君相對倒金壺。

---

① 【張注】竹皆雙植，夏本“皆雙值”上無“竹”字，潘本“竹皆雙植”作大字，與上銜接。

捕　蝗

翁嫗婦子相催行，官遣捕蝗赤日裏。蝗滿田中不見田，穗頭櫛櫛如排指。鑿坑篝火齊聲驅，腹飽翅短飛不起。囊提籯負輸入官，换官倉粟能得幾？雖然捕得一斗蝗，又生百斗新蝗子。只應食盡田中禾，餓殺農夫方始死。

獐　猿①

翠樹不從青嶂出，蟠根却向屏中生。黄獐引脰探緑葉，老猿護雛枝上驚。獝然相顧見異態，誰言野物能忘情？我來賞激繞屏下，亦疑此身林中行。自古畫工無畫者，今得絶筆方傳名。吾廬昔在郎溪上，滿溪桃花春水明。曾隨麇鹿藉芳草，更倚白雲聽嘯聲。

省中畫屏《蘆雁》

高堂傾動長江流，黄蘆群雁滿滄洲。掃開長安塵土窟，寫出江南煙水秋。兩雁斜飛入空闊，四雁顧慕横沙頭。②高風拉折蒼玉幹，蘆花雪盡無人收。赤日飛光不敢近，但覺爽氣屏間浮。嘗聞畫龍入神變，坐馳雲雨天地游。只恐此雁亦飛去，瀟瀟萬里誰能留？

黄　雀

啾啾黄雀竹間飛，日晚復歸枝上栖。雪粒盖地三寸玉，地膚凍裂不作泥。錦韝公子臂蒼鶻，快馬踏下黄雲低。馬前紫兔躍白草，老拳下批飢兒啼。啄鮮裂血飽腹去，可憐黄雀空死飢！

① 【張注】獐猿，各本作“畫屏獐猿”。
② 【張注】顧慕，潘本“慕”作“篹”。

五言排律

和御製《賞花釣魚》

曉日開閶闔，春風滿未央。水搖天仗影，花雜御衣香。覆檻紅梢接，連鈎紫鬣長。千鍾浮帝酒，五色染天章。鄒馬摛嘉頌，夔龍拜壽觴。金輿歸晚處，正在五雲旁。

程丞相生日

大昴光芒正，荆河氣象渾。始知真相出，遂見本朝尊。漢地汝陽國，程侯司馬孫。精剛得金氣，深厚體乾元。申甫生周嶽，皋夔拱舜軒。山河歸妙算，社稷繫昌言。九鼎群生重，洪鑪一氣奔。群雛忌鵰鶚，衆草失蘭蓀。慷慨提千騎，扶摇下九閽。秦關春草短，洼水暮雲屯。詩必曹劉敵，兵須衛霍論。談餘珠委積，筆落鳳騰騫。秀髮煙霞外，[①]丹心金石存。未歸真宰柄，猶倚大師藩。日月回龍角，星辰會紫垣。氣凌金節潤，風入繡旗翻。歌笎傾南國，簪裾拜慶門。飛黄下天厩，縹酒賜堯樽。固有神靈護，應知福禄蕃。蟠桃三結實，未見老雲根。

後閣四松

丞相當時植，幽襟對此開。人知舟楫器，天假棟梁材。錯落龍鱗出，襹褷鶴翅回。重陰羅武庫，細響静山臺。得地公堂裹，移根澗水隈。吴城夢寐遠，泰嶽歲年催。轉覺飛纓謬，何因繼組來？幾尋珠履迹，願比角弓培。柏悦猶依社，星高久照臺。後凋應共操，無復問良媒。

① 【張注】秀髮，各本“秀”作“緑”。

夜　意

卧北斗柄直，插西月角横。風吹病骨醒，秋入壯心驚。騏驥老方健，太阿靈有聲。山河寄功業，樽酒識平生。豺虎須探穴，朝廷可息兵。山西少勁氣，天外縱長庚。自古輸成算，誰人解請纓？干戈五十萬，何日到燕城？

出　城

塵土滿城黑，出城雙眼寬。山川秋氣惡，風雨晚潮寒。物象颯以變，泥污不可蟠。英豪重節概，兒女感衰殘。霜老雕弓勁，風焦畫鼓乾。蛟螭正無賴，好擲六鰲竿。

五言律詩

晚　晴

人間久厭雨，最快是初晴。驟見碧林影，喜聞歸雁聲。乾坤一蘇醒，耳目兩聰明。寄語浮雲意，休來污太清。

乍　凉

雲涌海潮黑，軒窗凉氣侵。清風醒病骨，快雨破煩心。噴薄紫荷蓋，飄颻青桂林。作詩招醉友，方外一相尋。

淮西道中

夾道柳梢長，竹橋風影涼。行人殘照裏，歸路白雲旁。泉淺帶土味，巖深聞草香。到家花已盡，杏頰擁枝黄。

舟　泊

鳴櫓解雙纜，寒蒸江氣昏。春雲兼雨重，晚水帶潮渾。小市魚蝦集，空亭燕雀喧。一尊得濃睡，行計不須論。

江　行

碧草已堪剪，長江二月頭。林深藏宿雨，岸豁聚春流。潮背燕支浦，山横桑落州。松醪欺客病，易醉苦難投。

雨後江上

船泊碧鑑裏，清風晚思長。江皋過微雨，秋色滿斜陽。浮野山光動，侵衣水氣涼。好尋紫溪叟，共醉碧荷香。

雲中憶歸

何日燕南去，平生此别稀。定知花已發，不及雁先歸。寒日連雲慘，驚沙帶雪飛。雲中風土惡，换盡别家衣。

臨淮大水

大水没樹杪，涉冬原隰平。蛟龍移窟宅，蒲稗出縱横。壞屋久不補，污田晚更耕。接春恐流散，[①] 何策活蒼生？

邇英閣早直

結樹蔭修廊，[②] 雲深别殿凉。星文開帝座，玉色泛天光。大典尊周孔，名家盛漢唐。時講《春秋》，讀漢唐二詩。自憐携釣手，持筆翠旒旁。

朝　退

朝退洗雙耳，厭聞人是非。不知春意晚，時有燕聲歸。散木還容老，孤雲亦倦飛。趨時自疏闊，不是學忘機。

閑居二首

空庭羅雀網，應似翟侯居。多病惟尋藥，忘機不著書。僧來留石鼎，人在典金魚。惟有南窗睡，春來分不疏。

不從山下住，若箇似山家。留地教移竹，開門自掃花。林疏容鶴卧，溪净怕雲遮。落日杖藜去，塍頭看稻牙。

閑　悶

閑悶萬千縷，金刀不可裁。逢人心不記，見酒眼方開。亂夢無時斷，殘春數日回。東風固相惱，時送落花來。

---

① 【張注】接春，潘本“春”作“舂”。

② 【謝案】結，文淵閣本作“緑”。

晚　悶

晚悶牢難破，秋懷勇未降。何人歸楚國，竟日憶湞江。鼠迹排書簏，蟲絲網酒缸。江都章未報，枕手卧南牕。

小　軒

鑿見碧天影，秋光注小軒。消閑惟蠹簡，破悶有金尊。怪石中邊透，老松鬚鬣繁。人生有佳尚，塵土暗朱門。

不　出

高卧即經旬，林間挂葛巾。野雲閑照水，山鳥自啼春。釀酒期佳客，開書見古人。莓苔漬雙履，不識洛陽塵。

憶在晋陽

憶在晋陽日，曾爲痛飲家。披衣投宿酒，把燭覓殘花。莫解玉驄馬，且留金鈿車。壯游今不復，愁卧鬢將華。

送周密學知真定府

白髮漢中郎，旌旗下建章。雪通沙路潤，春入塞雲黄。地勢井陘口，天文大昴旁。平時卷金甲，壯略寄壺觴。

送惠恩歸懷州 ①

湖上秋風滿，歸懷豈易寬。身隨秦樹老，夢入浙江寒。爲客久應厭，到家貧亦安。石房舊書在，重拂緑塵看。

送盛寺丞

蕭相關中守，元瑜鄴下豪。秋風嘶白馬，路草照青袍。地入參旗近，河連積石高。當年兵戰處，尊酒屬吾曹。

送張景山知康州

遂溪張太守，懇意乞南州。家在白雲下，郡當滄海頭。旌旗瀧水晚，風雨瘴山秋。解却淮西印，輕爲萬里游。擇甫初授蔡州確山知縣也。

贈任某

寂寞任夫子，窮山秋氣寒。塵埃雙鬢白，金石寸心丹。不悔窮經老，所嗟行道難。太阿終亦斷，寧久匣中蟠。

寄汪正夫

汪子清徹骨，竦如秋竹竿。高名九鼎重，俊氣一峯寒。議論今誰對？文章古所難。青蠅變白黑，無污碧琅玕。

---

① 【張注】夏本、潘本“思”作“師”、“懷”作“杭”。

寄陸憲元

陸子處乎順，雖窮志愈剛。劍埋金不蝕，圭折玉猶方。古意閑中見，浮名静外忘。行藏吾自得，可笑接輿狂。

李道士

金鼓破南粵，山中冷不聞。是非同一馬，富貴自浮雲。吐納龍虎氣，遨游麋鹿群。朝來問丹訣，已酌凍醪醺。

次韻酬張擇甫

别後正春孟，溪頭黄柳牙。相思滿芳草，獨自照殘花。晚樹秦川闊，黄雲瘴海賒。上樓無别望，歸路向西斜。

留别汪正夫

夫子青雲士，聲名孰與齊？心經時事老，顔向俗人低。氣象必衝斗，風雷猶蟄泥。行看萬里志，聊爾謝群鷄。正夫方舉賢良。

贈儀真密禪師

渾淪老學佛，到處説支郎。施君自號渾淪男子，盛談密禪師爲淮南禪宗。斷臂求諸法，浮杯遍十方。自栽雙柏樹，獨坐一繩床。惟有林間客，時來扣竹房。

即事簡友人

門巷遍芳草，相期春醉稀。可憐雙燕到，還似故人歸。幽鳥隔溪語，落花穿竹飛。誰知靜者樂，石上脱朝衣。

久不得孫中叔信

秋風起天末，之子在窮途。久客住應悶，故鄉歸得無？清淮不到渭，晚樹自沈吴。願寄一樽酒，與君消壯圖。

明　皇

四海不摇草，九重藏禍根。十年傲堯舜，一笑破乾坤。羌貊皆冠冕，豺狼盡子孫。潼關兵已破，會憶老臣言。

晉陽宫基

金屋無寸瓦，蒼然老樹青。海枯露龍穴，火盡見坤靈。自惜流血處，於今土氣腥。廢興千載事，過耳一飛霆。

題招提院静照堂

招提去山遠，還似在山家。晚日惟歸鳥，春風自落花。空談銷劍火，[①] 醉墨灑天葩。更欲拏舟去，清溪月正華。

---

① 【張注】劍火，潘本“劍”作“刦”。

題處士居

高卧太湖石，自嫌名利腥。網羅當道路，鴻鵠出青冥。氣貯秋琴淡，心蟠古劍靈。我來閑劇論，山鬼不須聽。

王氏園

車馬少行迹，鄰僧爲掩門。飛泉鳴似雨，老竹瘦於孫。幽鳥静相語，晚花寒亦繁。主人雙綬重，游客倒金樽。

簡夫别墅

静境清無敵，門前繫鹿車。買山憑野客，覓竹到鄰家。棋爲尋圖勝，書因借本差。平時非厭仕，所樂在桑麻。

簡夫北墅

先生已到舍，稚子未歸樵。草晚牛羊病，場登雀鼠驕。孔顔雖困魯，夔契未忘堯。自笑非逋客，煩君重見招。

挽程中書令三首

社稷方爲繫，乾坤豈不容。廟堂遺劍履，風雨失蛟龍。漢將蓮花幕，周人馬鬣封。小羌猶慢禮，先折太阿鋒。

舊愛《霓裳》曲，翻聞《薤露》歌。賢人今已矣，天道竟如何？泉下一杯盡，人間萬事多。空餘幕中客，寫泪劇懸河。

湖上千條柳，山翁舊日栽。自從春水緑，不見相車來。明月何須好，餘花忽更開。平生歌舞地，零落濕蒼苔。

挽仁宗皇帝辭五首[1]

恭儉同堯舜，憂勤固損年。悲風來萬國，白日下中天。薄葬遵周室，初陵兆洛川。至仁推廟號，百世不能遷。

四海一明鑑，舟車萬里通。名王花賜綬，戰士錦韜弓。孝武曾疲戰，明皇亦召戎。争如四十載，終始太平中。

付托神靈器，子孫千萬年。果爲天下福，遂得聖人傳。已定無疆業，方成顧命篇。明朝無一事，脱屣或登仙。

歌舞西陵望，衣冠渭北游。應從天上樂，不爲世間留。龍去鼎湖晚，雁飛汾水秋。群臣泪横臆，空拜翠雲裘。

曾從西池幸，宫花落未稀。日隨黄傘轉，雲繞赭袍飛。臨水樓臺在，傷心歌管非。都門舊行處，却望壽山歸。

挽吴宣徽育

平生負高節，至死寸心丹。明主雖容進，孤臣豈易安？神歸嵩嶽黑，人哭洛川寒。不識平津面，臨風亦涕汍。

大策三千字，朝廷耳目醒。高名動牛斗，直氣破雷霆。美行皆成

① 【張注】夏本、潘本作“仁宗皇帝挽辭”。

法，閑談盡可銘。悲哉真玉樹，風雨一飄零！

傷田肅秀才

慟哭遂滅性，誰言天道長。未收雙寶劍，已失一飛黄。稚子遥虚祭，孤棺寄異鄉。可憐江夏守，不得薦黄香。

石　榴

高枝重欲折，霜老裂丹膚。試剖紫金碗，滿堆紅玉珠。根雖傳大夏，種必近仙都。題作江南信，人應賤橘奴。

貢　麟

麟本出中國，無聞貢海濱。豈將遠方獸，煩我太平民。烹割羅牲餼，奔趨掃路塵。漢高嘗聘士，此禮屬蠻人。

卷二十七

七言律詩

昔　　游

小旗短棹西池上，青杏煮酒寒食頭。緑楊陰裏穿小巷，鬧花深處藏高樓。紫絲絡馬客欲起，錦袖挽衣人相留。逢春倚醉不自醒，明朝始對春風羞。

夜　　懷

獨倚青桐聽鼓聲，參旗歷落上三更。凉風卷雨忽中斷，明月背雲還倒行。賴有清吟消意馬，豈無美酒破愁城。是非人世何須校，方外曾師阮步兵。

獨　　游

馬後獨携一壺酒，林間更解紫綸巾。飛來白鷺即佳客，相對好花爲美人。萬事易忘唯劇醉，四時難判是殘春。吴兒曾識陶彭澤，又見羲皇一散民。

野　步

留著雲扉儘晚關，穿林踏破紫苔斑。虹蜺濕雨欲下澗，魍魎避人還入山。石觜露煙孤歷刺，溪腰纏草緑灣環。[1]野僧有意待明月，獨倚一節松竹間。

清明郊外

桃葉青青杏子肥，清明雨後舊花稀。草翻蝴蝶日將晚，門掩鞦韆人未歸。春艷濃堪燒美酒，湖光緑好染羅衣。柳條滿插金車上，一路香塵去似飛。

驟　寒

四擁蒼雲拂浪驚，北風飛下海濤聲。水摇冰骨凍未得，雨作雪花開不成。玉匣寶刀鋒欲折，鐵衣戰騎力還生。杏梢柳葉無聊賴，爲祝鳴鳩探晚晴。

晚發關山

燭前行客卷征衣，路轉平林入翠微。家在白雲鄉裏住，人從明月嶺邊歸。來時未見梨花破，别後方驚燕子飛。緑樹連陰十三驛，從今歸夢到家稀。

宿白雪驛

春酒味濃殊不解，繞廊倚柱獨徘徊。蒼山碧樹共沉寂，明月斷雲相

---

① 【張注】緑灣，甘校謂“灣”疑“彎”字之譌。

往來。細雨忽飄溪外去，好風却傍竹間回。朝來已有西歸燕，爲問庭花幾日開。

再至會稽

自憐多病趁朝稀，合引朱幡東路歸。名姓未通丹陛下，夢魂已過浙江飛。人生如意即爲樂，世事驚心漸覺非。正是春風催酒熟，蝤蛑霜飽蛤蜊肥。

金陵道中

六國相排一局棋，岸頭百草野煙微。樹深啼鳥自相失，山静晚雲猶未歸。濡口潮回殘照滿，石城春盡亂花飛。周郎屈指圖天下，誰道江南玉鱠肥。

汴河夜行

汴流長恐日夜落，夜行愁殺刺船郎。櫓聲驚破老龍睡，船底觸翻明月光。大兒燈下尋難字，小女窗間學翦裳。自笑病夫無所事，一尊身世兩相忘。

下第後與孫仲叔飲

萬里青雲失意深，畫樓酒美共登臨。不羞獨落衆人後，却是重辜親老心。一缺不完非折劍，至剛無屈是精金。男兒三十年方壯，何必尊前淚滿襟。

江　上

蘆葉蕭蕭江上秋，鮹魚清酒解消憂。雲纔散後月當浦，潮欲來時風滿樓。好景未應輸白鷺，飛塵終不到扁舟。晚來天卷蒼霞盡，萬頃玻璃爛不收。

次韻汪正夫《對雨》

雨氣飄蕭動竹齋，驚秋高思若爲裁。壯心雖被愁催去，懽意須憑酒借來。雲脚一從邊地合，風頭半是海潮回。長汀從此傷摇落，獨有騷人最費才。

雨　餘

飛雨淙淙萬弩奔，雨餘氣象變朝曛。長虹挂雨出青嶂，落日翻光燒赤雲。得水跳蛙惟召閙，投林栖雀自求群。欲尋方外無窮樂，更滿梨花四五分。

水　館

繞舍清流淙碧玉，塵懷開闊灑然醒。牕櫺風入秋氣活，橋脚倒撑天面清。露濕風標紅芰老，雨生鱗甲伏龍腥。將書借取琴高鯉，從此横騎入杳冥。

春盡二首

春盡行人未到家，春風應恠在天涯。夜來過嶺忽聞雨，今日滿溪俱是花。前樹未回疑路斷，後山纔轉便雲遮。夜間絶少塵埃污，惟有清泉漾白沙。

禁籞平明帳殿開，華芝初下未央來。人間彩鳳儀韶曲，天上流霞滿御杯。花近赭袍偏照爛，[①] 魚窺仙仗亦徘徊。蓬萊絶景何曾到，自愧塵蹤此一陪。

松陵道人[②]

蕭蕭落日荻花林，秋浪陂陀快醉襟。江上碧峯偏入眼，沙邊白鳥最知心。百分美酒酬雙鬢，一覺高眠敵萬金。聞道鱸魚屬張翰，飛帆欲過五湖尋。

次韻丞相《柳湖席上》

湖上春深不見沙，畫橋飛影入晴霞。園林到處消得酒，風雨等閑飛盡花。令罰艷歌傳盞急，詩成醉墨落牋斜。蘭亭樂事無絲管，待與羲之子細誇。

早朝馬上口占

赤城橫絶六鰲頭，夾道欄干覆御溝。殘月畫樓雙闕曉，凉風緑樹萬家秋。聯飛群鵠愧豪彦，醉卧落花思舊游。御史臨班望天陛，紫雲飛繞翠雲裘。

---

① 【張注】照爛，各本"爛"作"耀"，案："耀"字是。

② 【張注】潘本"人"作"中"，案：作"中"是。

早　朝

花鬣斑虬駕早朝，玉欄宫殿壓雲濤。九州畫地中原壯，萬象横天紫極高。日月輝明留闕角，龍蛇蟠結動旌旄。群仙遥望蓬萊拜，五色非煙繞赭袍。

恭和御製《賞花釣魚》

輦路鮮雲五色開，一聲清蹕下天來。水光翠繞九重殿，花氣醲薰萬壽杯。繡幕煙深紅會合，文竿風引緑徘徊。蓬山絶景無人到，詔許群仙盡日陪。

題垂虹橋寄同年叔楙秘校劉孜字叔楙，原父之弟，時爲吴江尉[①]

三百欄干鎖畫橋，行人波上踏靈鰲。插天螮蝀玉腰闊，跨海鯨鯢金背高。路險截開元氣白，影寒壓破大江豪。此中自與銀河接，不必仙槎八月濤。

檇李亭

閑抱琴書檇李游，仙壇古屋一節留。驛橋通市人沽酒，湘水依城客放舟。[②]葵扇桃笙聊却暑，蘋花楓葉已知秋。坡翁仙去詩聲在，寂寞林塘卧白鷗。

---

①【謝案】文淵閣本題注另有“乘虹橋又名利往橋”八字。

②【謝案】湘，文淵閣本作“湖”，當從之。檇李亭在浙江嘉興，非湖南。

月波樓

古壕鑿出明月背，樓角飛來免影中。① 野色更無山隔斷，天光直與水相通。溪藏畫舫青紋接，人住荷花碧玉叢。欲解金魚破清暑，② 晚雲深處待歸風。

題淮陰侯廟

漢高不得淮陰將，天下雌雄未可知。力勸君王回蜀道，便携諸將破秦師。故人斬首誠非策，女子陰謀遂見欺。終使英雄鑒成敗，未圖功業自先疑。

初春欲爲小飲先寄運使唐司勛，運判張都官

人生長與賞心違，莫遣樽前笑語稀。老去未羞花插帽，醉來不怕酒淋衣。免聽畫鼓催朝去，且駐金鞍待月歸。休道東風猶早在，落梅已撲翠苔飛。

九日登有美堂

點檢東山窈窕娘，直須醉倒爲重陽。山光湖水一時好，酒面菊花同色黄。便好共謀長夜飲，未應排出少年場。傷時感舊知何限，還憶荆州落寞鄉。

次韻張公達《游西池》

醉漾蘭舟不忍歸，斜陽已落碧雲西。天開銀漢水初滿，春入武陵人

① 【謝案】免，文淵閣本作“兔”，當從之。

② 【張注】欲解，各本作“誰把”。

自迷。殿倚鼇頭連繡幕，橋飛虹影度金堤。游人不惜殘花地，無限落紅粘馬蹄。

吕稚卿公孺唐彦範詔并賦《游西池》亦成菲句[①]

青翰龍舟雲外横，黄金殿閣鏡中明。波光柳色恰相似，酒味人心俱有情。醉灑珠璣留滿紙，晚騎鸞鳳下層城。游人應解笑狂客，隔水映花聞語聲。

同彦範謁仲巽，飲之甚樂，仲巽且有北歸之期，情見卒章，輒用寫呈

明珠堆滿赤金盤，未買花前笑倚欄。特地尋春難約伴，等閑携酒却成歡。人生試把從頭算，世事何煩著眼看。莫怪夜深猶换燭，它時相望在長安。

再　和

海棠亂插滿雕盤，爲愛繁梢更繞欄。顧我有情還惜别，聞君未去且留歡。錦裀只就花邊卧，紅袖偏宜燭下看。若背荆州容易去，故人於義未爲安。

游金明池

萬座笙歌醉復醒，繞池羅幕翠煙生。雲藏宫殿九重碧，春入乾坤五色明。波底畫橋天上動，岸邊游客鑑中行。金輿時幸龍舟宴，花外風飄萬歲聲。

① 【張注】各本“唐”上有“與”字。

盆　池

緑髮柔莎碧甃連，湛如蛟穴貯寒泉。誰將寶鏡遺在地，照見浮雲浸破天。數鬣游魚纔及寸，一層緑荇小於錢。待將閑物都除却，放出秋蟾夜夜圓。

李都尉瑋芙蓉堂①

堂上芙蓉花最饒，開時不見玉欄橋。來從洛浦見羅襪，生在楚宫俱細腰。何處仙人來跨鳳，夜深明月好吹簫。剩收秋蕊爲佳釀，醉入飛雲解畫橈。

東園招孫中叔

花路横梢已礙馬，斷無人迹賞年芳。緑楊成穗點著地，蝴蝶作團飛過墻。不禁夢回多黯鬱，②長因酒後得凄凉。期君待與春翁約，買取東風任醉鄉。

次韻元肅兄《汴口阻風》

風阻浪頭如駷馬，險於天塹欲催車。却隨宿雁留寒渚，深羡飛雲籥碧虚。對酒客懷真土梗，滿船生計只圖書。世無勇奡携之去，不得連鰲作鱠魚。

① 【謝案】瑋，文淵閣本作題注小字。
② 【謝案】禁，文淵閣本作“柰”。

次韻元肅兄三題《汴渠夜泛》

汴渠夜泛亦快意，月射長波如斷冰。不見湘靈揮寶瑟，空教水怪避犀燈。煙雲疊影相虧蔽，星斗翻芒互降升。好蓄金錢多買酒，滿船載去覓嚴陵。

雨夜懷唐安①

歸心日夜逆江流，官柳三千憶蜀州。小閣簾櫳步夢蝶，②平湖煙水已盟鷗。螢依濕草同爲旅，雨滴空階別是愁。堪笑邦人不解事，區區猶借陸君留。蜀人舊語謂唐安有三千官柳、四十琵琶。梅宛陵詩“螢依濕草没”。③

過魏都

憶把貂裘買玉壺，重來不敢解金魚。當時曾謁將軍府，今日還乘使者車。歌管漸非人去後，樓臺依舊雪消初。韓門子弟偏怊悵，④泪滿潮陽耆舊書。

勸客飲

誰解西回滄海波，且聽白苧數聲歌。人生所得只如此，世事到頭無奈何。酒海莫教空護落，⑤金堆安用鬱嵯峨。古今共是一丘土，只有劉生得計多。

① 【張注】各本“夜”作“後”。

② 【張注】步夢，案：步，各本作“頻”，宜從之。

③ 【謝案】梅宛陵詩“螢依濕草没”，文淵閣本作“‘濕螢依草没’梅宛陵詩”。

④ 【張注】子弟，夏本、潘本作“弟子”。

⑤ 【張注】護落，案：護，各本作“濩”，宜從之。

初入姑蘇會飲

凉風飄灑入高閣，滿城緑樹飛雲濤。渴來夢吞滄海闊，醉後眼挂青天高。湘江姹女碧瑶佩，金谷謫仙紅錦袍。吴兒柔軟不慣見，應笑儂家詩酒豪。

正夫飲遐舉家，留佳什，僕酷愛其“金斗玉泉”之句，輒次高韻[①]

相逢漸向白頭年，世路諳來盡付天。六印雖多終是客，一壺纔倒即爲仙。穿天入月捉詩句，搥鼓插旗飛酒船。長願醉眠渾不醒，虚名安用俗兒傳。

次韻梁天機見寄

一聽秋聲鬢已凋，孤心驚起拂心杓。[②]輪囷自分爲蟠木，濩落寧堪作大瓢。新篋唱酬詩草滿，舊衣傾潑酒痕消。高篇已許臨佳菊，更作欄杆護翠條。

往年與劉元忠諸公尋春夜歸，今兹卧病，感而成篇

已醒又醉倦游客，乍雨却晴寒食天。共繫紫騮芳樹下，却隨紅燭落花前。層城已報黄金銷，[③]外苑猶貪碧草眠。明日春風依舊好，[④]竹溪散盡酒中仙。

---

① 【謝案】文淵閣本“正夫”上有“江”字。

② 【張注】心杓，潘本“心”作“星”，案：作“星”是。

③ 【張注】黄金銷，案：各本“銷”作“鎖”，當從之。

④ 【張注】明日，案：日，各本作“月”，當從之。

喜吴幾道遷右正言知諫院

精金喜入陶鎔手，玉鑑直須明主知。志士本來能許國，古人所恨不逢時。漢成不用朱雲劍，舜帝嘗聞大禹辭。莫道孤居無感激，援挐兩耳聽京師。

戲學張水部贈河南少尹

河南少尹鬢如絲，角里先生是吏師。花下放衙因試酒，竹間留客爲尋棋。年勞只許抄書數，月俸長留買藥資。已説開春須上表，終南山下乞分司。

施君作詩贈謙師，亦求拙句，乃作五十六字綴其後

聞道天台謙上人，溪魚野鳥共忘形。林間無事結跏坐，石上更安《圓覺經》。定處只應山鬼護，講時還有海龍聽。何年蠟屐緣雲徑，一叩靈仙不死庭。

送曹比部赴袁州

船頭獵獵兩旗翻，六月江風灑面寒。一日却稱新太守，十年曾是舊郎官。中間憂患誠爲甚，向老風情亦未闌。紫背蛤蜊白醪酒，開尊長解憶長安。

次韻元肅兄見喜知荆州二首

逾年謬掌鳳凰詔，擇日拜章芸若庭。擁節笑歸江漢國，飛帆醉拂斗牛星。留連物景詩千首，準擬交親酒百瓶。共采芳蘭晨事畢，不妨兒侄夜横經。

西風原上鸛鵒鳴，喜見朱旗畫獸獰。塵袖漸抛秦地遠，雲帆聊作楚江行。人家掩映寒塘水，秋物鮮明緑樹橙。欲表新阡在郥國，不同張翰浪逃名。余以襄事乞守荆州。

憶泛西湖

四面青山紫繡圍，平湖萬頃碧羅衣。風摇酒面金鱗活，月弄波光玉篆飛。醉客半眠紅燭下，畫船行唱采蓮歸。十年衣袖遮塵土，惆悵飛雲滿翠微。

次韻石秀才《淮上偶作》

出汴忽如魚脱網，長淮萬里斷煩囂。白雲已抱日光轉，碧浪更和天面摇。自此乘槎須犯斗，誰能鞭石解爲橋？玉京醉客無消息，不及蓬山兩信潮。

酬盧載

三百年來無作者，杜陵氣象久焦乾。縱今一夜鬼神哭，[①] 開卷滿天星斗寒。渾脱無蹤疑造化，塵泥有意污波瀾。傷懷刻句無人會，寄與江南庾信看。

---

① 【張注】縱今，案：今，各本作“吟”，當從之。

舟次蕪湖却寄維揚刁學士

柳葉初黄未解飛，東風還與賞心違。縱逢春處花期少，自過江來酒病稀。平子解酬青玉案，秋娘能唱縷金衣。揚州二十四橋月，[①] 長憶醉乘明月歸。

夏夜淮上寄隨子直

天面玻璃滑欲流，淮光浮動浩難收。夜凉明月都如水，雨後清風却似秋。幾日重來還把酒，一回相憶却登樓。窮愁著得新書就，好寄雙魚碧海頭。

曹伯玉駕部琰相會於姑熟，既别，得書及詩，因以拙句奉寄 [②]

東風綽約過前溪，碧草纖纖苦未齊。春到好花隨處有，醉來佳客不相携。高眠未博黄金印，秀句如鎸白玉圭。倒指驛程今甚處，畫船應過楚江西。君將退居，故有《高眠》之句。

素風堂

潁水纖纖清露石，仙翁於此買煙村。唐朝三百盛冠蓋，丞相幾家餘子孫。耀世文章雖已遠，傳家清白至今存。由來人物能相繼，又見芝蘭秀一番。

① 【張注】橋月，潘本“月”作“夜”。

② 【張注】夏本“琰”作“宛”。【謝案】熟，文淵閣本作“孰”。琰，文淵閣本作題注小字。

致政李祠部[①]

晝省仙翁緑鬢斑，林間高挂兩朱轓。更無歸計買泉石，欲以清名遺子孫。閑作好詩消白日，都將生事付清尊。嗟予憂病爲疏闊，不得携節奉笑言。

尊酒還成世外名，二千石印一毫輕。驥雖老去壯心伏，鶴自病來仙骨清。祠部以病引退，今益清健。林下已能忘歲月。人間何必仕公卿？淮陽塵土無佳賞，每見山翁眼乍明。

寄長沙燕守度

魏都南館相逢日，鬥向春風倒一尊。連夜花開駐歸騎，[②]即時席上插降幡。雲藏夢澤煙蒲老，秋卷湘江雪浪翻。聞道玉厨新釀熟，莫將餘瀝酹潺湲。

送潁川使君韓司門

喜君又佩魚符去，駟馬雍容朱兩轓。自昔諸侯潁陰國，太平宰相魏公孫。水邊日落旌旗暗，花外風高鼓角喧。到部行春應未晚，緑村正是杏梢繁。

次韻程丞相《牡丹》

曾倒金壺爲牡丹，矮床設座繞花壇。有人偷插玉釵上，到夜更留銀燭看。醉裏春風遺翠帽，歸時寒月送雕鞍。如今蘭棹催西去，惆悵明年誰倚欄。

① 【張注】各本“部”下有“二首”二字。

② 【謝案】開，文淵閣本作“門”。

寄關彦長景仁

黄金斗印未垂腰，繞舍湖山弄翠濤。飢鳳羽毛寒不鎩，卧龍頭角老方高。罇前襟抱生平盡，醉裏文章氣格豪。休論升沉向衰俗，功名到底屬吾曹。

次韻酬項城姚子張《到縣感事》

膠西童子近之官，坐按《春秋》討隱桓。子張善《春秋》。休嘆折腰向彭澤，猶勝索米困長安。來篇喜見萬金字，厚報恨無雙玉盤。莫就白雲買煙艇，磻溪久已棄魚竿。

送郭元之東下

蒲梢十幅健帆風，[①] 大醉長歌下浙東。甲乙未能求將相，詩書多是誤英雄。百年盡寄閑心外，萬事都拋冷笑中。白面書生少奇策，不知誰建太平功。

送隨孝廉之官桐廬[②]

萬乘君王曾降詔，敝裘瘦馬入咸秦。太平策略三千字，天下英豪二十人。隨君用詔書特起試策，同時舉者二十餘人。自合乘時攀日月，如何隨衆走風塵。桐廬主簿官雖小，百里之間亦有民。

① 【謝案】蒲，文淵閣本作“梢”。
② 【謝案】隨，文淵閣本作“隋”，下同。

和張公達《暮春寄宋使君》[1]

獨繞欄干正惜春，不堪西望隴頭雲。弄煙細柳纔三尺，著地殘花厚一分。梁苑草深平似熨，秦關山熳翠如薰。騎鯨李白時過我，未引金尊先説君。

再　　和

使君携酒送餘春，縹緲高懷倚白雲。新曲旋教花下按，好題只就席間分。阮公醉帽玉山倒，謝女舞衣沈水薰。自笑塵埃滿朱紱，良辰樂事兩輸君。

寄題沖雅虚心亭

高僧酷愛翠雲枝，雨後新陰翠入衣。爲恨煙溪生處遠，自尋雲逕斸將歸。有時風雨鬥不解，只恐蛟龍活欲飛。好向繁梢結秋實，丹山正是鳳凰飢。

張寺丞次山見訝，久不致書，兼惠佳篇，輒用奉答

數日看花生怕稀，[2] 杭州更有亂花圍。爲貪携酒尋春去，不及修書趁雁歸。且擊壯懷期篆鼎，莫緣華髮便沾衣。來詩有二毛之嘆。誰知寂寞寒山外，萬里蒼鷹正苦飢。叔高有壯志而少有知者。

---

① 【謝案】和，文淵閣本作“賀”。
② 【謝案】稀，文淵閣本作“遲”。

奉詔赴瓊林苑燕餞太尉潞國文公出鎮西都

都門秋色滿旌旗，祖帳容陪醉御巵。功業迴高嘉祐末，公至和中首陳建儲之策。精神如破貝州時。白居易獻裴晋公詩云："聞説風情筋力在，只如初破蔡州時。"匣中寳劍騰霜鍔，海上仙桃壓露枝。公之子近有登瀛之命。昨日更聞褒詔下，别看名姓入烝彝。

送程公闢給事出守會稽兼集賢殿修撰

越州太守何瀟灑，應爲能吟住集仙。雪急紫濛催玉勒，公奉使方歸紫濛，北方館名也。日長青瑣聽薰弦，一時冠蓋傾離席。半醉珠璣落彩箋。自恨君恩渾未報，五湖終負釣魚船。

寄程公闢

念昔都門手一携，春禽幾向苧蘿啼。夢回金殿風光别，吟到銀河月影低。舞急錦腰迎十八，酒酣金盞照東西。何時得遂扁舟去，雪棹同君泛剡溪。

送公闢給事自青州致政歸吴中公闢即程師孟

青瑣仙人解玉符，秋風一夜滿江湖。曾歌郢水非凡曲，未插旄頭負壯圖。[①]公昔北使，憤然屢抑敵人。終日望君天欲盡，平生知我世應無。扁舟應約元宫保，瀟灑蓮涇二丈夫。按：元宫保即錢唐元章簡公絳，蓋嘗寓居於蘇州。

---

① 【張注】未插，夏本作"未掃"，潘本作"來掃"，案："來"字非是，當從"未"字。

郥陽道中

白馬春風緑草長，行人踏破碧溪光。隔山啼鳥自相應，臨水幽花應更香。壟上驚飛青尾雉，桑間閑立舊裙娘。[①] 白頭關吏還相問，不信相如是故鄉。予去安陸二十六年矣。

送石中允象之致仕歸新昌 [②]

鳳凰山下網羅疏，翠翮搖空去有餘。陶令已抛彭澤印，謝敷今作會稽居。碧峰四向晚吟處，啼鳥數聲春醉初。更放魚船鑑湖上，[③] 芙蓉香裏卧看書。

吴比部瑛致仕歸蘄陽

蘧公四十已知非，長揖公卿卧翠微。結綬才還雙闕下，上書便乞故鄉歸。伏轅赤驥相隨老，出網冥鴻自在飛。應向黄梅訪逋客，白雲飄灑紫荷衣。

送宋屯田之湖南轉運判官

緑綬郎官笑白頭，更携龍節領諸侯。摶風初擊三千水，投刃方排十二牛。行色未抛京洛地，先聲已壓洞庭秋。漢家刺部官雖小，一鑑寒冰照八州。

---

① 【謝案】舊，文淵閣本作“蒨”。
② 【謝案】允象，文淵閣本作爲題注小字。
③ 【張注】魚船，各本“船”作“舠”。

送陳睦赴河中幕

紫皇初放第三榜，中有英豪絶世無。[①]君之先公與予先大夫同年登科。天厩本生騏驥子，雲霄又得鳳凰雛。今君又取甲科。不須虎鬥終全趙，自是龍驤首破吴。廷試君本第一。雖作蓮花帳前客，丹臺到了姓名殊。

南歸呈王樂道

漸少塵沙眼漸開，駸駸歸騎不須催。春風自過燕山好，寒色還從易水回。歸雁却飛天北去，白雲應傍日邊來。行行上苑花如綴，共獻君王萬壽杯。

聞南陽吕諫議訃長逝

子文三仕去何頻，一卧南陽竟没身。明主自應容直道，皇穹何事殺忠臣？拄天力屈空留草，[②]貫日心存不化塵。黄壤不知人世事，爲君懶哭楚江濱。[③]

哀蘇明允

豐城寶劍忽飛去，玉匣靈蹤自此無。天外已空丹鳳穴，世間還得二龍駒。百年飄忽古無奈，萬事凋零今已殊。惆悵西州文學老，一丘空掩蜀山隅。

---

① 【張注】英豪，夏本、潘本“豪”作“雄”。
② 【張注】拄天，《宋文鑑》“拄”作“柱”，當從之。【謝案】文淵閣本“皇穹”作“皇天”。
③ 【張注】懶哭，《宋文鑑》“懶”作“慟”，當從之。

傷賈老

世事一毫不挂眼，放懷只用酒爲年。已從車後携一榼，更向杖頭留百錢。顧我曾傳丹鼎訣，疑君便是紫芝仙。忽如蟬蜕不復見，雨壞茅齋八九椽。

樊秀才下第

平時愛子多集句，此日金刀得剪裁。自謂羅中先得隽，豈知天外已遺才。爐開遂失黄金鑛，石剷猶藏白玉胚。① 獨倚西風猶惆悵，② 却憂車馬到門來。

張、李二君獲薦，喜而成篇，兼簡岑令、蔣椽

榜帖初傳見姓名，喜來把讀繞欄行。長風又送二龍去，二君俱嘗爲解頭。明月已看雙桂生。群玉聚來俱是寶，真金煉出始爲精。省試七千人而解二君。雖知自是文章得，須待秦臺寶鑑明。

勉學者

繞座群書如纍玉，夜燈忘睡晝忘飢。文章須用聖賢斷，議論要通今古疑。孟子豈無仁義國，荀卿猶作帝王師。太平歧路安於掌，好跨大宛萬里馳。

---

① 【謝案】胚，文淵閣本“杯”。

② 【張注】猶惆悵，各本“猶”作“漫”，當從之。【謝案】猶，文淵閣本作“倍”。

自　　貽

烏巾節杖白雲夫，寄謝黄公舊酒壚。懶性惟看《高士傳》，歸心空展舊山圖。病來瘦骨支離在，老去懽情積漸無。啼鳥落花應怪問，緑塵何事滿金壺。

衰　　疾

大夢爲生固有涯，屢攻衰疾可驚嗟。時於耳竅嘯秋蚓，并向目晴飛黑花。① 門外挂羅同翟尉，座隅占鵬類長沙。予病輒有眼疾。支離猶食三鍾粟，買取涓溪好住家。

山中桃花

春入關山亦未遲，苧蘿山下見西施。不羞白髮欺霜鬢，且對清尊插一枝。縱落不隨流水去，僅開惟有白雲知。② 何須惆悵無人賞，自有春風二月時。

同賈運使昌衡、章職方俞、王推官輔之賞梅

花前留客解金鞍，揀遍繁梢盡折殘。翠帽插來無處著，玉盤收取與人看。無言有意空相對，欲去重來更繞欄。把酒殷勤須會取，風頭只待作春寒。

---

① 【張注】目晴，夏本“晴”作“睛”，案：作“睛”是。
② 【謝案】僅，文淵閣本作“儘”，當從之。

雪中梅[①]

臘雪欺梅飄玉塵，早梅鬥巧雪中春。更無俗艷能相雜，惟有清香可辨真。姑射仙人冰作體，秦家公主粉爲身。青娥已自稱佳麗，[②]更作廣寒宫裏人。

菊

寶釘萬數擁寒枝，寂寞幽香蝶亦稀。未把玉欄移得去，直須翠帽插將歸。定逢野客尋常折，忍逐秋風取次飛。好備一樽相就飲，[③]醉來從遺露霑衣。

① 【張注】各本均無此一律，將後絶句中《姑射仙人》一首，署此題。

② 【謝案】青，文淵閣本作“素”。

③ 【謝案】備，文淵閣本作“佩”。

卷二十八

五言絶句

齊山晚歸

飲散齊山晚，夕陽秋浦紅。不須鞭五馬，十里聽松風。

出都次南頓

駐馬緑陰下，離人正憶家。可憐桃李樹，猶有未開花。

酴　　醿

清香無物敵，粉葉自成圍。白玉瓏璁髻，珍珠纓絡衣。[①]

題僧文瑩所居壁

西湖頻送客，緑波舟楫輕。春入蘿徑静，浪花翻遠晴。

① 【張注】珍珠，夏本、潘本“珍”作“真”。

七言絶句

咏　史

漢地龍蛇始邅迍，曹公崛起定經綸。陰謀用盡得天下，誰道彼雛解笑人。

魏生被責灌將軍，股慄如何不自陳。若使當時有英氣，肯爲丞相掃門人。

漢家行賞盡論功，禍福於人豈易窮。解把舊恩酬項伯，獨將大義斬丁公。

讀《蜀志》

曹公屈指當時輩，天下英雄數使君。髀肉消來還感泣，争教漢鼎不三分。

莊舄辭海初離安陸詩

歸路漸驚紅葉老，舊山已落白雲深。莊舄聊欲辭滄海，越鳥終須憶故林。

下第游金明池

騎殺青都白玉麟，歸來狂醉後池春。人間得喪尋常事，不避郎君走馬塵。

久泊餘杭關外，水涸不能行，晚雨甚快，解舟有日矣

初看紅芰小開頭，今見青房結子稠。深謝晚雲憐滯客，故飛涼雨送歸舟。

畫　屏

翠篠疏明臨晚水，紫葵點綴落晴沙。山鷄對卧緑蒲葉，野鴨争銜黄荇花。

夷陵張仲孚顒以荆州無山爲戲輒書二絶

使君終日倚朱欄，緑樹高樓掩映間。自有碧江無限好，荆州佳境不須山。[①]

雨後飛雲冉冉回，碧天都似鏡初開。只應峽口多山處，不見秋光萬里來。

再賦如山

小堂草草屋三間，暇日徜徉養壽閑。揭榜如山還自笑，何人不老似青山。

客　意

已换春衫别後衣，此心長共白雲飛。高堂壽酒年年事，趁取榴花及早歸。

---

① 【張注】佳境，曹學佺《名勝志》“境”作“景”。

讀司馬君實撰《吕獻可墓志》

一讀斯文淚瀉襟，[①]摩天直氣萬千尋。[②]知君不獨悲忠義，又有兼憂天下心。

讀《李英公傳》

李密被誅猶不負，文皇顧命更何疑。豈將當日奔亡後，比得他年富貴時。[③]

曉　　凉

銀河垂角斗星稀，曉簟微凉夢破遲。落月半庭人未起，好風摇動碧桐枝。

三　　月

三月江南梅子青，春游已過畫船横。酒懷索寞人初倦，已喜金杯弄水聲。

---

①【張注】瀉襟，《宋文鑑》"瀉"作"寫"，案：《斁阮碑》"承寫其流"，"瀉"作"寫"，《説文》段注云："凡傾吐曰寫，瀉者，寫之俗字。"

②【張注】摩天，《宋文鑑》"摩"作"磨"，案："摩"古與"磨"通，《禮樂記》"陰陽相摩"，《釋文》本又作"磨"是也。

③【謝案】他，文淵閣本作"當"。

夜　　寒[1]

闌干徙倚未能眠，雲破初開碧玉天。滿地雪花寒不掃，恨無明月對嬋娟。

晚　　晴

漸覺沙頭碧草乾，開簾更把晚雲看。波光月色俱清絶，應有新花怯夜寒。

雪　　晴

一抹明霞暗淡紅，瓦溝已見雪花溶。前山未放曉寒散，猶鎖白雲三兩峯。

秋　　晴

雨洗秋空明似水，瓦光浮動碧差差。好風晴日虛窗净，正是幽人養病時。

塵　　埃

袖裏金鎚白氎袍，塵埃自古出英豪。胸中憤氣蟠不得，一夜虹蜺萬丈高。

---

① 【謝案】底本無詩題，據文淵閣本補。

明　月

一環明月午初停，自挂虚窗不可扃。恰見梧桐一雙影，[①] 緑陰漠漠覆中庭。

聽　泉

爲愛飛泉灑雪凉，無緣移近曲欄旁。直須買斷清溪住，引取寒聲繞卧床。

湖　上

湖山只合住真仙，家在鄖溪未有緣。欲把金錢三百萬，萬松嶺上買雲眠。

采　江

江上雲亭霽景鮮，畫屏展盡一山川。遲遲欲去猶回首，目盡孤煙白鳥邊。

江行五絶

馬當之西絶險處，青山獨出無四鄰。且繫畫船楓樹下，行人去賽小姑神。

三日禁船官不容，波如連屋萬千重。莫向長江争道路，如今風雨屬蛟龍。

① 【張注】恰見，潘本“恰”作“怯”字。

清明村落自相過，小婦簪花分外多。更待山頭明月山，[①] 相招去踏竹枝歌。

快帆美滿送船去，忽值高沙船不行。只道今朝風色好，不知還有暗灘生。

西江廟前飛來烏，[②] 紫金作翅尾畢逋。翻空趂船接紅果，銜去却哺林中雛。

觀　濤

怒濤沃日爲之陰，下有蛟龍不測深。若比人間惡風浪，長江風浪本無心。

水淺舟滯解悶十絶

聞道春流下斗門，扁舟應得解南村。欲看竹箭開新漲，更插楊枝記舊痕。

正愛春波妥妥長，微吟倚棹落花旁。狂風忽送蛟龍雨，翻動一天星斗光。

柳枝拂水萬千縷，水去柳枝還却回。不似柳花愛飄蕩，[③] 等閒流出碧溪來。

---

① 【張注】明月山，各本“山”作“上”，案：“上”字是。

② 【張注】飛來烏，夏本“烏”作“烏”。

③ 【張注】柳花，潘本“柳”作“桃”。

壩上春流滑滑來，行人相語笑相催。解舟直入碧天去，天上晚雲行處開。

小鳥群飛獨木陰，笑聲騷屑如鳴琴。見人接翅却飛去，還入前村楓樹林。

稚子持竿坐芳草，魚兒跂尾出浮萍。[1] 會稽巨犗沈猶脱，滄海驪龍睡不醒。

酒徒不復少年時，白髮狂歌亦未衰。更與春風酬一醉，好花猶有兩三枝。

青天萬里放醉眼，啼鳥一聲傷客心。携手尋春春盡日，此時真直萬黄金。

春水駸駸抹舊痕，兒童乘浪戲青雲。去如跳鯉忽驚散，來似游鳧還作群。

斗城縹緲浮雲裏，歸路坡陁碧草斜。北極已看龍虎氣，神州漸近帝王家。

登第後作

文闈數戰奪先鋒，變化須知自古同。霹靂一聲從地起，到頭身是白雲翁。公病中嘗夢浴玉龍池，驚見體生鱗角而寤。

---

① 【張注】跂尾，夏本“跂”作“跛”。

探　花

粉蓓團梢相并開，醉中走馬探花回。春衫不惜露痕污，直入鬧花深處來。

上　朝

秋風御路冠蓋滿，曉月畫樓鐘鼓遲。卧聽傳呼丞相入，可憐正是上朝時。

翰林夜直召草富丞相制

中使傳宣學士家，君王令草侍中麻。紫泥金印才封了，蓮燭燃殘一寸花。

夜宿秘閣

金馬藏書漢帝家，繞簷鳴玉滴冰牙。晚雲不動寒風斷，殘雪時飛三兩花。

乞　郡

曉日銀臺再上書，相君何日奏丹塗。紫皇有意憐衰老，乞與揚州第五符。

省中栽花

淩晨上馬晚方回，不省好花開未開。誰把金錢買花樹，帶將春色入城來。

試院中懷公達

黄衫自掌貢闈瑣，[①] 强刷塵心酒一杯。[②] 天上謫仙如見憶，可能騎取老鯨來。

被命出使

鏡湖清淺越山寒，好倚秋雲刮眼看。萬里塵沙卷飛雪，却持漢節使呼韓。予時求會稽郡。

出北關

去年此地送行客，俯仰之間迹已陳。今日復來相别處，使君却是北歸人。

過十丈山

慣向長安事朝謁，滿衫塵土厚於泥。行人若愛青山好，何不暫時留馬蹄。

---

① 【張注】闈瑣，潘本“瑣”作“鎖”。
② 【張注】强刷，夏本、潘本“刷”作“制”。

白雲道中

翠壁連環三百里，[①]行人不禁愛山何。[②]莫辭下馬尋雲逕，前到淮西塵已多。

過三十六洞

草深樹密不見溪，但聞地底溪聲迴。忽從山口渡流水，始知此溪山北來。

蒼山連環不斷頭，溪聲繞山無時休。後溪已穿緑樹去，前溪却向山前流。

高溪却瀉低溪水，溪裏分明見白沙。夜來山上暴風雨，溪口流出紅桃花。

離蔡州

風吹醉面出南州，兩行紅裙立馬頭。已過落花時節晚，不須再拜苦相留。

離雲中一首

南歸喜氣滿東風，草軟沙平馬足鬆。料得家人相聚説，也知今日發雲中。漢使離北庭，常限正月四日。

---

① 【謝案】壁，文淵閣本作“璧”。
② 【謝案】禁，文淵閣本作“奈”。

入涿州

飲馬桑乾流水渾，燕山未晚已黄昏。衣襟猶帶長安酒，不分江湖浣舊痕。

回至涿州

來時正犯長安雪，今見春風入塞初。爲問行人多少喜，燕山南畔得家書。

五松山李白嘗游此，今有寶雲寺

天上仙人謫世間，醉中偏愛五松山。錦袍已跨鯨魚去，惟有山僧自往還。

秦　淮

秦氏無過一再傳，欲圖萬里據秦川。漢家只在芒山下，却謂金陵五百年。

四海龍蛟日沸騰，[1]秦皇萬世欲相承。漢家王氣芒山起，却事東巡鑿秣陵。

淮　上

桐柏山中草木靈，淮源潏潏繞山鳴。誰人鑿出渾河水，污却長波萬丈清。

① 【張注】龍蛟，夏本、潘本"蛟"作"蛇"。

車蓋飛雲不放船，長疑水府貯神仙。淮靈須信疏慵甚，欲住荆州不計年。

自天竺遇雨却回靈隱

月桂峯前快雨飛，林間避雨亦沾衣。才晴便出西山路，却共斷雲相趂歸。

舟行次南都遇雨①

雨聲飄斷忽南去，雲勢旋生從北流。料得凉風消息近，蕭蕭只在柳稍頭。

老火燒空未擬收，②忽驚快雨破新秋。晚雲濃淡落日下，已似楚江南岸頭。

自靈隱回謁孤山勤上人

獵獵長松十里風，歸時路與北山通。陶潛今日無餘事。更過虎溪尋遠公。

贈沖雅師善草書

姑熟上人溪上居，碧松摇雨晚凉初。誰將六角竹枝扇，來問羲之覓草書。

---

① 【謝案】本無詩題，據文淵閣本補。

② 【謝案】擬，據文淵閣本作“易”。

赤　　壁

帳前斫案決大議，赤壁火船燒戰旗。若使曹公忠漢室，周郎爭敢破王師？

早　　起

頭疼宿酒未能解，獨怕曉寒簾卷遲。懊恨桃花愛飄蕩，夜來壓折海棠枝。

送禪雅歸姑蘇

秋風江上白雲飛，江氣飄蕭欲灑衣。正是荷花滿吴國，詩人靈徹故山歸。

嘲范蠡

千重越甲夜成圍，宴罷君王醉不知。若論破兵功第一，[1] 黄金只合鑄西施。

湖上晚歸

江梅向臘雪初飛，莫向花前酒數稀。爲報玉堂批詔客，夜來乘月北山歸。

---

① 【張注】破兵，各本“兵”作“吴”，當從之。

柳湖晚歸

碧天寫入柳湖底，天上醉游春日斜。便留畫舫入城去，不忍馬蹄踏落花。

舟中睡起

銅盤緑水浸紅蕖，風卷紗幮睡足初。金殿故人如借問，爲言病酒懶修書。

重到城東有感三首

曾訪花翁醉玉壺，重來花下盡平蕪。東風繞袖應相識，記得當年舊酒徒。

好春初滿杏園花，十里曾携載酒車。今日黄雲衰草地，不堪更送賈長沙。李子思謫官又於此相别也。

仙桃移在玉欄初，紅抹胭脂嫩點酥。聞道飄零落人世，清香得似舊時無。

逢賈老

買得虚名東路歸，自憐鷗鳥本忘機。吾師不用苦迎送，亦是當時一布衣。

贈徐登先生

鬢髮如黳眼正青，煉來玉骨已通靈。我來欲問金丹訣，三日林間醉不醒。

柳湖席上呈夏宫苑

千條萬條楊柳絲，好花不過三兩枝。淮陽多牡丹，然奇絶者每圃不過數枝。今日樽前爲君飲，明朝酒病終不辭。

阻風游銅陵護法寺

白浪浮江打白沙，江頭緑竹對僧家。春風也似玉京好，一樹殘紅山杏花。

正夫草卷已就，余例亦奏牘，今得絶筆[①]

琳琅之竇出荆山，合作珪璋與佩環。楚澤白茅最微陋，何緣亦在貢書間。

送王殿直

玉尺新裁白紵衣，楊花紛泊滿衫飛。少年不怕風塵惡，污却障泥走馬歸。

① 【張注】潘本“筆”作“句”，當從之。

寄洞元師

一尊聊寄洞元師，既到山中春未遲。料得醉眠巖石上，晚風零落小桃枝。[①]

洞元道士酒中仙，散髮人間五十年。醉後不知山月上，竹間橫枕一琴眠。

送曉容

龐眉蒼面已衰翁，猶踏天衢塵土中。收得閑名好歸去，鮮魚白酒醉秋風。

寄郭祥正

天門翠色未饒雲，姑熟波光欲奪春。怪得溪山不寂寞，江南又有謫仙人。

寄題峽州宜都縣古亭

古人已逐秋草没，明月空隨秋浪翻。安得古人似明月，長來此地對金罇。

戲言寄雪溪使君唐司勛

水精宫殿從來小，[②]雪上號水精宫。寂寞蓬萊不可游。會稽號小蓬萊。十

① 【謝案】晚，文淵閣本作“曉”。

② 【張注】水精，各本“精”作“晶”，下同。

萬人家明鏡裏，神仙都會是杭州。

出金陵却寄蔣山元師

不及林間紅鶴群，飛泉却得夜深聞。風帆又絶秦淮去，回望北山空白雲。

招余補之

赤泥圓印木蘭酒，欲飲無人共把杯。只隔春江一潮信，可能閑訪故人來。

憶南中兄弟

河上青青榆葉稀，湘童何日報南歸？可嗟不及衡陽雁，兄弟相將作隊飛。

遣興勉友人

人生三萬六千日，二萬日中愁苦身。惟有無心消遣得，有心到了是癡人。

傷王霽

欲煉此心成古鏡，清光直透太虛明。朝來一灑故人泪，依舊塵埃滿匣生。

稚　子

稚子誰憐衰病餘，戲錢鬥草繞庭除。朝來竟學黄家畫，畫破新傳幾本書。

田　家

數畝低田流水渾，一樹高花明遠村。雲陰拂暑風光好，却將微雨送黄昏。

江正夫爲人撰墓志有十金之贈，因以二絶戲之①

飄然才思是真仙，鳳字仍留碧玉鐫。换得黄金滿書篋，可能獨具買山錢。

竇字奇文刻夜臺，黄金論價未當才。諸生可是無豪氣，不就韓公乞取來。

病　中

丞相新詩懶未酬，一編藥録在床頭。何時病骨健於鶻，直與秋風萬里游。

病來翻喜此身閑，心在浮雲去住間。休問游人春早晚，花開花落不相關。

① 【張注】案：江，疑"汪"之譌。【謝案】江，文淵閣本作"汪"，宜從之。

謝 病

自緣謝病懶朝紱，漸有心期訪舊廬。爲問桃花巖下客，有田肯貰子真無？

昔 日

昔日揮毫多壯思，半天拂下鳳凰兒。夜來雪灑松窗急，開卷先逢白髮詩。

藍橋送客回謁張郎中

都無歌管伴金杯，草草藍橋送客回。寒雨飄零不成雪，剡溪閑訪戴逵來。

酬公達

小吏扣關聲啄啄，[①]山夫驚落手中杯。不知天上何緣到，泪裹携將明月來。

哭重伋兼穰令

古劍沉來不可尋，白沙堆下葬黄金。憑君莫向大江哭，泪入黄泉冤更深。

---

① 【張注】啄啄，夏本、潘本作“剥啄”。

自　　嘲

樂府休翻《白苧》歌，樽前已怯卷紅螺。壯心雖欲未伏老，争奈秋來白髮何！

嘗　　酒

病髮搔來不滿簪，一樽聊復灑煩襟。只應從此歡心減，不及年年酒味深。

飲　　醉

小鍾連罸十玻璃，醉倒南軒爛似泥。睡起不知人已散，斜陽猶在杏花西。

巽亭小飲

花開花落何須問，勸爾東風酒一杯。世事正如滄海水，早潮才去晚潮來。

酒寄通州吴先生

往來醉倒先生家，[1] 今寄緑酒滄海涯。此酒到時春已晚，猶應趁得賞殘花。

① 【張注】往來，夏本"來"作"年"。

酒寄郭祥正

第一荆州白玉泉，蘭舟載與酒中仙。却須捉住鯨魚尾，恐怕醉來騎上天。

次韻程丞相《觀牡丹》

滿車桂酒爛金醅，坐繞春叢醉即回。争得此花長在眼，一朝只放一枝開。

碧涼傘下罩羅敷，只恐晴暉透錦襦。醉倚玉欄問春色，此花勝得洛中無？

第一名花洛下開，馬馱金餅買將回。西施自是越溪女，却爲吴王賺得來。陳人常賫金就洛中市花，一圃或至千餘緡。

絲頭黄芍藥

揚州絶格已爲稀，北土花翁載得歸。白玉圓盤圍一尺，滿堆金縷淡黄衣。

招同僚賞雙頭荷花

爲愛荷花并蒂開，便將荷葉作金杯。桃根桃葉俱殊色，且看相携渡水來。

酬張仲巽見督龍山之游

渚宮曾燕菊千枝，落日須將急棧追。料得山花也相愛，使君來晚不嫌遲。

倒尊擲帽愧新詩，後日歡游亦可追。自是東風多逸興，不關南郡出游遲。

梁天機約重陽見訪，而汪正夫簡報書齋叢菊輒有小蕊，因書一絶呈正夫

簡報菊叢生小蕊，枝頭應似撥冰醅。故人有信來相訪，好祝秋風及早開。

重九後見新菊

年年時節菊初開，滿插花枝倒酒杯。今日秋風欺病客，惟將白髮上頭來。

江　　梅

杭州别乘有餘才，戲作佳篇寄我來。已教吴娘學新曲，鳳山亭下賞江梅。

雪裹梅[①]

武皇未識長卿才，多向吴王故國來。誰見江南佳賞處，月中詞客雪中梅。

---

① 【張注】各本作“和正夫《梅》”。

和汪正夫《梅》①

少陵老杜獨憐才，長句還如鐵馬來。酒味漸佳春漸好，苦教陸凱咏寒梅。

世上庸兒苦忌才，脱身曾把虎鬚來。他年若隱吴門去，從此真仙不姓梅。

江南江北謫仙才，爲愛湖山特地來。願得春寒過三月，樽前留得臘前梅。

禁林自笑老無才，覓得杭州刺史來。飲散憑欄却怊悵，不堪憶著故園梅。

好花賦與本天才，料得靈根天上來。應爲長安惡風土，故教北地不栽梅。

妖花爛漫敵清才，鄴騎還驚寶玦來。鄭國枉教蘭作佩，定應不識楚江梅。

座中豪客洛陽才，醉舞春風拂袖來。明日却尋歌管地，中庭空有折殘梅。

麗賦多傳楚客才，新詩還自楚江來。雪痕未漲龍池水，風信先飛庾嶺梅。

① 【張注】各本作“再和”。

探花最費庾郎才，欲把雕盤折取來。不奈雪花苦相誤，梢頭無處認真梅。

詩入鷄林白傅才，當年曾佩左符來。[1]尊前依舊江山好，不見章臺驛使梅。

劉蕡直氣壓群才，却束塵衣取次來。開府剛腸破金石，可能刻意賦寒梅。

欲酬强韻若爲才，昨夜歸時趁月來。寂寞後堂初醉起，金盆猶浸數枝梅。

好花有意似憐才，時泛清香入袂來。待得繁梢都結實，莫將細核比楊梅。

流俗休教見美才，不如長入醉鄉來。江南蚤是多風雨，莫向花前唱落梅。

江南還有謝娘才，試數春期幾日來。彩勝未隨釵上燕，玉臺先插鬢邊梅。

木秃風摧正爲才，幾將擠陷九淵來。見君説著須酸鼻，何必尊前更食梅。

窮通繫命不由才，富貴偏宜老後來。花草猶教有先後，憑君試看北枝梅。

① 【張注】左符來，夏本、潘本“左”作“玉”。

姑射仙人冰作體，秦家公主粉爲身。素娥自已稱佳麗，更作廣寒宮裏人。[①]

落　　梅[②]

醉墨紛紛盡雅才，等閑携酒探花來。笙歌已散游人去，更逐東風拾落梅。

竹

經時不到紫雲溪，新笋斕斑青玉枝。生怪南山惡風雨，夜來長得碧龍兒。

冰骨清疏緑玉君，連環高節粉花紋。截來好作仙翁箒，獨倚扶桑掃白雲。

鸞節朝元昨日歸，玲瓏玉佩解雲衣。幾多碧玉鳳凰尾，鬥向秋煙不肯飛。

鷺　　鷥

小屏飛鷺雪褷褷，窗影初摇晚竹枝。獨倚枕函無一事，無何鄉裏覺來時。

---

① 【張注】“姑射仙人”至“宮裏人”各本在《落梅》一首後，標題爲《雪中梅》。

② 【張注】各本此首無標題，列在《和汪正夫梅》第十七首之後，爲第十八首。

食魚憶新開湖

柳條穿頰一雙鯉，鱗插金錢腰尾長。何日酒泉飛白浪，湖邊先問把罾郎。

曾擊畫船湖北樹，船家新撇白醪醅。紫荷蓋下黄金尺，只就罾頭買得來。

頃年嘗與董伯孫數子獵兔抵馬欄，今日重來，解鞍佛舍，見高儀之題云“躍馬飛鶻”，至此追念疇昔，因紀一絶兼呈儀之

昔年嘗臂海東鶻，醉客高飛鐵馬群。今日見君題壁處，自憐曾是舊將軍。

浚溝廟蜥蜴或云能知風雨

不歸大海不藏山，碧瓦朱欄緑樹開。[①] 應待老龍纔睡著，便偷雲雨落人開。[②]

雨雪雜下

雨鬥雪聲相雜下，飄蕭密勢灑空來。北風有意待寒臘，只放飛花一半開。

① 【張注】緑樹開，案：開，當是“間”之譌，否則不入韻。【謝案】開，文淵閣本作“閑”。

② 【張注】便偷，夏本“偷”作“推”。【謝案】開，文淵閣本作“間”，當從之。

楚江雲暖凍未得，雪粒飄來著地稀。恰似小園寒食後，梨花零亂雨中飛。

詞

好事近初春

江上探春回，正值早梅時節。雨行小槽雙鳳，[①]按凉州初徹。　謝娘扶下繡鞍來，紅鞋踏殘雪。[②]歸去不須銀燭，有山頭明月。

長短句[③]

鷄　冠

蜀山鷄，啄我黍。吴童截其冠，持之埋在土。西風吹得一枝生，㲓向秋煙飛不去。

蓼　花

蓼花開，如赤組。誰織成□銀漢女。黄金機，白玉杼，費盡朝霞千萬縷。

① 【張注】雨行，潘本“雨”作“兩”。
② 【張注】紅鞋，夏本、潘本“鞋”作“靴”。
③ 【謝案】底本無“長短句”下兩闋及“佚句附”，據文淵閣本補。

佚句附

東飛江雲北飛燕，同寄青春不相見。

夜來過嶺忽聞雨，今日滿溪俱是花。

補　　遺[1]

浮雲樓

樓在浮雲飄渺間，浮雲破處見朱欄。山光對入郎城紫，溪影横飛夢澤寒。見萬曆《湖廣總志》。

雨　　詩

老火燒空未肎休，忽驚快雨破新秋。晚雲濃淡白日下，只在楚江南岸頭。此毅夫詩讖見《澠水燕譚録》。

---

① 【張注】《浮雲樓》及《雨詩》二絶句各本所無。惟方本據他書補輯入。今依方本元鈔補列於此。【謝案】此二詩文淵閣本無。

續補遺

救祖無擇疏①

今龍圖閣學士、諫大夫祖無擇，因御史言至杭州時事，詔令就秀州獄。臣嘗見制獄中文移及所出左證之人，問之無擇所犯，大者止以娼人薛希濤及屯田員外郎中任浩等請鑄鐘事。臣熟究希濤事，皆云無之，證左甚明。就使有此，朝廷不容，不過重削官而已。請托鑄鐘事，無擇亦不知任浩等受賄。其餘請射屋地、給賣祠部及酒歷、予富民錢出息以助公帑、造介亭等事，此皆前後知杭州者常爲之。孫沔時人請地至多，或連山林以予之，造中和堂雙門，號爲雄特，梅摯造有美堂，蔡襄造愷悌堂，沈遘率民造南塔，土木之費，豈特一介亭比？賣祠部取贏錢以資寒士，此處處皆然，給酒歷至今猶有請者。至於稱曾祐受賂至萬餘緡，臣見轉運司榜通衢，募人告祐事，卒無告者，惟造書橱不還十數緡而已。無擇未就獄，客寄僧舍，隨行惟一僕指使。家又素貧，資用罄竭，常將銀唾壺一隻質錢，秀民畏恐，皆不敢留質，日就僧寺假貸數百錢以供朝夕。或有憐者爲之具饌，獄囚見之，皆爲號泣。杭民相率或就浮圖設齋以祈福祥，亦嘗詣臣投訴，臣已具事狀馳奏。賈誼有言："人主之尊如堂，群臣如陛，众庶如地。"堂高則難攀，卑則易陵。今無擇僇辱，陛廉隳矣，陛下得不念易陵之漸乎？見《歷代名臣奏議》。

① 【張注】各本皆佚，甘校據《歷代名臣奏議》補輯，今收入。

禮　　法[1]

孔子作《春秋》，常事不書，變禮則書，明聖人之典禮，中國世守之，不可以有變也。甚矣，浮屠氏之變中國也。浮屠，夷禮也。古者建辟雍，立太學，以育賢士，天子時而幸之，躬養三老五更，習大射，講六經，用以風動天下之風教。而今之浮屠之廟，蘿蔓天下，或給之土田屋廬，以豢養其徒。天子又親臨之，致恭乎土木之偶。此則變吾之辟雍、太學之禮而爲夷矣。古者宗廟有制，唐虞五廟，商周七廟。至漢乃有原廟，行幸郡國及陵園皆有廟，漢之於禮已侈矣。而今之祖宗神御，或寓之浮屠之便室，虧損威德，非所以致肅恭尊事之意也。此則變吾之宗廟之禮而爲夷矣。古者日蝕、星變、水旱之眚，則素服避正殿，減膳撤樂，責躬以答天戒。而今之有一灾一異，或用浮屠之法，集其徒螺鼓呶噪而禳之，此則變吾之祈禳之禮而爲夷矣。古者宫室之節，上公以九，侯伯以七，子男以五，惟天子有加焉。五門六寢，城高七雉，宫方千二百步。而今之浮屠之廟，包山林，跨阡陌，無有裁限，穹桀鮮巧，窮民精髓，侈大過於天子之宫殿數十百倍。此則變吾之宫室之禮而爲夷矣。古者爲之衣冠，以莊其瞻視，以節其步趨，禁奇邪之服，不使眩俗。而今之浮屠髡首不冠，其衣詭異，方袍長裾，不襟不帶，此則變吾之衣冠之禮而爲夷矣。自有天地，則有夫婦，則有父子，則有君臣。男主外，女主内，父慈子孝，天子當扆，群臣北面而朝事之。而今浮屠不婚不娶，棄父母之養，見君上未嘗致拜，此則變吾之夫婦、父子、君臣之禮而爲夷矣。古者喪葬有紀，復奠祖薦虞祥之祭，皆爲之酒醴牢牲、籩豆鼎篚享薦之具。而今之舉天下凡爲喪葬，一歸之浮屠氏，不飯其徒，不誦其書，舉天下詬笑之，以爲不孝，狃習成俗，沈酣潰爛，透骨髓、入膏肓，不可曉告。此則變吾之喪葬之禮而爲夷矣。故自古聖人之典禮皆爲之淪陷，幾何其爲不盡歸之夷乎！使孔子而在，記今之變禮者，將操簡濡筆擇書之不暇。而天下方恬然不爲之怪，朝廷未嘗爲之禁

① 【張注】各本皆佚，王校據《宋文鑑》補輯，今收入。

令，而端使之攻穿壞敗。今或四夷之人有扣弦而向邊者，則朝廷必擇帥遣兵以防捍之。見一虜夫、一獠民，必擒捽之、束縛之而加誅絶焉。彼之來，小不過利吾之囊篋、囷窖、牛羊，大不過利吾之城郭、土地而已。而浮屠之徒滿天下，朝廷且未嘗擒捽束縛而加誅焉，反曲拳跪跽而尊事之。彼之所利，乃欲滅絶吾中國聖人之禮法，其爲禍豈不大於扣弦而向邊者耶？豈莊子所謂“盜鉤者誅，盜國者爲諸侯”者耶？夫勝火者水也，勝夷狄者中國也。中國所以勝者，以有典禮也。宜朝廷敕聰博辯學之士，刪定禮法，一斥去浮屠之夷而明著吾聖人之制，布之天下。上自朝廷，今至士大夫，俾遵行之。禮行，而中國勝矣，中國勝，則爲浮屠氏之説又何從而變哉？見《宋文鑑》。

松滋有褚都督義門，相傳褚遂良子孫也[①]

貞觀得奇士，子孫宅兹土。一家五百口，六世同所居。見曹學佺《名勝志》。

① 【張注】案：各本皆佚，王校據曹學佺《名勝志》補輯，今收入，與前二文均列最末。

跋

北宋仁宗朝安州宋元憲公、鄭公毅夫皆以進士第一爲時名臣，相去才三十年。元憲公名次第三，第一爲其弟景文公，章獻太后謂弟不可先兄，乃魁元獻而置景文第十，世稱“大小宋”，三公皆有集傳世。《通志略》《文獻通考》具見於别集，久而傳本絶稀。乾隆中，館臣由《永樂大典》采掇成編，故三集《四庫》著録皆注“《永樂大典》本”，旋輯武英殿聚珍版叢書，二宋集皆入之而鄭集不與。鄭公名位不及二宋之顯，其在哲宗時爲右司諫，已屢建讜言。神宗時不肯附和新法，見惡於王安石，出知青州，猶力疏抗論青苗，卒引疾丐祠以去，風節甚偉，其文字尤宜爲後世寶貴，况其鄉之人乎？戊午，京居多暇，屬有續刻《湖北叢書》之議，爰從京師圖書館抄得此集庫本，鳩工付梓。後假得左笏卿年丈所藏巴陵方氏傳鈔本。未幾，又連得楊肖麓廳長所藏夏氏、夏潤之編修所藏潘氏兩鈔本，互相讎校，其有異同，洳爲札記。復得同歲諸友潛江甘藥樵鵬雲、漢陽周子幹貞亮、羅田王季薌葆心相與商榷，悉附記中。惟方本末有補遺詩二首，未審輯自何人，爲各本所未有。《歷代名臣奏議·救祖無擇疏》、《宋文鑑·禮法篇》、曹氏《名勝志·褚都督義門詩》亦各本所無者，玆并録之，而以《宋史》本傳冠篇首焉。工竣，爲書其緣起如此。

己未秋七月，蒲圻张國淦謹跋。